« PAVILLONS »

*Collection dirigée par Tina Hegeman et Bernard Oudin*

*DU MEME AUTEUR*

LETTRE À LORD LISZT (1985)

MARTIN WALSER

# RESSAC

*roman*

traduit de l'allemand par Hélène Belletto

ÉDITIONS ROBERT LAFFONT
PARIS

Titre original : BRANDUNG


---

ISBN 2-221-04980-2
édition originale :
ISBN 3-518-03570-3 Suhrkamp Verlag, Frankfurt am Main

# 1.

Halm était debout devant le miroir de la salle de bains, il avait fini de se raser, mais il ne se lassait pas de contempler son visage avec un intime mélange de mauvaise humeur et de satisfaction. Pendant les vacances, Halm se réveillait à la même heure que pour aller en cours, mais, une fois levé, il aimait laisser à chacun de ses gestes le temps de se dénouer. Quand on lui téléphona de Californie, il était un peu plus de 8 heures. Un jour de classe, il aurait été trop tard pour que son correspondant pût le joindre. Il avait quelques raisons de supposer qu'à un peu plus de 8 heures, c'était la famille de sa femme qui appelait. La mère de Sabine avait été hospitalisée trois jours auparavant, on l'avait opérée la veille. D'ailleurs, neuf coups de téléphone sur dix étaient pour Sabine. A l'époque où leurs enfants vivaient encore à la maison, il n'y avait pratiquement jamais d'appels pour lui. A la voix de Sabine, il comprit tout de suite qu'il s'agissait d'un appel de nature particulière. Elle ne parlait pas, elle criait. Elle criait qu'elle allait chercher son mari. La voix, qui n'avait pas l'air si lointaine — en fait, ce qui faisait crier Sabine, c'était la grande distance qui sépare la Californie de l'Allemagne —, la voix était celle de Rainer Mersjohann. Halm le revit aussitôt. A Tübingen. Dans toutes sortes de situations. Rainer Mersjohann était un géant, mais sans rien de grossier. Pour ainsi dire, un géant raffiné. Et ses mains qu'il levait toujours d'une drôle de façon — on aurait dit des mains de prêtre. Rainer Mersjohann n'avait jamais été tout à fait de ce monde. C'était intimidant. Peut-être s'en rendait-il compte, peut-être même le faisait-il exprès. Halm lui vouait une espèce de vénération. Et l'autre acceptait cette vénération, le géant blond et délicat de Münster. Quelle heure était-il chez lui, demanda Mersjohann, à Oakland, il était un peu plus de 11 heures du soir. Il téléphonait parce qu'on venait de le laisser tomber, un jeune type d'Austin, Texas. Il devait commencer le 26 août à Oakland, Californie, et avait donc passé ici la semaine qui venait de s'écouler pour s'installer ; le samedi, Mersjohann l'avait emmené à une partie de skat, le lendemain, le type avait disparu. Deux jours après, télégramme du Middle West, annonçant que le jeune homme ne voulait plus de ce poste en Californie, la soirée de skat lui avait fait comprendre qu'il n'avait pas le profil de l'emploi. Et, à titre indicatif pour Helmut, il y avait aux États-Unis environ deux cents candidats qui se bousculaient, prêts à accepter n'importe quel poste vacant à l'université, et trois cents qui auraient accepté n'importe quel poste en Californie. Et l'autre qui refuse après une soirée de skat ! Dieu sait qu'il avait des lettres de recommandation comme Mersjohann n'avait encore jamais eu l'occasion d'en voir dans ce pays — pourtant un haut lieu du piston. On était donc le 21 juillet... Chez nous, c'est déjà le 22, s'écria Halm, brisant ainsi le rythme de la conversation. Une telle distance marque une séparation sensible entre la voix et le locuteur. On continue d'entendre celui qui est en Californie alors qu'il a déjà cessé de parler ; lui n'entend pas encore, bien qu'on ait commencé à lui répondre, il se remet à parler, s'apercevant seulement à ce moment-là que, de l'autre côté du globe, on est aussi en train de parler ; les paroles s'emmêlent, et celui qui a les nerfs les plus solides continue tandis que l'autre s'arrête. On était donc le 21 juillet — Halm ne disait plus rien —, il ne lui serait pas possible de combiner une nouvelle nomination d'ici au début du semestre d'automne, c'est pourquoi il appelait Helmut Halm. Il était à son avis indigne de leur ancienne relation qu'elle ne servît plus qu'à enrichir les marchands de cartes de vœux. Ou bien Helmut venait à Oakland pour le semestre d'automne afin d'y assurer deux cours d'allemand, ou bien il leur faudrait en finir avec cette routine postale des jours fériés, et mourir sans plus avoir entendu parler l'un de l'autre. Halm avait toujours dans l'oreille, depuis l'époque de Tübingen, cette intonation westphalienne de Mersjohann. Celui-ci cultivait alors une intonation traînante et nasale qui ne s'arrêtait pas à la fin des phrases. Rainer Mersjohann était un poète. Il était le jeune génie nécessaire à tout milieu scolaire qui l'utilise pour martyriser par son exemple la masse studieuse. Le professeur B..., fidèlement dévoué aux plus nobles règles de pureté, avait lu à ses étudiants, au cours de son séminaire, les sonnets irréprochables que Mersjohann, âgé de vingt ans, avait publiés dans des revues littéraires. Ravi, et d'un air plein de reproche. Pourquoi ne faites-vous pas tous de tels sonnets ! Et, bien entendu, Mersjohann était plus jeune que tous les autres. Ajoutons que le propre du génie est toujours de manifester une incompréhensible précocité. Au téléphone, Halm ne reconnaissait pas ce ton nasillard. Manifestement, Mersjohann ouvrait maintenant la bouche quand il parlait. A l'époque, il ne pouvait en ouvrir que le tiers médian. La bouche de Mersjohann semblait soudée ou cousue à partir des commissures. Ceux qui ne l'aimaient pas, il leur tapait sur les nerfs. Halm l'aimait. Avec ses mains qui chaviraient délicatement, qui ondoyaient doucement et qui décrivaient de beaux cercles, Mersjohann avait compensé tout ce qui, en fait de mouvement, était interdit à sa bouche. Et voilà que celui qui était le mieux fait pour ce genre d'études s'était barré, on ne savait où. Dix ans plus tard, il s'était manifesté. A son adresse en Allemagne, Halm reçut des lettres des États-Unis. Puis des cartes postales, puis des cartes de vœux. Halm aurait aimé demander si Mersjohann portait toujours des vestes avec des manches trop courtes. Dans une mise en scène de l'histoire des apôtres réalisée par le théâtre universitaire, Mersjohann avait joué le rôle de Jean, puis il avait continué à porter ces vestes de saint Jean. Tu vas venir, dit Mersjohann. Ici, on est en vacances depuis deux jours, dit Halm. Là-dessus, Mersjohann : Bon, tu viens. Halm : il fallait tout de même encore qu'il en discute avec sa femme. Ouais, dit Mersjohann sur un ton un peu grossier. Cela faisait quatre ans qu'il était *chairman,* il commençait maintenant sa cinquième année, il n'aurait pas de si tôt une telle fonction — peut-être même jamais plus, une occasion comme celle-ci ne se représenterait donc pas. Halm demanda le temps de réfléchir ; quarante-huit heures. Mais il était touché que Mersjohann ait pensé à lui. Mersjohann était touché aussi.

A peine avait-il raccroché que le téléphone sonna encore. C'était le père de Sabine. Il demanda à Sabine de se rendre à l'hôpital, le professeur voulait communiquer à quelqu'un le résultat de l'opération, mais lui-même ne se sentait pas bien. Sabine ne demanda pas pourquoi son père ne téléphonait pas à l'un de ses deux frères, Elmar ou Franz, elle dit : Oui, bien entendu. Partir au mois d'août en Californie, dit Halm. Partir pour deux heures à l'hôpital Sainte-Marie, dit Sabine. A 4 h 30, elle était de retour. Le coup classique. Ils avaient ouvert et refermé immédiatement. Sabine en avait déjà informé son père. Il avait levé les sourcils pour ne plus les baisser. Elle était allée voir sa mère, lui avait dit comme elle était contente de l'heureux déroulement de l'opération. Sa mère avait dit : Enfin, pour une fois, tu as une jolie robe. Et moi, dit Sabine, j'avais des scrupules, je me disais que ces rayures vert et or, c'était peut-être trop pour l'hôpital. Mais sa mère revenait toujours à la robe. Elle avait demandé le prix de la robe, elle voulait payer cette robe parce que ça lui faisait tellement plaisir que Sabine, pour une fois, porte une jolie robe. Halm dit : Voilà le sang des Gutöhrlein qui transparaît. Jamais un Gutöhrlein ne pourra croire un professeur capable d'habiller et de nourrir une femme. Sabine appela une clinique de l'Allgäu, qui promettait, au moyen d'extrait de foie, une amélioration pour les malades atteints du cancer. Halm dit : Partir au mois d'août en Californie. Sabine dit que son père manifestement ne s'attendait pas à une chose pareille. C'est pourquoi elle avait dit aussitôt qu'il ne fallait négliger aucune tentative. Elle avait entendu parler d'une clinique à Oberstaufen. Helmut ne trouva pas d'autre occasion d'aborder le sujet de la Californie. Ce soir-là, Sabine ne prononça plus une phrase qui ne se rapportât pas à sa mère. Et même quand elle ne disait rien, on voyait bien à quoi elle pensait. Il ne put monter dans son bureau pour réfléchir, à l'abri des regards de Sabine, à cette invitation en Californie. Il lui fallut rester assis non loin d'elle, après chaque phrase attendre la suivante et y répondre. Sabine n'était pas disponible. Elle faisait l'effet d'une personne armée contre tout, excepté la mort. Quand Halm, allongé à côté d'elle dans l'obscurité, entendit à sa respiration qu'elle s'était endormie, alors seulement, il put réfléchir au coup de téléphone de Mersjohann. Ça allait impressionner les collègues, contrarier le directeur. Ne pas mettre les pieds pendant quatre mois dans la salle des professeurs ! Sur quoi allait se rabattre le directeur adjoint s'il ne pouvait plus commenter l'entrée de Helmut Halm en salle des professeurs ? Halm devait accepter. Il accepta sans en avoir parlé avec Sabine. Par bonheur, quand Mersjohann le rappela, Sabine était déjà sortie. Puis Halm téléphona chez le directeur. Mme Rimmele dit que son mari était déjà parti. Elle le dit sur un ton de reproche qui signifiait : Depuis onze ans que vous êtes dans le lycée de mon mari, vous devriez savoir que dès le premier jour des vacances, il entreprend ses célèbres marches rimmeléennes qui le conduisent de sa porte, à Degerloch, jusque sur l'alpe, et s'achèvent quatre semaines plus tard, jour pour jour, devant sa porte. Rimmele ne prêche pas la randonnée, mais il fait profiter l'ensemble des collègues de tout ce qu'il a découvert et appris de nouveau au cours de sa marche annuelle de quatre semaines. Le reste des vacances est consacré à l'élaboration de la circulaire que chacun trouve dans son casier le jour de la rentrée. Le dogme de Rimmele, stipulant qu'il ne faut passer ses vacances qu'en des lieux accessibles à pied, avait d'abord été considéré comme un produit typique de son avarice. Mais le second dogme de Rimmele, posant que l'homme doit passer sur ses pieds au moins un dixième de sa durée de vie, avait trouvé des adeptes de plus en plus nombreux. Quant au troisième, selon lequel l'homme devrait dormir un dixième de ses nuits à la belle étoile, il faisait de moins en moins sourire, c'est vrai, mais, à part Rimmele lui-même, il n'y avait pas grand monde pour le mettre en pratique.

Halm fut informé par le rectorat que sa demande de mise en disponibilité devait être accompagnée d'un avis du lycée. Il fallait donc aller trouver le directeur adjoint. Il était dans l'établissement le lundi et le mercredi de quatre à six, dit M^lle^ Gebauer, également nommée la « Cantharide ». Halm dit : Merci. La Cantharide dit : De rien. Halm gémit. C'était le premier sacrifice qu'il avait dû faire pour la Californie. Téléphoner à cette Cantharide qu'il n'aurait pas sans cela été obligé de voir ni d'entendre pendant quarante-six jours de vacances. Même les renseignements qu'on pouvait donner en un seul mot, elle savait y insuffler ce ton de la personne offensée au plus profond d'elle-même. Quand elle disait : De rien, on avait aussitôt mauvaise conscience. Devait-il appeler Kiderlen chez lui ? Il s'avoua qu'il n'osait pas le faire. Il aurait dû garder son poste au lycée du bas de la ville. Mais le nouveau lycée n'était qu'à un quart d'heure de chez lui. Et il n'était pas non plus en si bons termes avec ses collègues d'en bas. Avec Rimmele, il se serait arrangé. Puis avait surgi Kiderlen, qui voulait, en tant que directeur adjoint, amener le lycée Stauffenberg à surpasser toutes les écoles du Land, surtout celles qui avaient un bon vieux nom. Kiderlen savait que Halm venait de l'un de ces établissements chargés de tradition, Halm était donc devenu dès le début l'objet des plaisanteries kiderléniennes. Ou bien est-ce Halm qui, le premier, avait fait des remarques acérées ? En tout cas, avec ses manières tellement directes, du genre « j'arrive-à-tout-avec-tout-le-monde », cet homme d'élite avait provoqué chez Halm un brusque mouvement de recul. Peu à peu, Kiderlen avait enlevé la plus grande part des travaux de direction à Rimmele qui, en dépit de ses marches à pied, vieillissait rapidement. Le directeur, c'était lui. Il ne gaspillait pas son temps à faire des marches à pied. Il faisait 180 pompes par jour et, disait-il en souriant, il en ferait quelques-unes de plus, n'était cette maudite obligation de les compter. De toute façon, il mettait au point un système consistant à marquer le rythme des pompes de telle sorte qu'il pouvait en faire 10 sans les compter. Il lui suffisait donc d'aller jusqu'à 18, et les 180 pompes étaient faites. Le record du monde était détenu par un Suisse qui en avait fait 1 611. Cela, disait-il, pour attirer l'attention sur la modestie de sa prestation. 180 pompes — ridicule ! Mais il rédigeait aussi des manuels scolaires. C'était la plus importante de ses occupations annexes. L'année précédente, il avait rempli la salle des professeurs de ses accusations contre le nouveau ministre. Celui-ci, qui avait deux ans de moins que Kiderlen et qui était manifestement de la même trempe, ne cessait de publier de nouvelles lignes d'orientation, si bien que Kiderlen avait déjà dû remanier pour la troisième fois le livre auquel il était en train de travailler. Et, arrivé là, il attirait sur sa femme le regard de son collégial auditoire : son épouse était psychologue, et elle écrivait entre trois et cinq livres pendant qu'il en achevait un. On pouvait lui acheter ces livres directement avec 40 pour 100 de réduction. Le dernier, consacré à l'analgésicomanie des enfants de douze à quatorze ans appartenant aux couches les plus défavorisées, était encore dans la bouche de tout un chacun. Halm se donna un ordre : Téléphone-lui. Il en était incapable. Un samedi ! Les Kiderlen étaient également célèbres pour tout ce qui avait lieu dans leur superbe maison, une maison ancienne. Il était impensable qu'il aille jusque chez eux et sonne à leur porte pour les prier d'appuyer sa demande. Personne, vraisemblablement, n'avait d'aussi mauvaises relations que Halm avec Kiderlen. Peu à peu, Halm avait été obligé de reconnaître que Kiderlen était digne d'admiration à tous égards. Rien que son aspect extérieur ! Ces vestes croisées à rayures tennis, toujours de vieilles étoffes, un peu passées, mais les meilleures étoffes. Qui donc les faisait vieillir pour Kiderlen ? Les étoffes n'étaient pas élimées, non, simplement passées. C'est pourquoi ses vestes, malgré leur coupe parfaite et la qualité parfaite de l'étoffe, ne rappelaient en rien les revues de mode masculine. Halm admirait Kiderlen, mais il était incapable de le lui montrer. Il avait dû être élevé par une famille raffinée qui lui avait témoigné, en tant que fils unique, une patience et un enthousiasme infinis, ne cessant de lui prodiguer des hommages. Quelques tantes, qui avaient renoncé pour lui à avoir elles-mêmes des enfants, avaient dû se relayer jour et nuit pour lui dispenser baisers, caresses, compliments et louanges. Et puis sa femme, la psychologue ! Aussi grande que lui, aussi mince que lui. Aussi blonde qu'il était brun. Le jour où Halm avait fait sa connaissance lors d'une fête du lycée, il avait cru qu'elle était médecin. Et elle, cela venait sûrement de ce que son père était médecin, oui, c'était le professeur... Tandis qu'elle parlait, se limitant à une chronique familiale que Kiderlen devait connaître depuis des siècles, il était littéralement suspendu à ses lèvres. Ses yeux rayonnaient comme ceux d'un enfant à qui l'on vient de faire exactement les cadeaux qu'il désirait. Et Kiderlen n'avait encore pas une seule fois porté de cravate. Pas même le jour où le ministre était venu dans la salle de réunions. On ne sait jamais si l'on se connaît vraiment à fond quand on croit l'autre transparent. Peut-être ne fait-on que tomber dans un autre panneau, passant à côté de la véritable découverte, qui serait, elle, insupportable pour ce sentiment appelé l'amour-propre. Il ne portait pas de cravate, mais ce n'était point là que le bât blessait. Le vrai problème c'était que Halm se méprisait d'en porter toujours. Tous les matins, quand il ajustait sa cravate devant le miroir, il se reprochait de ne pas se dégager de ce collet. Il aurait dû porter des foulards extravagants, des chaînes, d'or ou de jade, ou même des colliers d'ambre. Depuis toujours. Mais il n'avait jamais osé. Il trouvait qu'il n'avait pas une tête à ça. Et puis voilà ce Kiderlen qui lui démontre quotidiennement qu'il n'y a rien de plus simple que de laisser tomber la cravate et de mettre des foulards et des chaînes. Depuis, Halm passait en salle des professeurs pour le champion de l'opposition. Kiderlen était pratiquement lié d'amitié avec le nouveau ministre, malgré le déferlement de ses décrets ; et il faisait rigoureusement appliquer ces décrets qui, de l'avis de bien des collègues, n'étaient là que pour mater le corps enseignant. Depuis peu, les inspecteurs n'étaient plus tenus d'annoncer leur visite. Chaque professeur pouvait à tout moment se faire surprendre par la direction du lycée ou par le rectorat [1]. Juste avant les vacances, Halm, en conseil des profes-

1. Le système scolaire allemand étant très différent du système français, nous avons choisi de traduire *Oberschulamt* par *Rectorat*. Il s'agit en fait d'une administration qui assure au niveau du Land les fonctions assurées en France par le rectorat, l'inspection académique et l'inspection générale.

seurs, avait pris la défense d'un collègue qu'une inspection avait surpris un jour où il faisait le compte rendu d'un devoir sur table. Halm avait expliqué dans son plaidoyer qu'un professeur pouvait exiger d'être inspecté un jour où il faisait cours, et non le jour où il rendait un contrôle. Il avait fait des commentaires acerbes sur cette nouvelle façon de procéder, qu'il avait présentée comme s'il fallait en attribuer l'exclusive responsabilité à Kiderlen. Il avait entendu ses propres paroles. Ce qu'il avait dit ne lui plaisait pas. En quoi tout cela le concernait-il ? Ce jeune collègue n'avait qu'à assurer sa propre défense. Tout homme doit assurer sa propre défense. Halm aurait voulu dire : Donnez-nous d'autres simulacres de combat, par pitié ! Mais pour Kiderlen c'était le moment d'entrer en scène. Notre dénigreur du pouvoir, avait-il dit, notre transfigurateur de l'impuissance. Machiavel aurait été brûlé sur le bûcher si Halm, à l'époque, avait eu quelque chose à dire, et Joseph II à coup sûr, sans parler de saint Ignace et de Lénine ! Kiderlen récolta ainsi un énorme éclat de rire qu'il fit mine de refuser. Avant que Mersjohann ne lui téléphone ici, Halm ignorait combien il était nécessaire qu'il s'en aille. Il n'avait pas eu le loisir de se l'avouer, car il n'avait aucune perspective de départ. Mais, à présent que c'était possible, il ne pouvait plus se débarrasser de cette idée. Pareil à une braise qu'on attise et qui soudain se met à flamber, un véritable feu brûlait en lui. Il devait partir d'ici.

Sabine dormait. Non, peut-être ne dormait-elle pas. Chacun avait appris à respirer de manière à faire croire à l'autre qu'il était en train de dormir. Tant qu'on entendait que l'autre était éveillé, on ne pouvait pas s'endormir. Le lendemain matin, au cours d'une querelle amicale, on établissait lequel des deux avait réussi à abuser l'autre et lequel s'était réellement endormi le premier. Chacun prétendait toujours s'être endormi le dernier.

Quand Sabine rentra de sa troisième visite à Oberstaufen, elle se laissa tomber à côté de Halm sur le banc du jardin et s'appuya contre lui en s'abandonnant. C'était peut-être l'épuisement. Pour la première fois depuis des jours, elle caressa Otto. Halm dit : On part bientôt. Elle acquiesça. Cela lui donna du courage, et il dit : En Californie. Elle acquiesça encore. Il dit : Comment le sais-tu ? Elle se contenta de grimacer. Ce qui signifiait : Qu'est-ce que tu crois, quand on est marié depuis un quart de siècle, les facultés de dissimulation frôlent le degré zéro. Il n'osa pas demander si l'extrait de foie faisait effet. Il craignait que le visage de Sabine, si elle n'avait pas de bonnes nouvelles à communiquer, ne se recouvre de ce voile d'absence, de cette couche de refus, de ce pathos du repliement qui la caractérisait depuis qu'elle était rentrée après avoir eu cette conversation avec le professeur. C'était sans doute lié à la mort. Il installa la tête de Sabine sur un coussin et rentra dans la maison pour y prendre une bouteille de vin blanc. Quand il revint avec la bouteille et deux verres, elle secoua très légèrement la tête. Il eût été impossible d'exprimer la négation et le refus avec plus de discrétion, d'autorité et de ménagement. Du café ? Oui, du café, d'accord. Quand il revint avec le café, elle était toujours allongée sur le banc, exactement comme il l'y avait installée. Une main posée sur la tête d'Otto. Pour la première fois depuis le jour où on lui avait annoncé la nouvelle, elle se mit à parler spontanément. Elle reprit à l'épisode du professeur. Alors qu'il était en train de lui annoncer la nouvelle, il avait reçu un coup de téléphone, et il l'avait priée par gestes d'excuser cette brève interruption de son exposé. Il avait déjà dit que le cancer dont sa mère était atteinte était le pire qu'il y eût, un polype à l'intestin, et, qui plus est, un polype pédiculé... Un instant, je vous prie. Il avait au bout du fil une femme de ses relations, qui voulait savoir comment ça s'était passé cette année dans le monastère en Corse, et si le baron — dont Sabine ne comprit pas le nom français — était plutôt enclin à l'exhibitionnisme ou au voyeurisme. Le professeur, qui avait en vain tenté d'interrompre cette voix criarde, dut attendre qu'elle ait fini pour expliquer que cette année il n'avait pas pu avoir le monastère, la famille Agnelli l'avait accaparé, parce que les mesures de sécurité, de plus en plus problématiques, promettaient de l'être un peu moins là-bas. Manifestement pour se débarrasser de cette personne criarde, le professeur avait dit qu'on se verrait le lendemain soir chez les Kiderlen. Tiens, tiens, dit Halm. Oui, le monde est petit, dit Sabine. Mais la Californie, c'est tout de même loin, pensa Halm. Sa mère recommençait déjà à souffrir, dit Sabine, mais elle mettait tout sur le compte de la cicatrisation. Tous les désagréments viennent maintenant de la cicatrisation. Et pourtant, elle sait. Elle ne veut pas prononcer le mot. Elle met tout son espoir dans ce traitement par l'extrait de foie. Mais elle sait qu'il n'y a pas d'issue. Et, pourtant, elle espère, évidemment. Mais elle n'y croit pas. Mais elle espère quand même. Mais pour ce qui est d'y croire — non. Son père ne parlait plus. Pas un mot. Il restait assis à côté du lit, tenant la main de sa mère, ils ne disaient rien ni l'un ni l'autre. Si c'était sans espoir, son transfert dans l'Allgäu avait été une erreur, dit Sabine. Cette torture du tuyau dans l'intestin, tous les jours, les lavements. Avant son transfert à Oberstaufen, sa mère, à l'hôpital Sainte-Marie, faisait venir le coiffeur tous les jours. Sabine voulait sûrement dire par là qu'elle n'avait pas été la seule personne favorable à cette tentative par l'extrait de foie, sa mère elle-même l'était aussi. Le téléphone sonna. Sabine se dressa, effrayée. Oberstaufen ? C'était Oberstaufen. Sa mère voulait rentrer à Stuttgart, tout de suite. Oui, dit Sabine. Ça pourra peut-être se faire dès aujourd'hui. Sabine téléphona à l'hôpital. Une heure plus tard, l'ambulance s'arrêtait Buowaldstrasse, Halm se tenait avec Sabine et Otto devant la porte du jardin, Sabine monta dans la voiture, Halm descendit avec Otto le chemin dallé jusqu'à la maison. Il dit : Ah, là, là Otto. Pauvre Sabine. Deux aller-retour à Oberstaufen dans la même journée. Mais cette fois, au moins, elle n'avait pas à conduire. Il dit : Maintenant, Otto, je rentre, je vais prendre Nietzsche. Voyons un peu s'il a dit quelque chose sur la sympathie sans la pitié. On allait bientôt voir les horreurs se succéder. Il alla chercher les quatre livres, les posa dehors sur la table, à côté de ceux de Heine. Quand Mersjohann l'avait rappelé, il lui avait demandé s'il ne ferait pas une conférence sur Heine, il y avait 500 dollars à gagner. Une personne expulsée d'Allemagne avait fait une donation, et tous les ans, à la fin du mois d'octobre, il y avait une journée entière de conférences. Le traitement n'étant pas très élevé, il voulait aussi donner à Halm la possibilité de faire quelques conférences. Halm lisait donc Heine. Mais, maintenant, il voulait commencer par Nietzsche. Puis il apparut qu'il ne voulait pas non plus de Nietzsche maintenant. Il voulait rester assis, les pieds sur la table, à examiner la verdure et sentir son calme intérieur. Quelles que soient les choses auxquelles il devait s'attendre, il était calme. Le téléphone sonna encore. Il le laissa sonner. Mais la personne qui appelait ne renonça pas. Halm dut céder. Lena, c'est toi, jamais je n'aurais pensé, on vous croyait en Grèce. Oui, Traugott y est, dit sa fille. Est-ce qu'elle pouvait passer, non, pas pour une heure, pour quelques jours, juste quelques jours, elle leur expliquerait tout. Mais oui, viens tout de suite, dit Halm. Le ton sur lequel elle parlait trahissait l'épuisement. Elle arriva avec des bagages. Halm paya le taxi et porta les deux valises du portail du jardin jusqu'en bas, dans la maison, et, une fois dans la maison, il les monta à l'étage. Il y avait toujours la chambre de Lena et la chambre de Juliane, deux pièces dont Sabine avait elle-même tapissé les murs obliques avec du papier à fleurs. C'étaient des coffrets à bijoux plutôt que des chambres, des petits nids à bijoux. A mesure que ses filles grandissaient, Sabine avait été séduite par des visions toujours nouvelles en matière de décoration. Lena redescendit tout de suite avec son père. Halm s'assit en face d'elle. Mais Lena fit le tour de la table avec Otto, qui ne voulait pas poser son museau ailleurs que sur ses chaussures, et elle s'assit sur le banc à côté de son père. De toute évidence, elle ne voulait pas qu'il pût voir son visage. Lui avait fait exprès de s'asseoir exactement en face d'elle, il fallait qu'elle sente bien que les balafres ne le gênaient pas. Elle avait sûrement remarqué son intention. Bon, Traugott est parti depuis huit jours. Il est sûrement en compagnie de la collègue avec qui il a suivi ce cours de recyclage à Munich, et, au lieu de rentrer à Stuttgart, ils sont tout de suite repartis pour la Grèce, l'île de Zákynthos où il était l'année précédente avec Lena, dans la petite maison qu'ils avaient de nouveau retenue pour cette année. Mais qu'est-ce que c'était que ce stage à Munich, demanda Halm. Psychothérapie de groupe, dit Lena. Peut-être qu'en rentrant de Grèce il sera tellement épuisé qu'il dégringolera une fois de plus le talus près de Salzbourg, comme l'an dernier quand vous êtes rentrés, dit Halm. Je ne crois pas, dit Lena. Traugott ne commettait jamais deux fois la même erreur. Oh, Lena, dit Halm, l'entourant de son bras. J'aurais tellement voulu m'y opposer, dit-il, mais, comme je me méfiais de mes raisons, je n'ai pas osé. Je ne l'aimais vraiment pas. Tout ce cirque de la méditation, cette religion acquise dans les livres, mais je ne me suis pas risqué à montrer mon antipathie. Laisse tomber, dit Lena, il s'est aperçu tout de suite que tu ne l'aimais pas. Halm dit que le jour où pour l'amour de Traugott elle s'était fait faire les seins plus petits, ce jour-là, il avait compris qu'il avait échoué dans son rôle de père. Il aurait dû mettre Lena en garde contre cet individu narcissique. Et ensuite, l'accident. Et voilà qu'il est parti. Réjouis-toi, Lena. Ta jolie poitrine ! Aller te persuader d'une chose pareille ! Après quoi il te fait passer à travers le pare-brise ! Tu es toujours obligée d'aller chez ce polisseur de cicatrices ? Non, elle n'y allait plus. Il était terrible. Tu vas venir en Californie, dit Halm. Il y a là-bas les meilleurs chirurgiens du monde, ils vont si bien t'arranger qu'on n'y verra plus rien du tout. De toute façon, on ne voit déjà presque plus rien. Lena rentra dans la maison. Tout de suite après, on l'entendit jouer du piano. Le soir, Sabine téléphona. Sa mère était de retour. Elle restait passer la nuit près d'elle. La voix de

Sabine en disait plus long que ses phrases. Le lendemain matin, vers neuf heures, elle rentra. Ou bien le visage de Sabine avait rétréci, ou bien ses yeux s'étaient agrandis. Son visage s'était arrêté comme une montre. Ce n'était vraiment pas un visage de petit déjeuner en famille. Et la présence de Lena n'eut aucune incidence sur ce visage. Halm devait-il crier : Sabine ! Elle avait à la main une paire de petites pantoufles ; de ces petites choses à fanfreluches que jamais elle n'aurait achetées. Elle les posa sur la table avec précaution, comme si elle n'était entrée dans la pièce que pour cela. Elles avaient dû appartenir à sa mère. Sabine dit : Voilà, elle est morte. Halm fit une bruyante inspiration par le nez. Mais son père, dit-elle, n'était pas encore au courant. Elle n'arrivait pas à le lui dire. C'est qu'il ne le supporterait pas. Il ne tiendrait pas le coup à l'enterrement. Il fallait lui laisser croire que sa mère était encore à Oberstaufen. Non, ça ne va pas non plus. Il n'y a qu'une solution. Sabine se dirigea vers le téléphone et appela le Dr Weichbrod. Pouvait-il, lui qui était en même temps médecin et ami, se charger de dire à son père que sa femme était morte ? Puis elle se mit à raconter : A l'hôpital Sainte-Marie, ils ont immédiatement fait des ponctions à ma mère. Ils lui ont retiré cinq litres d'eau. En la voyant, ils ont hoché la tête. Déjà, pendant le trajet, elle avait vomi sans arrêt. On aurait dit de la diarrhée. Et ça avait la même odeur. Elle avait très chaud, à l'intérieur et à l'extérieur. On l'avait enroulée dans des linges froids. Ça n'avait servi à rien. A huit heures, le prêtre était venu jeter un coup d'œil. Pouvait-il lui donner le sacrement des malades ? Je vais si mal que ça ? avait-elle dit. Non, ce n'était pas l'extrême-onction, c'était juste pour aider à la guérison. Halm souffla encore bruyamment. Dix minutes après, elle dort. A partir de quatre heures, sa respiration devient plus difficile. Sa bouche s'ouvre, sa tête se tend brutalement vers l'avant. Comme un oiseau qui meurt, dit Sabine. Ses cheveux et sa tête vibraient. Elle s'arc-bouta au pied du lit. Tout vibrait. Pieds et jambes étaient froids jusqu'aux genoux. Elle demanda encore à Sabine d'ouvrir la fenêtre, de basculer la fenêtre vers l'extérieur. Elle savait encore très exactement comment on fait basculer ces fenêtres de l'hôpital Sainte-Marie, et elle fut capable de dire à Sabine où se trouvait la manette et comment il fallait l'actionner. Puis elle ne dit plus rien. A sept heures, le prêtre arrive, il s'approche du lit avec l'hostie, puis il dit : Ah, votre mère est déjà morte.

Les obsèques au cimetière de Prague furent réglées avec une étonnante facilité. C'était du véritable théâtre que de les voir, vêtus de noir, s'avancer en direction de l'imposante architecture d'un monument babylonien dressé dans le taillis. On monta un escalier d'opéra. A l'intérieur, musique d'orgue. On fit glisser le cercueil dans une espèce de boîte bizarre. Il y avait une telle montagne de fleurs qu'ensuite on s'aperçut à peine qu'il n'y avait plus de cercueil. Et tout ce grondement, c'était peut-être autant le bruit de l'orgue que celui de l'incinération. Halm pensait : Peut-être faut-il dans ce genre d'obsèques être exactement dans les mêmes dispositions que moi. Tous les types d'obsèques lui convenaient. Face à la mort, tout convient. L'après-midi, on resta encore un peu avec le père de Sabine, avec ses frères Franz et Elmar et avec Gitte, la femme d'Elmar. Le père de Sabine ne voulait pas pénétrer dans la maison. On s'y attendait. Voilà bien des années, il avait un jour dit à Halm que, dans cette maison, il n'avait pas été bien traité par la mère de sa femme. Le père Gottschalk, originaire de Heslach, était un instituteur sans ressources qui avait épousé la fille Heimbucher. Les Heimbucher ne possédaient pas de konzern, pas d'usine, pas même de charcuterie, mais ils avaient cette maison de la Buowaldstrasse. C'était toute leur fierté. La *maison de campagne.* Ainsi nommée par celui qui l'avait construite, le boulanger Kugel, qui a créé le *pain paysan de Sillenbuch,* et qui a su se construire une maison de campagne à l'extérieur de la ville, en bordure de la forêt. Mais la réussite, ce n'était pas pour les Heimbucher, la réussite, c'était uniquement pour les Gutöhrlein. L'employé des postes Heimbucher pouvait être heureux d'avoir épousé une Gutöhrlein, accédant ainsi à la propriété d'une maison. Et l'instituteur Gottschalk pouvait être heureux d'avoir pu épouser une Heimbucher descendant des Gutöhrlein, quel autre moyen y avait-il pour un instituteur, donc un crève-la-faim, d'accéder à la propriété d'une maison, et, qui plus est, d'une *maison de campagne* ? Le père de Sabine avait dès que possible quitté la *maison de campagne.* Mais, de toute façon, l'appartement en copropriété de la place Hegel, où il était allé s'installer avec sa femme, ce n'était pas lui qui l'avait gagné, c'était sa femme, qui en définitive descendait des Gutöhrlein, seuls capables de réussite — sa femme qui avait suivi des cours du soir en vue d'une formation de conseillère fiscale, et fondé son propre bureau. Et, à présent, elle était morte. Cet après-midi-là, le père Gottschalk prononça une seule phrase, adressée à Sabine, juste au moment où, Franz l'ayant aidé à descendre le chemin abrupt, il venait de prendre place : Pourquoi est-ce que tu ne me l'as pas dit toi-même ? Halm allait riposter à cette plainte pleine de reproche, le regard de Sabine l'en empêcha. Il vit sur son visage qu'elle donnait raison à son père. Elle alla aussitôt près de lui, posa son visage sur son épaule, et ils restèrent un moment dans cette position. Elmar se lança dans son sujet favori. Si cela n'avait dépendu que de lui, il y a longtemps qu'il aurait vendu la maison des parents. Une vieille maison, minuscule, mais deux mille sept cents mètres carrés, à Stuttgart-Sillenbuch, sur un terrain en pente, en ce moment ça valait au moins 2 millions, donc 700 000 marks pour chacun. Il s'adressait nettement à Franz, son plus jeune frère, dont on attendait depuis longtemps qu'il s'engage dans quelque solide activité commerciale. Cette fois encore, le discours d'Elmar déboucha sur la constatation, pénible pour Halm, que ledit Halm, à supposer même que les deux frères augmentent chaque année le montant du loyer qu'il leur versait, se trouvait dans l'impossibilité de leur payer la somme qu'on pouvait tirer de la vente de cette maison. Personne, dit-il, ne pouvait payer une somme pareille. Mais il y avait de quoi faire une maison pour une douzaine de familles, s'écria Elmar. Et Sabine : Il y en aura bientôt une à côté ! Elmar bondit. Ha ! ha ! s'écria-t-il. Tiens donc ! s'écria-t-il. Regardez un peu qui dit ça ! s'écria-t-il. Ce pé-pé-pédé de neveu a donc vendu ! Et nous ! Halm avait le sentiment qu'à présent tout le monde le regardait. Encore un gendre comme Heimbucher, l'employé des postes, et comme l'instituteur Gottschalk. A toutes les réunions de famille, on racontait comment la *maison de campagne* avait été construite par le boulanger, puis vendue à une baronne de Meldegg qui, tombée dans la misère après 1918, fut obligée de prendre les Heimbucher comme locataires, et on évoquait ensuite la tante Luise, une Gutöhrlein, évidemment, qui, ayant émigré en Amérique, rapporta les dollars qui permirent à sa nièce, la grand-mère Heimbucher, une Gutöhrlein, évidemment, de racheter la maison à la mère Meldegg. Après la signature de l'acte de vente, cette Heimbucher était tellement triomphante que, pendant des semaines entières, elle avait complètement plané. Quand on en arrivait à ce passage de la saga des Gutöhrlein, Halm ne pouvait s'empêcher de penser au mari de cette grand-mère planante, l'employé des postes Heimbucher, qui, peu de temps après, s'était pendu sous l'un des jolis pignons de la maison. Franz, qui racontait maintenant l'histoire de la maison, n'avait pas hérité en aussi grande part que son frère Elmar de cette aptitude à réussir qui caractérisait les Gutöhrlein, mais il ne racontait lui-même cette histoire que pour la gloire des Gutöhrlein. On décrivait toujours avec une extrême ferveur comment, véritable personnage de légende, Luise Gutöhrlein s'était enfuie de la forêt de Welzheim pour venir dans la ville de Stuttgart, comment elle avait accompagné, en jouant du violon, les films muets qui passaient sur la Charlottenplatz, puis poursuivi sa fuite en direction de Paris, Londres, Southampton, et comment, déguisée en homme, elle était devenue membre d'un orchestre de bord pour parvenir jusqu'en Amérique. Et on évoquait avec une infinité de détails comment l'Américaine Luise, lorsque dans les années vingt elle venait rendre visite à sa nièce de Sillenbuch, trouvait des cachettes pour les dollars qu'elle lui laissait. Boîte à couture, piles de linge, étuis à thermomètres, boules à thé, pages de la Bible, fourneaux de pipes, partout la nièce Heimbucher trouvait des billets verts, et elle lissait bien ces cadeaux offerts par le lièvre de Pâques, et elle les garda jusqu'au jour où, en l'an 1929, il y en eut assez pour réaliser le grand coup. Pour la première fois, Halm écoutait avec intérêt cette histoire de dollars. Il allait sous peu gagner lui-même des dollars. Pas au point d'impressionner Elmar. Par bonheur, Franz était également opposé à la vente du *Pays Natal*. N'eût été Franz, il y a longtemps qu'on aurait dû abandonner toute résistance aux démonstrations économiques d'Elmar. Franz, quoi qu'il en soit, était un allié peu sûr. Il venait tantôt dans une Mercedes 450, tantôt en tramway. Et il n'était pas marié. En revanche, la moindre phrase prononcée par le banquier Elmar, sa femme Gitte la renforçait de sa voix rauque et de ses courtes phrases. Gitte était avocate. Sabine supposait que, si Elmar insistait pour vendre, c'était pour faire plaisir à sa femme. Halm aimait autant Elmar que Franz. Rien que son bégaiement, toutes les fois qu'il avait à dire quelque chose qui n'était pas absolument évident pour lui, le séduisait. Tant qu'il fut assis à la table où on prenait le café, le père Gottschalk adressa des signes de tête approbateurs à chacun de ceux qui prenaient la parole. A un moment donné, on s'aperçut qu'il avait disparu. On le vit errer dans le jardin. Il inspectait les fleurs et les arbustes qu'il avait plantés lui-même à l'époque où il habitait ici. Dans cette maison des Gutöhrlein, il ne s'était jamais senti bien, mais il s'était toujours senti bien dans le jardin. Il l'avait un jour avoué à son gendre Halm. Mais uniquement parce qu'il avait été témoin de la manière dont Sabine avait engueulé son mari qu'elle avait chargé d'arracher un arbuste sans intérêt, et qui avait à la place arraché un lilas. Ici, les gendres n'ont pas la vie facile, avait-il dit, levant les yeux vers le pignon sous lequel s'était un jour balancé l'employé des postes Heimbucher. Quand il revint du jardin, il avait entre les lèvres un brin d'herbe qui lui permit de renforcer les lents signes de dénégation qu'il fit avec la tête en réponse au désir de Sabine qui lui demandait d'accepter, maintenant, de venir s'installer chez eux. Mais, dit Sabine, elle avait promis à sa mère de le reprendre à la maison. Son père secoua la tête encore plus lentement. Le soir, Sabine le ramena donc place Hegel. Elle raconta que — son brin d'herbe dans la bouche — il sifflait doucement pendant qu'elle l'accompagnait de la voiture à l'ascenseur. Quand tout le monde fut parti, Halm dit : En ce qui me concerne, vous pouvez vendre, vraiment. Pas vrai, Otto, tous les deux, on se logera bien quelque part ? Le chien leva la tête comme pour approuver. Sabine fit un signe en direction des pièces du haut. Et à présent, les enfants. Non qu'il y eût dans ce signe un quelconque dégoût, ni même de la fatigue. Tant que tout ce qu'elle tenait pour nécessaire n'était pas fait, Sabine ne pouvait pas être fatiguée. Elle cria bien fort dans la maison : Lena, Juliane, s'il vous plaît ! On leur expliqua d'abord clairement à toutes les deux qu'elles avaient quitté trop tôt la réunion de famille. Juliane dit sur un ton enjoué que tout ce qui s'était dit là, elle l'avait déjà entendu trois fois, et que ça ne méritait pas d'être entendu une quatrième fois. Sabine dit : Les conversations familiales n'ont pas besoin d'être d'un haut niveau. Si vous vous conduisez comme ça, un jour viendra où vous n'aurez plus de famille. On aurait dit une menace, mais Juliane prit l'air de quelqu'un qui se dit « bof ! », et Lena n'eut aucune réaction. Une fois de plus, Halm admira Sabine, qui se laissait si peu affecter par les événements. Que Lena laisse purement et simplement tomber son Traugott et vienne se réfugier à la maison, voilà bien qui était hors de question. Lena dit qu'elle ne retournerait jamais auprès de Traugott, en aucun cas. Juliane demanda s'il ne faudrait pas que Lena fasse sortir l'autre bonne femme à coups de poing. Toi, tiens ta langue, dit Sabine. Bon, c'est mon tour, dit Juliane gaiement. Tu vas chercher un emploi ici, parce que Berlin, c'est fini, dit Sabine. Juliane s'étonna. Je veux simplement parler de Christoph, dit Sabine. Juliane devint rouge comme une tomate. Alors tu m'as espionnée, dit-elle. Espionnée ! s'écria Sabine. Quand je suis obligée de ramasser moi-même votre linge sale parce que vous êtes, vous, trop paresseuses pour le mettre dans la machine à laver, je me permets de lire les lettres qui tombent de vos poches.

Un homme de vingt ans de plus que toi, avec deux enfants qui ont presque ton âge, et une femme ! Juliane dit qu'elle se fichait pas mal de la ville où elle vaporisait de la *mousse à toilette* sur des culs de vieillards entre quatre-vingt-cinq et quatre-vingt-dix-sept ans, pour les nettoyer ensuite — ici ou à Berlin, quelle importance, mais elle n'aimait guère se faire faire des remarques par quelqu'un qui avait subtilisé un vague petit billet qui ne la concernait pas. Elle refusait d'aborder ce sujet. Et si c'était une condition pour rester à la maison, elle partirait dès ce soir. À Berlin. Et elle se leva et monta dans sa chambre. Elle ferma la porte avec une merveilleuse délicatesse. Sabine regarda Halm et Lena. A présent, elle aurait eu besoin qu'on la soutienne. Le visage de Lena évitait d'exprimer quoi que ce soit. Halm hochait la tête. Sabine voulait toujours tout régler. Elle croyait qu'on pouvait intervenir. Lui aussi était opposé à ce que la joyeuse Juliane, avec ses vingt-deux ans, se retrouve la proie, ou la victime, ou la maîtresse d'un père de famille de quarante-quatre ans. Mais comment l'empêcher ? Il lui vint une idée idiote : pourquoi est-ce qu'elle lit ces bouts de papier qui tombent des affaires de ses filles et atterrissent dans ses mains ! Lui, il n'en aurait jamais parlé. Sabine était dans son droit. Et sa volonté de régler ça le jour des obsèques de sa mère montrait uniquement à quel point c'était important pour elle. Reprends-toi ! Aide-la ! Ramène Juliane ! Tout de suite ! Avant que ne s'installe le conflit ! Tout a maintenant cette tendance à devenir irrémédiable. Mon Dieu, mais lève-toi donc ! Avant que Sabine ne se lève et ne puisse se retenir de pousser des cris ! Pense à la Californie, debout ! Se lever, il n'en fut pas capable, mais il fut capable de dire : Lena, sois gentille, va la chercher. Lena se leva et quitta la pièce, on aurait dit qu'elle devait arracher chacun de ses pas à une glaise compacte. Dès qu'elle fut sortie, Sabine dit : Quarante-quatre ans, deux enfants, professeur dans une école pour enfants handicapés. A l'entendre énoncer cette profession, on avait l'impression qu'il lui était impossible de réunir suffisamment d'énergie pour exprimer tout ce qu'il y avait dans ce terme. Celui-ci disait d'ailleurs très bien lui-même ce qu'il y avait à dire. Lena revint seule. Elle s'assit sur le tabouret du piano. Juliane ne descendrait que si on lui rendait immédiatement la lettre volée et si on consentait à ne plus parler de cette histoire. Halm vit que Sabine le regardait. On avait besoin de lui. Il sentit que le film de sa conscience était prêt à s'arrêter. Pas d'autres données, exigences ou devoirs. Plutôt une image vide. Ou plutôt rien du tout. Rien d'autre que ce voyage en Californie. Lena s'était retournée sur son tabouret et jouait pour ainsi dire machinalement quelque chose de rapide. Elle jouait déjà depuis un moment des gammes bouillantes de révolte – *presto agitato,* pensa Halm –, quand Sabine bondit de son siège en s'écriant que dans cette maison, elle finirait par devenir folle, jouer du piano le jour de l'enterrement ! Lena laissa aussitôt retomber ses mains, Halm avait déjà atteint la porte, il monta l'escalier en courant. Maintenant, il avait la force qui lui avait fait défaut auparavant. Il poussa un rugissement : Juliane, descends immédiatement. Je t'en prie ! Je t'en prie !

## 2.

Le visage pâteux, ils descendirent du train à 6 h 23 et traînèrent leurs sept bagages jusqu'à la place de Breslau, sur la façade arrière de la gare principale. C'est d'ici que devait partir, à 8 h 30, l'autocar de Bruxelles. « Face à la Rheinuferbahnhof », disait *Info,* l'imprimé de la compagnie de charters. Halm, Lena et Sabine arrivèrent les premiers sur la place. Ceux qui arrivèrent après se joignirent à eux. Puis vint quelqu'un qui savait où serait le car. Halm y traîna les deux lourdes valises. Lena et Sabine portèrent les cinq bagages plus petits. Mais le car s'arrêta à un autre endroit. Halm reprit joyeusement les lourdes valises. Personne ne réussirait à lui gâcher sa bonne humeur de voyageur. Quand ils passèrent la frontière allemande, il pressa la main de Sabine, et il n'avait aucunement l'intention de réduire au cours des mois suivants la pression de cette ardeur. Il la regarda, elle le regarda. N'eût été Lena, assise toute droite et raide, Halm aurait murmuré à Sabine qu'à en croire son humeur il s'agissait sûrement d'un voyage de noces. Lena n'était pas disposée à engager la moindre conversation, elle regardait droit devant elle comme si c'était elle qui conduisait. Elle serrait les lèvres avec une énergie infinie. A Bruxelles, l'humeur de Halm fut soumise à rude épreuve. Ils n'étaient jamais dans la bonne salle, et, chaque fois qu'ils arrivaient dans une nouvelle salle, ils se mettaient dans la mauvaise file d'attente ; tout le monde ici prétendait ne pas connaître cette compagnie de charters FFT, quant à la représenter, n'en parlons pas. Halm avait les mains brûlantes, les articulations douloureuses, il était trempé jusqu'à la moelle. Il dit à Lena et à Sabine que Luise Gutöhrlein, ce personnage de légende, n'avait pas dû non plus voyager dans des conditions absolument délicieuses quand, déguisée en homme, elle avait payé sa traversée en jouant du violon dans l'orchestre d'un bateau. Enfin, une certaine compagnie Belgavia eut pitié des voyageurs de la FFT. Tandis qu'installés sur les sièges râpés de l'avion ils attachaient leurs ceintures, Halm eut du mal à se retenir de chanter. Il ne se souvenait pas d'avoir jamais été dans une humeur aussi décontractée. Il était assis entre Lena et Sabine. Il donna des coups de poing dans le bras de Lena, l'embrassa sur le front, la pinça, lui sourit. Quand l'appareil décolla, il parvint presque, à force de bonheur, à lui arracher un sourire. Ce qu'il voulut aussitôt exploiter. Tout de même, elle devait le reconnaître, c'était merveilleux de s'envoler, de s'évader comme ça ! Elle fit la réponse la plus laconique possible : Rien ne me retient ici. Et moi encore moins, dit-il, embrassant Sabine sur la tempe. Mais n'était-ce pas une phrase terrible ? Rien ne me retient ici. Chez lui, c'était de l'allégresse. Et chez elle ? Ils voulaient tous deux quitter cette région d'Allemagne désormais vide pour eux ! Et il suffisait que tous deux soient d'accord pour partir. Tu sens comme on s'élève ? Lena, s'élever comme ça, il n'y a que ça de vrai ! Ça ne s'arrête plus ! Et une fois en haut, à trente-trois mille pieds d'altitude, comme ils glissaient tranquillement ! *A hot dinner will be served.* Lena, tu as entendu ça ! Sabine, dit-il, écoute, je disais justement à Lena que rien ne serait jamais plus beau que cet instant, ça y est, on est en haut, tout en haut. On vole en direction de San Francisco. Tous les trois. Qui peut encore se permettre ce genre de choses ? *A hot dinner will be served !* Lena, Sabine, on s'est échappés ! Ne regardez pas en arrière ! Nos oreilles sont maintenant faites pour d'autres noms. Northern Hebride Islands, c'est agréable à entendre. Iceland. Greenland. Là, regardez, la pointe des montagnes est plongée dans la neige jusqu'au cou. On a laissé le soleil là-bas en bas, derrière nous. On prend un raccourci. Le temps passe, on dirait un coup d'aile, Lena ! Un sourire, s'il te plaît. Un pareil narcisse peut-il blesser un être au point qu'il ne puisse plus tourner la tête, au moment même où il découvre la Hudson Bay ? Et d'après le commandant de bord, il fait beau à San Francisco. 21 degrés. L'idéal, Lena, 21 degrés ! Halm faisait apparemment une telle impression sur son entourage, qu'une malheureuse Orientale installée derrière eux lui demanda de remplir pour elle et sa mère les cartes qu'on devait remettre à l'atterrissage. Née à Alep, en l'an 1922, on n'en savait pas plus. L'argent ne devant être déclaré que si l'on avait plus de 5 000 dollars sur soi, Halm fit un trait à côté de cette question. Elle le reprit. La malheureuse Angel Khato et sa mère obèse ont plus de 5 000 dollars sur elles ! Une fois de plus Halm éprouvait toute l'amertume de son dénuement. L'instituteur allemand se faisait traiter de crève-la-faim par les Gutöhrlein. Et lui, il a 1 300 dollars sur lui.

Sabine voulait être fraîchement coiffée pour pénétrer dans le Nouveau Monde. Son peigne se brisa. Elle tend les deux morceaux à Halm et demande : Qu'est-ce que ça veut dire ? Halm dit aussitôt, avec impétuosité : Que tu n'as pas besoin de te coiffer, Sabine ! Toi, te coiffer ? ridicule ! Ta coiffure sauvage fait que l'on te nomme : « Toujours-Belle » ! Halm, quand l'envie le prenait, aimait à s'exprimer de manière extrêmement emphatique. Ah oui, la leçon intitulée *Rainer Mersjohann,* il vous faut l'apprendre tout de suite. La mèche blonde qu'il faisait à l'époque onduler à la gomina s'est peut-être affaissée. Autrefois, cette mèche luisait comme de l'or. Mais ses yeux ne brilleront pas d'un éclat moins bleu à travers ses cils dorés, vous ne croyez pas ? Et il se déplace comme une bougie qui a peur de s'éteindre, parfaitement ! Et ses mains, deux spatules d'une pieuse beauté, toujours agitées comme des éventails au bout de ses bras qui battent comme des ailes. Un homme de grande taille dans du velours. Un homme de velours. Et pas la moindre tendance à la rondeur, comme Halm, non, un homme mince, bref, un homme de haute taille. En un mot : Ariel ! Et ne ricanez pas quand il prononcera tous les *t* comme si c'était des *th.* Il est originaire de Münster, là-bas, il y a des gens qui parlent comme ça, et ils n'écrivent pas tous des sonnets impeccables. Une fois en Amérique, il a continué d'envoyer des poèmes, pendant les premières années. En anglais et en allemand. Et puis songez bien qu'il nous a invités, faites-lui sentir que nous le considérons comme notre sauveur. Il l'est. Ne pas avoir sur le dos pendant quatre mois la firme Kiderlen et Rimmele — le paradis ! Échapper quatre mois à l'abrupt versant nord de Sillenbuch — Sabine, tu consentiras à reconnaître que le monument des Gutöhrlein présente quelques zones obscures ; la Californie, en revanche, vous n'avez qu'à regarder par le hublot, est tout entière au soleil. *The Golden State.* Quel aéroport, regardez un peu ça ! Pas de bousculade ! Avec délectation, Sabine, nous allons retarder un peu l'instant de notre entrée dans la Terre promise. Ô Sabine, songer que tu t'es laissé faire, que tu as accepté de régler tout le pénible bazar qu'il faut régler avant de pouvoir se barrer — jamais il ne l'oubliera, lui dit-il à l'oreille avant d'arriver au contrôle des passeports. Dire que M^me^ Niedlich viendra tous les jours à la maison, qu'elle s'occupera d'Otto — génial, Sabine !

Mais Rainer Mersjohann n'était pas au rendez-vous. Les gens qui attendaient là n'étaient pas si nombreux qu'il ne s'en aperçût immédiatement. Bon, restez là dans cette forteresse de bagages, ne vous faites pas enlever, il va téléphoner à la Washington University. Halm cherche un téléphone, il n'a pas de monnaie, il trouve une banque, on lui donne des *coins,* il téléphone, comprend que Mr. Mersjohann n'est jamais à l'heure, il est en route, en tout cas il n'est pas à son département, peut-être chez lui, le tout suivi du *home number.* N'est-ce pas un idiome merveilleux : *home number !* Donc lentement, sereinement, il retourne auprès de sa famille. Asseyez-vous. Et ne vous laissez pas abattre, je vous en prie. Qu'on vienne les chercher ou non, ils étaient en Californie ! Pourtant, il se serait volontiers laissé prendre à la gorge par l'abattement. Au bout d'un quart de siècle et de tant de milliers de kilomètres, M. Mersjohann aurait tout de même pu se pointer à l'heure, ce noble gradé de velours, ce crétin mielleux, mon Dieu. Allons, allons, les choses ne vont pas dès le début se passer ici comme elles se passent partout ailleurs. Il tenait à ce que la Californie soit absolument différente de tout le reste. Finalement, un monsieur s'approcha, vêtu d'un pantalon à carreaux bleus et blancs et d'une veste à carreaux verts et blancs. Sur la tête, un chapeau de paille rond et plat, de couleur jaune foncé, avec un large ruban noir. Voici les Halm, dit le monsieur. Tu es Helmut, dit-il. Vous êtes Lena, dit-il. Mais Halm ne pouvait pas dire : Tu es Rainer. Ce n'était pas Rainer. Il était impossible d'avoir quelqu'un dans la tête avec plus de netteté qu'il n'avait Rainer dans la tête. Il aurait pu dessiner, peindre Rainer et le reproduire dans n'importe quel matériau du monde, mais ça, il le vit tout de suite, ça n'était pas Rainer Mersjohann. Halm n'avait rien d'autre à faire que de se comporter comme s'il prenait l'autre pour Rainer Mersjohann. L'autre voulait qu'on le prît pour Mersjohann. Halm était sans arrêt obligé de lancer des coups d'œil furtifs pour essayer de retrouver quelque chose de Rainer Mersjohann. Quand il rencontrait des gens qu'il avait fréquentés autrefois, il était très rare qu'il les reconnaisse tout de suite, mais, avec le temps, il parvenait toujours à faire entrer l'image ancienne dans l'image présente et à prendre la personne présente comme un prolongement de la personne ancienne. Mais le Rainer Mersjohann d'autrefois et celui de maintenant, pour le moment, ça faisait deux. Et il devait faire coïncider ces deux personnes. Au début, ce fut très douloureux de ne pas avoir retrouvé l'ami d'autrefois. L'homme qui était venu les chercher les conduisit vers un break vert foncé. Toutes les voitures de l'université étaient de ce vert solennel. Le monsieur qui était désormais installé à l'autre bout de la banquette avant était un inconnu. Gros, les joues pendantes et bleuâtres, et, accrochée à ces joues, une barbe broussailleuse sans couleur qui passait sous le double menton. Quand il ôta son chapeau, on vit apparaître un crâne chauve. Les cheveux qui auraient pu pousser ici ou là, on avait dû les raser. Qu'était devenu Mersjohann avec son allure de poète en velours et ses airs de bougie ? Qu'étaient devenus les cils dorés ? Il dit sans regarder dans sa direction : Ne me regarde pas comme ça, on est en train de traverser San Francisco ! Et il se mit à donner des explications. Downtown, Treasure Island, et maintenant le pont sur la baie, et là en face, vous voyez l'agglomération des villes d'Oakland, Berkeley, Albany, San Pablo, El Cerrito, Richmond, etc., derrière nous, à gauche, l'île d'Alcatraz, et au-delà, en vous retournant complètement, vous voyez le pont de Golden Gate. Il parlait tranquillement, avec douceur, sans regarder tel ou tel endroit quand il parlait de tel ou tel endroit. Halm souffrait. Il l'écoutait avidement. Déjà il s'était remis à ne regarder que lui. Au cours des dernières semaines, Halm s'était langui de Rainer Mersjohann. Peut-être leur amitié pourrait-elle renaître à une vie nouvelle. Chez lui, il n'avait pas d'amis. Les uns après les autres, il les avait... perdus. Toujours pour la même raison : ses amis lui avaient toujours fait sentir qu'ils étaient prêts à lui pardonner ceci ou cela. Il pouvait être leur ami malgré... Non merci. Plutôt rien. S'il était nécessaire d'émettre des restrictions, il préférait ne pas avoir d'amis.

On s'engagea dans la Contra Costa Avenue. La ville s'appelait Berkeley. Dix minutes de voiture pour aller de la maison au campus de l'université d'Oakland. Le terrain sur lequel se trouvait une université s'appelait un campus. La maison appartenait à un professeur qui était actuellement en Espagne. Le soi-disant Rainer ouvrit la porte, entra en courant, on avait trente secondes pour déconnecter le système d'alarme, faute de quoi le *cambriolage* était signalé à la centrale ADT. Le réfrigérateur était plein, disait l'une des notes dans lesquelles le professeur donnait en plusieurs chapitres un mode d'emploi de la maison et une description de l'état des lieux. Pour plus de sûreté, il avait aussi apporté de la bière. Et il passa devant les Halm muets en portant quatre packs de six boîtes. Halm devait cesser de penser à autrefois. Ici était installé un géant sympathique, qui buvait sa bière comme s'il venait lui-même d'effectuer ces onze heures d'avion. Au géant, il fallut d'emblée cinq boîtes. On était assis en demi-cercle sur le banc du coin cuisine, on avait vue sur le jardin, sur la rue qui montait, et en regardant par la porte ouverte de la cuisine et par la fenêtre de la salle à manger, on pouvait découvrir encore l'ondoiement des couronnes des arbres et des toits jusqu'à la baie luisante, et, au-delà, les contours de San Francisco. Sabine dit que la vue était merveilleuse. Le géant regarda Halm, mâchoire inférieure avancée, lippe tombante. Quand il parlait, Rainer avait toujours tendance à fermer la bouche plutôt qu'à l'ouvrir. Et cette lèvre inférieure du nouveau Rainer, tendue vers l'avant, pendante, déformée, semblait ne plus jamais devoir toucher sa lèvre supérieure. Et les yeux ! Derrière des paupières bordées de rouge, un regard plutôt incertain. Il fallait s'adapter tout de suite, ou repartir. Oublie Ariel, fais connaissance avec Falstaff ! On n'a pas rajeuni, dit le géant. Halm eut peur. Sabine dit que le petit jardin montant vers la rue ressemblait presque à un jardin japonais. Le géant fit lentement tourner sa tête sur ses épaules rondes en direction de Sabine. On dirait un obusier, pensa Halm. Bien vu, Sabine, dit-il. Dans la description du professeur Rinehart, cette partie s'appelait *japanese garden.* A lire les instructions d'arrosage pour cette partie-là, on dirait une introduction au shintô, dit le géant. Le professeur Rinehart, ou sa femme, ou les deux étaient manifestement nipponomanes, il n'y avait qu'à voir les objets posés dans les vitrines et accrochés aux murs. Et, à présent, les détails techniques concernant la maison. D'abord, le plus important, le dispositif d'alarme. On tape le nombre 3 388, et on a trente secondes pour sortir, quand on rentre, même chose, on a trente secondes. Le géant donnait toutes ces explications comme si les Halm avaient dû non seulement se servir de ces appareils, mais aussi, en cas de nécessité, être capables de les réparer. Halm ne comprenait rien, mais il faisait semblant d'être attentif. L'autre sembla s'en apercevoir. Avant d'en avoir terminé avec les explications se rapportant au four-gril-rôtissoire, un appareil de presque deux mètres de haut, il s'arrêta tout net, et dit doucement, presque avec un soupir : Il vaudrait peut-être mieux laisser tomber. Il ajouta qu'il allait tout de même les quitter. Et il s'en alla. Mais la porte de fin grillage restait coincée, on l'avait accrochée devant la porte d'entrée, contre les insectes. Le géant grogna. L'une des trois crapaudines était sortie de son gond. Halm dit que ça n'avait pas d'importance. L'autre le regarda par-dessus ses lunettes qui lui avaient glissé sur le nez. C'est comme ça que tu penses procéder avec une maison qui ne t'appartient pas, dit-il, hochant trois fois lourdement son crâne de géant. Et ce M. Mersjohann reposa son chapeau. La broussaille de la barbe autour du double menton parut encore plus grotesque. Il parvint à trouver des outils dans la cave et il se mit au travail. Halm jouait au manœuvre. Les mains..., ça pouvait être Rainer. Les pieuses spatules, cette façon maniérée de bouger les mains, même quand il empoignait du matériel ou des outils — c'était Rainer, c'était Mersjohann. Ces longues mains, ni grosses, ni bleues, ni rouges, les mains de Jean, toujours condamnées à dépasser des manches de vestes trop courtes. Ah, Rainer, dit Halm, je suis désolé. De quoi ? dit l'autre. Que tu sois encore obligé de bosser ici, dit Halm. J'peux tout d'même pas t'louer une maison qui fonctionne pas, dit l'autre, c'est vrai ! Quand le fils du professeur lui avait confié la maison, il n'avait pas dû faire attention, c'est pour cela qu'il travaillait à présent. Mais Helmut pouvait aller lui chercher encore une bière. Halm se rendit compte qu'il commençait à admirer ce nouveau Rainer. Une telle compétence ! Et ce calme. Cet air reposé. Cette gentillesse. A l'époque où il avait quitté l'Europe, le stress n'était pas encore un mot à la mode. Et, ici, il ne l'était apparemment toujours pas. Rainer bricolait la porte comme si le temps n'existait pas. Puis tout fut réparé : la *screendoor* — c'est ainsi qu'il appelait la porte — battait et fermait à nouveau impeccablement. Son Rainer Mersjohann d'autrefois ne serait jamais arrivé à faire un truc pareil. Avec les mains de Rainer ! Puis il s'en alla. Dommage. Mais il ne voulut pas le retenir. Il a quelque chose de charmant, dit ensuite Sabine. Et la manière dont il a expliqué le fonctionnement de la machine à laver, du séchoir, de la cuisinière, de ce four gigantesque — Sabine était étonnée. Alors que ce n'est même pas sa maison. Mais, de toute évidence, il s'est efforcé de comprendre les descriptions du professeur. Il s'en est donné, du mal, dit Sabine. Et il est adroit, dit Sabine. Oui, dit Halm en secouant la tête. Et il voulait toujours expliquer à Helmut *et* à Sabine, dit Sabine. Tu as vu comme il était étonné que ça ne t'intéresse pas ? Ce n'était pas poli. J'ai bien fait des efforts, mais je n'y comprends rien, dit Halm. Parce que tu ne veux pas comprendre, dit Sabine. Elle le trouvait formidable. C'est peut-être l'Amérique, dit Sabine. Lena avait disparu dans sa chambre. Sabine et Halm nettoyèrent tout ce qui avait à voir avec la cuisine et les repas, jusqu'à ce que tout soit d'une propreté méticuleuse, ainsi qu'ils y étaient habitués. Avaient-ils jamais, chez eux, fait le ménage ensemble ? Puis ils se rendirent dans un quartier commerçant situé quelques rues plus bas. Les supermarchés étaient ouverts même le dimanche soir. Ces raisins, Sabine, regarde ! Et ces poissons, Helmut, regarde un peu ! Et du maïs et du képhir et des avocats et des artichauts, et vraiment pas cher ! Sabine vit immédiatement qu'elle s'en tirerait avec le traitement accordé. Il n'y avait que les 800 dollars de loyer qui les obligeraient à payer un peu de leur poche. Mais ils n'habitent pas tout en bas dans la plaine, ils sont déjà un peu sur la colline, avec vue sur le pont de la baie, sur la baie elle-même et sur San Francisco. Helmut se sentit immédiatement à l'aise au milieu des maisons qui l'entouraient et qui devaient provenir de Grenade ou de Stratford on Avon. Serrées les unes contre les autres, mais si profondément enfoncées dans les arbres et les arbustes que les différentes traditions ne surgissaient de ces masses de verdure qu'à la manière d'allusions. Halm alla chercher Lena dans sa chambre où elle se tenait assise dans l'attitude d'une personne séquestrée, et il l'emmena de force, ainsi que Sabine, faire une promenade sur la colline. Un étroit sentier montait à la verticale entre des clôtures. Yosemite steps. Bon, encore une tradition. Ils montèrent jusqu'à un point d'où ils pouvaient embrasser tout le paysage. Une plaine sombre, remplie de scintillements extrêmement acérés. Sur le pont, des cordons de lumière traversent la baie. San Francisco, entassement de blocs lumineux vert et or, devant la silhouette violette d'une colline. Au fond, dominant tout cela, de la largeur de l'horizon, un ciel de feu criard. C'était donc sous ce ciel qu'il fallait imaginer le Pacifique. Ah, Lena, ah, Sabine, il a sûrement déjà passé trop de temps à Sillenbuch. Pour un peu, ce spectacle ferait exploser en lui ce que l'on appelle le sang-froid.

## 3.

Le lendemain matin il sentit encore cette odeur, et il demanda à Sabine si l'on pouvait y faire quelque chose. C'était, dit Sabine, l'odeur d'un autre vieux couple. Tous les couples produisaient dans les pièces où ils vivaient ce genre d'odeur particulière qu'ils ne sentaient plus eux-mêmes. Surtout dans la chambre à coucher. On croirait entendre le ministre des Couples âgés, dit Halm en se levant.

Sabine n'avait pas bien dormi non plus. Quand elle pensait à l'air qu'on respirait ici, dit-elle, son souffle se bloquait. C'est un air qui a une couleur, dit-il. N'en parlons plus, dit-elle. Je ne peux plus respirer à fond, dit-il. Dès que je respire plus profondément, l'air a une odeur, ou plutôt une couleur. Sabine bondit de son lit et s'écria : Le professeur Rinehart est ethnologue.

Ils se guident sur le plan que Rainer a dessiné pour eux. Prendre la Shattuck pour traverser Berkeley jusqu'à l'Ashby, puis remonter à gauche en direction des Oakland Hills jusqu'au Claremont Hotel, un monstre blanc qui, d'après Rainer, ne serait pas sans dégager une assez grande force surnaturelle ; après l'avoir contourné, à supposer qu'ils y parviennent, ils pourraient voir la porte Crocker de la Washington University et considérer alors qu'ils étaient arrivés.

Ils trouvèrent leur chemin, regardèrent en silence les étudiants qui se bousculaient entre les deux colonnes carrées en pierre rougeâtre de la porte Crocker afin de pénétrer dans le campus. Halm demanda s'il ne devrait pas tout de même se remettre à conduire. Ici, on conduit plus lentement. Et la femme de Rainer a une auto-école. Il pourrait prendre quelques cours chez elle. Tu veux te débarrasser de moi, dit-elle. Oui, dit-il, et il lui fit des signes jusqu'au moment où il la perdit de vue. Il était là comme un obstacle dans le flot des étudiants qui s'écoulait en direction de la porte. Puis il se laissa emporter au paradis des arbres et des collines. Esquisse n° 2 de Rainer : le campus. Même sur cette esquisse, Rainer manifestait ses dons de boute-en-train. Quand, ayant passé les piliers de Crocker, on avait presque laissé derrière soi les magasins de la Student Union Plaza affectés aux fournitures universitaires, on était prié de mettre le cap sur Coit Hall, en haut à droite, et de noter que le bâtiment abritait les locaux destinés aux cours, donc de bien vouloir poursuivre en direction de ce qui se trouvait là-haut, et qui ressemblait à quelque antiquité échouée là. En bas à gauche, sur une vaste surface de prairies formant cuvette, se dressait la Lincoln Library qu'on venait d'achever ; une espèce de chose en vitre verte, protégée par des boucliers de marbre arqués en forme de feuilles, avec de l'eau tout autour, où l'on peut voir son reflet. Et maintenant, en haut à droite, Pierce Hall, une espèce de construction rappelant arbitrairement l'art assyrien, posée toute seule sur une colline, et qui abrite les Natural Sciences. Jusque-là, il y avait toujours quelque chose en haut à droite ou en bas à gauche, mais, à présent, disait l'esquisse, c'est devant lui que s'étendait la prairie s'élevant en pente douce, il y avait de plus en plus d'arbres, presque une forêt, mais celui qui avait dessiné le plan du campus n'avait pas prévu de forêt ; les séquoias, géants et sempervirens, ne dépassaient pas le stade de portions d'arbres ; donc, des *groves* (oh oui, ici, on peut encore parler de *bosquet*), et, au milieu, le chemin qui s'élançait et bifurquait pour traverser le cours tari de l'Okra Creek sur un petit pont voûté comme un chat faisant le gros dos. Le chemin, presque tout droit, n'était pas bordé d'arbres comme les allées européennes ; il indiquait à présent le but du voyage : granit et ardoise, style gothique du Wyoming, c'était Fillmore Hall. Au troisième étage, bureau 306, le secrétariat, sur lequel régnait avec beaucoup d'esprit Mrs. Carol Elrod. Halm ne put frapper, la porte était ouverte. Sur l'itinéraire indiquant la voie d'accès à la secrétaire, Rainer aurait pu ajouter en toute quiétude : peau blanche, yeux noirs, front bombé autour duquel viennent s'arrêter des cheveux noirs, qui évoquent des langues de feu. Elle ne parlait ni trop ni trop peu. Elle n'était ni trop distante ni trop familière. Halm eut immédiatement le sentiment qu'on pouvait se reposer sur elle pour la suite. Elle portait une jupe en toile de jean et un chemisier sans manches. De toute évidence, les rondeurs des épaules étaient là pour confirmer l'arrondi du front. Son bureau était petit et archiplein. Devant sa table de travail, une chaise, posée de biais, pas moyen de faire autrement. Quand elle vous proposait cette chaise, on se montrait donc de profil, à moins de tourner la tête de 90 degrés dans sa direction. Elle lui indiqua le bureau du quatrième étage, nº 407 F, bureau qu'il devait considérer comme le sien. Puis elle lui expliqua le chemin pour retourner à Coit Hall. Il ne dit pas que, venant de la porte Crocker, il avait déjà vu Coit Hall en haut à droite. Il n'avait pas le sens de l'orientation, le retour représentait toujours pour lui un nouvel itinéraire où il ne retrouvait plus le chemin qu'il avait fait à l'aller. *You just stop back after your class,* dit-elle. Ce qui devait signifier qu'elle l'attendrait après son cours. Elle parlait tantôt allemand, tantôt américain. Son allemand était aisé, on y entendait quelque chose comme des accents berlinois. Et, tous les jours, il fallait qu'il mette le *Neese* [1] dans son casier, dit-elle. Tout ce qui le concernait atterrissait dans son casier. La Washington University était célèbre pour ses *events.* Encore un mot allemand qui lui manquait. Une *first generation kid,* c'était tantôt le mot allemand, tantôt le mot américain qui lui manquait. Elle avait les incisives joliment écartées. Avec ses cheveux qui poussaient en faisant des crans et venaient s'arrêter en désordre sur le devant de sa tête, elle ressemblait à un poète romantique anglais ou allemand. Ou bien à un mouton. Une grande lèvre inférieure. Comme Rainer. Mais, au lieu d'être pendante, elle soutenait très nettement la lèvre supérieure. Et, dans le visage, jamais tourné complètement vers l'interlocuteur, ces yeux qui vous regardaient. Byron en mouton, songea Halm, ce n'est pas possible. Il fallait qu'il cesse de la regarder aussi fixement. Ses remerciements furent si ardents qu'elle ne put les prendre pour de simples remerciements de routine.

Sur le chemin qui le ramenait à Coit Hall, il se mit en colère contre son vieux cartable avachi et râpé ; sans doute parce que les chemins du campus, montant et descendant, sillonnant les pelouses les plus verdoyantes, grouillaient de jeunesse estudiantine. Il avait le sentiment d'être entraîné dans un tourbillon, submergé, emporté par les flots. Il dut s'arrêter et regarder les arbres. Celui qui veut vraiment découvrir les arbres, il n'a qu'à venir ici, dit-il à voix si basse qu'il fut seul à l'entendre. Les arbres incitent à la piété, je m'en suis rendu compte avant de le

1. *Die Neese :* dialecte berlinois, *die Nase,* le nez.

savoir, dit-il à voix tout aussi basse. Il fut effrayé par les cris de deux étudiantes qui s'élancèrent l'une sur l'autre, non point pour se rouer de coups, mais pour s'enlacer. C'était le jour de la rentrée. Des quatre côtés, on accédait à Coit Hall en montant un escalier. Cours de conversation, salle 101, cours de langue, salle 102. Par la petite fenêtre carrée de la porte, Halm vit qu'une étudiante était installée en 101. Il entra, salua et s'assit aussi loin d'elle que possible. Il était 8 h 50. L'étudiante demanda si Halm venait aussi pour le cours de conversation. Halm dit que oui. Elle était sans doute étonnée qu'un homme de son âge suive encore le cours de conversation. Même pour être *instructor,* il était trop âgé. L'étudiante s'étira, bâilla. Halm déchiffra l'inscription sur son tee-shirt : *« Small things amuse great minds ».* Entre le vers qui se terminait par *« things »* et celui qui commençait par *« amuse »,* on devinait les petites choses, pas si petites que ça. A 8 h 55, il y avait trois étudiants. A 9 h 5, il y en avait sept. Puis vint un étudiant qui demanda si on pouvait leur prendre une chaise. Halm dit que oui. Il n'y avait plus maintenant une seule chaise libre. Puis arriva une étudiante handicapée, raclant le sol de ses béquilles. Un étudiant fut obligé d'aller lui récupérer une chaise. Halm s'aperçut qu'il transpirait. Il se présenta, dit qu'il n'était pas un champion de la conversation, qu'il avait plutôt tendance à éviter les occasions de conversation, mais qu'il était heureux de faire ce cours de conversation, car ce qui allait avoir lieu ici, ce n'était pas de la conversation, on allait simplement jouer à la conversation, commençons donc tout de suite, par exemple, en évoquant les différentes opinions que l'on peut avoir sur la conversation, et donc en essayant de voir si, pour impressionner les gens, on a plus de chances de réussir en disant la vérité ou en racontant des mensonges, et si la conversation dans une langue étrangère n'est pas ce qu'il y a de mieux, étant donné que, ne sachant jamais exactement ce qu'on dit, on ment de la manière la plus innocente, on peut donc être plus audacieux que dans sa langue maternelle puisqu'on n'a pas à répondre de ses paroles... Tout ce qu'il disait là, il l'avait élaboré avant.

Ensuite, sur le chemin qui le ramenait de Coit Hall à Fillmore Hall, il se sentit comme après une défaite. Il était épuisé, lessivé. De peur que les étudiants ne parlent pas, il avait trop parlé lui-même. Empêchant ainsi de parler ceux qui peut-être auraient parlé. Juste au moment où il retraversait le pont en forme de chat qui fait le gros dos, il entendit son nom. Une étudiante l'avait rattrapé. Une grande blonde. Elle lui tendit la main, elle s'appelait Fran, elle était contente de suivre son cours, elle aimait la littérature allemande, surtout Rilke et Stefan George. Ce n'était pas la fille qui portait le tee-shirt à l'inscription. Elle allait aussi à Fillmore Hall. Elle lui demanda si c'était la première fois qu'il était ici. Oui, oui, dit-il. Elle dit qu'elle avait l'impression que son cours de conversation allait être très vivant. Pendant le cours, elle était de ceux qui ne disent rien. C'est maintenant que vous faites de la conversation, dit-il. Elle rit très fort. Puis elle dit qu'elle était très timide, qu'elle passerait sûrement quatre mois à ne pas proférer un son pendant le cours. Puis ils continuèrent d'avancer en silence l'un à côté de l'autre. Puis elle dit : Vous aimez aussi Rilke et Stefan George ? Oui, oui, dit-il, bien sûr. Il réfléchit pour savoir, parmi toutes les choses qui lui passaient par la tête, ce qu'il devait dire. Elle dit qu'elle avait passé un an à Vienne, c'est là qu'elle avait appris à aimer Rilke et Stefan George. Un an à Vienne, c'est rudement bien, dit-il. Si seulement il n'avait pas dit tout de suite qu'il allait à Fillmore Hall, il aurait eu maintenant la possibilité de bifurquer à l'un des nombreux embranchements pour se perdre parmi les courbes vertes. Devant les ascenseurs de Fillmore Hall, il dit : Je l'ai déjà dit, je ne suis pas bon en conversation. Elle dit qu'il était très bon en conversation, on avait envie de lui parler. Effrayé, il fit un signe de dénégation très net, et, le visage tourmenté, du moins il l'espérait, il leva les yeux vers les chiffres lumineux indiquant les étages. Ils entrèrent dans l'ascenseur. *Going up ?* demanda-t-elle à l'étudiant qui était déjà dans l'ascenseur. *Trying to,* dit-il, et Halm, qui enseignait également l'anglais dans son pays, constata une fois de plus, mortifié, qu'il ne dominerait jamais cette langue. D'une certaine manière, il lui était pénible de penser que, dès le premier cours, il avait fait le chemin du retour avec cette jeune fille. Carol Elrod parut éprouver le même sentiment. Halm eut l'impression qu'il rougissait, et il dit qu'il devait vite aller dans son bureau. Il put encore entendre la jeune fille qui demandait le professeur Ackerman. Avec une sensation de bien-être, il ouvrit la porte 407 F, qui serait désormais sa porte pour près de quatre mois. La plaque portait l'inscription *« Prof. Halm ».* Le professeur Taenzer, dont c'était le bureau, était en congé pour un an. Halm se laissa tomber sur le fauteuil de bureau. D'en haut, il fut aspergé d'un air glacial. Il s'écarta brusquement et recula sur son fauteuil à roulettes jusqu'à un point où il fût protégé de ce rayon de froid tombant directement sur lui. La pièce n'avait pas de fenêtre. Il avait d'abord pris pour une lucarne le néon carré du plafond. A côté du néon, une grille d'où sortait l'air froid. Il laisserait ici en permanence un pull-over et une écharpe. Les murs verts étaient tapissés de dessins et de tableaux exécutés par des enfants. Il est toujours pénible d'avoir à regarder des images fabriquées par des enfants dont on n'a en rien provoqué l'existence. On ne pouvait enlever ces images. Le professeur Taenzer qui, bien entendu, ne se lassait pas de les contempler, les avait collées sur ces murs pour toujours. Halm se procurerait des affiches, même si elles devaient représenter Neuschwanstein. Rainer s'était excusé pour ce bureau. Fillmore était en fait le bâtiment le plus ancien. Qu'on y ait installé le département d'allemand, voilà bien qui indiquait l'intérêt qu'on portait ici à cette langue. Les Latino-Américains, eux aussi logés à Fillmore jusque-là, seraient à partir de janvier dans les nouveaux locaux de Menlo Hall. Tout à coup, la clé s'enfonce dans la serrure avec un abominable grincement, un homme du service d'entretien dit Hei, se dirige vers la corbeille à papier vide et repart. Halm eut l'impression qu'il ne s'était pas écoulé de temps entre le moment où l'on avait mis la clé dans la serrure et celui où l'on avait ouvert la porte. Et s'il avait été en train de se livrer à l'une de ces activités dans lesquelles on n'aime pas être vu ? C'était un Afro-Asiatique. Sur sa veste, une plaque portant son nom : Elisha. Dès que l'homme fut ressorti, Halm fut en mesure de dire Hei. Après son cours de langue, il retourna au département. Il voulait montrer à M^me^ Elrod que l'étudiante qui l'avait accompagné était une exception. Elle voulut savoir comment s'était passée la première matinée. Le cours de langue, dit-il, n'a pas posé de problème, mais cette classe de conversation, il n'avait pu faire parler que trois participants. Vous n'avez qu'à leur demander pourquoi ils viennent, dit M^me^ Elrod. Rainer s'était moqué de lui quand il lui avait demandé comment on faisait ce genre de cours. Et voilà que cette M^me^ Elrod, avec sa merveilleuse présence d'esprit, lui a, par précaution, pris un rendez-vous pour trois heures de l'après-midi avec deux *teaching assistants* qui donnent des cours de conversation depuis déjà deux semestres. Et, demain après-midi, à trois heures, au Foundation Building. Pour des questions concernant son assurance. Après-demain, carte de bibliothèque et séance de photo pour la *social security card.* Et maintenant, il voulait inviter M^me^ Elrod à déjeuner, mais, tâtant ses poches, il se rendit compte juste à temps qu'il avait perdu son porte-monnaie. Une frayeur dépassant tout ce qu'on pouvait imaginer. Et il ne peut vraiment pas se permettre de perdre son porte-monnaie. Il se dit qu'il doit faire comme si, malheureusement, il était déjà pris pour le déjeuner. Hum, hum, dit Mme Elrod. Il fit comme s'il ne voyait pas ce qu'elle voulait dire, et il ajouta en passant que sa femme viendrait déjeuner avec un ami. Mon Dieu, dans quels mensonges était-il en train de s'embarquer ! Et pourquoi donc, dites-moi ? Bon, alors à cet après-midi. Prenant avec ostentation l'allure d'un homme affairé, il regagna son bureau et téléphona à Sabine. Elle a déjà retrouvé le porte-monnaie. Dieu soit loué. Effritement de sa frayeur ainsi décapitée. Sabine arrive tout de suite. Halm eut du mal à l'en dissuader. Qui donc, si ce n'est lui, a intérêt à jeûner ! 16 h 5 à la porte Crocker ! Puis, pour sortir, il chercha un chemin qui ne passe pas près du département, et au lieu de prendre la direction de Coit Hall, il s'engagea encore plus loin sur le terrain du campus. Il y avait à présent partout des étudiants allongés dans la verdure, on aurait dit des statues. Quand, ayant brouté des heures d'affilée, les vaches s'installent pour ruminer, elles ressemblent à ces entassements de divinités. Tranquillité méridienne du campus, rendue plus profonde encore par les cloches sonnant au campanile. Soudain, il vit des pierres tombales. A même la pelouse. Quelques étudiants et étudiantes isolés étaient couchés entre les tombes, et aussi dessus. Occupés à lire, à rêvasser, à ruminer. Plusieurs d'entre eux avaient placé un sous-main sur leurs genoux repliés, et les pierres tombales leur servaient de dossier. Devant l'une d'elles, couchée sur le dos, une jambe repliée, l'autre étendue, se trouvait la jeune fille qui l'avait abordé après le cours de conversation. Elle avait un bras posé sur le visage, mais il la reconnut à son short bleu vif à larges bandes blanches et à son maillot blanc, genre tissu-éponge, à large décolleté arrondi. Elle était couchée juste devant la pierre tombale. Sur l'herbe, ses cheveux blonds étaient vert métallique plutôt que blonds. Elle était chaussée de vieilles chaussures de gymnastique qui n'avaient pas de couleur. Il venait de s'en apercevoir. Il pouvait partir. Il ne partit pas. Reconnais que c'est une journée formidable ! Je le reconnais, dit le moi ainsi apostrophé à celui qui l'apostrophait. Alors, seulement, il partit. Par bonheur, il avait l'habitude des jeunes. Dans son pays, ils ne traînaient pas sur les tombes, c'est vrai, et ne venaient pas non plus en cours dans cette tenue, mais il y avait tout de même de beaux spécimens. Cela ne lui faisait plus rien. Plus ils se comportaient avec violence, moins il y était sensible.

Pour lui, c'était du passé. Grâce à... ah non. Qu'est-ce qu'elle vient faire ici ? Il ne pouvait exister d'erreur plus radicale que sa faillite avec Nicole. Il retourna dans son bureau. Ce qui était agréable, c'était la difficulté à trouver ce bureau. Ça ne tenait pas au couloir. Il n'y avait dans le couloir que la porte 407, derrière laquelle quelques marches montaient à une porte sans numéro, et, derrière cette porte, une antichambre, où quatre portes donnaient accès aux bureaux 407 C à 407 F. Sur le sol de l'antichambre était peinte une flèche rouge qui indiquait une petite porte extrêmement basse, on aurait dit qu'elle servait d'entrée ou de sortie à des nains. Elle était ouverte et laissait apparaître un trou rond qui conduisait à un tuyau de fer-blanc. *« Fire Escape »,* pouvait-on lire sur le mur. A côté du trou, un tas de vieux livres. Il ne put s'empêcher d'y plonger la main et d'en prendre autant qu'il en put saisir d'un seul coup. Une fois dans son bureau, il examina le butin : « *1848 Ähringe und Naiestaan im Johr Achtevärzich Luschtiche Hoheloher. Geschichtlich und Gedichtlich vum Wilhelm Schrader, eme alte Naiestaaner.* Leipzig, non daté. » Et aussi : *« Dictionary of ANEKDOTE, selected and arranged for The Pulpit and the Platform by the Rev. Walter Baxendale, New York, 1889. »* Il ouvrit immédiatement *Le Livre des anecdotes* et s'arrêta au mot *« Death. Death, Bound to »,* lut-il. Et — en tant que professeur il se devait bien ça — il fit aussitôt, tout en lisant, une traduction : « Virgile parle d'un roi des temps anciens qui, lorsqu'il punissait, était d'une cruauté si peu naturelle qu'il aimait attacher un mort à un vivant. Le malheureux ne pouvait se séparer de son répugnant fardeau. Le cadavre était solidement lié à son corps, la main à la main, le visage au visage, la bouche à la bouche ; quand il se couchait, le cadavre se couchait, et de même se levait quand il se levait ; où qu'il allât, le cadavre y était, jusqu'au moment tant désiré où la mort le libérait. » Il se souvint évidemment de la jeune fille couchée sur la tombe, une jambe légèrement repliée, un bras sur sur le visage. Quelle fermeté, quelle décision quand l'ayant rattrapé, elle lui avait tendu la main sur ce pont en forme de chat qui fait le gros dos ! En cet instant, il avait été plus vivant qu'il ne l'avait jamais été et ne le serait jamais. La vie elle aussi a besoin de s'exprimer, pensa-t-il. La mort en a plus qu'assez l'occasion.

A moins le quart il était chez M^me^ Elrod. La porte de son bureau était donc toujours ouverte. Mais la porte de communication avec celui de Mersjohann était apparemment toujours fermée. Mais il était là, il sortit, en bras de chemise — chemise blanche, cravate violette ; il avait les mains dans le dos. Marchait-il penché en avant ? Halm aurait bien aimé voir ses mains, car c'est en elles qu'il avait retrouvé son Rainer. Mersjohann regarda Halm avec une curiosité qui voulait passer pour un jeu. Puisque les débuts nous obsèdent, raconte un peu les tiens, dit Mersjohann. Que tu t'exhibes avec cette belle idiote, ça, je suis déjà au courant, mais quelles furent donc tes autres expériences ? Carol dit que c'était sa faute. Elle aurait dû mettre Halm en garde contre ce type de *college girl* californienne, blonde, Porsche, papa médecin à Pacific Heights, San Francisco, et tranchante comme une dent de requin. Et à présent, on reprend le collier, *Mister chairman,* à quatre heures et demie, le coursier de l'imprimerie va arriver, tous les ans c'est le département d'allemand qui passe en dernier, une honte non voilée s'empare de moi... Rainer fit semblant de courir à son bureau. On se voit ce soir chez moi, cria-t-il.

En ce moment, dit-elle en se tournant vers la porte de Rainer avec un regard douloureux, c'était pire que jamais. La conférence sur Schubert ! Elle était prête à parier que Rainer n'aurait pas fini avant d'être installé dans l'avion. Le commandant de bord dirait : Dans quelques minutes nous allons atterrir à Houston, et à ce moment-là, le professeur Mersjohann arborerait son sourire westphalien, un vrai sourire de pain blanc, il hocherait la tête et dirait : Cette ponctualité que nous aimons tant, steward, un bourbon double. Il va essayer de vous utiliser, dit-elle tout bas, de se servir de vous pour avoir des occasions de boire, il ne faut pas lui céder. De son bureau, Rainer cria sur un ton amusé : Quand on fait des messes basses, je deviens parano ! Aussitôt, elle poursuivit à voix haute : Vous n'êtes évidemment pas allé déjeuner avec votre femme, c'est évident. Vous n'étiez pas non plus avec cette guenon blonde. En utilisant le peu d'énergie que me laisse cet asile d'aliénés, je m'en vais tâcher de trouver la clé de l'énigme. Ah, enfin, voilà nos jumelles, j'appelle Barbi et Susi des jumelles, bien qu'elles ne se ressemblent pas plus qu'une goutte d'eau et une goutte de vin. Elles sont jumelles par essence et par destin, sans quoi elles n'auraient pas toutes deux, celle de Kempten et celle de Cologne, atterri à Oakland comme TA. Il y a deux ans, nous avions ici comme professeur étranger un poète allemand, Tassilo Herbert Messmer, qui, alors qu'il était depuis trois mois en Californie, croyait toujours que TA signifiait non pas *teaching assistant,* mais *transactional analysis. Now meet*

*Barbi et Susi,* voici le professeur Halm. Les deux jeunes femmes voulaient se plaindre une bonne fois à la porte de leur *chairman :* 500 dollars par mois, ce n'était pas suffisant. Celle de Cologne parlait, celle de Kempten opinait. M^me^ Elrod fit avouer à l'accusatrice « colonaise » qu'elle ne s'était nulle part trouvée aussi bien qu'en Californie. La « Colonaise » dit : C'est évident. La « Kemptenoise » opina. Mais maintenant, voilà : elles avaient passé leurs vacances sur la côte est, et là, elles étaient tombées sur la méthode Rassias, et cette méthode, il fallait la faire venir ici ! Finis les cours de conversation où même votre nombril finit par s'endormir ! Quand on fait de la *drill instruction,* l'étudiant réagit soixante-cinq fois par heure de cours, chez nous, trois ou quatre fois. Jusqu'à maintenant, la *drill instruction* n'existe que pour l'espagnol, le français et l'italien ; l'allemand est au-dessus de ça. L'*instructor* est vraiment obligé d'empoigner l'étudiant, de faire des pieds et des mains, on sort les meubles et on y va ! Au bout d'une heure de *drill instruction,* ils transpirent tous comme s'ils avaient fait une heure de boxe, *instructor* et étudiants. Halm dit : Intéressant. Malheureusement, il lui fallait prendre congé. A quatre heures, sa femme l'attendait à la porte Crocker.

Sabine n'étant pas là, il fut obsédé par l'idée que Mrs. Elrod, l'observant d'un point du campus particulièrement élevé, constatait qu'il avait menti. Comment trouver Sabine dans ce désordre insensé ? Jaillissant en flots du campus, des étudiants qui, perdus dans leurs pensées, se bousculent pour traverser la rue. Des voitures impatientes, des autobus essayant d'atteindre leurs arrêts. Montant de la baie, un vent déchaîné, une lumière sauvage. Étudiantes qui, après avoir pendant des heures réprimé leur vitalité, se lancent à présent dans une mastication impétueuse et font éclater les bulles de chewing-gum devant leur bouche. Et les seins qui battent contre les corsages. Des bus aux vitres opaques de crasse engloutissent des étudiantes que Halm, c'est du moins ce qu'il croit en cet instant, ne pourra plus jamais oublier. Il y a là un paraplégique tout flasque dans son fauteuil roulant, par la porte du bus il faut faire descendre une plate-forme sur le trottoir, les roues du fauteuil patinent, le moteur électrique ne parvient pas à déclencher le mécanisme qui va soulever un peu la plate-forme et l'amener en face des roues, tout le monde est là à regarder, un Noir finit par pousser le fauteuil sur la plate-forme qui se soulève, amène le fauteuil à l'intérieur du bus, le bus démarre. Des lambeaux de papier et des gobelets en plastique le suivent en tourbillonnant dans le vent brûlant.

Soudain, Sabine lui donne une bourrade dans les côtes. Ô Sabine, Dieu soit loué, te voilà ! Mais elle était là depuis un moment. Ah oui, il était programmé pour la Mercedes verte, et il aurait dû en fait guetter une Volvo jaune pâle. Dès que l'on se retrouva sur la Shattuck Avenue, cette voie qui traversait les villes, Sabine put parler. Lena n'était pas encore sortie de sa chambre. C'est le décalage horaire, dit Halm. Espérons, dit Sabine. Il demanda à Sabine de rouler doucement. Il ne voulait pas passer à côté des choses sans les voir. Sabine avait déjà découvert le meilleur fleuriste. Elle ressortit du magasin avec un bouquet typiquement sabinien. Partout, elle sait se débrouiller pour que les bouquets n'aient pas l'air de sortir de chez le fleuriste et pour qu'on les croie directement rapportés de la prairie, ou au moins de l'atelier de Cézanne. Le Chinois l'accompagna jusqu'à la porte de la voiture. Lena dit qu'elle n'irait pas avec eux chez les Mersjohann. Elle le dit par la porte de sa chambre, toujours fermée à clé. On lui demanda pourquoi elle ne voulait pas les accompagner. Est-ce qu'il faut toujours tout expliquer, dit-elle. Halm et Sabine dirent qu'ils pouvaient au moins prendre le thé ensemble tout en regardant le coucher de soleil derrière San Francisco. Plus de réponse. D'un geste, Halm invita Sabine à laisser tomber.

Tandis qu'en bas, dans leur chambre, ils se préparaient pour leur visite, Halm constata que l'air avait toujours exactement la même odeur que lorsqu'ils étaient entrés dans cette pièce pour la première fois. Et, comme ils entraient chez les Mersjohann — moitié Stratford on Avon, moitié Rothenburg ob der Tauber, avait-il dit dehors à Sabine —, il s'écria immédiatement, d'une voix forte, que Sabine avait beau affirmer que chaque couple produisait son odeur particulière, on voyait bien que ce n'était pas vrai. Il n'y avait rien de tel chez les Mersjohann. A moins que nous ne soyons pas un couple, dit Rainer. Halm dit avec un grand sérieux : Rainer, je t'envie. Elissa demanda alors à Halm de lui dire si cette remarque concernant l'air merveilleux qu'on respirait dans cette maison avait été dictée par Rainer. Halm avait-il voulu défendre le point de vue de Rainer qui prétendait que son tabagisme n'avait aucune influence sur l'air de la maison ? Elle ne pouvait croire que Halm n'avait pas été informé par Rainer de cet éternel conflit. Elissa déteste les pièces enfumées. Comme Rainer fume pratiquement sans interruption, elle lui a aménagé au sous-sol une deuxième salle de séjour qui jouxte son bureau ; là en bas, il peut fumer autant qu'il veut. Mais elle craint que peu à peu cette odeur ne se fraie un chemin jusqu'à son étage à elle. Ils ne dorment pas non plus au même étage.

Tu aurais fait un bon chercheur d'or, dit Rainer, et il eut recours à l'allemand qu'Elissa ne comprenait pas. Et à Elissa, qui avait opposé une grosse moue à ces phrases prononcées dans une langue étrangère, il dit rapidement qu'il venait de décerner à Helmut un certificat reconnaissant ses talents de chercheur d'or, en raison de son flair pour détecter les tensions secrètes. Et, s'adressant de nouveau à Halm : Elissa était issue d'une famille de chercheurs d'or de la première heure. Halm dit que la base de tous les couples, c'étaient ces questions sur lesquelles les époux ne pouvaient s'entendre, quelles que fussent les circonstances. Ce qui fait tenir les couples, ce n'est pas l'entente, c'est la différence. Halm parlait sans réfléchir, parce qu'il avait senti de la méfiance en Elissa. Et il voulait faire la conquête de cette femme. Cette descendante des chercheurs d'or. Ses cheveux coupés court lui rappelaient J. F. Kennedy, son menton lui évoquait les gondoles vénitiennes, il avait une si jolie courbure. Un nez délicat veillait sur le tout. Et des yeux hardis. Ou froids ? Ou moqueurs ? Prêts à se moquer ? Il était heureux que Rainer ait une femme qui l'attirait. Il saurait plus vite accéder à cette femme qu'à son ancien ami. A condition qu'elle ne soit pas trop méfiante. Il aurait tant aimé lui dire : Quand on arrange son appartement comme ça, on est forcément sympathique. Ce crépi passé sur les murs, ce plafond voûté avec ses poutres sombres. Ce n'est plus un salon, c'est une chapelle, une salle des fêtes. Adossée à la maison principale construite à flanc de coteau sur trois étages. A hauteur du deuxième étage, la maison peut rejoindre cette majestueuse salle des fêtes. On découvrait le paysage au-delà de la baie, on découvrait San Francisco ; mais, de là-haut, on ne voyait pas seulement une amorce de pont, on voyait trois ponts tout entiers, y compris, tout entier, le pont de Golden Gate qui mérite si bien sa gloire ; et, à travers ces ponts, au-delà de ces ponts, on voyait le Pacifique, occupé à faire le lit du soleil. Et maintenant, allons voir les trois étages. C'était plein de recoins comme dans un vieux bateau. Un escalier en colimaçon descendait jusqu'en bas. C'est donc là que dormait, vivait, travaillait Rainer. Ses portes ouvraient directement sur la nature : petit paysage rocheux, bordé d'arbres et d'arbustes, envahi par d'immenses feuilles de lierre. Elissa n'était pas descendue avec eux. Cinquante mille ans avant Jésus-Christ, dit Rainer, c'était déjà une zone habitée par les Indiens. Il montrait les grottes, les creux pratiqués dans la pierre pour moudre et faire la cuisine. Avant de reprendre l'escalier en colimaçon pour remonter dans le monde d'Elissa, il éteignit sa cigarette comme si cela lui était indifférent. De toute façon, il avait de l'emphysème, Goethe aussi en avait. Déjà, chez le jeune Goethe, on pouvait lire : « Élargis ma poitrine », et plus tard : « Fais-moi donc une poitrine plus large. » En haut, Halm s'étonna encore un peu partout dans la chapelle d'Elissa. Elissa dit qu'au cours de la soirée Rainer ne cesserait pas de leur montrer une chose en bas, puis une chose encore, pour se donner l'occasion de fumer d'autres cigarettes. Il était en train de se tuer. Elle avait à présent un sourire extrêmement décoratif. Rainer était debout, penché en avant, ses mains légendaires croisées sur son dos ; sa lèvre inférieure pendante était humide à l'intérieur. Elissa portait un vêtement de soie mate vert foncé, sans manches. Quand Halm prit de la salade dans le saladier qu'elle lui tendait, son regard plongeant découvrit ses seins lourds. Tout de suite après, la cuillère lui échappa et tomba par terre. Rainer alla chercher une autre cuillère. Halm se mit tout simplement à faire l'éloge de la maison. Ce *cream-colored plaster* et ces *ceiling-beams* et ces boiseries, *paneling,* souffla Rainer, presque avant que Halm n'eût besoin du mot. Ce qui l'emballait, ce n'était pas le bon goût ni l'aspect cossu. Le bon goût ne l'impressionnait absolument pas. Dans cette maison, il y avait de la majesté. Où que l'on regarde, on voyait quelque chose qui n'était pas fait pour que l'on s'en serve. Et, quand on réalise ce genre de compositions, on veut aussi que ce soit remarqué, pensa Halm, donc je regarde tout, et je fais semblant de trouver que tout ce qui est ici est absolument fascinant. D'ailleurs, c'est bien le cas. Le lourd tablier de cheminée, actionné par une chaîne, était tiré si haut que, sur la pile de bois toute prête à ce qu'on y mît le feu, on voyait reposer un corps de femme nu, couleur chair, on ne peut plus nature, dans une pose... On aurait dit que cette femme se languissait d'être brûlée. Les instruments de la cheminée étaient plantés dans un crâne de crocodile qu'on avait tout exprès percé de trous. Et pour faire les poignées de ces instruments, il était évident qu'on avait utilisé des os. Au milieu de la pièce, entourée de la floraison dansante de la moquette verte comme une limonade d'aspérule odorante, une vitrine qui vous arrivait aux genoux s'étalait largement avec ses parois de verre. A l'intérieur, posés sur une étoffe noire, des paysages de cristal. Unique élément vivant dans cette bizarrerie, une tarentule. Tous les vendredis, on la nourrit d'une cigale vivante. Cette tarentule velue a des rayures rouge orangé et noires. La tête de mort qui couronne le linteau de la cheminée — elle a encore toutes ses dents et, dit Elissa, elle appartenait à une femme — est elle-même couronnée d'une tarentule, ou plutôt de la peau et des poils abandonnés par la tarentule. La retournant, Elissa montre le couvercle par lequel est passée la tarentule pour quitter sa cuticule. On devrait pouvoir en faire autant, dit-elle, sortir de la boîte à vie où on ne se plaît plus. Ne te gêne pas, dit Rainer. Contre les murs, semblables à des autels latéraux, quatre vitrines contenant des pierres. Ces *rocks,* dit Elissa, elle les a hérités de sa mère. Née McCleave, souffle discrètement Rainer, si bien que Halm imagine aussitôt une femme née Gutöhrlein à la puissance dix. Avec ses *rocks,* sa mère est allée à des shows dans le monde entier, et elle a remporté des prix pour la pyrite, la fluorine, le quartz. Halm voulait tout savoir. Il avait plaisir à voir que sa curiosité faisait plaisir à Elissa. Elle remercia Halm de l'intérêt qu'il lui témoignait. Mais c'était lui qui devait remercier ! Non, non, dit Elissa, c'était elle. La plupart des gens qui viennent à la maison font comme si plus rien ne pouvait les impressionner. Halm songeait : Ce corps parfaitement confortable vêtu de soie vert foncé... Notre fils aîné fait un travail sur la minéralogie, dit Rainer à voix basse. C'est pourquoi il est en ce moment en Espagne avec Bethlehem Steel. En Galice, dit Elissa. Halm pensa à ces cantates où un soprano chante accompagné d'un alto. En Galice, répéta l'alto, là où les Romains prospectaient déjà pour trouver de l'or, utilisant l'eau comme énergie de forage, installant quarante kilomètres de canaux pour laver l'or, tendant les canaux de peaux de mouton dont la laine pouvait retenir la poussière d'or. D'où la Toison d'or, dit le soprano. Trois cent mille esclaves, surveillés par deux cent mille soldats, dit le timbre plus sombre. A intervalles réguliers, ils laissaient des pierres intactes, afin que le gouverneur, qu'on attendait toujours mais qui ne venait même pas une fois tous les dix ans, puisse voir ce qu'ils avaient récupéré. Milton écrit que ces colonnes de pierre sont toujours là, dit Elissa. Milton est un chercheur, dit Rainer. Jamey aussi, dit Elissa. Gisements intérieurs, dit Rainer. Au moment où elle prononçait le nom de *Jamey* pour la première fois, on se dirigeait vers l'autel suivant, comme dans une véritable église. Là où dans une église se dresse le maître-autel, il y avait ici une colonne basse, volumineuse, supportant une cage voûtée en forme de coupole, avec un perroquet dedans. Un animal énorme. Voici P., dit Elissa. Rainer prit le relais sans se presser : C'est Jamey qui l'a rapporté. Jamey était au *college* à Orinda. Il y allait tous les jours. Aux profondes sinuosités décrites par la main de Rainer, Halm comprit que, pour se rendre à Orinda, Jamey devait tous les jours traverser, là-bas au fond, la montagne sur laquelle ils se tenaient à présent. Elissa avait également son auto-école à Orinda. Ils faisaient toujours la route tous les deux. Halm éprouva comme un sentiment de peur. A entendre cette histoire, on avait l'impression qu'il était impossible qu'elle finisse bien. Mais il n'aimait pas écouter ce genre d'histoires. Un jour, alors que Jamey est en train de manger son *lunch packet* sur le *college green,* il voit un oiseau dans l'arbre. Il va chercher des graines, il grimpe, l'oiseau est à peine à portée de main que déjà il s'envole. Jamey redescend, va chercher au *dorm* une taie d'oreiller chez son amie, prend d'autres graines, remonte, en haut le tronc est de plus en plus mince, la cime de l'arbre se balance, Jamey reste immobile, très longtemps, parfaitement immobile, puis il se déplace millimètre par millimètre, et voilà, il est arrivé, et il l'a, il a l'oiseau, il le rapporte dans la taie d'oreiller, il dit que c'est P. Ils vont dans un magasin d'animaux. C'est un perroquet d'Amazonie à tête jaune, d'une valeur de 700 à 1 000 dollars. On lui coupe tout de suite le bout des ailes pour qu'il ne puisse pas s'échapper, on lui achète cette cage en forme de dôme, puis Elissa trouve la colonne de marbre qui va avec, ainsi que cet endroit de la pièce. Quant à parler, P. ne le faisait qu'avec Jamey. C'est-à-dire que, depuis que Jamey est parti, P. est muet. Depuis que Jamey était allé chercher cet oiseau à la cime de l'arbre, dit Rainer, il avait su que ce garçon ne resterait pas au *college.* Dès la première année, Jamey disait qu'il n'allait tout de même pas payer pour apprendre des choses qu'il n'avait pas la moindre envie d'apprendre. Ils n'avaient pas pris ça au sérieux. Puis, un soir, Elissa ne le trouva pas au bord du *green,* à l'endroit où elle venait toujours le prendre. La police arriva. Des amis à lui téléphonèrent et firent des menaces. Au bout de plusieurs mois, il téléphona. D'Orlando, Floride. Quelques jours plus tard, de Burlington, Vermont. Le lendemain, de Columbus, Ohio. Une semaine plus tard, de San Diego, Californie. C'est ainsi qu'ils chantaient la légende de leur Jamey. C'était un génie de la gentillesse. Un praticien de la vie. A l'aise dans n'importe quel élément. Il avait encore travaillé quelque temps comme *scuba driver* professionnel dans le sud de la Californie. On nettoie le dessous des yachts de riches. Puis il fut interdit de séjour dans l'État. Une histoire de drogue. A l'époque où il téléphonait encore, on lui demanda un jour s'il faisait des études. Rien que des études de *crackpots,* dit-il en riant, et il raccrocha. Quand il appelait, c'était toujours lui qui payait les communications. Maintenant, il n'appelle plus. Mais peut-être qu'il rappellera un jour. On reçoit encore des cartes postales. Et depuis, il a bien dû traverser le continent une trentaine de fois. C'est extraordinaire, la vitesse à laquelle il voyage. Uniquement en stop. Il doit y avoir dans son geste d'auto-stoppeur, geste du bras et de la main, quelque chose de particulièrement convaincant. Peut-être qu'il voyage de festival en festival. La musique religieuse, la dernière fois qu'il s'était manifesté, c'était son truc. C'est fini, le temps où il téléphonait un jour de Phoenix, Arizona, et vingt-quatre heures plus tard d'Orono, Maine. Peut-être que depuis, il est recherché dans plusieurs États. On le recherche comme on rechercherait un trésor. Et tous de regarder la grande photo accrochée au mur dans un cadre. Il y avait là deux photos. Cependant, il était clair qu'on n'était pas en train de regarder Milton, mais Jamey. Ils ressemblaient tous les deux à de jeunes Rainer. Peut-être qu'il appellera encore aujourd'hui, dit Rainer. Il y avait six bouteilles de vin, et, d'après les estimations de Halm, Rainer en but quatre. Déjà le xérès, il l'avait bu comme de l'eau minérale. Et de temps en temps, il avait disparu le temps d'une pause cigarette. Halm demanda s'il pouvait prendre quelques leçons de conduite chez Elissa. Elissa dit qu'elle donnait uniquement des leçons de moto. La moto, dit Sabine avec une pointe de grossièreté, eh bien, tu n'as qu'à apprendre à conduire une moto ! Halm crut sentir qu'Elissa lui aurait volontiers montré comment conduire une moto. Halm fut immédiatement pris d'un vif intérêt pour les motos. Rainer, qui avait là-bas le droit de fumer, les accompagna de bonne grâce. Sabine suivit. Elissa flattait la Kawasaki, ou une moto de quelque autre nom, comme si c'était un vieux cheval. Évidemment, dit-elle, les BMW étaient mille fois mieux. Et seulement deux fois plus cher, dit Rainer. C'est avec ça qu'elle va tous les jours à Orinda, dit-il, et, pour évoquer le tunnel, il répéta son geste profondément sinueux. Il pouvait toujours réfléchir, dit Elissa. Elle lui ferait un prix. De toute façon, à partir du Thanksgiving Day, son école est fermée. Elle part, dit Rainer, elle part à la recherche de Jamey. Jusqu'en avril. Halm hocha la tête. Sabine hocha aussi la tête. Puis les Halm descendirent les lacets de l'Euclid, s'engagèrent dans la *Direttissima* nommée Marin Avenue, qui, semblable à une dizaine de tremplins construits bout à bout, descend jusqu'en bas sans un virage. Les routes transversales correspondaient toujours à ces paliers de tremplin qui vous ralentissent. Puis ça recommençait à descendre. Halm devait freiner Sabine, en qui il voyait les signes d'une ivresse dont le cabernet sauvignon de Californie n'était pas la seule cause. Quand ils sortirent du garage pour entrer dans la maison, des chiens qui ne devaient pas être bien gros se mirent à japper dans la maison du voisin. Aussitôt les grillons reprirent et imposèrent leur chant. Halm prit la main de Sabine, la serra et l'attira tout contre lui. Mais Sabine se raidit. Il y avait encore de la lumière chez Lena. Halm pensa que Lena devait sauver Jamey. Ils frappèrent à la porte de Lena, crièrent son nom, en vain. Tout à coup, Halm poussa un rugissement : Lena. Et là-dessus, Lena, à voix basse : Oui. Sors donc quelques minutes de cette chambre ! Lena, sans insistance particulière : J'ai encore envie de lire. Ils descendirent l'escalier étroit et raide. La chambre avait toujours l'odeur du couple d'ethnologues. Halm se sentit découragé, il se laissa tomber sur l'immense lit à deux places. Un bruit de tonnerre lui répondit. La tête de ce lit en métal était surmontée d'un arc de triomphe en laiton, imposant, mais de toute évidence extrêmement branlant. Halm et Sabine se regardèrent, hochèrent la tête. Lorsqu'ils furent allongés côte à côte dans l'obscurité, Sabine dit : Ça, c'est un couple. Halm dit : Et quelle maison ! C'est vrai, dit Sabine. Halm pensa : C'était donc le premier jour. Sabine semblait déjà dormir. Il se laissa prendre par le chant des cigales. On aurait dit que le monde entier n'était plus fait que de ce chant. On nourrissait de ces chanteuses la tarentule d'Elissa. La jeune fille au short bleu vif était couchée sur la tombe verte. Soudain, il lui parut important que ce short bleu à rayures blanches, au lieu d'avoir des bords tout droits, forme devant et derrière des arrondis qui finissaient en fentes sur les côtés. Cette image l'obsédait.

# 4.

Le deuxième jour, Halm prit lui aussi une *Campus Gazette* dans l'auge protégée par un toit près de la porte Crocker. Manchette du jour : *« Sex Blind Admission »*. Jusqu'alors, 33 pour 100 seulement des étudiants pouvaient être du sexe féminin. Désormais, le centre d'inscription ferme les yeux sur le sexe des candidats. L'anglais est une langue faite pour les manchettes de journaux. Il lui était impossible de plaquer une tournure allemande sur ce gros titre. Quand il arriva avec sa *Gazette* à l'escalier de Coit Hall, il vit que la jeune fille de la tombe et l'étudiante au tee-shirt des *« small things »* étaient assises sur les marches. La jeune fille avait aujourd'hui un pantalon de survêtement bleu foncé, et, elle aussi, un tee-shirt avec une inscription. L'étudiante au distique dit : Vous n'êtes pas professeur. Halm se sentit pris en flagrant délit. La fille poursuivit aussitôt : Vous n'arrivez jamais en retard. La jeune fille dit : Aujourd'hui, je ne me sens pas bien. Halm la regarda. C'était du gris, du bleu, ou peut-être du vert qui passait dans ces yeux-là. A cet instant précis, il y voyait une journée nuageuse dans le sud de la Suède. Il dit : Il faut que j'aille conquérir la salle. Il était impossible de concevoir une phrase plus idiote. La salle 101 était vraiment tout sauf une salle. Ce qu'il voulait dire, c'est que les chaises ayant manqué lors de son dernier cours, il voulait aujourd'hui veiller à ce qu'on ne vienne pas leur prendre de chaises. Mais c'était trop compliqué pour lui, d'où, tout simplement, cette phrase idiote. Il aurait pu demander à la jeune fille pourquoi elle ne se sentait pas bien. En fait, il voulait demander aux deux étudiantes quelle était la meilleure façon de traduire *Sex Blind Admission.* Il ressentit comme une défaite les trois chaises qui ce jour-là restèrent vides. Il fit circuler une feuille où il avait dessiné la table. Chacun devait inscrire son nom à l'endroit de sa place. *Sex Blind Admission,* voilà un sujet de conversation ! Et demain, la proposition de Mme Elrod, les questionner sur leurs motivations. En toute chose, il tenait pour très important d'avoir des réserves. Il était incapable de rien consommer s'il ne disposait pas déjà d'un produit de remplacement. Il était de nature à mourir de faim son dernier morceau de pain dans la main. Telle était sa conception de la liberté. Le sujet *Sex Blind Admission* excita les étudiants à peine un tout petit peu plus que le sujet de la veille. Juste en face de Halm était assis un étudiant qui n'avait pas encore dit un mot. En lorgnant son plan, Halm découvrit qu'il s'appelait Jeff. Même blond métallique que la jeune fille de la tombe. Des cheveux tout raides qui s'avançaient comme la visière d'une casquette. Jeff bâilla à plusieurs reprises. La plupart du temps, sa main ne faisait pas un geste pour dissimuler cette bouche en train de bâiller. Halm souffrait de ces bâillements. Comment lui rendre la monnaie de sa pièce ? Le sujet *Sex Blind Admission* ne semblait pas l'intéresser le moins du monde. A Stuttgart, un élève de ce genre essaierait au moins de dissimuler ses bâillements. Il doit avoir le nombril endormi. Il n'aurait pas dû s'éloigner d'un air si hautain quand la « Colonaise » expliquait la *drill instruction.* Il transpirait de perplexité. Un participant barbu le sauva du ridicule total en expliquant que la Washington University avait toujours été le vivier des Affaires étrangères, et qu'aux Affaires étrangères on avait moins besoin de femmes, c'était la raison du quota observé jusqu'alors. Le barbu s'appelait Howard. Il était âgé de plus de trente ans et il y avait sur son visage quelque chose qu'on n'apprend pas dans les universités. Ce Howard vint à la rescousse au moment où Halm allait abandonner. Halm crut nettement sentir une volonté secourable. Cela lui fit du bien. Mais ce n'est pas nécessaire. Il va bien se débrouiller. Il est aussi très pénible de recevoir de l'aide. Laisse tomber, Howard. Je t'en prie.

Avant même d'avoir atteint le pont en forme de chat faisant le gros dos, il fut rattrapé par la jeune fille. Pouvait-il lui accorder une entrevue aujourd'hui ? demanda-t-elle. Il reçoit les étudiants à midi, c'est juste, après son cours *German II,* bien entendu, elle peut venir au 407 F, Fillmore Hall. Elle était vraiment désolée de n'avoir encore rien dit au cours d'aujourd'hui. Sur le pont, ils virent arriver Rainer Mersjohann. Fallait-il s'arrêter ? Mais déjà Rainer passait près d'eux, penché en avant, saluant avec humour. Il salue comme dans Shakespeare, pensa Halm. Le pont en forme de chat faisant le gros dos l'a peut-être inspiré. Halm fut heureux quand, tout de suite après le pont, la jeune fille prit un chemin à gauche. Elle devait passer ses loisirs sur la tombe. Il prenait plaisir à l'imaginer. *Grüss Gott*, madame Elrod ! Bonjour, monsieur Halm ! Ils étaient les seuls dans le département à ne pas s'appeler par leur prénom. Il l'aurait bien appelée Carol. Monsieur Hââââlm ! Allons, allons, qu'est-ce qu'on fait en tout premier lieu quand on entre ? Coup d'œil vers la gauche, en direction du mur sur lequel se trouvent les casiers, son casier est plein à craquer d'invitations, informations, recommandations. Quand il leva les yeux après avoir regardé ses papiers, il rencontra son regard. Il dut se replonger dans son tas de papiers. Il aurait fallu s'arrêter sur ce regard. Cela aurait fait du bien. Il regarda son tas de papiers et dit : Carol, il y en a une quantité énorme. Le plus important, c'était cette *party* chez Rainer, une petite fête officielle organisée pour l'accueillir, il y aurait là le *dean,* peut-être même le *provost*, et éventuellement le président de l'université. Quant à la soirée sexiste du samedi, une partie de skat chez Roy, elle s'abstiendrait de tout commentaire, car elle soupçonnait que de tous les rendez-vous c'était celui qui séduisait le plus M. Halm. Dans l'encadrement de la porte, un petit homme trapu fit son apparition, à peu près du même âge que Halm. Visage entièrement couvert de barbe. Fritz O. Dempewolf. Il venait simplement dire à M. Halm qu'il lui avait aussi déposé un petit mot dans son casier. Et il disparut aussitôt. Carol dit : Notre mini-Soljenitsyne. Et aussitôt, on entendit Roy Kinsman s'approcher dans le couloir. Pour un peu, je me serais cassé la gueule sur cette vieille patate furax, s'écria-t-il sur le ton que l'on adopte ordinairement pour maugréer. On ne voit vraiment pas pourquoi une noix creuse ne se casserait pas la gueule sur une patate furax, riposta le collègue Dempewolf avec un enjouement assez peu crédible. Une fois dans le bureau, Roy s'exclama : Trou du cul ! Chaque fois que je le vois, je suis constipé pendant deux jours. Mais n'allez pas le lui dire, il en profiterait. Ils se verraient donc le samedi soir pour la partie de skat. Mais il sécherait la *party* du vendredi, sans quoi sa maison ne serait pas prête le samedi pour le skat, et le skat était plus important que la *party*. Quand, après son cours *German II,* Halm sortit dans l'escalier, la jeune fille était encore assise sur les marches. Elle n'avait pas trouvé le bureau 407 F. Ils prirent ensemble un ascenseur d'où sortit Carol Elrod, évidemment. Qui a dit quelque chose, dit-elle, et, serrant son sac à main d'un air mutin, elle exécuta des talons un méchant solo sur le sol de Fillmore Hall. Mais peut-être était-ce pure imagination, simplement parce qu'il avait mauvaise conscience ? Bon appétit, cria-t-il à la femme qui s'éloignait perchée sur ses hauts talons. Qu'elle était donc douée pour exprimer ce qu'elle ressentait ! La jeune fille dit que, dans tout le campus, c'était Carol qu'elle préférait. Personne n'était dévoué comme Carol. Il sortit son trousseau de clés, celui sur lequel se trouvaient les clés d'ici : La preuve ! Ces clés, Carol en a fait un trousseau pour lui, et elle y a ajouté un papier avec le numéro de toutes les clés et le numéro des portes qui correspondent. Mais il ne parvint pas à introduire dans le trou de la serrure un seul de ces machins ébréchés sur tout le tour. Et les numéros étaient inscrits en chiffres tellement petits que, dans cette antichambre obscure, il ne pouvait pas les lire. Ce qu'il y avait de crétin avec ces clés, c'est qu'il fallait essayer chacune d'entre elles dans quatre positions différentes avant de pouvoir affirmer que ce n'était pas la bonne. S'il avait été moitié plus jeune, ils auraient pu tous deux rire de sa maladresse. Mais, dans ce genre de situation, les gens de son âge devaient faire appel aux ouvrages de vulgarisation consacrés à la psychologie. De même que pour les lapsus et les oublis, il devait bien y avoir, là aussi, une interprétation toute prête. Il était en nage. Il renonça. Peut-être avait-il aujourd'hui laissé chez lui la clé de son bureau, dit-il. Impossible de trouver une explication moins convaincante. Comme il ne pouvait pas, tout en lui livrant ses explications, la regarder continuellement dans les yeux, il baissa le regard et lut sur son tee-shirt les mots inscrits dans le cercle extérieur : *« Federated Fire Fighter »*. Tout autour du cercle intérieur, on voyait uniquement des lettres qui se succédaient. « AFL-CIO ». Le centre de ces cercles était formé par un champ rouge, avec un grand « F » jaune. Ah oui, c'est vrai, elle s'appelait Fran. Sûrement un diminutif de Frances. Franziska lui irait bien. Il proposa d'aller dans l'un des cafés de la Student Union. Elle n'allait pas imaginer, il l'espérait, que, n'osant se trouver seul avec elle dans ce bureau isolé, il inventait toute cette mise en scène des clés qui se refusent à ouvrir les portes. Là-bas, dans le soleil de midi, ils seraient également seuls. Tous les autres préféraient l'intérieur où ils avaient de l'ombre. Donc, son problème : il s'agissait d'une dissertation, pour son cours de dissertation avec le professeur Littlewood, travail à faire sur un poème, n'importe lequel, d'ici à mardi prochain. Elle aimerait faire sa dissertation sur un poème allemand. Elle pourrait évidemment aussi demander à M. Ackerman ou à M. Mersjohann, mais elle aime mieux lui demander à lui. Ce qui lui plairait le mieux, ce serait de faire une dissertation sur *La panthère* de Rilke, d'abord en faire une nouvelle traduction, puis rédiger son travail ; elle a ici la traduction de Robert Bly. Elle la lui donne. Il la lit à mi-voix. Lit à mi-voix l'original. Ils sont assis à une petite table ronde. Sur le plateau de pierre, une tasse de café, un verre de lait. Rilke en anglais et en allemand. Ils sont assis dans le soleil et dans le vent. Eh oui, monsieur Kiderlen, regardez, regardez bien du haut de votre observatoire ! Il relut à mi-voix la traduction de Bly :

*From seeing the bars, his seeing is so exhausted*
*that it no longer holds anything anymore.*
*To him the world is bars, a hundred thousand*
*bars, and behind the bars, nothing*[1].

Par bonheur, ce n'était pas bouleversant. Y compris la dernière ligne : vraiment pas bouleversant « ... *reaches the heart, and dies* », pour *« hört im Herzen auf zu sein. »* DANS son cœur, *Mr. Translator,* DANS son cœur ! Ce n'est peut-être pas possible. Mais peut-être que si. Si c'est possible, ce sera maintenant, sous ce soleil, à cette petite table. Ce poème ne peut être traduit que par deux êtres qui, à la fin du mois d'août, se trouvent entre

1. Traduction de René Lasne, dans *Anthologie bilingue de la poésie allemande*, tome II, éditions Marabout Université.

LA PANTHÈRE

*(Jardin des Plantes, Paris)*

« A force de barreaux qui passent devant elle,
son regard est si las qu'il ne retient plus rien.
Il lui semble exister des milliers de barreaux
— derrière ces barreaux il n'est point d'univers.

La marche de velours des pas souples et forts
tourne à l'intérieur du plus étroit des cercles.
On dirait qu'une force y danse autour d'un centre
où demeure étourdi un immense vouloir.

Mais parfois le rideau de la pupille glisse
et s'écarte : alors une image pénètre,
traverse le silence exaspéré des membres
et retourne au néant lorsqu'elle atteint le cœur. »

midi et une heure tout seuls installés à une petite table, sans rien d'autre en commun dans l'univers entier que ces trois strophes de Rilke. Reconnais que c'est une journée formidable, se dit-il à lui-même. Je le reconnais, répondit le moi apostrophé à celui qui l'avait ainsi questionné. A la jeune fille, il dit simplement : C'est une bien belle occupation que de traduire ce poème avec vous sous ce soleil. Avant qu'il ait pu finir sa phrase, elle salua quelqu'un qui passait derrière lui. Qui s'arrêta et lui demanda si elle venait voir David Bowie au Coliseum. Elle redressa un peu la tête, fit quelques signes de dénégation et dit qu'elle allait à l'opéra. Que de hauteur dans cette réponse ! David Bowie ! Elle va à l'opéra ! A présent, ils se renvoyaient les mots comme une balle. Il n'est rien que l'on puisse se renvoyer aussi bien. Il lui servait sans cesse les termes de Rilke, elle devait proposer un anglais capable de rivaliser. Lui aussi proposait de l'anglais. Parfois même, ils choisissaient des expressions qu'il avait trouvées. Ces va-et-vient étaient presque aussi rapides qu'une navette. C'est du moins ainsi qu'il le ressentait. Sur le papier, on put ensuite lire ceci :

*From bars which pass, his eyes are so exhausted*
*no things can they now hold*
*His eyes behold all bars, as if behind all bars*
*there were no world.*

*His lithe and swinging stride is strong,*
*and circles down into an end.*
*It is a dance of power around a point*
*in which anesthesized a great will tends.*

*Rarely enough the drape of his lids lifts up*
*totally silent — and then a picture passes in*
*to penetrate his body's silent tension*
*and in his heart ceases to be.*

Non qu'il crût son anglais suffisant pour traduire ce poème. Mais cette présomption dont il était conscient l'excitait. Il voulait faire quelque chose dont il n'était pas capable. Il voulait se dépasser. A ce jeu des mots, c'était lui qui assurait la fonction de secrétaire. Puis il se lève. Ce qu'elle veut lui montrer, ce qu'elle veut écrire sur son expérience de ce poème — il l'approfondira volontiers avec elle. Et il incline la tête comme un drapeau, la relève, salue et s'en va. Elle était restée assise. Il partit comme s'il avait eu un train à prendre. Elle devait encore en être à ranger ses papiers dans le sac qu'elle portait en bandoulière, et qui répondait plus à des critères d'élégance qu'à des nécessités universitaires. Il retourna en courant jusqu'à Fillmore Hall, prit l'entrée latérale, s'arrêta devant sa porte, sortit son portefeuille, y prit la clé de son bureau, ouvrit la porte, s'en alla sur sa chaise à roulettes se mettre à l'abri de la douche glacée, contre les rayonnages presque vides, et regarda les dessins d'enfants sans les voir. Il fut intéressant pour lui de constater que sans la moindre hésitation il avait été capable d'aller chercher sa clé dans son portefeuille. A présent, il se rappelait qu'il avait sorti cette clé du trousseau parce que c'était la clé dont il avait besoin tous les jours et qu'il ne voulait pas à chaque fois être obligé d'essayer quatre clés. Mais devant sa porte en compagnie de la jeune fille, il ne s'en était pas souvenu. Mais qui trouve ça intéressant ? Qui interroge qui ? C'est LUI qui t'interroge TOI. Il est irrité, déçu, furieux. Halm sentait qu'il était tout à la fois furieux, déçu, irrité, mais également tranquille et satisfait. Celui qui était irrité, déçu et furieux voulait se séparer de celui qui était tranquille et satisfait. LUI-Halm ne comprenait pas que l'on pût quitter en courant une table à laquelle on était installé avec une fille comme ça. LUI-Halm dit : Reconnais que c'est minable, crétin, lamentable, ridicule, reconnais-le immédiatement et sans réserves ! Halm se sentit agressé, il dit : Oui, je le reconnais, mais pas sans réserves, cependant, je ne formulerai pas les réserves, sinon, ce dialogue désagréable va continuer éternellement. LUI-Halm : Lâche ! MOI-Halm : Il n'est rien que je reconnaisse aussi volontiers. LUI-Halm : C'est irréparable. MOI-Halm : Oui, j'espère bien. LUI-Halm : Allez, file au département, procure-toi une liste des *undergraduates*, regarde où elle habite, si elle a le téléphone ! MOI-Halm : Tu es in... in... indiciblement con. Elle veut obtenir une bonne note en se fatiguant le moins possible, elle veut avoir du temps pour nager et courir. Peut-être aussi pour son ami. Il lui faut tous les jours beaucoup de temps pour nager et courir, elle y a fait allusion. Et moi, je suis censé l'aider à gagner du temps pour nager et courir. Et peut-être pour son ami ! Elle est trop gâtée. Carol l'a bien dit : Porsche, papa médecin, Pacific Heights. C'est une fille pour qui on en a toujours fait beaucoup trop. D'abord ses parents, puis ses amies, puis ses amis, et maintenant, c'est mon tour, basta ! Tout le reste, c'est ta propre manie de fantasmer, née de je ne sais quel aveuglement, de je ne sais quelle étourderie, d'une inadaption à la vie. Pour cette fille, rien ne serait si étrange, si incompréhensible que tout ce va-et-vient de réflexions concernant sa personne. LUI-Halm : Défaitiste ! MOI-Halm : Laisse-toi aller à l'égarement. Ça finira pas s'arranger. Ce soir, on va essayer ce vin rouge de Californie, je crois qu'il n'est pas mauvais. LUI-Halm : Graine d'ivrogne ! MOI-Halm : C'est toujours mieux qu'une grosse meule ridicule. LUI-Halm : On fait de l'esprit, à présent, manquait plus que ça ! Et ça prétendait travailler sur Nietzsche ! Halm composa simplement le numéro de la Contra Costa Avenue. Sabine, à trois heures, il faut qu'il soit au Foundation Building, chez Dolores Chen, afin de choisir une assurance-maladie particulière pour le temps qu'il va passer ici, et il rentre tout de suite après, par le car, et elle, qu'est-ce qu'elle fait ? Il y avait un chat qui vagabondait dans le jardin dit-elle, elle était en train de l'observer. Et Lena ? Refuse qu'on lui adresse la parole. Halm sortit de son bureau en courant.

Il fut le dernier arrivé de ceux qui venaient entendre le cours sur les assurances. Dolores Chen parlait très vite, elle le savait et l'expliquait par le fait qu'elle était originaire de New York, mais on pouvait poser des questions. Celui qui pose le plus de questions, c'est un homme qui vient de R.D.A. et qui est ici pour un semestre. D'instinct, Halm s'était assis à côté de cet homme qui avait peut-être cinq ans de moins que lui, tous les autres étaient de quinze ou vingt-cinq ans plus jeunes. A un moment, la dame, plus Chen que Dolores, demanda à Halm s'il avait encore une question, et, pour être sûre de ne pas le rater sur ces rangées de chaises fort peu occupées, elle l'appela bien haut *the older gentleman*. Il n'avait pas de question. S'il en avait une, il la poserait de toute façon à son compatriote Zipser, de Leipzig, qui en savait largement autant que cette Chinoise de New York et ne cessait pourtant de s'enquérir de nouveaux détails. Il va jusqu'à poser des questions auxquelles Chen, toute calée qu'elle est, est incapable de répondre. Elle lui trouvera les renseignements. Il n'aura qu'à lui téléphoner. Halm avait l'impression que Zipser posait ses questions au nom de toute la R.D.A. Ensuite, on échangea les numéros de téléphone. Zipser habite au Faculty Club, dans ce bâtiment entièrement fait de lourds troncs d'arbres, le plus haut perché de tous, et qui ressemble à un pavillon de chasse beaucoup trop grand. Halm rentra par le car. A la fin du trajet, le seul passager en dehors de lui était un Noir aveugle. Ils descendirent tous deux au terminus. Quand ils furent sur le trottoir, l'aveugle demanda dans quelle direction était tourné son visage. Halm bredouilla : du car, le chauffeur cria : Down Solano. Halm s'éloigna rapidement pour remonter la Contra Costa Avenue. Dans cette rue, il se sentait protégé. Halm ne pouvait regarder ces maisons sans une espèce d'avidité. Il aurait voulu s'arrêter devant chacune d'elles. Des deux côtés de la rue, il y avait des voitures en stationnement, pare-chocs contre pare-chocs. Pour rouler, on ne disposait plus que de l'étroite partie centrale. Quand deux voitures se rencontraient, il fallait que l'une des deux recule et cherche un créneau provisoire. Mais il était plutôt rare de voir circuler ici la moindre voiture. Cette rue étalée sur le ventre de la colline était plongée dans son rêve. Eh oui, monsieur Kiderlen, regardez bien monsieur Halm qui, dans la douce lumière du soir, traverse la chaude paix des rues. Il fut définitivement arrêté par un arbre énorme, pas très haut, mais qui envoyait de tous côtés des branches épaisses qu'on eût dites recouvertes d'une carapace. Une maison de bois sombre vivait dans une communion féerique avec cet arbre, qui se donnait des grands airs de *body builder*. Deux nains de jardin, presque de la taille d'un homme, disons deux nains de jardin géants, se tenaient en dessous de l'arbre, mais leur regard était dirigé vers le bas, du côté de la maison. Par les fenêtres ouvertes, on entendait quelqu'un qui s'exerçait à jouer la *Lettre à Élise*. Eh oui, monsieur Kiderlen, voici une scène tout particulièrement recommandée à votre ricanement arbitraire. Ah, si seulement il pouvait vous la faire parvenir en tant que telle ! Avec les cigales, histoire de mettre de l'ambiance. A environ trente mètres à la ronde, *Élise* neutralise les cigales. Puis on les entend en même temps, *Élise* et les cigales. Puis plus que les cigales. Dont Elissa, le vendredi, nourrit sa tarentule à rayures. Quand, dans son pays, lisant l'hebdomadaire que M. Kiderlen apporte en salle des professeurs comme un accessoire, il voyait les variations de la mode sur le thème du froid, tout ce qu'il ressentait, c'est qu'il n'était pas concerné par ces élégantes productions d'une lassitude conformiste ; ici, il avait l'impression de ressentir vraiment, de vivre positivement l'attrait qu'exerçaient les autres sur lui. Il était fatigant de les côtoyer tous. Il regardait aussi longtemps que possible chacun des êtres qu'il rencontrait. Dès qu'il fut dans le jardin japonais, il vit que Sabine avait suivi les prescriptions d'arrosage laissées par les Rinehart. Les feuilles luisantes, semblables à de grosses pièces vertes d'un pfennig, étaient encore toutes mouillées. A l'intérieur de la maison, M$^{me}$ Rinehart s'est arrangée pour qu'il soit à peu près impossible de se déplacer sans se voir dans quelque miroir. La plupart du temps, on voit en plus dans un autre miroir le premier miroir dans lequel on s'est vu. Halm s'aperçoit donc tout de suite que son col de veste est à moitié rentré. N'avait-il, le matin, passé sa veste qu'une fois dehors ? Avait-il eu cette drôle d'allure toute la journée ? Et pourquoi pas ! S'il a eu aujourd'hui cette allure si drôlement déséquilibrée, c'est formidable, mais oui, formidable ! Il traversa le salon et la salle à manger pour se rendre dans le bureau de l'ethnologue et plongea un regard aigu sur la terrasse couverte de pierres rougeâtres et d'où quelques marches descendaient jusque dans l'herbe. Il vit Sabine accroupie. Elle avait posé par terre de la nourriture pour le chat. Le chat avait gravi les quelques marches montant de l'herbe vers la terrasse. Le chemin de la nourriture passait maintenant près de Sabine. Sabine ne bougeait pas. Le chat non plus. A un moment, le chat se mit en route. En direction de l'assiette. Arrivé au lieu de son chemin le plus proche de Sabine, il regarde Sabine, ses pattes avant restent manifestement engluées dans un autre monde. Il lui faut étirer, et même, ensuite, tirer les pattes arrière. Au bout d'un moment encore infiniment long, il a réussi à vaincre toutes les résistances possibles, celles qui étaient déjà en lui, celles que l'expérience y a fait venir, et il s'est traîné jusqu'à Sabine. Alors qu'il est presque arrivé, il fait le gros dos et se tortille ; sur son cou qui s'allonge, sa tête vient se lover dans la main ouverte de Sabine. A présent, c'est la main de Sabine qui démarre, grattements, pressions, caresses. Le chat offre son corps à la fabuleuse complaisance de cette main, il s'y blottit, il se tortille sous cette main, comme sous une douche à laquelle on ne peut s'arracher. Et il faut qu'elle le touche partout, cette douche. Mais un moment vient où il en a assez, il peut maintenant franchir la distance qui le sépare de l'assiette et manger. C'est que la faim demeure. Sabine peut se lever et partir. Halm courut rapidement jusqu'au petit escalier abrupt, ouvrit la porte donnant accès à cet escalier en forme de galerie de mine et félicita de sa conquête la femme qui montait vers lui. Ah, Sabine, dit-il, tu sais t'y prendre. Sabine dit : Tu as entendu ça, il feule au lieu de miauler, tellement il est excité. Il a réellement envie de miauler et de ronronner, et ce qui sort en premier, c'est un feulement. Si jeune et si perturbé ! Halm appela immédiatement : Lena ! Un : Oui ! qui se voulait patient sortit de sa chambre. Halm cria qu'on était maintenant prié de s'installer tous les trois pour manger et boire tout en profitant de la vue sur San Francisco et sur le ciel qui se colorait de rouge. D'ailleurs il ne tolérerait pas un refus. *Your parents bend over backwards to please.* Et si tu ne sais pas apprécier le spectacle, tu mourras. Il n'aurait pas pu être plus badin. La porte s'ouvrit lentement, et, avec une douceur inimitable, Lena sortit, s'arrêta devant ses parents, d'une main elle tenait son autre main. Elle était placée de telle sorte que la lumière du soir pénétrant par les larges baies vitrées tombait en plein sur elle. Autour de sa bouche et sur son nez, les cicatrices de l'accident paraissaient luire.

# 5.

Le matin, par petites touches, le soleil fait émerger de la brume toutes les constructions de San Francisco. Il procède à la manière d'un aquarelliste et commence par les flèches du Bay Bridge. Tant qu'il était à la maison, Halm adorait regarder par la fenêtre. Oui, il fallait qu'il vérifie son col de veste, mais il voulait autant que possible éviter les miroirs, en dépit de la difficulté que cela représentait dans cette maison. Dès qu'il eut dépassé les poteaux carrés de la porte Crocker, de solides piliers rougeâtres, il prit l'allure d'un homme délivré. Il se précipita pour ainsi dire dans le flot de jeunesse dont les vagues déferlaient vers l'amont ou vers l'aval des collines. Les étudiants étaient ici d'une jeunesse plus voyante que leurs conscrits de là-bas, au pays. Dès neuf heures du matin, on en voyait quelques-uns couchés ou assis dans l'herbe, encore humide çà et là de la pluie artificielle dont le jaillissement s'échappait à heures fixes d'orifices parfaitement camouflés. Déjà des chiens attendaient dans l'herbe le retour de leurs maîtresses et de leurs maîtres qui allaient sortir de leurs blocs de pierre. Ce jour-là encore, des étudiantes se précipitèrent les unes sur les autres en poussant des cris stridents pour s'enlacer ensuite comme s'il s'agissait là d'une rencontre extraordinairement invraisemblable en plein désert de Gobi. Parfois le regard de Halm s'accrochait comme une ventouse aux gens qui s'avançaient dans sa direction, il en arrivait à craindre de voir sa tête faire carrément demi-tour au moment où il les croisait. Quand il pénétra dans la salle de cours, il eut le sentiment de s'être à grand-peine frayé un chemin à travers une jungle fantastique. Tout d'abord, il demanda aux étudiants de l'excuser pour le sujet de la veille : *Sex Blind Admission.* Désormais, il en faisait la promesse, il ne les contraindrait plus à des sujets auxquels il est impossible de porter le moindre intérêt à neuf heures du matin. Adieu l'actualité ! La seule chose qui nous intéresse, c'est la matière dont nous sommes faits nous-mêmes. Donc, suite de la conversation sur la conversation. Il espérait bien qu'ils se souvenaient du premier cours. Et il passa rapidement à autre chose, pour empêcher que l'un d'entre eux n'aille donner une réponse négative à cette dangereuse question. La conversation lui faisait peur, il leur en avait fait l'aveu, mais la conversation sur la conversation, ça l'attirait. Et il proposait que chacun avoue à présent s'il disait toujours ce qu'il pensait, et, sinon, ce qu'il disait à la place, et ce qu'on dit alors a-t-il un rapport avec ce qu'on pense en secret, et lequel ? Souhaitons-nous donc, en parlant, évoquer ce que nous pensons tout en le dissimulant... Il ne cessait de s'adresser à la jeune fille. Et aussi à Jeff. Quand il s'adressait à Jeff, il donnait plus de force à sa voix et à son expression. Il voulait aider Jeff à vaincre ses bâillements. Par bonheur, le sujet était fait pour intéresser Howard, qui avait toujours l'air soucieux. Il contesta l'énorme différence, établie par Halm lors du premier cours, entre langue étrangère et langue maternelle. La relation entre le dit et le non-dit demeurait la même en toutes circonstances. Freud avait bien formulé la manière dont le non-dit se venge au moyen des lapsus. Halm aurait aimé dire que la veille, installé à une table dans un café, il n'avait pas fait un seul lapsus, et, pourtant, il n'avait cessé de taire ce qu'il aurait aimé dire. Freud n'aurait-il pas par hasard une conception répressive de l'autocensure ? Toute langue n'était-elle pas une langue étrangère — voilà ce que Halm aurait aimé dire, oui, il aurait voulu le proclamer. Étrangère à ce que nous sommes. Ce que nous sommes ne doit pas se manifester. En aucune langue. Donc, l'affirmation du jour était la suivante : toute langue est plutôt faite pour dissimuler que pour dévoiler... Dommage, la jeune fille ne participait pas. A la regarder, on ne se rendait pas compte si elle écoutait. Sa chaise était très loin de la table à laquelle ils étaient tous assis ; là encore, elle avait une jambe ramenée contre elle et largement écartée, son pied droit était posé juste sur son genou gauche. Couchée sur la tombe, elle avait aussi la jambe droite repliée. On avait l'impression qu'elle souhaitait par-dessus tout prêter assistance à cette jambe nue et bronzée. D'une main, elle encerclait sa cheville ainsi exposée. Elle était assise très légèrement sur sa chaise et tournait parfois son regard vers un étudiant qui parlait, puis elle tournait la tête vers celui qui parlait ensuite, mais lentement, comme si elle-même n'en savait rien. Puis une fois de plus elle rattrapa Halm après le cours. Elle n'était pas satisfaite des idées qu'elle avait eues jusqu'à présent sur son poème. Halm s'arrêta, comme si seule l'immobilité lui permettait de réfléchir et de trouver un conseil à lui donner. Il ne voulait pas rencontrer Rainer. Et, si oui, il valait mieux que ce soit moins théâtral que sur le pont en forme de chat faisant le gros dos. N'avait-elle pas découvert ce poème à Vienne ? Le mieux était alors d'évoquer tous les éléments qui étaient intervenus ; on apprendrait ainsi le rôle qu'un poème peut jouer dans une vie ; il n'y avait rien d'autre à apprendre sur un poème. Et tout à coup il comprit clairement qu'il devait taire le rôle que jouait pour lui, en cet instant précis, le poème de Rilke. Se trouver avec cette jeune fille à un embranchement, au milieu d'une prairie ondoyante, non, ça ne va pas. Continue ton chemin. Deux chiens trottaient devant eux, un mâle vieux et gros, peut-être un bâtard de husky et de chow-chow, et une jeune chienne toute svelte, de la race des boxers. Le vieux dur à cuire trotte juste à côté de la jeune femelle pratiquement nue, une tête en arrière. Cette jeunesse ne veut pas entendre parler du vieux, elle s'esquive dans l'herbe, il profite de son changement de direction, il l'assaille par-derrière, aussitôt elle installe solidement dans l'herbe son postérieur assailli. Mais c'est à présent contre son flanc qu'il se livre à ses mouvements de va-et-vient. Elle n'aime pas ça non plus, alors elle s'enfuit en courant, lui derrière, toujours tout près d'elle. Surgit un second mâle, beaucoup plus jeune, il lui conviendrait mieux. Le vieux grogne, montre les dents, le jeune se laisse mettre en déroute, le vieux reprend son trot, on le dirait soudé à la jeune femelle. Là où passe le couple, les étudiants s'arrêtent et rigolent. Halm se mit à faire des pas complètement déments, et, pour justifier ces pas démesurés, il regarda sa montre. Bien, il suffisait donc de parler de Vienne, et, de cette trame de passé, se dégagera tout naturellement le modèle à la réalisation duquel a contribué le poème. Dit-il. Quand ils eurent atteint le point le plus élevé du pont, Rainer, venant à leur rencontre, leur adressa un salut shakespearien. Donc, s'apercevant que Halm avait ce jour-là quelques minutes de retard sur l'horaire, il s'était laissé suffisamment de temps en abordant le pont pour que la rencontre se produise nécessairement à l'endroit le plus pénible. Et bien entendu, Carol sortit de l'ascenseur, la bouche encore plus en cul de poule, le regard encore plus critique. *There you are,* dit-elle, et cette fois, elle s'éloigna lentement, montrant bien à quel point une démarche lente pouvait être chargée de reproche, plus encore qu'une démarche rapide. La jeune fille dit : C'est une femme tellement belle ! Halm acquiesça aussi fermement qu'il le put. La jeune fille descendait au troisième étage, raison pour laquelle il continua jusqu'au quatrième. En fait, son intention était d'aller prendre quelques œuvres de Heine à la bibliothèque du département. Il était à présent assis sous sa douche de froid et constata qu'il n'avait apporté ni écharpe ni pull-over. Il resta assis, laissant le froid se répandre sur lui. Il fallait espérer qu'Elisha, l'Afro-Asiatique, n'allait pas encore débarquer et faire tourner dans la serrure sa clé grinçante. Elisha ne vint pas, mais ce fut le professeur Torres qui fit irruption dans l'antichambre avec son rire sud-américain, bien plus pénible et plus violent. Halm ne pouvait rien faire contre cette division intérieure qui le dominait une fois de plus. LUI-Halm était déchaîné. LUI-Halm ne pouvait s'empêcher de parler. De parler à tort et à travers. On peut faire semblant de ne rien comprendre. Laisser glisser. Tous les déferlements finissent par se calmer. En faisant exprès de ne pas entendre, on peut transformer en bruit n'importe quel son. Tout ce vers quoi il devait, LUI, se laisser emporter, on pouvait presque le ranger dans la catégorie du BRUIT. Bruit de la côte. Bruit du ressac. Bruit de la vie. Ça se calmera. Bien assez tôt. Mais quand, le lendemain matin, Halm arriva en cours, il dut par deux fois ravaler sa salive : la jeune fille était absente. Alors, comme il était déjà assis, la porte s'ouvrit encore. Mais c'était Gail, qui s'élança dans la salle entre ses deux béquilles. En riant. Riait-elle vraiment ? Peut-être n'était-ce que l'effort qui lui ouvrait ainsi la bouche. De toute façon, elle avait tellement d'appareils qu'on ne voyait pas ses dents. Avec les béquilles, cela faisait un effet tristement négligé. Or la veille, il avait vraiment bien préparé son cours : Que dissimulons-nous quand nous disons quelque chose ? Que disons-nous pour pouvoir dissimuler quelque chose ? Comment, du dit, pouvons-nous induire le non-dit ? Aujourd'hui, chacun et chacune devait prendre position. En tant que pédagogue, il avait le devoir de faire parler tous les participants. Avec la *drill instruction,* c'est soixante-cinq fois par heure que chacun d'entre vous devrait réagir ! Bon, alors UNE FOIS par personne et par semaine —, il le fallait ! Aujourd'hui, ç'aurait été son tour à elle. Voilà que, tout à coup, il n'avait plus envie de délirer sur le non-dit. Parlons d'autre chose. Après le cours, en descendant les marches de Coit Hall en plein soleil, Halm était heureux. Il était redevenu lui-même. Fermé. Tranquille. Serein. Plus de tendance à rien. Toute cette agitation pour cette fille — il y avait de quoi sourire. Qu'elle soit absente une fois, et c'était comme si elle n'avait jamais été là. Alors vraiment ! Il n'est pas opposé à ce que la vie continue. C'est merveilleux de rencontrer partout des gens qui ont le sourire. Mais il n'est pas obligé d'en être. Quoi de plus agréable que cette fatigue dont le flot le parcourait à présent ? Il s'entendit appeler par son nom. C'était Jeff. Guidant son vélo de course, il marchait à côté de Halm comme la jeune fille l'avait fait la veille. Même blondeur. Mêmes yeux. Il voulait juste dire à Halm qu'il appréciait beaucoup le cours de conversation. Il le dit en anglais. Tout le monde vous aime bien, dit-il en allemand. Surtout Fran, cria-t-il tout en démarrant pour descendre à gauche, vers l'endroit où les feuilles de marbre se dressent comme des boucliers tout autour de leur *library* au vitrage vert foncé. Halm ne lui lança aucune réponse. Tout le monde sait bien que la vie est un chaos. A l'entendre, on dirait du bruit. Sur le pont, Rainer vint à sa rencontre, s'arrêta, ravi. Tu as l'air d'aller très bien, tout seul, dit-il. Quand il serait assez avancé dans son travail sur la compréhension des textes de Schubert pour que les choses se développent d'elles-mêmes, il viendrait l'importuner. Il ne supporterait pas que l'automne passe sans Helmut — Helmut et lui. Helmut ne devait pas chercher trop promptement des solutions de remplacement. Adieu. Et il fit un signe de la main. Mais cette fois, son bras ne décrivit pas dans les airs un grand arc de cercle shakespearien, comme soulevant quelque chapeau ironique, il se contenta de lever lentement une main qui finit par s'arrêter devant le milieu de sa poitrine. La main de Jean, celle de l'auteur des sonnets. Halm le suivit des yeux, il aurait aimé lui dire combien il trouvait agréable de le rencontrer tous les jours sur ce pont, mais il ne put proférer un son. Sacré Jeff ! Halm secoua la tête. De toute façon, il devait maintenant se préparer à rencontrer Carol. Il fallait qu'il se rende au département, qu'il passe la porte 306, toujours ouverte, qu'il salue d'une voix forte, puis coup d'œil à gauche, son casier, mais oui, il y avait encore tout un chargement de papier. Carol s'amusait : Mais quelle surprise qu'il ait trouvé le chemin du département, et tout seul ! Halm eut le sentiment qu'il fréquentait ce secrétariat depuis déjà dix-neuf ans. Sentiment agréable. Il en rajouta sans complexe en adoptant le ton opposé. Nulle part ailleurs que dans ce bureau il n'était plus heureux de voir les gens, par pure politesse et hospitalité, faire semblant de prendre plaisir à sa visite, etc. Les lèvres de Carol glissèrent sur ses deux splendides rangées de dents qui avançaient un peu, l'espace entre les incisives parut s'élargir. Il faut donner aux gens l'impression qu'on les aime, dit-elle, comme si elle était en train d'exposer les conclusions de cette conversation. Halm prit un air vexé. Il fallait aimer les gens pour de bon, et non se contenter de faire semblant ! *Null story,* dit-elle. Elle reconnaissait bien là un homme venant de la République fédérale. Même le tuyau qu'elle lui avait donné — faire discuter les étudiants sur leurs motivations —, il ne l'avait pas jugé digne d'être expérimenté. Et elle le comprenait parfaitement. C'est tout simplement qu'il a une méthode différente, il s'attaque aux étudiants individuellement, il les interroge sur leurs motivations en un tendre *clinch* à une table de cafétéria, il les suit jusqu'à la tombe ! Espérons que tant d'intérêt porté à chacun individuellement lui permettra de s'en tirer, de tenir jusqu'à la fin du semestre. Peu de travail, mais du travail soigné, il y avait sûrement là un principe pédagogique éprouvé. Il bafouilla. Elle rit. Il jura ses grands dieux qu'elle était injuste envers lui. *I'd love to,* dit-elle, puis ils rirent tous les deux, et il dut, par bonheur, se rendre à son *German II.*

Le lendemain matin, la jeune fille en short bleu rayé blanc était toujours assise le plus loin possible de la table, elle s'occupa de faire accoster sa jambe bronzée repliée et demanda ensuite à Halm s'il pouvait lui accorder un entretien à midi. Chemisier noir, pantalon beige, chaussures presque cognac, pas complètement plates — elle était là, devant la porte 407 F. Elle avait ses chaussures de gymnastique à la main. Il sortit la clé de son porte-monnaie, il raconta que déjà la dernière fois, elle était dans son porte-monnaie, il parla de son trouble lié à cette histoire de clé sans mentionner son âge, choisissant en revanche la coquette version du maniaque pris à son propre piège. Elle sortit deux textes de sa sacoche ronde, Shakespeare et Stefan George, lequel des deux préférerait-il comme prochain sujet de dissertation ? Lundi, s'il le lui permettait, elle viendrait le voir à l'heure prévue pour recevoir les étudiants, elle lui apporterait sa dissertation sur *La Panthère.* Mais, tout de même, elle craignait de paraître importune. Il ne pouvait s'empêcher de regarder ses lèvres s'unir et se séparer. Elle n'a pas une bouche qui s'ouvre et se ferme. Quand elle parle, ses lèvres ne cessent de s'unir et de se séparer. Avec aisance. Aux coins de la bouche, elle a de minuscules cratères. Des cicatrices. Ces minuscules paysages lunaires forment un âpre écrin pour cette bouche dont le flot, délicatement, se clôt et déclôt. Parmi les phrases mordantes inventées par Carol pour définir l'étudiante californienne typique, il y en avait une qui disait ceci : Et toute l'année ce teint bronzé. Cette phrase était bien insuffisante pour rendre compte des nombreuses couleurs tellement vivantes de ce visage. Oui, il lira tout cela avec plaisir, et, lundi, on peut se retrouver ici. Elle se leva, resta debout encore une seconde, puis s'en alla. Alors qu'elle avait déjà ouvert la porte, elle se retourna encore une fois et lui souhaita un bon week-end. Quant à l'objet de ses vœux, il reste assis, le regard fixe. Il n'y a aucune raison de bouger. Hormis le fait que Sabine viendra te prendre à la porte Crocker un peu après une heure. La première question qu'il posa fut : Et Lena ? Elle refuse qu'on lui adresse la parole, dit Sabine. Roule doucement, dit Halm, on est en Californie. Il faut que tu parles avec Lena, dit Sabine. Elle ne peut tout de même pas passer trois mois et demi rencognée dans sa chambre, une tasse de thé à la main, à contempler le mur tout en réglant ses comptes avec ce Traugott. Et elle est furieuse quand on entre dans sa chambre. Elle ne veut pas qu'on la surprenne rencognée comme ça, occupée à contempler son mur. Halm dit : Elle est assise et elle contemple le mur. Sabine dit : Il faut qu'elle vienne aujourd'hui à cette *party*. Si elle ne vient pas, je n'y vais pas non plus. Le mieux, ce serait qu'elle aille tous les jours au *college*. Qu'elle suive des cours. D'espagnol, par exemple. Roule doucement, Sabine, encore plus doucement, ici, il n'y a pas deux maisons qui se ressemblent ! Et les gens sous ce soleil. Ici, tout apparaît sous un jour particulièrement favorable, tu ne trouves pas ? Sabine dit que, le lendemain, il devait absolument l'accompagner au marché aux légumes de Monterey. Quelle concentration, sous le même toit, de lumière et de parfums ! Et voilà qu'ils étaient sur la table, ces légumes éclatants, réveillés, amenés par Sabine à la plénitude de leur saveur. Halm dit : Lena, reconnais que c'est formidable d'être installés comme ça : pour commencer, un plat entier plein d'artichauts, puis trois sortes de fruits frais, des asperges vertes, du riz, du fromage, et tout ça face à San Francisco, dans les profondeurs d'une brume infiniment douce. Et la pointe des gratte-ciel qui montrent leur nez avec impertinence. On dirait des oisillons dans leur nid. Lena, je t'en prie ! Lena dit : Oui, très beau. Sans parler des Mersjohann, ce que c'était beau chez eux ! Et elle allait faire connaissance avec des gens formidables. Il voulait lui communiquer son enthousiasme. Mais il vit qu'on ne pouvait rien lui communiquer du tout. Elle ne voulait pas venir chez les Mersjohann. Mais il faut que tu viennes chez les Mersjohann, dit-il. Il se sentait obligé de la contraindre. Pour son bien. La semaine prochaine, il fallait qu'elle l'accompagne à la fac. Espagnol, philosophie, musique, ce qu'elle voudrait. Elle pourrait faire la connaissance des professeurs chez les Mersjohann. Elle fit non de la tête. Il cria qu'il n'avait pas le droit de céder ! Dans son intérêt à elle ! Soudain elle se leva, partit dans sa chambre, s'y enferma. Un peu plus tard, il s'avança jusqu'à sa porte et reprit les négociations. Il s'excusa d'avoir voulu la forcer à faire son bonheur. Elle pourrait toujours, après, lui faire tous les reproches qu'elle voudrait, mais il fallait qu'elle commence par les accompagner une première fois, et avant tout par ouvrir sa porte. Il était déjà quatre heures passées quand elle se déclara disposée à les accompagner. Sabine fit des propositions vestimentaires. Elle les accepta sans la moindre émotion. Elle se laissa habiller comme un enfant. Avec son Chinois, Sabine avait composé un bouquet que l'on eût dit tombé de la prairie céleste. Ils roulèrent jusqu'au rond-point d'où la Marin Avenue s'élève en direction de l'Euclid, toute droite, presque à la verticale, en franchissant des paliers en forme de tremplins. Personne ne disait rien. Ils avaient soumis leur propre fille à un chantage, ils l'avaient contrainte ; dans son intérêt ; quant au bien-fondé de la chose, il restait à prouver. Lena n'avait pas mis un soupçon de poudre sur les cicatrices qu'elle avait aux coins de la bouche, sur le menton et sur le nez. C'est ainsi qu'elle répondait à la contrainte. On aurait dit que les cicatrices avaient été polies. Mais il ne pouvait rien dire. Même contre ce Traugott on n'avait pas le droit de dire quoi que ce soit ! Lena affirmait que toute la faute revenait à la psychanalyse. C'est pendant l'analyse de Traugott que son couple s'était défait. En même temps qu'il se débarrassait de sa mère, Traugott s'était débarrassé de sa femme. Les choses s'étaient passées sans aucun mélo. Dans une totale neutralité. Il était réellement grand temps de couper le cordon ombilical. L'épouse était elle aussi accrochée au bout de ce cordon, mais ça, personne ne pouvait le savoir.

Sous le haut plafond voûté de l'aile du bâtiment en forme de chapelle, les invités se pressaient en masse. Il y en avait aussi sur la terrasse, tellement occupés les uns des autres qu'ils ne paraissaient remarquer ni la baie, ni la ville, ni le pont. Mais peut-être la hauteur de ces lieux jouait-elle tout de même un rôle quant à l'humeur qui régnait ici. Tout le monde rayonnait. Où que l'on regarde, tout le monde rayonnait. Auditeur ou locuteur, on rayonnait. Halm n'avait encore jamais vu tant d'êtres rayonnants. Il fut lui aussi pris d'une envie de rayonner. D'abord, il dut examiner le niveau de la tenue vestimentaire. Plus élevé qu'il ne s'y attendait. Il serra la main de Sabine. Elle l'avait obligé à mettre une cravate. Sabine fit un signe de tête, elle savait de quoi il la remerciait. Rainer conduisit les Halm d'un groupe à l'autre, trouvant chaque fois un moyen de les intégrer à la conversation, mesurant le temps — il avait manifestement dans la tête un ordre et une hiérarchie de ces petits groupes, allant de la femme du président jusqu'au mini-Soljenitsyne, Fritz O. Dempewolf. Le président et le vice-président n'avaient pas pu venir. Ils étaient retenus l'un et l'autre à la Washington University. Tandis que l'épouse du président informait Halm de ce détail essentiel, son merveilleux visage de femme était empreint de cette expression douloureuse qui sollicite la compréhension. Halm s'entendit répondre : Où que fussent le président et le *provost,* il se sentait très honoré que leur absence lui fût expliquée par le motif le plus valable qui se puisse concevoir — et de plus expliquée par une telle personne ! Si le président était venu et qu'elle-même fut absente, c'eût été un manque qu'il lui eût été impossible de draper dans le voile de quelque formulation lénifiante. Mais vous n'auriez pas su qui était absent, dit-elle en riant. Oh, ne dites pas une chose pareille, dit Halm, avant de vous connaître, quelque chose me manquait. Je ne savais pas quoi, c'est vrai. Maintenant, je le sais. Halm avait l'impression que sa classe de la salle 101 était en train de l'écouter. Il voulait démontrer combien il était facile de dire n'importe quoi dans une langue étrangère. Il avait l'impression qu'il n'était pas responsable de ce qu'il disait. Il tomba dans une espèce d'ivresse. Était-ce l'effet du seul cocktail ? Il ne put s'empêcher d'ajouter rapidement que tout ce qu'il disait était dû à la langue anglaise, ou à ce cocktail, ou aux deux à la fois. Avec une douceur douloureuse, la femme du président déplora qu'il cherche à présent des *extenuating circumstances.* Circonstances atténuantes, glissa Rainer en un bourdonnement si délicat que Halm put sans complexes poursuivre son bavardage. Mais, soudain, Rainer l'arracha à la conversation comme on sort un soufflé du four. Halm siffla entre ses dents : Non, ça ne va pas ! Tandis qu'on l'emmenait, Halm criait encore des excuses à la femme qui riait. Il aurait préféré lui envoyer une de ses formules emphatiques. Mais ce n'était pas possible. Rien n'était possible. De force, on vous traînait ailleurs. *Meet Mr. and Mrs. Holmquist,* le doyen et son épouse. Lena s'était esquivée, elle regardait par la fenêtre. Et Sabine, où était-elle ? Sabine était près de lui. Le doyen, spécialiste des langues scandinaves, parlait justement de son projet : le campus doit immédiatement être équipé de sept cents ordinateurs. Il a déjà mis sur ordinateur toutes ses recherches sur l'Edda. Sa femme dit que s'il est une chose qu'elle puisse garantir, c'est bien que le décor de *La Walkyrie* auquel elle est en train de travailler ne sera pas soumis à l'ordinateur. Elle raconte qu'elle transfère Wagner sur la côte du Pacifique. Les Walkyries surgissent des vagues, tels des minotaures portés par le ressac, et elles viennent chercher les héros pour les conduire dans un Walhalla pacifique. Halm ne savait pas comment manifester son ravissement. Quel couple encore que ces Holmquist ! Pour lui, spécialiste des langues scandinaves, son activité à elle, décoratrice d'opéra, ajoutait encore à son prestige, tandis que ce spécialiste des langues scandinaves conférait au monde de ses décors un peu de la dignité d'un paysage. La même expérience se répéta avec chaque groupe : Rainer séparait toujours trop tôt les Halm des gens auprès desquels il les avait conduits. Quels personnages ! Tous ! Ou bien était-ce la lumière qui, montant de la baie luisante, peut-être même du Pacifique, pénétrait jusque-là ? Sabine l'affirmait, la lumière de la mer donne de la distinction. Halm ne se rappelait pas avoir eu autant de plaisir à contempler une assemblée de gens bien habillés. Cette vivacité ! Cette légèreté ! Cette absence de souffrance ! Il n'y avait pas de problèmes ! Écoute un peu le bruit mêlé de toutes les voix dans cette pièce : Même en entendant toutes ces voix ensemble, tu peux comprendre, tu peux sentir que tout cela n'est qu'un amalgame d'amabilités. Et ce qu'on peut voir correspond parfaitement à cette impression ; c'est un espace où vibrent la soie, la batiste et les belles coiffures, les bijoux sur la peau, les dents splendides. On pouvait regarder n'importe où, il y avait toujours quelqu'un en train de dire à quelqu'un d'autre précisément ce qui lui faisait le plus plaisir. Et chacun y parvenait manifestement si bien que, tous ensemble, ils finissaient par exprimer le plus parfait bien-être. Oh, Roy Kinsman ! Il était donc venu tout de même ! Halm exprima sa joie. Le coupable, c'est le *chairman,* dit Roy, et demain on sera assis sur des chaises pas finies. Et il continue, décrivant à son petit groupe les techniques employées dans l'élevage de porcs dont il s'occupe dans sa *hobby farm* de l'Upper Happy Valley. Bon, on renverse le petit cochon dans l'auge, lui,

Roy, tient le petit cochon, Sally lui fait descendre les « roustons » dans les bourses, et tac, c'en est fait de tout son bazar. Dès que les petits se mettent à couiner, la mère truie se lance, comme folle, à l'assaut de la porte. Si elle entrait, elle attaquerait avec une brutalité impitoyable. Sally confirmait toutes ces explications avec des lèvres luisantes, et des yeux brillants, et une voix dont la profondeur étonnait, surtout quand on venait d'entendre la voix claire de son mari. C'était un couple ténor-alto. Sally était texane. Et elle sculptait. Halm trouvait que ça aussi, ça allait bien ensemble. D'ailleurs, ici, tout allait bien avec tout. A quoi cette luisante bouche de Sally pouvait-elle bien être destinée, sinon à proférer des sons texans ? On aurait vraiment dit que cette bouche était en mal d'enfant lorsqu'elle exécutait ses vocalises texanes où la moindre voyelle fait résonner toutes les autres comme des harmoniques. Halm se serait volontiers attardé à regarder, mais déjà Rainer l'entraînait auprès de Kirk Elrod : époux de Carol et poète lauréat de l'Université. On était déjà arrivé auprès de Mr. Elrod que Rainer était encore en train d'expliquer aux Halm en quoi consistait cette fonction d'écrivain à perpétuité. Le poète lauréat est payé pour assurer, en tant qu'écrivain, une présence dans le campus. Pour ce qui est de la méthode, il n'y a pas de règle. Rainer s'excusa de ne pas en avoir informé les Halm plus tôt. L'écrivain dit : On met tout sur le dos de la *Compréhension des textes de Schubert* ! Et pourtant, dit Rainer, il n'avait pas encore écrit une seule phrase de cet essai qui paralysait tout le reste de son activité. Il y a des enfants qui tuent leur mère avant d'être sortis de son ventre, dit Kirk Elrod. Ça l'amusait de voir ces professeurs parmi lesquels il passait les dernières années de sa vie, et qui se torturaient mutuellement en s'imposant les mêmes contraintes qui leur permettaient de mener la vie dure aux étudiants. Cette obligation de rédiger bêtement des séries d'essais devait avoir une origine religieuse. Et, s'adressant à Halm : *Publish or perish* — ce n'est pas un mot d'écrivain, c'est un pur produit du campus. On trinqua. Le poète et Rainer se firent immédiatement resservir un verre de bourbon sec. Buvons à notre invité d'Allemagne ! Le poète dit : Existe-t-il un seul endroit au monde où puissent vivre des cinglés comme Rainer et comme moi ? Le campus, c'est tout ! Uniquement le campus de la Washington University d'Oakland, California, dit Rainer. Buvons à la Washington University d'Oakland, California, dit le poète. On but. Vous devez savoir, dit le poète, que le président de cette université a un petit faible pour les alcooliques. Rainer dit sur un ton acerbe : Kirk, je vous en prie ! Kirk ne se laissa pas démonter. Halm avait-il par hasard lu son roman *Inspiration Inn* ? Halm hésita. Rainer vint à son secours : Moi, Kirk, je l'ai lu trois fois. Bon bon, il pourrait donc expliquer à son ami Helmut la genèse du roman, une nuit de tempête durant laquelle le ressac du Pacifique retient un visiteur chez une, ou un alcoolique — en fait, l'alcoolique en question attache plus d'importance à l'alcool qu'au sexe, et au cours de cette nuit, le roman se développe comme une de ces idées nées dans le schnaps, une obsession de la rédemption. Il ne connaît même pas son propre livre, dit Rainer. Au cours de cette nuit, le schnaps n'apparaît pratiquement pas, l'élément porteur du récit, c'est le fracas du ressac sur la côte du Pacifique, dans la baie qui en renvoie l'écho. Est-ce que tu comprends pourquoi *Inspiration Inn* a eu tant de succès, demanda Kirk Elrod, ajoutant, si vite que Rainer n'eut pas le temps de répondre : Quatre millions d'exemplaires. Si ça faisait plaisir à Halm, il disposait encore d'un ou deux exemplaires. Halm dit qu'il aimerait beaucoup lire tout ce que Kirk Elrod avait écrit. Le poète dit qu'il lui procurerait ses livres, ils habitaient sur la même colline. Santé. On trinqua. Est-ce que je vous ai déjà raconté ce que m'a écrit Kennedy à la parution d'*Inspiration Inn* ? Avant que Halm n'ait eu le temps de répondre, Carol s'était détachée du groupe voisin, et elle dit : Kirk ! Cette fois, avec ta coquetterie sénile, tu es vraiment à côté de la plaque ! Tu connais M. Halm depuis trois minutes, et même toi, tu attends d'habitude cinq minutes avant de resservir les mêmes histoires. Savez-vous, dit le poète, c'est grâce à Carol que ma sénilité ne se remarque pas trop. En ce moment même, vous pouvez juger de son habileté ! Santé ! Chaque fois que nous quittons notre maison de Grizzly Peak Boulevard, elle dit : Aujourd'hui, tu vas faire un peu attention à ne pas raconter trois fois la même chose ! Et je dis : Mais chérie, pourquoi moi ? Tu sais bien que je suis sénile ! C'est toi qui dois faire attention à ce que je ne raconte pas trois fois la même chose ! Tout le monde éclata de rire, c'était le poète qui riait le plus fort. Il avala de travers et fut pris d'un accès de toux. C'est seulement à ce moment-là qu'on put voir quel géant c'était. La toux l'étira, le recroquevilla, l'étira encore. Quand il vit la chaise apportée par Carol, son accès de toux passa aussitôt, et il dit tranquillement : Ça te ferait plaisir ! Pour me faire ensuite des sermons, quand on sera rentrés, et m'expliquer à quel point, une fois de plus, je me suis conduit de façon impossible. Elle ne supporte pas que je me mette à parler de mon âge. Pour Carol, l'âge est un sujet tabou. Pas vrai, ma petite violette ? Mais oui, chéri, dit Carol. Voilà pourquoi maintenant, je ne parle plus jamais de mon âge, dit-il. Ce qui revient à dire que je suis interdit de parole, car la seule chose qui intéresse encore un homme de mon âge, c'est justement son âge. Pas vrai, ma petite violette ? Mais oui, chéri, dit Carol. Et lui : Quand j'étais jeune... Chéri, dit Carol. Oui, ma petite violette, dit-il. Santé, dit Carol. Oh, dit-il, santé ! C'est rare, c'est unique, Carol m'invite à boire ! Au moins, tant que tu bois, tu ne peux pas parler de ton âge, dit Carol. Et lui : Mais je voulais parler de ma jeunesse. Elle : Qui parle de sa jeunesse parle de son âge. Par bonheur, dit-il, il existe encore pour moi quelque chose de plus intéressant que mon âge. L'alcool, dit Carol, faisant disparaître derrière sa grande lèvre inférieure ses dents qui avançaient. Elrod se tourna complètement vers Halm : Je vous ai raconté ce qu'a dit la mère de ma seconde femme à la parution d'*Inspiration Inn.* Kirk Elrod avait l'art de finir ses phrases de telle manière qu'on pouvait les entendre, au choix, comme des questions ou comme des affirmations. Puis tout à coup, il se mit à parler tout doucement : Ma petite violette, dit-il, je prends la chaise, c'est ma crampe. Son visage tressaillit, se détendit, tressaillit encore. Il était maintenant assis sur la chaise. Carol tenait une de ses mains et la frottait. Est-ce qu'ils pourraient partir, demanda-t-il pour lui-même. La petite Carol fendit la foule avec son géant desséché, pareille à Moïse fendant les flots de la mer avec son peuple. Elle était vêtue d'une robe blanche ; des bretelles faites d'anneaux dorés passaient sur ses épaules rondes et nues. Halm vit que Dempewolf avait rejoint Lena devant la fenêtre. Rainer dit qu'on n'était pas encore de repos, et il fit signe aux Halm de continuer leur tournée. *Have you met Leslie Ackerman and his wife Joyce ?* La main que Leslie Ackerman tendit aux Halm n'avait pas lâché le verre, car il avait besoin de sa main gauche qu'il maintenait sur son œil gauche ; peut-être avait-il une poussière dans l'œil. Leslie était l'homme de la littérature moderne – spécialité : Thomas Mann. Joyce fait un doctorat sur l'hermaphrodisme dans la mythologie et la littérature. Joyce, belle tête de mort, lunettes jaunes et nattes blond filasse, adressa aux Halm un sourire parfaitement naturel. Halm regarda involontairement, posée sur le rebord de la cheminée, la tête de mort avec ses dents, couronnée de l'exuvie de la tarentule. Oui, Joyce avait exactement le même sourire rectangulaire. Rainer dit qu'à Sapporo Leslie avait encore représenté les États-Unis aux épreuves de saut en hauteur. *Now I'm beaten by D.D.R.-girls,* dit-il presque timidement, s'affaissant encore un peu plus. *You're sure they are girls,* dit sa femme. Par pure plaisanterie, la question fut transmise à Zipser, de Leipzig. En tant qu'ingénieur des travaux publics spécialisé dans la résistance des matériaux, dit-il, il ne pouvait donner aucun renseignement sur l'authenticité sexuelle des sportives de son État. Halm eut l'impression que Zipser avait pris cette question plus au sérieux qu'on ne l'avait voulu. Rainer dit qu'on avait ici affaire à un travail relevant de l'effort interdisciplinaire. Et fendant la foule, il continua son chemin. Jusqu'à un homme qu'on eût dit fait de papier journal moisi. Professeur Debeaugrande. Au-dessus de l'oreille droite, un endroit complètement dégarni de la taille d'une pièce de 5 marks. L'unique chose en lui qui eût de la couleur, c'était sa denture jaune citron. En français, le professeur demanda à Halm s'il parlait français. En fait, non, dit Halm, attendant vainement que Sabine explique que dans la famille, c'était elle qui était chargée du français. Mais Sabine avait disparu. Où était-elle ? Le professeur Debeaugrande dit que sa seule langue maternelle était le français. Ce qu'il entendait par là, il ne le dit pas, mais il présenta Halm à sa mère, une femme presque centenaire, qui, vêtue de crêpe rose et d'une étole blanche en angora, se tenait à côté de son fils jauni âgé de soixante-cinq ans. Le professeur expliqua pourquoi il n'enseignait ici que le français, et non le latin qui, à l'origine, était sa spécialité. Halm comprit qu'ici on n'avait cessé de se plaindre de sa manie et de son obstination à mettre des traits sur les syllabes longues. Or il s'y était vu contraint par la mauvaise qualité des voyelles américaines qui ne permettaient pas de former les *e* longs, les *o* longs et les *u* longs. Les Américains se réfugiaient dans la diphtongue, et même — surtout dans les États du Sud — dans la triphtongue. Au bout de dix-sept ans, dit le professeur, il avait capitulé. Halm eut envie de dire qu'il y avait à moins de cinq mètres de là une spécialiste de la vocalise texane : Allez-y voir, monsieur, et vous n'exigerez plus que les voyelles américaines soient adaptées à la prononciation du latin ! Halm vit qu'il n'était plus qu'à un bon mètre de P. Et derrière la cage de P. se tenait Elissa. En compagnie d'un homme de couleur. On était aujourd'hui vendredi. Il pourrait lui demander si on avait déjà nourri la tarentule. Il planta là mère et fils. C'était la première fois qu'il passait d'un groupe à un autre sans être guidé par Rainer. L'homme de couleur et Elissa se turent lorsqu'il contourna la cage. Ils le regardèrent, l'air de dire que puisque il les dérangeait, il n'avait qu'à leur expliquer pourquoi il les dérangeait. L'homme de couleur portait une salopette rose, Elissa était vêtue d'une chose violette, moulante, sorte de deux-pièces plissé à mi-mollet. Une chose sans manches qui mettait ses formes en valeur. Comme Halm ne disait rien, Elissa fit les présentations : Othello Jesus de Garcia, directeur du *drama department*. Halm regarda ce qu'Othello Jesus de Garcia portait à la chaîne de jade accrochée à son cou, un cou qui ressemblait à une colonne : c'était une espèce de méduse aztèque. Aucun des deux n'eut l'idée d'épargner à Halm le sentiment qu'il dérangeait. Ils ne disaient plus un mot. Il dut s'incliner et partir. Les deux autres marquèrent une approbation sensible. Il eut tout juste le temps d'éviter Debeaugrande mère et fils. Il se dirigea vers Sally et Roy. Sally était en train de raconter que le voisin de l'Upper Valley qui lui avait enseigné la castration enlevait d'un coup de dents les testicules de ses petits sangliers. Pour des raisons religieuses, dit Sally, avec un sourire tel que pendant un moment, ses lèvres luisantes formèrent un rectangle tremblant. Rainer ne supportait pas que Halm retourne auprès d'un groupe qu'il avait déjà vu. En dehors de Carol et du mari de Carol, Halm n'avait vu partir personne, et pourtant, il y avait maintenant beaucoup moins de monde. L'assemblée paraissait très clairsemée. On aurait dit que quelque chose aspirait les gens vers l'extérieur, si lentement qu'on ne les voyait pas s'en aller. Et puis tout d'un coup, ils n'étaient plus là. La présidente ! C'était inimaginable qu'elle soit partie sans rien dire ! Songer qu'elle avait réussi ce tour de force. Cela lui faisait mal. Tel est le châtiment que l'on encourt à pratiquer la conversation. Quand il n'y eut presque plus personne, il s'approcha de Fritz O. Dempewolf qui se tenait devant la fenêtre avec Lena. Dempewolf s'excusa auprès de Halm d'avoir proposé à sa fille un souffle de vérité. Il n'avait pu s'en empêcher. L'aptitude au baratin, il l'avait perdue sur le chemin qui l'avait conduit de Silésie en Californie en passant par la Sibérie. Mais, dit Dempewolf, il ne croyait pas non plus que le père de cette fille pensait lui-même avoir atterri dans un établissement d'élite. Quant à lui, Dempewolf, il était le professeur le plus mal payé du département, mais il était là depuis dix-sept ans. Ce qui voulait dire qu'il était nécessairement le plus mauvais professeur, et pourtant, ce n'était pas le cas, à cet égard il n'avait pas de complexes ; on était simplement dans un pays où l'on ne pouvait pas se contenter de dire que tout tournait autour de l'argent, non, il fallait préciser qu'ici, l'argent était absolument tout. Donc, s'il se battait pour être mieux payé, c'était uniquement pour l'argent ; non qu'il se sente victime de quelque discrimination ou visé dans ses capacités pédagogiques ; là n'était pas la question ; mais ici, il fallait de l'argent, rien que de l'argent. En Russie, par exemple, il faut des relations, des amis, de la famille, en Russie, on a besoin des gens, ici, il faut de l'argent, rien que de l'argent. Évidemment, n'ayant plus, au bout de treize ans de Sibérie, qu'une seule idée en tête – partir le plus loin possible des soviets –, ce n'est pas en Amérique qu'il aurait dû aller, c'est en Australie, mais il était trop tard. Et puis à quoi bon ! Un Silésien déçu par le monde. Oh, vous m'excuserez, je n'ai pas parcouru la moitié du monde pour tomber sur le ricanement sournois d'un compatriote d'exportation. Nous nous reverrons peut-être. Mon invitation est sérieuse. Il fit demi-tour, presque à la façon d'un militaire, et il s'en alla. Zipser, de Leipzig, le suivit des yeux en souriant et dit : Il s'enfuit toujours en courant. Est-ce qu'il a quelque chose contre moi ? On ne sait jamais tout ce qu'on peut avoir à se reprocher. Il était heureux, dit-il, de rencontrer quelqu'un de Stuttgart. Son grand modèle était un homme de Stuttgart, le professeur Leonhard. Leonhard était un cran au-dessus de lui, Zipser. Quand Halm dit qu'il habitait à moins de dix minutes du relais de télévision ou travaillait Leonhard, Zipser fut encore plus heureux. Un semestre à Stuttgart lui ferait encore plus plaisir qu'un semestre ici. Mais l'IREX n'existait qu'en Amérique. Et ici, il était plus facile que dans le Jura souabe d'observer l'influence des tremblements de terre sur les différents types de constructions – c'était sa spécialité. L'IREX paie 400 dollars par mois, on est nourri et logé gratis au Faculty Club. Zipser dépense la moitié de son traitement pour faire des photocopies qu'il veut emporter dans son pays. Voilà qui est bien bon, dit un homme pourvu d'une magnifique chevelure grise qui ressemblait à de la mousse. Professeur Felix Theodor Auster, philosophie. Il vient d'entendre la femme de Halm raconter que Halm est en train d'écrire un livre sur Nietzsche. Lui aussi. Voilà son adresse. Il habite d'ailleurs à *walking distance* du campus. Il était justement en train de corriger les épreuves de son essai *Nietzsche d'abord, et puis Kafka,* un essai destiné à la revue *Studi Tedeschi,* il en ferait faire une photocopie pour Halm. Dans cet essai, il s'était désigné, dans un *understatement* particulièrement habile, comme non spécialiste de Nietzsche ; malheureusement, il ne pouvait guère, ici, proposer Nietzsche, ici, on en était encore au trip de la sociologie. Le vocabulaire à la place du langage. En Europe, si l'on citait maintenant Nietzsche beaucoup trop souvent, c'est qu'on l'avait trop peu cité au cours des vingt années précédentes. Trop ou trop peu citer, ou être cité — voilà à quoi se résume la vie intellectuelle. A Berlin, récemment, un collègue était tombé mort pendant qu'il citait Nietzsche. Par bonheur, la vie intellectuelle n'était pas sans danger. De toute façon, on devrait barrer la profession aux gens mariés. Un philosophe marié, c'était à peu près la même chose que lui, là. Et il désignait P., muet dans sa cage. Il avait surtout hâte d'entendre la conférence de Halm sur Heine ; en même temps que son essai sur Nietzsche, il déposerait dans le casier de Halm son petit opuscule sur la *Morosité conservatrice chez Heine.* Rainer avait-il fait usage des indications données par Auster ? Rainer laissa pendre sa lèvre plus loin que jamais ; on pouvait y voir le liquide comme dans une gouttière à moitié pleine. Manifestement, il ne comprenait pas ce qu'on lui demandait. Auster secoua la tête, mais dit sur le ton de la plus grande gentillesse qu'il lui avait envoyé son essai, *Le Lied philosophique, ou Que savait Schubert avant Schopenhauer ?* Rainer dit : *You write damn much. Publish or perish,* dit Auster, et, s'adressant à Halm : Voyez-vous, mon ambition, c'est d'être cité par les spécialistes de la littérature. Les philosophes, je m'en fous. Je devrais me foutre de tout, je sais. Surtout d'être cité. Mais j'aime mieux me foutre de m'en foutre que me foutre d'être cité. C'est mon je-m'en-foutisme transcendental ! Ça vaut le coup d'œil ! Oh, Leslie..., excusez-moi, je vois Leslie Ackerman, il faut que je lui fasse un petit plaisir, j'ai cité dans le *Quarterly* son essai sur la décadence, il faut que je le lui dise, pendant ce temps, vous n'avez qu'à trouver la réponse à cette question, c'est la question à mille balles : qu'est-ce qui rend le plus populaire, citer ou être cité ? A tout à l'heure. Halm lui cria : S'il vous plaît, n'oubliez pas l'essai sur Nietzsche et le petit livre ! Auster s'arrêta encore une fois, se retourna et dit, littéralement étincelant de tranquillité : Promis ! Puis il s'éloigna en hâte. Mais on voyait que dans la tranquillité comme dans la hâte, il n'était jamais qu'en représentation. Manifestement, ça l'amusait d'être en représentation

Pour finir, il ne resta plus sur le tapis vert couleur d'aspérule odorante que les Halm et Elissa et Rainer. Alors Halm comprit que c'était le moment de partir. Eh oui, mon ami, dit Rainer, maintenant que tu as été présenté, tu n'as plus qu'à te bien conduire, ici, c'est comme ça. Quant aux femmes, dit-il à Sabine, elles sont de toute façon autorisées à faire ce qu'elles veulent, on ne peut rien empêcher. Sabine dit : Vous dites ça avec une telle tristesse. Ah bon, dit-il, levant la tête si haut qu'on ne pouvait plus voir le contenu de sa lèvre inférieure à moitié pleine. Ma foi, si elle entendait là quelque tristesse, c'est qu'elle avait l'oreille absolue. Ils étaient dehors, devant la maison. Elissa n'était pas sortie avec eux. Rainer se dressa sur la pointe des pieds, tendit la tête encore plus haut, comme s'il devait regarder par-dessus un mur élevé. Les Américains l'appellent la maison de Hänsel et Gretel, dit-il en montrant la maison. Vilaine histoire, dit-il, je veux dire Hänsel et Gretel. Il jeta sa cigarette, se croisa les mains sur le dos et se figea littéralement dans cette position. Tu n'as même pas cinquante ans, dit Halm avec autant de légèreté qu'il en fut capable. Ne me demande pas de faire des pirouettes, dit Rainer. Mais où est passée Lena, dit Sabine. On se perd, dit Rainer, on se perd. Puis, s'adressant à Halm : *Take care.* Et il rentra dans la maison. Qu'est-ce qu'on fait, dit Sabine. Halm dit que Sabine pouvait aller chercher la voiture, il attendrait Lena, elle ne pouvait plus être qu'avec Elissa. Au lieu de Lena, ce fut Elissa qui sortit pour dire qu'elle redescendrait Lena chez eux plus tard. Les Halm acquiescèrent, sourirent, ne comprirent rien, démarrèrent. Sabine prit plaisir à descendre les virages de l'Euclid pour bifurquer ensuite dans la Marin, totale, directe, raide, verticale, étroitement serrée entre les arbres et les maisons, et se laisser glisser jusqu'en bas, la bouche ouverte. Halm se laissa contaminer. Il dit qu'on ne pouvait certes plus évoquer une chevauchée à travers un paysage incomparablement désolé, par une journée d'automne morne, grise, éteinte, sous des nuages lourdement suspendus, avec, à la tombée de la nuit, l'arrivée devant la maison Usher — et pourtant, pourtant... Au début, tout lui avait paru tellement rayonnant. Voilà qu'il avait oublié d'interroger Elissa sur la nourriture de la tarentule. Cette fois, Sabine quitta la Marin avant la fin, elle voulait voir un peu la Contra Costa d'en haut. Ce qui les fit passer par des rues encore plus enchantées. Ce n'étaient pas des rues, c'étaient de véritables grottes formées par les arbres. Des maisons qui ne se voulaient pas seulement utilitaires. Sabine roulait au pas, s'arrêtait, s'arrêtait encore ; en poussant des exclamations, ils se racontaient ce qu'ils voyaient. Et pourtant, dit Halm, tout ça ne semble pas suffire. A ceux qui le possèdent. Oh, regarde, Sabine, regarde ! Dans le crépuscule de l'une de ces grottes d'arbres, fenêtres ouvertes, une famille était installée sous une lumière jaune.

De leur salon, ils virent derrière San Francisco la lumière du soleil déjà couché. C'est fou, dit Halm, ce qu'un cocktail peut passer vite. Puis il dit : Il est impossible de concevoir une journée plus belle. Et, songea-t-il, oserais-je l'avouer, on ne peut plus pénible. On n'entendait que les cigales.

# 6.

Ramenée en fin de soirée par Elissa, Lena n'était pas d'humeur à parler ; Halm et Sabine s'étaient donc dit, pleins d'espoir, qu'ils en apprendraient davantage le samedi matin au cours du petit déjeuner. Mais pendant le petit déjeuner, Lena garde un air absent. Elle a passé un pull-over sur sa chemise de nuit. Elle n'a manifestement pas, aujourd'hui, l'intention de s'habiller plus. Halm voulait retourner le plus tôt possible dans son bureau, retrouver les textes que lui avait donnés la jeune fille. Le premier samedi qu'on passe en Californie, on ne va pas traîner à la maison, dit Sabine sur le ton qu'on adopte pour proclamer une loi. Elle a étudié les cartes. On va aller se baigner à quatre-vingts miles au sud d'ici. A Santa Cruz. Lena dit qu'elle voulait travailler. Halm dit que le soir, il lui faudrait s'enfoncer à l'intérieur des terres jusqu'à l'Upper Happy Valley pour la partie de skat chez Roy Kinsman. On n'est pas pour autant obligé de passer toute la journée enfermé, dit Sabine. Elle en était déjà malade. Allez, debout, habillez-vous. Sans Lena, dit Halm en haussant les épaules. Si elle n'était pas là, dit Lena, ses parents partiraient bien sans elle. Mais tu es là, dit Sabine. C'était parti pour se transformer en l'une de ces conversations qui tournent en rond et se prolongent jusqu'au moment où l'un des deux se lève d'un bond et quitte la pièce en courant. Halm se leva et dit qu'il était disposé à partir quand elles voudraient. Dès qu'elles se seraient mises d'accord, elles n'auraient qu'à le lui dire. Sabine : Il voudrait bien avoir l'amabilité de rester là jusqu'à ce qu'on se soit mis d'accord. Halm : Ne pourrait-on pas reporter cette sortie au lendemain, peut-être que le lendemain, Lena serait disposée à venir. Et le lendemain, on pourrait rester au bord de la mer plus longtemps. Mais c'est aujourd'hui que Sabine veut aller au bord de la mer. Tout de suite. Maintenant. Ce soleil, ce ciel, non mais des fois ! Leur premier samedi en Californie, jouer au skat ! En plus, tu n'aimes pas jouer aux cartes, chez nous, tu n'y joues jamais. C'est que, dit Halm, il ne connaissait plus personne avec qui il eût plaisir à jouer. Le téléphone sonna. C'était Rainer. Roy venait d'appeler, il ne s'en sortait pas avec ses chaises, ils étaient obligés de reporter d'une semaine la soirée de skat. Sabine va être contente, dit Halm. Rainer dit : Bon, qu'est-ce qu'on fait ? En insistant bien sur le ON. Halm dit que Sabine voulait aller à Santa Cruz, au bord de la mer. Très bien, dit Rainer. En fin de soirée, quand il aurait consacré toute une journée à la compréhension des textes de Schubert, il viendrait volontiers importuner les Halm. Halm lui dit de venir. Sabine, quand elle voulait quelque chose, était une espèce de force de la nature. Mais Lena n'était toujours pas prête. Elle avait mal à la tête. Et Sabine ne pouvait pas l'admettre. Sabine savait toujours très exactement ce qui à chaque instant convenait le mieux à chacun des membres de la famille, elle ne craignait donc pas de l'imposer, même contre celui qui ne le savait pas encore. Halm se glissa hors de la pièce comme un voleur. La porte de son bureau était ouverte, il pouvait donc faire semblant de participer. Sabine se mit à pousser des cris perçants. Sale gredin que ce Traugott ! Lena voulait-elle désormais, par amour pour lui, passer sa vie rencognée derrière des portes fermées à double tour ? Ça n'avait rien à voir avec Traugott ! Traugott n'était pas un gredin. Traugott était victime de sa mère. Incapable de faire ce qui ne lui avait pas été enseigné directement par sa mère. Peut-être Sabine pourrait-elle réfléchir, se demander si ça ne lui rappelait pas quelque chose. Sabine se mit à hurler. Tout ce bavardage psychologique ! Toutes ces âneries, rien que du vocabulaire, pas vécu, pas vivable, pas vivant ! Lena s'en alla dans sa chambre. Sabine dit : Oh, pauvre Sabine ! Il fallait qu'il mette à profit le temps qui allait s'écouler avant qu'elles ne soient d'accord. Déjà il avait les photocopies à la main : le 129e Sonnet de Shakespeare et quelques vers de Stefan George.

*Th'expense of spirit in a waste of shame*
*Is lust in action ; and till action, lust*
*Is perjur'd, murderous, bloody, full of blame*
*Savage, extreme, rude, cruel, not to trust...*

A coup sûr, cela n'était beau qu'en anglais, mais curieux de voir ce que ça pourrait donner, il se sentit contraint d'inscrire à côté tout un choix de mots allemands : la disparition de l'esprit dans l'usure de la honte, c'est le plaisir qui commence ; auparavant, le plaisir est mensonger, meurtrier, sanguinaire, criminel, grossier, brutal, primitif, cruel, imprévisible... Il se leva — tout en se levant, il eut le loisir de s'apercevoir que la chaise et le plateau du bureau du professeur Rinehart étaient tout gluants —, alla rejoindre Sabine qui était assise à la table et regardait fixement le plateau. Il lui glissa la main sous les cheveux et lui massa un peu la nuque. Viens, Sabine, on va au bord de la mer. Il renierait le 129e sonnet. Sabine dit : Laisse-moi. Elle se leva d'un bond et descendit, disparaissant dans la galerie de l'escalier. On sonna. Deux personnes de couleur. Un couple. Tous deux bien en chair. Tous deux vêtus de polos blancs à manches courtes. L'homme se mit aussitôt à prêcher. *Enjoy life on earth. Awake ! Work can be a pleasure. Is yours ? Are you grateful for what God has done ?* D'une voix claire il montait le ton, comme dans un opéra de Mozart lorsqu'une question est chantée. Et la femme levait le visage. Il ne servit à rien que Halm professe la religion catholique. L'homme dit que sa femme avait elle aussi été catholique. Elle acquiesça gravement. Il proposait un *special treatment* pour catholiques. Tout le temps qu'il parlait, Halm devait maintenir la moustiquaire ouverte vers l'extérieur. Il ne fallait pas les laisser entrer, sinon, le soir même, il se retrouverait témoin de Jéhovah. Il donna un dollar pour deux petits fascicules. Il ne fallait pas considérer tout comme allant de soi, ni le réveil ni la lumière du soleil. Halm regarda fixement le tatouage à l'avant-bras : énorme, le nombre 13, et sur ce nombre, un chat faisant un formidable gros dos. Il ne put évidemment s'empêcher de songer au pont sur l'Okra Creek, en forme de chat faisant le gros dos. De tout ce que lui avait apporté cette semaine en Californie, c'était cet instant précis qui dominait tout le reste : la jeune fille et lui sur le pont du gros dos. L'apparition de Rainer avait dû y contribuer, avec son salut shakespearisant si difficile à interpréter. *« Th'expense of spirit in a waste of shame/Is lust in action... »* Entre-temps, le prédicateur en était arrivé au succès de leur propagande. Soixante-cinq mille en 1945, plus de deux millions à présent. *We are flourishing.* Halm sortit encore un dollar. *Oh no, we are not supposed to take extra money.* Mais comment faire ensuite pour se séparer tout de même ? S'il lâchait la moustiquaire, elle cognait la tête du prédicateur. Halm dit : Veuillez m'excuser. Tous deux le regardèrent avec étonnement. Les gens de couleur transforment tout en expression. Quant à lui, il ne lui restait plus que la moustiquaire réparée par Rainer, aussi efficace qu'une plume. Il la laissa se refermer : *lento maestoso ostinato.* Halm se sentit bien un peu gêné lorsqu'il eut enfin refermé la porte de la maison et du salon, mais il l'avait tout de même refermée. Qu'il était donc malhabile à se tirer des situations les plus simples ! Ce que nous apprenons, ce n'est pas pour l'école, c'est pour la vie. Et il ramassait des mauvaises notes. Il regarda le ciel au-dessus de San Francisco. Un bleu pareil, ça fait mal. C'est dingue ce qu'on pourrait se sentir vivant dans ce pays. Viens, Sabine, on va au bord de la mer ! Il cria ces mots en descendant l'escalier abrupt en forme de galerie. Sabine apparut au bas de l'escalier et dit : Pas sans elle ! Ce qui signifiait qu'il devait reprendre lui-même les pourparlers. Il frappa à la porte de Lena et parla contre la porte close sur le ton tranquille d'un homme d'affaires. Si Lena était d'avis que la veille, elle avait eu tort de se laisser forcer par ses parents à se rendre à ce cocktail, elle pouvait aujourd'hui rester à la maison sans donner d'explications. Mais si elle avait des raisons de ne pas regretter d'avoir dû les accompagner la veille, ce serait fair play de se laisser, aujourd'hui encore, contraindre à les accompagner. Elle était vraiment libre de décider. Un instant, un silence perçant régna dans la pièce. Puis la voix de Lena dit, merveilleusement calme : Je viens. Elle vient, cria-t-il dans un rugissement, et il dégringola l'escalier abrupt en forme de galerie, arrivé en bas tourna à droite dans la chambre à coucher, et entoura de ses bras les épaules de Sabine. Sabine se dégagea de son étreinte, se pencha et mit sous le lit les petites pantoufles, héritage de sa mère. Dans une famille, il faut toujours qu'il y en ait un qui continue d'assumer la conversation. Aujourd'hui c'était le tour de Halm. Jusqu'au moment où Lena et Sabine pourraient de nouveau s'adresser la parole. Dans une voiture, on est obligé de parler en regardant devant soi, ce qui facilite les reprises de contact. On parle ensemble sans avoir besoin de s'adresser l'un à l'autre. Sabine fit l'éloge de la Volvo qui avait déjà dix ans. Halm vanta le bleu douloureux qui dominait les collines brûlées de la Californie. Sabine chanta les louanges de l'autoroute qui, dans ce gigantesque cirque desséché, courait sur des miles entiers entre des murs de lauriers-roses en fleur ! Au milieu d'une cohorte de voitures, ils suivaient tranquillement le flot en direction du sud. Regarde ces voitures, s'écria Halm, il n'y en a pas deux pareilles ! Et ils ne se bousculent vraiment pas, dit Sabine. C'était encore un pays où il était agréable de conduire. Puis ils durent franchir le dos de la montagne à laquelle s'accroche aussi San Francisco lorsqu'elle veut voir le Pacifique. Tout brillait d'une lumière ardente. Les deux files de voitures, deux corps flottant l'un à côté de l'autre, serpentaient parfois en une ascension si lente qu'elles étaient presque à l'arrêt. Sabine, aux commandes, répétait les fondements essentiels des instructions maniaques et solennelles données par le professeur Rinehart et destinées à permettre l'usage de la Volvo chargée d'ans : ne pas la laisser chauffer ! Lena et Halm, anxieux, participèrent aux efforts de Sabine pour que la Volvo arrive à traverser sans trop chauffer la fournaise méridienne de la circulation montante. Halm prenait plaisir à tout, même à l'angoisse de savoir si la Volvo allait tenir le coup. Il fut heureux lorsqu'ils longèrent un endroit qui s'appelait Saratoga. La Volvo tint le coup. On arriva en haut ; de l'autre côté, on redescendit pour s'échapper vers la mer. La baie qui commence ici est tellement vaste qu'on ne l'identifie comme baie que sur les cartes. Santa Cruz, première localité quand on arrive du nord. La promenade, un unique front de kermesse. Traversant cette foire, les Halm parvinrent à se frayer un chemin jusqu'au sable, qui était si brûlant qu'ils remirent immédiatement leurs chaussures en gémissant. Pataugeant dans l'eau et se faufilant à quatre pattes sous des museaux rocheux, ils arrivèrent à une plage plus tranquille. Eh bien, Pacifique, nous voilà. Bien le bonjour de MM. Kiderlen et Rimmele, mais oui, ils m'ont chargé de te donner le bonjour, là-bas en Souabe. Halm dit tout cela à voix haute. Le bruit du ressac le permettait. Même les radios toutes proches étaient réduites au mutisme. Le Pacifique. On a beau dire. Il tendit l'oreille pour voir si le ressac le chargeait de donner le bonjour à MM. Kiderlen et Rimmele. Il lui sembla que tel n'était pas le cas. Il en ferait part à MM. Kiderlen et Rimmele : le Pacifique avait accepté leurs salutations, mais n'y avait pas répondu. Halm aurait bien voulu se remettre à parler avec emphase. Mais quand on ne s'appelle pas Hölderlin, on n'a plus qu'à la boucler. Voilà ce que vous enseignent les gens comme Kiderlen. Précisément ceux-là ! Le jour où Kiderlen, frais émoulu de l'université, a participé pour la première fois à un conseil de professeurs, il a dit que l'affiche destinée à la cour de récréation, « Interdit de faire du vélo », devait, même dans une école de Stuttgart, pouvoir être rédigée dans une langue correcte, en conséquence de quoi il proposait : « Prière de ne pas circuler à bicyclette. » Et Halm ayant grommelé à ce sujet, assez fort pour être entendu, que le problème essentiel de l'année scolaire se trouvait donc ainsi résolu, Kiderlen chercha dès lors toutes les occasions de le ridiculiser devant ses collègues. Or Halm parlait volontiers avec emphase. Mais avant que M. Kiderlen, qui, le jeudi, faisait toujours son entrée avec la *Hamburger Wochenzeitung,* ne définisse en ces termes sa façon de s'exprimer, ce n'était pas ainsi que Halm la définissait lui-même. Il savait qu'il ne pouvait pas parler calmement. Il fallait qu'il s'excite, faute de quoi il restait muet. Quand il prenait la parole, il se faisait l'effet d'un homme de l'âge de la pierre qui frappe son silex pour obtenir une étincelle. Depuis que Kiderlen l'avait quelquefois parodié, il était plus silencieux. Kiderlen avait peut-être raison. Il avait peut-être tendance à être un prof un peu gueulard. Bon, du moment qu'il ne fallait pas le faire, il ne dirait plus rien. Pendant quelques petites années encore. Kiderlen était-il Hölderlin ? Hölderlin était plus intelligent, plus astucieux, plus rusé, plus calme, plus dominé. Halm pouvait le constater avec une tranquillité plus grande que jamais. Eh bien, Pacifique, à présent tu sais tout. Tu dois savoir tout ce qui concerne les gens qui atterrissent sur ton rivage. Et je ne connais rien ni personne à qui me confesser plutôt qu'à ton ressac. Ô ressac, de quel manteau tu enveloppes toute chose ! Halm dit en s'excusant : Friedrich, je n'y tiens plus. C'était la phrase qu'il prononçait presque toujours avant de se mettre à parler avec emphase. Le Pacifique ne lui en avait pas laissé le temps. Quand ils furent allongés sur le sable, Halm dit : Sabine, ici, je pourrais exister. Sabine dit qu'il faudrait écrire une carte aux Zürn. Halm dit : Notre conversation est un véritable dialogue de sourds. Et comme si cela pouvait servir à quelque chose, il désigna les gamins qui, à des distances formidables, se lançaient un ballon de football américain en forme de noyau de prune. Au moment où ils envoyaient ce ballon, qui n'était pas rempli d'air, ils lui imprimaient un mouvement de rotation, de manière que, pareil à un projectile jailli d'un canon rayé, il tourne sur lui-même pendant sa trajectoire et, volant bien tranquillement, vienne toujours tomber exactement dans les mains de l'autre. Au bout d'un moment, on en eut assez de regarder les vagues du Pacifique. Il fallait donc y entrer. On dut tout d'abord s'habituer à l'assaut de ces parois de verre qui, montant et se précipitant la tête la première, se brisaient en un rempart d'écume, non, explosaient, explosaient en un tourbillon d'écume, jaillissaient en fontaines d'écume, jaillissaient en blancs embruns, et, remontant la plage, se pulvérisaient complètement, n'étaient plus que des bulles et une eau mousseuse qui se retirait au plus vite en se glissant sous la vague suivante pour redescendre dans la mer. Ces parois de verre semblaient monter à l'assaut, les unes derrières les autres, espacées de vingt ou trente mètres — on eût dit qu'elles se poursuivaient. Elles se faisaient la chasse jusque sur la plage où elles explosaient, jaillissaient, disparaissaient. C'était un déroulement qui convenait bien à Halm. Halm avait l'impression que les vagues étaient plus hautes ici que sur la plage de l'autre côté, celle qui leur avait paru surpeuplée. De l'autre côté, les gens étaient debout, tous alignés ; soit ils laissaient les vagues leur rouler dessus, soit, installés sur des petites planches, ils essayaient de grimper sur une vague pour se faire porter sur la plage jusqu'au moment où la vague se brisait. Ici, personne n'avait ce genre de planche. Bon, dit Halm, essayons. Lena et Sabine s'arrêtèrent là où les vagues s'étaient déjà brisées en un tourbillon d'écume. Halm voulait aller plus loin. Il le devait. Au-delà du ressac on pouvait nager. Mais comment traverser cette paroi de verre qui montait à l'assaut ? Il faut aller assez loin pour être tout près de la vague, juste avant qu'elle ne se brise, et tu te retrouveras au plus calme du Pacifique, là où les vagues n'ont pas encore ces couronnes d'écume tranchantes, mais de gros dos ronds. Ces réflexions provoquèrent en lui une espèce de malaise. Mais il avait fait tant de milliers de kilomètres pour arriver jusqu'à cet océan, il ne pouvait pas, maintenant, se laisser rebuter. Le ressac, c'est la fête. Cette montée furieuse, puis l'écume et le tonnerre. C'est vraiment trop. Le soleil, le sel. Écume, tonnerre, braise et sel. Ça y est ? Tu es prêt ? Tu es prêt. Il faut décider quelle vague tu prendras. Tu prendras la suivante. La suivante arriva, à mesure qu'elle approchait, elle se faisait de plus en plus grosse, de plus en plus haute. Il leva les yeux. Au moins trois mètres, pensa-t-il. Elle était là. Il ne passa pas. Peut-être manqua-t-il de détermination. Il fut carrément renversé par la vague qui s'abattit sur lui. Son dos et l'arrière de sa tête allèrent frapper le sable, qui n'était pas si mou que ça, il culbuta à la renverse, il fut entraîné, retourné, projeté dans un tourbillon d'eau. En fait, il suffoquait. Il se trouvait dans un palais de cristal qui s'écroulait avec fracas et dans lequel il étouffait. Bon. Et maintenant ? Puis il parvint à se cramponner. Ses mains agrippaient le sable. Elles voulaient empêcher que l'eau du reflux ne l'emporte à nouveau. Il était allongé sur la plage, sans pouvoir bouger. Lena et Sabine se penchèrent sur lui. Pas de cinéma, s'il vous plaît. Il est tout à fait bien ici. Rictus pour atténuer leur regard épouvanté. En aucun cas il ne vous laissera l'emmener de là. Il restera ici jusqu'à ce qu'il puisse bouger tout seul. Ici, il est merveilleusement bien. Cerné pour ainsi dire par le petit jeu de l'écume et des embruns. Il invita Lena et Sabine à entrer elles aussi dans cette eau qui montait et descendait sans danger. Quand il se redressa, il avait mal en plusieurs endroits. Sabine dit : Eh bien vraiment, il n'aurait plus manqué que ça. Sabine n'avait pas tendance à parler avec emphase. Elle avait apporté des mangues et des melons. Et des raisins noirs sans pépins qui avaient une saveur..., on aurait dit qu'en cas de disparition de toutes les autres espèces de fruits ils étaient destinés à réunir en une saveur unique les finesses de tous les fruits de la terre. Sabine et Lena se baignèrent encore plusieurs fois. Halm ne se baigna plus. Le Pacifique lui avait tordu quelques os. Sur le chemin du retour, ils parlèrent tous trois très fort. Lena et Sabine n'arrêtaient pas de décrire la façon dont la vague énorme s'était abattue sur Halm, qui avait disparu sans plus refaire surface. Et tout à coup, il s'était retrouvé couché sur la plage, beaucoup plus loin. A un endroit tout à fait inattendu. Halm écoutait. Il ne voulait pas repenser tout de suite à ces instants passés dans ce palais de cristal qui s'écroulait en un tourbillon vert et blanc. Il était content de pouvoir s'identifier à des considérations extérieures, il changea de sujet, il voulait à présent que Lena lui raconte comment s'était passée la soirée de la veille. Sabine les avait informés que pour le retour, elle ne prendrait pas la 17, mais qu'ils resteraient sur la croupe de la montagne, côté Pacifique. La 1N n'était pas une autoroute, mais à en croire les indications, elle devait être très *scenic.* On longeait tout le temps la mer, c'est seulement à San Francisco qu'on franchissait la montagne pour traverser ensuite le Bay Bridge en direction des terres. Elle agrémentait ensuite ce genre de décisions en posant une question : D'accord ? Une Gutöhrlein née. Pendant quelques années, Sabine avait été juré et elle avait mené la vie dure aux juges. Ils longèrent donc le Pacifique brillant qui montait et descendait tout en écoutant Lena. Il était évident qu'elle parlait maintenant avec plaisir. Ayant dit la veille chez Rainer et Elissa qu'elle faisait du piano, elle avait dû jouer quelque chose. Halm dit que voir Lena accéder à un désir simplement et sans détour tenait du miracle. Mais où y avait-il donc un piano ? En bas, chez Rainer. Rainer n'avait presque pas de livres, mais beaucoup de disques. La plus grande collection de disques de Schubert sur toute la côte ouest, avait-il affirmé. Elissa parlait de Rainer, même en sa présence, comme de quelqu'un qu'il fallait mettre un cran plus bas qu'elle-même. Et Rainer l'écoutait. Apparemment, il lui suffisait qu'Elissa parle de lui. Ce qu'elle disait n'avait plus alors tellement d'importance. Elissa était presque la seule à avoir parlé. On était resté en bas, devant le domaine de Rainer, assis sur les pierres chaudes du camp indien. Tant que n'aurait pas disparu la puanteur des cigarettes laissée par le cocktail, disait Elissa, elle ne pourrait pas vivre en haut. Il avait fallu que Rainer se tienne à deux mètres de distance avec ses cigarettes. Et, pendant le temps qu'ils avaient passé là, il avait bu une bouteille de whisky. Elle avait eu constamment envie de lui crier de s'arrêter, mais elle n'avait pas osé le faire. Ce n'est pas ça qui arrête quelqu'un, dit Sabine. Elissa dit que Rainer attendait craintivement, sans rien pouvoir faire d'autre, qu'Elissa déclare la guerre. Guerre qu'il perdrait, c'était clair. Il l'avait déjà perdue. On ne pouvait plus que se demander si Rainer périrait seul ou s'ils périraient tous les deux, Rainer et Elissa. Mais là-dessus, en dépit des décors pathétiques qui se succédaient, ses parents ne voulurent pas la croire.

Parfois, quand la route avait atteint un nouveau point de la colline particulièrement élevé, Sabine s'arrêtait sur le bas-côté, et on regardait devant, derrière et en bas de la falaise abrupte. Là où le ressac muet venait projeter son écume, comme si elle était là pour décorer de blanc cette côte de rochers sombres. En de nombreux endroits, les voitures avaient bifurqué, quittant la route pour gagner par des chemins de sable le bord de la falaise. Il était impossible d'aller plus à l'ouest. On était arrivé au but. Le bord de la falaise n'était marqué ni par des grillages ni par des panneaux, mais par le museau des voitures. Les gens étaient installés derrière les vitres, une boîte de fer-blanc à la main, et ils regardaient cet océan et buvaient le contenu de leur boîte. Et, comme ils restaient tous dans leur voiture pour admirer le Pacifique, on avait l'impression que les voitures, elles aussi, admiraient l'océan. Halm se rendait compte que son saisissement était plus lié au spectacle de ces gens contemplant l'océan qu'à celui de l'océan lui-même. Sabine ne quitta pas la chaussée, ne s'arrêta pas avec la Volvo à un ou deux mètres de l'abîme. Ils descendirent, s'avancèrent jusqu'au bord, regardèrent l'océan et les spectateurs. Les gens assis dans les voitures ne regardaient que l'océan. Voilà les vrais dévots, songea Halm. Sabine dit : *Half Moon Bay !* Mais regardez un peu ça, jamais je n'aurais imaginé ! On ne lui avait pas entendu ce ton depuis ses voyages à Oberstaufen. Halm pensa : Merci, Pacifique. Mais la guerre, Lena, comment ça, la guerre ? C'est la classique répartition des rôles dans un couple, rien de plus. Les couples dans lesquels les rôles sont ainsi établis sont pratiquement indestructibles. Elissa, pour parler grossièrement, doit réciter en permanence le texte de l'hostilité. Rainer a le rôle infini de la tolérance ; ça l'amuse d'être tourmenté, peut-être même torturé, et par nul autre qu'Elissa. Toute autre personne qui le traiterait ainsi, il la tuerait. Venant d'elle, il y prend plaisir. Bien entendu, il souffre. Bien entendu, c'est aussi terrible pour lui. Mais souffrir n'est pas plus terrible pour lui qu'agir ne l'est pour elle. Il le sait. Ce n'est pas uniquement une consolation, c'est ce qui rend possibles le plaisir, le jeu, l'espace, le couple. Quand ce genre de rôles ne se met pas en place, c'est rapidement la fin du couple. Deux ans, cinq ans, terminé. Là, ce n'est plus d'Elissa et de Rainer qu'il aurait fallu parler, mais de Lena et de Traugott. C'est précisément ce qu'il voulait éviter, en cet instant où Lena manifestait une telle vivacité. Une fois que les rôles sont bien fixés, toute querelle produit l'effet du mastic ! Il tombait dans l'exaltation : tout ce qui met un couple en danger le consolide. Quand dans un couple on s'aperçoit qu'on est en danger de dériver, on a la force de résister. Plus grand l'accablement, plus grande la force de résister. L'un est fonction de l'autre. Halm pensa : Eh oui, monsieur Kiderlen, tout ça, je le dis au cours d'une promenade heureuse le long du Pacifique qui étincelle dans le soir. Les deux rôles qui constituent un couple ont vite fait d'engendrer une comédie pleine de tourments, c'est bien connu. Les tourments sont précisément ce qui relève de la comédie : l'impossibilité de se séparer ! Sans cela, le couple ne serait pas supportable, dit-il, espérant bien que Sabine serait toujours à la hauteur de ces virages difficiles au bord de la falaise. Son père et sa mère, dit Lena, ne connaissaient pas les Mersjohann. Mais elle-même avait peur pour tous les deux. Quant à savoir comment on pourrait les séparer sans trop de dégâts, c'était la question la plus importante. Les séparer avant que n'éclate cette guerre qui anéantirait soit l'un ou l'autre, soit l'un et l'autre. Il faut qu'ils se séparent. Pendant qu'il en est encore temps. Mais comment ? Lena poussait presque des cris stridents. Lena la silencieuse. Lena la tranquille. Halm avait parfois eu l'impression que Lena était décidée à ne se laisser ébranler par rien. Quand a-t-elle jamais crié, pleuré, quand s'est-elle jamais plainte ? Elle n'a jamais fait que comprendre, s'accommoder de tout. Et voilà qu'elle venait de crier. Mais pourquoi ? Elle n'avait tout de même pas placé ses espoirs en Rainer ? Elle n'avait tout de même pas, sous prétexte de le sauver, l'intention de travailler à la dissolution de ce couple ? C'était du mélo, ce n'était pas Lena. Il était mal à l'aise. Avait-il, malgré sa prudence, absorbé trop de cinéma ? Depuis qu'il considérait ses projets sur Nietzsche comme un échec définitif, depuis le jour où, après sept mois de silence persistant, la maison d'édition qui pouvait être tenue pour compétente lui avait fait parvenir son manuscrit avec une de ces lettres de refus toutes prêtes, laissant ainsi supposer qu'on lui envoyait sans cesse des centaines de manuscrits sur Nietzsche, tous également inutilisables — une lettre aussi passe-partout ne pouvait s'expliquer autrement —, depuis ce jour-là, il s'était peut-être un peu ramolli, il était parfois resté installé à regarder un film qui autrefois l'aurait immédiatement fait fuir. Il était devenu sensible à ce kitsch où la main de quelque démiurge amène un heureux dénouement. Il aurait bien aimé retirer en totalité les accusations qu'il venait de porter mentalement contre Lena. Il savait que Lena et Sabine avaient une connaissance tacite mais parfaitement exacte de tout ce qu'il pensait. Il en allait ainsi dans cette famille. Elles étaient donc aussi priées de noter qu'il avait honte de ces accusations cinématographiques. Je t'en prie, Lena, je t'en prie. Oh, un instant, s'écria-t-il, un instant, dire que c'est seulement maintenant, mon Dieu, tout le temps qu'il faut pour se rappeler quelque chose qui s'est passé il y a longtemps, et il n'y a pas moyen de se rappeler, et maintenant, je me souviens tout à coup de la manière dont Rainer Mersjohann a disparu de Tübingen. Il s'était fiancé, très tôt. Elle, huit ans de plus que lui, également originaire de Münster, se met dans la tête de venir le voir. Un homme qu'elle connaît, un ancien ami à elle qui se rend en Suisse, l'emmène en voiture. Elle descend à Tübingen, Weizsäkkerstrasse. Son ami repart. Elle sonne, on la conduit chez Rainer qui est tout étonné mais content, il s'apprête à l'embrasser, hésite, lui demande comment elle est venue, ah oui, avec Machin, il connaît son nom, autrefois, c'était son rival, et c'est avec lui que sa fiancée fait le voyage en voiture de Münster à Tübingen, c'est à lui qu'elle demande de la conduire, chez lui, Rainer ! Et de la frapper. Elle s'appelait Annegret. Il a dû cogner fort. La fiancée est sortie dans la rue en courant et en criant. Le lendemain, il quittait Tübingen. On n'a appris que peu à peu ce qui s'était passé. La logeuse, mariée à un horloger qui la battait, avait tout entendu, elle avait tenté de retenir Annegret, mais il avait été impossible de l'arrêter. Oui, dit Halm, elle s'appelait Annegret. La logeuse disait que ce qu'une femme pouvait faire de plus idiot quand elle était battue, c'était de se sauver en courant. Tout ce qu'on récupère, c'est les coups, rien d'autre. Mais, si on reste, on a en guise de capital le tort qui vient de nous être infligé, on peut toujours en faire quelque chose, on peut même en vivre, et pas mal du tout... Ainsi parlait la femme de l'horloger dont le mari faisait un travail tellement usant pour les nerfs qu'il ne cessa jamais de la battre.

Abrupte, la nationale franchit la montagne en direction de San Francisco et, transformée en autoroute, longea en arc de cercle le troupeau des gratte-ciel familièrement dressés dans la lumière du soir. Puis on passa l'île au Trésor, la baie, on se faufila parmi les grottes d'arbres de la Contra Costa, et on arriva à la maison. Au-dessus du quartier, les cigales avaient déjà trouvé la tonalité juste. Les deux chiens de la maison voisine jappaient. Un couple de carlins, dit Sabine, il y en a un qui est aveugle. Sabine a déjà pris contact avec *Bob next door* et sa femme. Il est professeur, et en plus, ils s'occupent tous les deux d'une entreprise de jardinage, avec une deuxième voiture, un *pick-up-truck.* Devant la porte, il y avait un paquet contenant les livres du poète. Le dispositif d'alarme laissait aux gens qui rentraient trente secondes pour se faire identifier, sinon, il se déclenchait pour appeler au secours. Sabine fit des galettes de sarrasin fourrées à la crème aigre. Puis il y eut encore du raisin. Quand Rainer arriva, Lena était déjà retournée dans sa chambre, où elle resta, malgré la visite de Rainer qui ne partit pas avant 2 heures du matin. Rainer avait apporté un disque de Schubert : *La Jeune Fille et la mort.* Rainer était d'humeur sereine. Il était tellement content que les Halm soient enfin là ! Sabine lui fit d'autres galettes de sarrasin. Il prétendit n'avoir jamais rien mangé d'aussi bon. On parla du cocktail. Rainer et les Halm étaient tout à fait d'accord sur le jugement qu'ils portaient quant aux différents invités, ils réexaminèrent ensemble tout et tout le monde, comme s'ils passaient des diapositives faites au cours de vacances communes. Halm dit qu'il avait déjà trouvé un paquet de livres posé devant sa porte. Rainer dit : Oui, tu n'as plus qu'à les lire. Il y avait des choses sur la Californie. Dans la prose. Les poèmes, évidemment, n'étaient pas des poèmes. Une semaine plus tôt, il y avait eu au campus un poète bengali. Il était venu à San Francisco parce qu'il traduisait Jack London et qu'il voulait visiter son *Beauty Ranch* et les ruines de la légendaire *Wolf House,* mais quelqu'un lui a mis Kirk dans son programme et ils se sont donc rencontrés au Faculty Club. Le petit Bengali n'arrêtait pas de faire des révérences devant l'immense Kirk dont, bien entendu, il ne connaissait pas une ligne. Malgré cette lettre de Kennedy, Kirk n'avait jamais été qu'une gloire régionale. Le matin, on avait fait lire au Bengali deux poèmes de Kirk. Au cours du déjeuner, le Bengali dit que l'un de ces deux poèmes lui plaisait particulièrement. Là-dessus, Kirk : Oui, mais l'autre était très bien aussi, il survivrait à toutes les personnes qui se trouvaient en ce moment dans la maison. Le Bengali avait fait autant de signes d'acquiescement qu'il avait précédemment fait de révérences. L'estime pour un Kirk Elrod, on ne pouvait l'acquérir par quelques lectures, dit Rainer. Mais cela mis à part, *Inspiration Inn* était beaucoup plus qu'une histoire d'alcoolique. Si tu continues de boire comme ça, aurait voulu lui dire Halm, il n'y aura pas assez de whisky. Bois un peu plus lentement, aurait-il voulu dire. Mais, comme s'il avait entendu tout cela, Rainer se mit à boire de plus en plus vite. Il racontait maintenant comment il avait atterri ici. Il ne parla pas de Tübingen. Il commença directement par son oncle d'Emden. Il avait toujours passé ses vacances chez cet oncle d'Emden. Il le connaissait donc, et pouvait en toute simplicité lui demander un peu d'argent, son oncle savait bien que Rainer n'emprunterait jamais d'argent que s'il pouvait le rembourser. Au début, Rainer avait travaillé à Detroit comme plongeur, puis il avait fait passer une annonce à Philadelphie : « Jeune Allemand cherche famille. » Douze familles avaient répondu. Il avait vécu dans chacune d'elles, l'une après l'autre. Il avait travaillé dans une entreprise de pompes funèbres, embaumant les morts, puis dans les ambulances, et, comme il n'avait pas encore son permis, on l'utilisait à l'arrière ; un jour, pendant le trajet, il avait aidé une femme à accoucher de ses jumeaux, puis il avait été infirmier de nuit, passant la journée à la fac ; puis à Charlottesville, Virginia, il avait été jardinier, il possédait son propre matériel et travaillait à son compte, il vivait dans sa voiture et avait même écrit dans sa voiture la plus grande partie de sa thèse de doctorat, Vérité et mensonge chez Kleist, premier poste à Morgantown, West Virginia, puis à Middlebury, Vermont, puis à Davis, California, puis à Irvine, puis ici, à Oakland. Toutes les familles ont été remboursées de leurs frais. Il ne doit rien à personne. Sauf à

Elissa. Et à Milton. Et à Jamey. Si tant est que Milton et Jamey soient bien ses enfants. Mais il l'admettait. Encore maintenant. Et, pourtant, il aurait été plus raisonnable et plus sain de partir du principe que ses fils étaient d'un autre homme. Il connaissait cet homme. Cet homme vivait maintenant à Washington. Un intellectuel sadique du Pentagone qui porte des manteaux de fourrure. Mais après tout, il y avait bien des gens qui croyaient en Dieu. Il pensait donc être le père de ses fils. Pure et belle fiction. Peut-être que tout cela était le résultat de la langue anglaise. Et de sa version californienne. Ce pays était un pays de mots. Un univers de mots. Les gens étaient complètement fous des mots. Ici, les mots arrangent tout, en toutes circonstances. Il n'y avait donc plus de circonstances. Elissa avait grandi dans cette tradition selon laquelle les mots sont moins liés aux circonstances que dans le pays où il avait grandi lui-même. Les Halm avaient rencontré le nouvel ami d'Elissa : Othello Jesus de Garcia ! Il souhaitait ardemment qu'une décision soit prise. Mais comment ne pas la craindre en même temps. Jamey rentrerait quand ses parents auraient mis fin à ce simulacre de légalité. Jamey ne supportait pas le mensonge. Pas un seul mensonge. Pas le plus petit mensonge. On verrait bien alors qui choisirait Jamey. Évidemment, chacun des deux espérait que Jamey le choisirait. Elissa reste parce qu'elle sait que Jamey ne peut revenir qu'auprès de Rainer. Elle a fait fuir Jamey. Elle se le reproche. C'est pour s'en punir qu'elle reste avec Rainer. Quant à lui, dit-il, il profitait de ce reste émouvant de conscience dans l'être tellement peu net d'Elissa. En novembre, elle fermerait son auto-école et voyagerait jusqu'en avril dans les États du Sud, car compte tenu de son mode de vie, Jamey passait très vraisemblablement l'hiver dans le Sud. Le territoire sur lequel on avait des chances de le rencontrer se trouvait donc coupé en deux. C'était un calcul délirant. Mais Elissa aimait les calculs délirants. Rainer, qui avait sûrement bu plus d'une bouteille de whisky, était tout de même encore capable de parler. Halm dut défendre Elissa. Rainer aurait pu lui en vouloir d'approuver ces accusations par son silence. Rainer attendait peut-être qu'on protège Elissa contre lui. En dehors de lui, personne n'avait le droit de porter de tels jugements sur Elissa. Donc Halm dit que tous les arguments avancés par Rainer relevaient de l'imagination. Alors Rainer lui lança un regard qui lui fit peur, si bien qu'il ajouta aussitôt que tant qu'il n'y avait pas de preuves, ça pouvait relever de l'imagination. Les photos de Milton et de Jamey étaient en fait deux versions de Rainer. Ils avaient tous deux le même visage, et c'était celui de Rainer. C'était même le visage dont Halm avait un souvenir très précis datant de l'époque de Tübingen. S'il avait rencontré Milton ou Jamey quelque part, il les aurait reconnus plus vite qu'il n'avait reconnu Rainer à l'aéroport. Tiens donc ! Rainer dit : Tu racontes des conneries, mon vieux. Milton et Jamey me ressemblent aussi peu que je me ressemble moi-même. Tu aurais mieux fait de ne pas te mêler de ça. Rainer dut se lever. Il ne pouvait venir à bout de ce qui se passait en lui. Défendre celui qui rompt le contrat revient à rompre soi-même le contrat, dit-il. Je suis désolé, Sabine, que vous soyez l'épouse d'un homme aussi peu net. Il n'est vraiment bon à rien. Il ne passe pas par-dessus les cadavres, d'accord, mais il passe sur les ponts. Je vous avertis. Je suis vraiment désolé. Pour vous. Et il s'en alla. Il fut littéralement happé par l'extérieur, c'était visible. Il claqua la porte. Halm dut retenir Sabine par la force. Elle disait qu'on ne pouvait pas laisser Rainer conduire dans cet état. Halm dit qu'il serait impossible de le retenir. Il est originaire de Westphalie. Sabine avait le disque de Rainer à la main. *La Jeune Fille et la mort.* Le titre faisait-il maintenant un autre effet qu'au début de la soirée ? Halm pensa au cimetière, à l'histoire de Virgile. Sabine demanda s'ils allaient écouter ce disque. Halm n'était pas pour. Tout ce que voulait Sabine, c'était garder encore un petit contact avec Rainer. Sabine dit : Quelle façon de ressentir la justice ! Quel sens aigu de la justice ! Halm se rappela qu'avec ce même sens particulièrement rigoureux de la justice, Sabine avait mené la vie dure aux juges à l'époque où elle était juré. Quand ils descendirent dans leur chambre, il dit : En haut, je ne sens plus l'odeur, mais ici, je la sens. C'est affreux, dit Sabine. Halm fit semblant de croire que Sabine voulait parler de l'odeur de l'autre couple. Mais il était clair que Sabine voulait dire bien autre chose. Peut-être même voulait-elle parler de lui.

# 7.

Halm jeta des couvertures sur la chaise et le plateau de son bureau. Comment le professeur Rinehart avait-il fait pour que se développe cette pellicule gluante et pâteuse ? Il y avait peut-être un quelconque rapport avec l'ethnologie. Halm lut les deux photocopies. Le 129e Sonnet de Shakespeare et, de Stefan George, *Une ultime lettre.*

Souhaite-t-elle simplement qu'il décide lequel des deux textes constitue le meilleur sujet de dissertation ? Ou bien est-ce à lui qu'elle en a ? Désire-t-elle lui dire quelque chose ? Il ne se lassait pas de contempler ce début : *« Th'expense of spirit in a waste of shame / Is lust in action... »* Dans le texte de Stefan George, il se concentra sur le milieu : « Tu as vu que jour et nuit j'attendais cela, je ne pouvais pas le dire, je ne pouvais que le pressentir en des rêves et je n'aurais pas eu le droit de le dire, car il aurait fallu que tu le trouves. » Halm était incapable de rester assis. Le Pacifique, gigantesque lutteur, lui avait démis tous les os. Où y avait-il un endroit qui ne lui fît pas mal ? Ce qu'il trouvait le plus pénible, c'était de ne pouvoir mettre lui-même ses socquettes et ses chaussures. Son coccyx luxé interdisait à ses pieds et à ses mains de se rapprocher pour se toucher. Il se redressa prudemment en s'appuyant sur les bras sans faire travailler sa colonne vertébrale et se laissa tout aussi prudemment glisser dans le fauteuil. Allez, arrête de contempler ces textes, fais tes devoirs. Shakespeare ou l'impuissance du savoir. Stefan George ou le mutisme de l'être concerné. Quel est le sujet qui te permettrait de lui dire le plus de choses ? Tu n'as pas le temps, le vrai sujet de ton devoir, c'est Heine. Collecter des phrases de Heine. Pendant des semaines, uniquement collecter des phrases qui te fassent de l'effet. Puis relire sans cesse les phrases collectées, jusqu'au moment où tu devineras pourquoi ce sont justement ces phrases qui t'ont impressionné. Tout ce qu'il pouvait espérer, c'est que le titre, qu'il avait déjà dû communiquer à Rainer au téléphone, pourrait convenir. *L'Émigration comme émancipation.* Mais, une fois installé dans son fauteuil, Halm, au lieu de prendre Heine, s'empara des photocopies. *« Th'expense of spirit in a waste of shame / Is lust in action ; and till action, lust / Is perjur'd, murderous, bloody, full of blame... »* Par la porte ouverte, il entendait le stylo à bille de Sabine se hâter avec énergie. Elle avait manifestement du mal à faire tout son courrier, tant elle avait de choses à raconter à ceux qui étaient au pays. Et lui, à qui pourrait-il écrire ? Raconter comment tout à coup il y en a une qui se distingue de toutes les autres. Jambes bronzées. Et le short de gym qui ne s'arrête pas tout droit, mais en arrondi. Arrondi derrière et devant. Finissant en échancrures sur les côtés. C'était la seule qui lui eût serré la main. Elle lui avait tendu la main avec vigueur. Elle l'avait regardé de ses yeux gris ou bleus ou gris-bleu-vert. Toutes les autres, celles qu'il croisait et qu'il avait regardées, faisaient comme si leur principal devoir consistait à éviter d'échanger un regard avec lui. Mais *elle* avait passé ce pont avec lui. Quand on était sur ce pont, il se balançait un petit peu, ce pont en forme de chat faisant le gros dos, qui franchissait le cours tari de l'Okra Creek. Merci, Rainer, pour ce nom. Jusqu'à quel point devait-il prendre au sérieux la grossière attaque de Rainer ? Ici, Rainer était son patron. C'était vraiment ignoble, de la part d'un patron, d'exploiter ainsi sa position. Peut-être, depuis, ne savait-il plus ce qu'il avait dit dans son ivresse. Mais même à supposer que Rainer ne sache plus ce qu'il avait dit, les choses qui l'avaient poussé à tenir ce genre de propos demeuraient. Le mieux, quand Rainer serait à jeun, serait de lui demander s'il maintenait ce qu'il avait dit. Mais quand Rainer était-il à jeun ? Et que ferait-il si Rainer disait la même chose ? Tu n'es bon à rien. Halm ne supporterait pas de l'entendre une seconde fois. Devant sa propre femme ! Sabine attendait à coup sûr que Halm infirme, réfute, mette tout ça sur le compte de l'alcool ou de quelque autre *extenuating circumstance.* Il ne le pouvait pas. Il sentait que Rainer avait raison. Il n'était bon à rien. Il fallait le voir, là, négligeant son travail pour penser à une jeune fille et traînasser comme un misérable. Le personnage le plus ridicule du monde : un professeur qui tombe amoureux d'une élève. Amoureux ! Un mot qui chez lui a toujours déclenché une sensation de nausée. Il faudrait pouvoir parler à quelqu'un. Mais le mal est absolument sans remède. A cause du ridicule. A cause de son caractère méprisable. Dégoûtant. Inavouable. Il est vraisemblable que Rainer et Carol recueillent tous les ragots sur le comportement de Halm au campus. Le point de concentration maximale de l'information, c'est Carol. Comment sait-elle que Halm s'est arrêté près du cimetière ? Qui lui a dit que Halm était installé avec la jeune fille à une petite table de la cafétéria ? Rainer et Carol sont bien assortis. On trouve chez l'un et l'autre cette même lèvre inférieure dominatrice. Depuis qu'il connaît Kirk Elrod, il ne sait plus du tout sur quel mode penser à Carol. Il doit bien avoir soixante-quinze ans ; et elle tout juste quarante. Trente ans... Comme lui et la jeune fille. Elle doit avoir vingt-deux ans. Et cette toux d'Elrod, la crampe qui lui a tordu le visage, et la façon dont Carol l'a emmené. Trente ans. Carol et Kirk, oui, et il est de la même race. C'est chez eux qu'il va s'intégrer. Aussi longtemps qu'il sera là, il évitera autant que possible de leur faire du mal. Le poids terrible de cette différence d'âge, il va les aider à le porter. Et ce besoin irrépressible de parler de son âge ! Alors qu'il n'était pas encore arrivé au groupe d'Elrod, il l'avait entendu répondre à quelqu'un qui lui demandait comment ça allait : Comment voulez-vous que ça aille, à mon âge ! Puis quelqu'un avait demandé à Elrod ce qu'il pensait d'une pièce de théâtre. Ces excès aberrants, c'est bon pour les jeunes, avait-il répondu, lui, ça ne l'intéressait plus. Halm avait le sentiment que l'on pourrait traduire n'importe quel texte de ce monde et en faire un texte dit par un homme ayant passé la cinquantaine. C'est une autre langue. On aimerait bien empêcher qu'elle ne devienne la seule langue que l'on parle. On a peur d'être ridicule, insupportable. Ce qui achève de compliquer les choses, c'est qu'il existe des gens qui, tout en ayant plus de cinquante ans, font comme si ça ne les intéressait pas particulièrement. Il n'avait encore jamais pensé à la mort aussi nettement que maintenant, en ce moment précis. L'espace d'un instant, il lui avait été donné d'exacerber l'image de la mort. Le mouvement qui l'entraînait vers le bas avait été vraiment sensible. Plus sensible que jamais auparavant. Avant de contenir fût-ce une idée minime de ce qui se passera en réalité, il faut que cette image de la mort devienne des milliards de fois plus nette, plus violente, plus brutale. Il est impossible de s'en faire une image qui corresponde à la réalité. C'est la protection, la belle protection. L'effroi déclenché par l'extrême netteté de cette image de mouvement radical et impitoyable nous entraînant vers le bas demeurait un doux effroi. Avec la violence réelle, aucun dialogue ne sera plus possible. Il espère bien qu'il ne criera pas. Silencieuse, propre, rapide, voilà comment devrait être sa mort. Il dut détourner ses pensées de cette vision. Il fallait éviter de songer à l'instant infiniment long durant lequel le ressac l'avait roulé lui-même. Maintenant, il avait l'impression d'être paralysé, mais guéri. C'était fini. Trente ans. Il suffisait d'imaginer la chose une seule fois, et tout cessait, on était sauvé. A présent, il pouvait ouvrir *Inspiration Inn*, le roman d'Elrod, et le lire. Il avait la force de s'y intéresser. Il voulait s'enthousiasmer pour Kirk Elrod. Il voulait faire plaisir à Kirk Elrod. Et rien ne lui ferait autant plaisir qu'un enthousiasme sans réserve, crédible et bien fondé. Et comme il avait peur de Rainer — bien qu'il n'eût plus à présent aucune raison d'avoir peur —, il voulait détourner Carol de Rainer et l'attirer de son côté. Carol, c'était un pouvoir. Peut-être devrait-il aussi essayer d'attirer Elissa de son côté. Ce Rainer, qui était lui-même dans une sale situation, pouvait devenir dangereux.

Par bonheur, le lundi était férié. *Labor Day.* Sabine l'avait appris par la télévision. Elle savait également avec certitude que ce jour-là, l'université était en congé. C'était le premier mai américain. Tout le monde avait dû se figurer que Halm était au courant. Et la jeune fille qui lui avait demandé une entrevue le lundi ? C'est que justement, elle n'a pas pensé au *Labor Day.* Il pouvait être heureux d'avoir à attendre un jour de plus avant de la revoir. Ou plutôt : il pouvait lui être vraiment indifférent de ne la revoir que le mardi.

Après un petit déjeuner tardif, il demanda à Lena et à Sabine de l'écouter attentivement ; afin de se l'approprier lui-même, il allait leur raconter ce qu'il avait lu. Installez-vous confortablement ! Ne vous contentez pas de regarder en direction de San Francisco, regardez plus loin à droite, vers le nord, là où se trouve le pont de Golden Gate que nous ne voyons pas d'ici, c'est là que se déroule l'action du roman. Regardez cet endroit où vous ne voyez rien d'autre que les scènes de l'*Inspiration Inn*, de Kirk Elrod, que je vais vous raconter.

Par une chaude journée d'automne, au début des années trente, deux hommes, un certain Ed Crowley, ingénieur en chef dans une grande entreprise de travaux publics de San Francisco, et John Frey, qui l'aidait à la topographie et lui servait de chauffeur, voulurent, en une seule journée et en empruntant la voie 101, se rendre d'Eureka à San Francisco dans une voiture presque neuve. Ils n'allèrent pas au-delà de Petaluma. Dès Geyserville, Frey constata qu'il y avait une fuite dans le radiateur. Ils durent donc rouler lentement et remettre de l'eau sans arrêt ; et à Petaluma, à quarante miles exactement de San Francisco, ils renoncèrent. Le pont de Golden Gate n'existait pas encore. Et il était trop tard pour prendre le dernier bac. *Was ma nit erflüge cha, cha me-n-erkinke*[1], dit John Frey qui traduisit pour Mr. Crowley ce proverbe suisse en américain. Il était désolé, dit John, à l'idée qu'il leur faudrait passer la nuit dans une ville à laquelle il n'était pas préparé. Il existait entre eux une convention presque amicale : Ed se préparait à tout ce qui, dans leurs voyages, pouvait avoir trait aux ponts et chaussées. Car s'ils voyageaient, c'était afin de rapporter des contrats pour construire des ponts ou des routes. John devait s'occuper de tout le reste : ça allait de la soupe de poisson au *historical landmark*. Mais il ne devait pas s'occuper d'autre chose que de réalités, surtout pas, avait dit à l'époque Mr. Crowley. Toutes ces choses inventées ou arrangées pour les touristes, ça ne l'intéressait pas. Son leitmotiv : Je n'achète pas de fantasmes. C'était une répartition du travail parfaitement nette. Mais il aimait beaucoup la musique, ou plutôt le chant. John Frey devait toujours avoir sur lui son *Schweizer Liederbüchlein*, et, durant leurs longs voyages, il devait chanter aussi longtemps qu'il le pouvait. John avait pu chanter jusqu'à Geyserville : « Fille des Alpes, fille de mon cœur / Elle est née là-bas au Tyrol / Et porte, si je ne fais pas erreur / Une noire camisole. » Puis il avait dû se concentrer sur le moteur. Pour Petaluma, il ne pouvait donc guère conseiller son patron. Mais Crowley avait lui-même eu autrefois un patron qui raffolait des steaks de poisson épée, accompagnés de chardonnay de Sonoma à la Washoe House de Petaluma, le tout servi sous une énorme tête de buffle, avec vue sur les forêts d'eucalyptus. John voyait bien qu'Ed essayait de ne pas se retrouver par rapport à lui dans un état de dépendance infinie. L'expert qui examina le radiateur dit : Au moins vingt-quatre heures. Dans ces conditions, Crowley prendrait le lendemain matin le premier bateau de San Francisco sur le Petaluma River, afin d'apporter dès le lendemain à son entreprise les projets dont quelques-uns étaient mûrs pour un contrat. Il fallait construire

1. Dialecte suisse : « Ce qu'on n'atteint pas avec des ailes, on l'atteint avec des béquilles. »

au printemps. John Frey attendrait que la voiture soit réparée. Cela faisait bientôt dix ans qu'il était aux États-Unis et il était toujours en proie à des accès de mal du pays. Il était originaire de la vallée du Rhin, canton de Saint-Gall, et il venait d'entendre dire à San Francisco, lors d'une fête organisée par la ligue du Grütli que, sur la côte au nord de San Francisco, il y avait une baie, Muir Cove, où l'on pouvait trouver, accessible par un chemin rocailleux, une auberge tenue par une femme hors d'âge qu'on appelait dans la région la *Swiss Lady.* Tout Suisse de Californie devait absolument y être allé au moins une fois. On pouvait se faire expliquer le chemin à l'hôtel Wilhelm Tell de Tomales. Tomales n'était qu'à quelques miles à l'ouest de Petaluma, juste avant la côte. Mr. Crowley n'était pas opposé à ce que John Frey se rende à Tomales dans une voiture prêtée par le chef mécanicien. Au Wilhelm Tell de Tomales, les gens rigolèrent quand il demanda la *Swiss Lady,* mais on lui expliqua le chemin de l'Inspiration Inn, qui était l'auberge de cette *Swiss Lady.* Ce fut un voyage épouvantable. Tout en montagnes russes, avec des virages comme sur les manèges. Et il faisait sombre. Un *farmer* l'autorisa à passer la nuit dans sa grange. Le lendemain matin, il était dans la petite baie de Muir Cove où faisait saillie un museau rocheux qu'on ne pouvait longer qu'à marée basse. A marée haute, il fallait l'escalader. Degré de difficulté : deux à trois. La voiture d'emprunt était garée au Pelican Inn, auberge située en bordure des forêts de séquoias, juste avant la baie. En escaladant le rocher, il arrive donc dans la partie nord de la baie, et il est fasciné par la difficulté consistant à atteindre cette auberge, à supposer qu'il y ait ici une auberge. Après le museau rocheux, le chemin conquis sur la paroi rocheuse se faisait très étroit et grimpait jusqu'à la plate-forme, une niche de la taille d'une maison dans la paroi rocheuse. Partant de cette place semi-circulaire, des couloirs conduisaient à l'intérieur du rocher. S'il n'y avait pas eu, au-dessus de l'entrée centrale, l'inscription « Inspiration Inn » on aurait pu prendre l'ensemble pour une habitation indienne. L'aubergiste était assise toute seule à une table de pierre au milieu de la place semi-circulaire. Frey se présenta et fut heureux d'apprendre de sa bouche que ses ancêtres étaient venus du canton d'Appenzell, plus exactement de Trogen. Tous ces virages et toutes ces escalades avaient donc valu la peine. Elle s'appelait Gret. Elle fût également très heureuse de voir qu'un Suisse avait retrouvé le chemin de sa maison. La saison était finie. En fait, elle ne s'attendait plus à voir personne avant avril. A son âge, on restait seul sans déplaisir. Elle était sèche, avec un long cou auquel était accrochée une pièce d'or passée à un ruban de velours. Venant du Pacifique, les nuages se pressaient, envahissaient peu à peu l'intérieur, il y eut soudain une pluie et une tempête telles que John Frey ne put rentrer ce jour-là. Les portes tenaient bon. Des vitres ou des tuiles susceptibles de se casser, il n'y en avait pas. On pouvait dans le rocher faire le tour de la niche, pour atteindre une sortie abritée du vent. De là, ils purent regarder dehors par une lucarne. Au-dessous d'eux, la baie tout entière était un chaudron plein d'embruns fumants et fracassants. N'avait-elle pas peur qu'un raz de marée ne monte un jour jusqu'à elle ? Même celui de 1906, juste après le tremblement de terre, n'était pas venu jusqu'ici. Un an après le tremblement de terre, son père avait acheté ces grottes aux Coast Miwok Indians qui étaient partis vers le nord, dans la réserve de Bhoopa Valley. Dans une grotte spécialement destinée à cet effet, les Indiens, depuis quatre cent soixante-sept ans, inscrivaient toutes les années sur le mur, avec des indications concernant le niveau d'eau de la baie, celui de la citerne d'eau douce qui faisait partie de l'aménagement de ces grottes. En quatre cent soixante-sept ans, l'eau douce n'avait jamais fui et l'eau salée n'avait jamais pénétré jusque-là. Son père était ingénieur. Et médecin. Et il avait encore quelques autres qualifications qui n'existaient plus de nos jours. C'est ainsi que John Frey apprit l'histoire de la famille Stäbler-Sulzer, arrivée à Philadelphie le 9 septembre 1765 sur le bateau *Chance*. La narratrice dit que ce qu'elle racontait, elle le racontait à qui voulait l'entendre. Elle le racontait, dit-elle en chantant, à tous ceux qui, sous l'effet d'une mauvaise éducation, étaient devenus indifférents à leur pays natal. Son récit n'était qu'un chant à la gloire de son père. Presque chaque fois qu'elle prononçait le nom de son père, elle ajoutait : Un homme comme il n'y en a plus. Son père avait pris à son frère cadet la pièce d'or qu'elle portait à présent autour du cou. Cette pièce, ses ancêtres l'avaient apportée sur le *Chance* en l'an 1765. Des cinq enfants de la famille Stäbler-Sulzer, un seul survécut aux quarante-deux jours de traversée, le plus jeune, un garçon. La mère avait accroché par une lanière de cuir cette pièce en or au cou de l'enfant. Cette pièce avait toujours été utilisée dans la famille comme pendule. Depuis 1765, la pièce d'or passait au plus jeune fils. Le don de manier le pendule et la baguette de sourcier, don que la famille avait toujours possédé, devait dès lors toujours échoir au plus jeune fils. Mais cette faculté était liée à une condition : celui qui la mettait en pratique ne devait jamais avoir absorbé une goutte d'alcool. Et il en fut ainsi jusqu'au jour où le père de Gret accompagna son plus jeune frère de la ferme jusqu'à Philadelphie et le vit ensuite installé dans une taverne d'une rue de banlieue infiniment longue, en train d'attacher la pièce d'or au cou d'une fille. Le père de Gret arracha la pièce à la fille, et au lieu de rentrer à la ferme du Lancaster County, il se joignit à un groupe qui voulait pénétrer dans le pays en passant l'Ohio. A Martinsville, sur l'Ohio, il quitta le groupe, arriva par bateau jusqu'au Mississippi et atteignit Saint Louis en remontant le Mississippi ; il travailla un an à une conduite d'eau pour une brasserie que construisait un Suisse, puis se joignit à un convoi de voitures qui s'appelait Oregon Liberty Trail. Mais Frederick Stabler lâcha le convoi en route, il ne voulait pas aller dans l'Oregon, mais en Californie. Alors il chercha un emploi de médecin et de sourcier. Dans un pays où il ne pleut pas d'avril à novembre, il pouvait être utile d'avoir quelqu'un qui possède la science de l'eau et qui sache également quelle quantité on pouvait espérer. Après le tremblement de terre de 1906, on vit se propager une sorte de respect pour les forces de l'intérieur de la terre. Bien des gens craignaient que l'eau ne revienne plus jamais et que le désert ne s'avance vers la mer. Frederick Stabler fut bientôt un homme installé dans la vie. A trente-trois ans il se marie, et le jour de ses noces, il boit du vin. Il cesse alors de croire à son talent, tout le monde cesse donc d'y croire aussi. Il travaille pour devenir ingénieur. Sa femme se lance dans le *needlework.* Ses broderies sont placées sous verre. Ses tables de jeu pour le backgammon sont peu à peu célèbres dans l'Ouest. De son côté, il fabrique la première pompe Stabler. Une pompe d'une étonnante simplicité. Il pourrait donc à ce moment-là profiter de son succès. Mais il veut plus encore. Il part voyager en Europe, et aussi en Suisse, il visite et inspecte les usines de machines, et lorsqu'à Southampton, il monte à bord du *Titanic,* il emporte une valise remplie de cahiers d'esquisses. Au cours de cette nuit horrible, il ne participe pas à la soirée dansante, il étudie ses esquisses dans sa cabine. Le bruit qu'il perçoit, et qui pourrait faire penser que le bateau est en train de frôler un appontement, est pour lui assez éloquent. Avant même d'arriver en haut, il entend stopper les machines, et une fois en haut, il distingue, derrière le bateau, la masse blanche de l'iceberg qui disparaît dans l'obscurité. L'un des premiers, il a sa bouée de sauvetage, mais quand il voit la cohue près des canots de sauvetage, il redescend en courant vers l'intérieur du bateau. Dans une cabine de première classe déjà abandonnée par ses occupants, il se change. En vêtements de femme, manteau de fourrure et chapeau cloche, il remonte. Là, c'est la panique. Il a vu juste. Seules les femmes peuvent encore monter dans les canots. Devant lui, il y a une femme qui dit que si son mari ne peut pas monter dans le canot, elle n'y montera pas non plus. Je suis le banquier Guggenheim, dit l'homme. Mais il ne le dit pas avec assez d'aplomb. L'officier, qui a un revolver à la main, secoue la tête en signe de refus. M^me^ Guggenheim dit qu'elle reste auprès de son mari. Alors un homme se fraie un passage et s'avance : il est, dit-il, le directeur de la White Star Line, Mr. Bruce-Ismay. Avec son pistolet, l'officier l'oblige à reculer. Frederick Stabler monte dans un canot en qualité de femme, il est sauvé, il arrive en Californie pour la seconde fois, se sépare aussitôt de son épouse, il veut travailler sans arrêt, il ne veut plus que travailler. Ses pompes s'améliorent encore. Autour des usines surgit Stabler City. Frederick Stabler a une idée : il voudrait ne faire fabriquer ses pompes que par des alcooliques. Il met au point une discipline de travail à laquelle doit pouvoir s'adapter un alcoolique : il n'y a que des équipes de travail, pas de contremaître ; l'équipe de travail fabrique la pompe d'un bout à l'autre, c'est l'équipe de travail qui fixe les horaires ; l'équipe va chercher au magasin ce dont elle a besoin, et au moment du contrôle, elle apporte ce qu'elle a produit. Le groupe est responsable de ce que fait chacun de ses membres. On travaille uniquement aux pièces. L'équipe peut décider par un vote majoritaire qu'elle ne désire plus travailler avec tel ou tel. Celui qui se fait virer d'une équipe peut demander à travailler dans une autre équipe. Celui qui n'a pas réussi en quinze jours à se faire embaucher par une autre équipe doit se considérer comme licencié. Stabler City oscille entre le chaos et la discipline. Tous les samedis, Frederick Stabler organise une fête. Ces fêtes deviennent peu à peu célèbres. Stabler paie un orchestre permanent qu'il habille d'uniformes de la marine. A chacune de ses fêtes sont invités tous ses ouvriers avec leur famille. Chacune de ses fêtes est une fête costumée. Est autorisée à entrer toute personne se présentant dans un costume qui la montre telle qu'elle n'est pas. A ces fêtes qu'il organise, Stabler lui-même se présente toujours déguisé en femme. Depuis longtemps, on le prend pour un travesti. Certains affirment qu'il est fou. Plus tard, ses ennemis diront qu'il a fait sa fortune en se livrant au trafic d'alcool à l'époque de la prohibition. Il y aurait eu en permanence une flotte entière naviguant pour lui entre Muir Cove et le Canada. Tels sont les sales ragots rapportés par la jalousie qui gratte les fonds de tiroirs. Stabler City est une ville de violence, c'est vrai. A Stabler City, on tue plus qu'à Chicago. Mais il n'y a pas de suicides. Nulle part on n'a approché de si près l'idéal selon lequel le travail et la vie doivent être également agréables à consommer. Les banques mettent leur argent aux pieds de Stabler. Toutes veulent investir chez Stabler. Et le voilà qui perd son flair. En 1929, tout est fini. Stabler veut se tuer. Il veut être le premier suicidé de sa ville. Mais Eileen l'empêche de se suicider. Avec Eileen il vient se réfugier dans cette baie, dans son Muir Cove. Personne ne sait où il est. Il a toujours tenue secrète l'existence de Muir Cove. Mais on se doutait qu'il possédait quelque chose au bord du Pacifique. Ce qui explique aussi la légende du bootlegger. Au cours de l'une de ses fêtes costumées, il a remarqué Eileen. Elle se présentait toujours déguisée en officier au long cours. Avec cette femme, qui avait trente-trois ans de moins que lui, il conclut un pacte : pour chaque journée qu'elle passerait avec lui, 999 dollars seraient versés à sa famille. Même après l'effondrement, les paiements furent assurés par une banque de San Francisco. Cette Eileen, une jeune femme d'origine irlandaise, quitte un jour Muir Cove pour aller chercher à Mill Valley un chargement d'ice-cream. Dans ses grottes, Stabler a des provisions de toute sorte, mais pas d'ice-cream. Sans ice-cream, dit Eileen, elle ne peut pas vivre. A Marin Valley, elle se fait repérer par un frère de son mari, qui la reconnaît malgré ses vêtements d'homme. Son beau-frère la suit jusque dans la baie, révèle ce qu'il a vu à son frère Pat, Pat organise un siège. Si Stabler restitue Eileen, il pourra aller où il voudra. Stabler laisse le choix à Eileen. Elle veut retourner auprès de son mari. Alors Stabler sort son pistolet, Pat croit que Stabler veut tuer la femme, et il abat Stabler. Qui le remercie. Il ne voulait que se tuer lui-même. Eileen s'agenouille près de lui et gémit : Fred, ô Fred. A présent, elle ne veut plus entendre parler de son mari. On va chercher Gret à son *college*, elle veille à ce que son père soit enterré dans l'une des grottes funéraires indiennes et elle reste là. Il y a longtemps que sa mère a disparu dans le Middle West. Gret ne possède plus rien à Stabler City. Elle réorganise Muir Cove pour en faire l'Inspiration Inn. Les usines sont reprises par un konzern. Les pompes sont désormais fabriquées à la chaîne. La tentative de Stabler pour travailler avec des alcooliques, on n'en parle plus. Sauf dans les bistrots, où ils en parlent encore. Eux, les alcoolos. Et on peut lire dans le journal qu'il y a des alcooliques pour prétendre que cette ville est une œuvre réalisée par des alcoolos. Il est certes compréhensible, est-il écrit, que les alcooliques se figurent que tout ce qu'il y a de beau ici a été fait par des alcooliques, mais c'est évidemment aussi grotesque qu'inexact. Et il est du plus mauvais goût de présenter le grand pionnier Frederick Stabler comme un alcoolique. Il faudrait, dit le journal, s'insurger contre ce genre de propos. Mais de la mairie, on répond qu'en s'insurgeant on ne fera que maintenir en vie ces rumeurs. Que vraisemblablement elles mourraient plus vite si on laissait les choses évoluer d'elles-mêmes. C'est ce qu'on fait. Le résultat, c'est que les histoires d'alcooliques surgissent de plus en plus nombreuses. Stabler City devient un lieu d'excursion pour alcoolos. Les alcooliques reviennent s'y installer. Il faut s'insurger. On s'insurge. Un conseil municipal élu en toute liberté décide de façon démocratique que l'alcool ne sera pas interdit à Stabler City, mais banni de la ville. Au nom de Stabler, grand sourcier et promoteur de l'eau, un mouvement formidable se développe. Les unes après les autres, on arrache les maisons à l'alcool. Enfin les journaux peuvent annoncer : « Stabler City, ville sans alcool ». Et l'on se met à produire comme on ne l'avait encore jamais fait. Les premières pompes fabriquées par Stabler entrent au musée. L'une d'entre elles est déclarée « première pompe », dorée à l'or fin et placée sur un bloc de marbre blanc devant l'hôtel de ville. On nettoie et on empaille la légende de Stabler comme une précieuse peau de bête. Stabler City étincelle de fierté. Il n'y a jamais eu nulle part de plus belles statistiques. L'entreprise, la presse, la politique – tout le monde collabore. On a tout bien en main. Ceux qui ne supportent pas de vivre sans désordre peuvent aller se satisfaire à l'extérieur. Par exemple à l'Inspiration Inn, à moins de vingt miles de Stabler City. Dans le journal, on se divertit régulièrement des histoires abominables qu'une femme active et compétente en affaires, et qui, de plus, se fait passer pour une descendante de Stabler, raconte à ses auditeurs alcoolisés par ses soins. L'auberge de Gret marche bien. Elle est satisfaite de sa vie. Ses clients donnent un sens à sa vie. Tous les clients qui viennent chez elle ont entendu parler et d'elle, et de ses récits, ils ont besoin de ses récits. Sans ces excursions régulières à l'Inspiration Inn, on ne pourrait pas travailler à Stabler City, affirme Gret. Il y a longtemps que Frederick Stabler serait empaillé à mort si Gret ne continuait pas inlassablement de tout raconter, le réel, le vrai, ce qu'on ne peut empailler. A Stabler City, dit-elle, les choses se passaient désormais comme sur un bateau grandiose où tout fonctionne magnifiquement bien, n'était que le bateau, craignant les contaminations, n'accosterait jamais plus. Chez quelques passagers du bateau, cela entraîne comme une faim d'autre chose. C'est pourquoi ils viennent chez elle. Ils sont de plus en plus nombreux à venir chez elle. Il y a même des officiels de Stabler City qui viennent la voir. Ils ne viennent pas officiellement, mais ils viennent. Un jour ou l'autre, son père sera fêté à Stabler City dans TOUTE sa grandeur. Elle ne mourra pas avant.

Pas une seule fois la *Lady* ne regarda John Frey pendant qu'elle prononçait les phrases, presque toujours courtes, qu'elle expédiait en l'air, obliquement, comme si chaque phrase existait pour elle-même et n'avait aucun rapport avec les phrases qui la précédaient et la suivaient. Et tout le temps qu'elle parla, projetant ses phrases par-dessus la tête de John Frey, elle frotta sa pièce d'or entre son pouce et son index. A la vue de ces belles grandes mains décharnées, John Frey pensa involontairement que c'étaient des mains pour lesquelles rien ne pouvait être trop difficile. Comme si son seul but avait été de distraire son client pendant que le déferlement de la tempête le retenait ici, elle parvint au terme de son récit dès que la tempête se calma. La marée basse avait mis au sec le museau rocheux de la baie, John Frey paya, remercia d'un air embarrassé, prit congé et retourna à Petaluma. Il se proposa d'aller dès que possible rendre visite à Stabler City. Il voulait en savoir plus sur Frederick Stabler. Pourquoi n'écrirait-il pas la biographie de cet homme ? Il aimait écrire. Cela faisait des années qu'il tenait son journal de chauffeur. En abandonnant à l'arbitraire de sa mémoire les nombreuses impressions que lui avait laissées ce voyage, il aurait eu l'impression de gaspiller quelque chose. Peut-être était-il avare. Il voulait tout conserver. Qu'il fût tombé sur ce Stabler, c'était plus qu'un hasard, c'était une invitation. Comment cela, une biographie ? Il y avait beaucoup plus à faire ! Dire que cette idée ne lui venait que maintenant ! Ce qu'il fallait faire là, c'était une réhabilitation ! Mon Dieu, la *Swiss Lady,* c'était Stabler. Les vêtements de femme. Les mains. Gret, c'était Fred. Cette Gret souhaitait la rédemption. Toute cette histoire, elle la racontait à tout le monde, jusqu'au jour où quelqu'un comprendrait l'ampleur de ce qui était arrivé aux Stabler, de Trogen au Lancaster County, du *Titanic* à Stabler City. John Frey aurait voulu faire demi-tour immédiatement, il serait retourné là-bas et il aurait dit : *Hi Fred, how are you today ?* Mais il ne pouvait pas faire attendre Ed Crowley encore une journée. Sa Ford était réparée. Avant de partir, il demanda au chef mécanicien où se trouvait exactement Stabler City. Mais ce mécano n'avait encore jamais entendu ce nom-là. Ce n'était donc pas entre San Francisco et Eureka, ça, il pouvait le certifier. Ça ne pouvait pas être à plus de vingt miles de Muir Cove, dit John Frey. Alors là, dit le mécano, il connaissait toutes les collines et toutes les vallées, et il n'y avait pas de Stabler City. Mais s'il ne le croyait pas, pourquoi John n'allait-il pas au bureau local du *triple-A,* ou directement à la police ! John Frey n'alla pas directement à la police. Non, il n'y a pas de Stabler City. Pas en Californie. Sûrement pas. Tandis qu'il roulait sur la 101 en direction de San Francisco, John Frey se rappela comme les gens avaient ri au Wilhelm Tell de Tomales. Et, maintenant, il avait un jour de retard sur le programme prévu. Plein d'espoir, il s'était dit qu'il pourrait raconter à l'ingénieur Crowley tant de choses sur la si urgente rédemption de l'ingénieur Stabler que ledit Crowley se sentirait dédommagé de cette journée sans chauffeur et promettrait d'organiser très prochainement une visite à l'Inspiration Inn. Crowley avait dit qu'il n'achetait pas de fantasmes. Mais John lui raconterait quand même toute l'histoire. Peut-être serait-il possible de l'inciter à faire une visite à la *Swiss Lady* et à l'Inspiration Inn. Une région où il y a encore quelques ponts et quelques routes à construire, Ed. Et il faudrait que Crowley écoute ce que Gret allait raconter au sujet de son père Fred et de Stabler City tout en frottant sa pièce d'or entre son pouce et son index. En allant vers la voiture, Crowley dirait : Allez, John, en route pour Stabler City. Tout de suite ! Ils partiraient donc pour Stabler City, mais ils n'arriveraient pas. John Frey se réjouissait déjà en imaginant la tête que ferait alors son ingénieur en chef.

Sabine dit : Et tante Luise qui a fait la traversée en vêtements d'homme ! Halm dit : Tout le monde a fait la traversée d'une manière complètement démente.

Le lendemain matin, Halm fut presque incapable de s'habiller. De la main gauche, il fit pendre son slip le plus bas possible, de manière à attraper son pied droit. Ses chaussures et ses socquettes, Sabine fut obligée de les lui mettre. Il ne parvenait à se pencher que lorsqu'il avait la possibilité de trouver un appui, de telle sorte que sa colonne vertébrale n'ait aucun poids à supporter. Tandis qu'ils montaient la colline en direction du Claremont Hotel, immense et tout blanc, Halm eut l'impression que la façade de ce monstre blanc en forme d'hôtel qui occupait toute la largeur de l'horizon était agitée de bonds en avant et en arrière et venait se vautrer sur lui comme le ressac à Santa Cruz. Il garda les yeux fermés jusqu'au moment où il se rendit compte que Sabine avait bifurqué devant l'hôtel. Alors, bien protégé par les gros arbres, on put rouler presque jusqu'à la porte Crocker. C'était la première fois qu'il franchissait la porte avec Lena. C'est pour lui faire plaisir qu'il était au campus dès huit heures du matin. Près du jet d'eau de la Student Union Plaza, il y avait quelqu'un qui jouait du violon. Autour de sa petite tête d'intello bien lisse pendait une crinière bouclée, comme autour du visage de Rainer. Schubert ? demanda Halm. Lena acquiesça. Il prit la *Campus Gazette* dans l'auge. Quand ils furent arrivés à l'embranchement de Coit Hall, il montra à Lena le chemin de Fillmore Hall, pour le cours d'Auster. Lui-même voulait aller tout de suite dans sa classe. Il ne pouvait pas se tenir debout normalement. Ou bien il devait marcher un peu penché en avant, ou bien il devait se tenir exagérément droit, creusant l'endroit du coccyx. Comme il ne voulait pas marcher penché en avant, il se tenait exagérément droit. Ça devait faire aussi un drôle d'effet. Il était donc avisé d'arriver le premier dans la salle de classe. Quand il voulut s'asseoir, il fut d'abord obligé de s'agripper au bord de la table pour éviter l'endroit douloureux. C'était une douleur qui, déclenchée soudainement, vous tordait le visage. Et il ne voulait pas se présenter à l'ensemble de la classe avec une grimace de douleur. Il était le premier dans la salle. Dans la *Gazette,* il ne lut qu'un article : il y était question d'un homme qui avait violé trois femmes en un après-midi. On avait poursuivi ce *rapist,* mais on ne l'avait pas attrapé. Exactement le genre d'article qu'il ne lirait jamais dans son pays. Mais ici, il ne lisait justement que cet article. Ce n'était pas un sujet pour le cours de conversation.

Halm introduisit en grande pompe le sujet du jour : Il était tellement reconnaissant à Carol Elrod qui avait eu l'idée merveilleuse de proposer une discussion sur les raisons qui incitaient tel ou tel à participer au cours de conversation. La jeune fille était toujours assise en face de lui, de biais, mais loin de sa table, la jambe droite repliée et le pied posé sur le genou gauche, en short bleu, avec sa chemise blanche en tissu-éponge à large décolleté arrondi. A côté d'elle, Jeff, contrairement à elle, était presque couché sur la table à force de fatigue. Autant elle était assise avec aisance et légèreté, autant il était vautré et lourdement cramponné. Aujourd'hui, cinq des inscrits seulement étaient présents. Au début de la deuxième semaine, il en manquait donc déjà la moitié. Par bonheur, Howard était là. Et la rousse Elaine avec son tee-shirt était là aussi. Elle avait toujours la tête un peu baissée, et elle regardait par en dessous. Bien, il veut donc exprimer sa gratitude envers Carol qui lui a suggéré ce beau sujet ! Étant donné qu'elle est au courant de tout ce qu'il fait et de presque tout ce qu'il a l'intention de faire, elle sera bien aussi informée de la véhémence avec laquelle il lui a, ici même, tiré sa révérence. Eh bien Howard, pourquoi, cinq fois par semaine, se lève-t-on si tôt, uniquement pour venir au cours de conversation ? Howard dit qu'il n'était plus étudiant, il était ingénieur en informatique et espérait que son entreprise l'enverrait prochainement en Allemagne. Et Elaine ? Elaine, qui est obligée de briser le rayonnement de sa gentillesse en gardant constamment le visage baissé, ne sait pas encore très bien sur quoi ça va déboucher. Jusqu'à présent, elle envisage trois possibilités : soit elle fera plus tard une étude comparée de plusieurs langues, soit elle ira travailler dans une banque, soit elle trouvera un emploi dans une revue de voile. Halm la félicite d'avoir un éventail de possibilités aussi large. Et Jeff ? Jeff leva à peine le nez de ses griffonnages qui vraisemblablement ne servaient qu'à l'empêcher de s'endormir. Il dit : De la philosophie, Nietzsche. Il prononça le nom avec l'accent américain : *Nitschi.* Oh, dit Halm, adoptant aussitôt cette prononciation : *Nitschi,* ça me fait vraiment plaisir. Bien entendu, tout lui faisait plaisir, la mission d'informatique, la linguistique comparée, la banque, et, tout autant, la revue de voile, mais il était lié à Nietzsche par une longue histoire qui ne laissait pourtant pas d'être douloureuse. Bon, c'était au tour de Fran. Fran le regarda comme s'il lui faisait mal. Elle ne voulait pas qu'on l'interroge. Elle venait de son plein gré, d'accord, mais elle voulait tout de même décider seule si et quand elle participait au cours. Qu'elle fût timide, facile à effaroucher, etc., elle le lui avait bien donné à entendre, non ? Et voilà qu'il l'interroge ! Grossièrement, froidement, brutalement ! Non mais vraiment ! Tout cela passa dans son regard gris-bleu, inquiet et douloureux. Le sud de la Suède sous la pluie, songea Halm. Combien de temps cela fait-il que nous gardons le silence ? Combien avaient déjà commencé à roupiller ? La jeune fille ne pouvait manifestement rien faire d'autre que le regarder de son air inquiet et douloureux. Halm se mit donc à dire n'importe quoi. Il disait des conneries. Il se ridiculisait pour lui épargner en quelque sorte le ridicule. Ce que ça serait bien si elle interprétait ainsi sa tentative de radotage ! Il conclut en disant qu'on pouvait à présent discuter ensemble du type de connaissances linguistiques nécessaires pour atteindre leurs buts respectifs. Bien, Howard ! Alors, avant que Howard ait pu ouvrir la bouche, la jeune fille dit : Je voudrais être chanteuse d'opéra. Oh, dit Halm, c'est encore mieux que tout ce que nous avons entendu jusque-là. Peut-être est-elle la fille du doyen ? Il s'appelait Holmquist. Ça ressemble à un nom suédois. Sa femme fait des décors d'opéra. Crétin, se dit-il à lui-même. Cette jeune fille ne s'appelle pas Holmquist, elle s'appelle Webb. Fran Webb.

Puis, comme il ne voulait marcher ni trop droit ni trop penché en avant, il prit la direction de la Student Union Plaza, le coccyx hurlant de douleur, entre la jeune fille et Jeff qui poussait sa bicyclette ; il dit que pendant son heure de pause il avait besoin de prendre un café. Il ne fallait en aucun cas qu'il se trouve aujourd'hui en compagnie de la jeune fille lorsqu'il rencontrerait sur le pont du gros dos Rainer se hâtant vers son cours. Plutôt mourir. Il convenait donc de disparaître le plus vite possible dans une cafétéria de la Student Union. Jeff prit congé. Il dit qu'il ne buvait pas de café. Et pourtant, tu en aurais bien besoin, eut envie de dire Halm. D'ailleurs, il n'avait pas le temps, dit Jeff qui s'élança sur son vélo et descendit à toute allure le chemin sinueux conduisant à la bibliothèque. Halm se tenait un peu en retrait du champ visuel de Fran, pour le cas où la douleur lui tordrait le visage. Sur la place située devant la Student Union, elle s'arrêta, expliquant que maintenant, elle devait aller courir. Il fallait qu'elle fasse une demi-heure de course le matin et une demi-heure l'après-midi. Et au moins une demi-heure de natation l'après-midi. C'était la raison pour laquelle elle ne pourrait sûrement plus jamais quitter la Californie. Les privations qu'elle avait endurées à Vienne dans ce domaine, c'était terrible. La veille, elle l'avait attendu devant son bureau de Fillmore Hall, pour plus de sûreté, il aurait pu arriver qu'il ne soit pas au courant du *Labor Day.* Il grimaça. Mais non, mais non, voyons, elle se doutait bien qu'il n'était pas si perdu et qu'il n'allait pas à son bureau pour le *Labor Day.* Mais, en plus, elle voulait aussi lui donner sa dissertation et lui demander quel texte il proposerait pour la prochaine dissertation. De son sac, qui ressemblait à tout sauf à un cartable, elle sortit un manuscrit, Halm le prit avec un vif signe d'acquiescement – ne fais donc pas de signes d'acquiescement aussi enthousiastes, se dit-il en continuant d'acquiescer –, et pareil à un écolier qui, n'ayant rien à dire, désire uniquement prouver qu'il a appris sa leçon, il dit : *« Th'expense of spirit in a waste of shame / Is lust in action... »* Ou bien : « Tu peux sourire sans amour mais je ne peux, moi, que haïr. » Il n'était pas préparé. Il ne s'était pas décidé. Ayant, grâce aux trente ans d'écart, liquidé le problème de la jeune fille, il n'avait plus rien fait pour elle. Voilà comment tu es, se dit-il. A la jeune fille, il dit : Shakespeare. Elle dit : Bon d'accord. Quand elle viendrait à son rendez-vous, elle lui apporterait le résultat d'un premier brainstorming, s'il le lui permettait. Mais oui. Mais oui, bien entendu. Elle partit et fut tout de suite sous les arbres. Ici, où qu'on aille, on est tout de suite sous les arbres. Mais on reste visible. Les arbres ne constituent jamais une forêt. Elle descendit en direction du stade. Et maintenant, sa démarche. Il ne fallait pas qu'il la suive des yeux. La Student Union Plaza était le lieu le plus public qu'il y eût dans tout le campus. Il n'était sûrement rien que Carol contrôlât aussi bien que cette place. Il était même vraisemblable qu'à le regarder en ce moment, on devait comprendre qu'il était en train d'essayer d'imaginer le visage de la jeune fille à l'instant où elle l'avait quitté. Il pouvait toujours faire semblant d'écouter le violoniste et d'essayer de découvrir quel était ce morceau de Schubert qu'il n'arrêtait pas de jouer, tout un après-midi. A la fin de leur entrevue, il n'avait pas vu l'ombre d'un souci sur son visage. Elle ne lui en a donc pas voulu de l'avoir interrogée pendant le cours. Tandis qu'elle descendait, se dirigeant vers le stade, il put prendre le chemin de Fillmore. Son envie de café avait disparu. Il fit encore un détour jusqu'à l'homme qui était debout au soleil et jouait du violon. Il jeta un dollar dans l'étui du violon. Cet homme et lui, ils devaient avoir le même âge. Halm atteignit le seuil de la porte de Carol sans avoir rencontré Rainer. Dieu merci. Si Rainer sortait maintenant de son bureau, la présence de Carol le contraindrait à une certaine prudence ou à une certaine politesse. Halm empoigna le bord de la table, s'assit précautionneusement sur la chaise, raconta son aventure du samedi avec le ressac, énuméra ses bleus et avoua qu'il n'était même plus capable de mettre ses chaussures tout seul. Carol dit que, selon le Talmud, un jeune homme devait être capable de quitter sa chaussure debout sur une jambe. Le ressac avait voulu lui faire comprendre que c'était une époque révolue. Aujourd'hui,

Rainer n'avait pas fait la moindre apparition. Il n'avait même pas téléphoné. En général, quand il ne venait pas, il passait au moins un coup de fil. Il se trouvait toujours un étudiant qui faisait son doctorat avec Rainer et qui pouvait le remplacer au pied levé. Elle rappelle à Halm qu'il a une fois de plus oublié de jeter un coup d'œil dans son casier. Il y a un paquet de livres de Felix Auster qui l'attend. C'est le signal qui lui permet de caser son couplet sur le livre d'Elrod. Il donne libre cours à son enthousiasme. Carol le regarde avec méfiance. Elle dit qu'au bout de vingt pages T. H. Messmer avait refermé pour toujours *Inspiration Inn.* Illisible pour lui, avait dit Ti-Edge. Elle comprenait ça. Si elle n'était pas mariée avec Kirk, elle n'aurait pas lu le livre jusqu'au bout. Halm était troublé. Elle le tournait carrément en ridicule. Mais il avait lu ce livre avec plaisir. D'accord, son enthousiasme était apprêté. Pourtant le livre lui avait plu. Mais Carol partageait l'avis de ce M. Ti-Edge Messmer, et elle continua de le partager. Qui était donc ce monsieur ? Oh, dit-elle, il ne le connaissait pas ? Écrivain, même origine que Halm, il était là il y a deux ans, quand il met les pieds quelque part, ce n'est pas avec la prudence de M. Halm. Mais au fait, comment M. Halm trouve-t-il Elissa ? Et Halm de repartir dans l'exaltation. Carol fit remonter aussi haut que possible tout ce qu'elle pouvait faire remonter dans son visage, et elle dit : Lâche ! Votre enthousiasme est un enthousiasme systématique ! C'est lamentable. Je connais pas mal de gens à qui vous pourriez bien taper sur les nerfs, cher monsieur ! Avec votre bonté calculée ! Et elle se retourna et resta debout, regardant le mur comme un mouton buté. Il dut s'en aller. Il ne dit plus un mot. Après son cours, il se rendit à la Student Union Plaza, il vit Lena assise au bord du jet d'eau, en train de lire ; le violoniste clownesque jouait toujours le même morceau. Lena, dit-il. Elle leva les yeux. Lena, toi, assise sur cette margelle si basse ! Il n'y a personne, homme ou femme, qui reste assis à lire dans cette position, comme tu le fais, tu peux me croire. Lena se leva et le regarda comme s'il lui avait fait mal. Il n'y a personne qui soit capable d'exprimer un intérêt avec autant de prudence que toi, et disons, autant de crédibilité — voilà ce qu'il aurait voulu dire. Mais elle ne croyait visiblement pas un mot de ce qu'il disait. Son enthousiasme était-il un enthousiasme systématique ? Et l'autre, avec sa bonté calculée ! En comparaison, les relations avec la Cantharide étaient d'une simplicité ! Trois fois par an, on lui apportait quelques petites fleurs du jardin, et pour Noël, un bocal de prunes à l'armagnac, et elle était avec vous aussi aimable qu'elle le pouvait. Quand Lena et Halm rejoignirent Sabine dans la voiture, Sabine demanda : Alors ? Lena voulait laisser répondre son père. Il tint bon, disant que c'était à elle qu'on avait posé la question. Il était content que Lena soit présente. Il se sentait mal moralement. Il souffrait de malaise psychique. Des vomissements spirituels — voilà ce dont il avait envie. Il était incapable d'écouter Lena. Au cours de la matinée, il s'était rendu compte que le terrible exemple offert par Carol et Kirk ne lui était d'aucun secours. Ce matin, il s'était une fois de plus trouvé sans défense. La jeune fille l'avait troublé autant que s'il n'avait pas eu le temps de se préparer des défenses. Cette expérience d'une totale absence de défenses — telle était sans doute la raison de cette paralysie qui venait de s'abattre sur lui. Le chemin qu'ils avaient fait de Coit Hall à la Student Union Plaza, les quelques phrases échangées, son visage, tout près, son visage qui s'éclaire peu à peu. A la fin, une espèce de sourire avait même réussi à se frayer un passage entre ses lèvres lourdement posées l'une sur l'autre. Tout cela est tellement pénible, il voit tellement tout de travers. On pourrait voir différemment aussi bien la jeune fille elle-même que la relation de Halm avec cette jeune fille. Sur un mode plus tranquille, plus agréable, plus amical, plus réaliste : trente-trois ans de différence, c'est tout de même suffisant ! Ça devrait être suffisant ! Stabler avait payé à la famille d'Eileen 999 dollars pour chaque journée que passait avec lui cette femme de trente-trois ans plus jeune que lui. Prétextant qu'il devait travailler à sa conférence sur Heine, il se retira tout de suite après le repas. Et une fois de plus, un dialogue voulut s'instaurer. Mais Halm parvint à empêcher cette distribution des voix entre un LUI-Halm et un MOI-Halm. Je n'ai pas envie de me faire engueuler, ni, de surcroît, provoquer par moi-même. Pas la force, entendit-il en lui-même, comme un écho sarcastique. Non, pas la force, parfaitement ! Il suffisait de tout admettre, et aussitôt, tout s'atténuait. Sabine vint le voir dans son bureau. Elle a déniché un onguent à base de venin d'abeille et elle insiste pour lui en badigeonner immédiatement le dos. Ça brûlait. Ça faisait du bien, il dut le reconnaître. Oh Sabine, dit-il. Oui-oui-i, dit-elle. Il aurait volontiers entraîné Sabine dans son dialogue intérieur. Il ne se sentait pas le moins du monde coupé d'elle. Mais il ne pouvait pas la mêler à tout cela. Ce serait pourtant la solution. Dès l'intant où il y entraînerait Sabine, le pire disparaîtrait. Alors ils reprendraient leur évolution commune pour retrouver l'union et la solidité d'antan. Donc, s'il ne racontait pas immédiatement tout à Sabine, il reconnaissait qu'il refusait la solution. Ce qu'il voulait, c'était le dilemme. La catastrophe. Ce que ça serait bien de tout étaler immédiatement devant Sabine ! Comme sept ans plus tôt, lorsqu'ils étaient rentrés de l'opéra. Mais pour qu'il puisse parler, il avait fallu cette scène terrible au foyer. Nicole Klingele, qu'il avait eue comme élève, l'avait littéralement empoigné par les épaules pour lui faire faire demi-tour et le présenter à son mari. Après cette scène, il avait été facile de raconter à Sabine l'histoire qu'il y avait eu entre lui et Nicole, à présent M^me^ Schloz-Klingele. Et, au cours de l'été suivant, ils avaient réglé la question d'un ami de jeunesse, camarade d'études de Sabine, et de sa jeune épouse. Ils y avaient pour ainsi dire gagné. Gagné en harmonie. Mais il n'avait plus envie de ce genre de profits. Il préférait les profits aux pertes. Dieu, qu'il avait été facile de livrer Nicole Schloz-Klingele, de l'abandonner ainsi que lui-même au mépris de Sabine ! Et cette espèce de déguisement pompeux ! Un costume de style espagnol, dans le genre Pierrot, rouge vermillon avec d'énormes pois blancs, bouffant aux épaules puis serré jusqu'à la taille, pour reprendre ensuite des allures de ballon et s'arrêter tout net juste en dessous du genou. Et Nicole était d'une humeur tout aussi tapageuse que son costume. Elle gonflait littéralement son dialecte souabe distingué, elle était on ne peut plus bruyante et gênante. Et tout cela après le second acte de *Tristan.* Songer qu'une chose pareille puisse être du passé ! C'était revitalisant jusqu'au plus profond de l'être ! Fran n'était pas Nicole. Mais maintenant, il ne se sentait plus aussi misérable qu'avant. Il regarda sa montre. Depuis l'instant où la jeune fille s'était retournée et l'avait quitté d'une manière qui lui avait fait croire que ce serait insupportable, cinq heures s'étaient écoulées. A peu de chose près, il avait passé exactement cinq minutes seul avec elle. Pour une minute de jeune fille, une heure de régénération. Tant qu'elle n'était que cinq minutes dans sa proximité, ça allait. Il était vraisemblable qu'une sixième minute de jeune fille lui aurait coûté une heure dix de régénération, et que, pour une septième minute de jeune fille, il lui aurait fallu une heure et vingt minutes. Chaque fois qu'elle le quittait, il restait là, dans un état de nervosité aussi bien que d'épuisement. Bon à rien. Le téléphone sonna. Carol l'appelait de chez elle. Elle pleurait. Elle était tellement désolée. Elle parlait et pleurait inconsidérément. Ses pleurs se firent d'abord plus humides et plus violents, puis plus ardents, plus gémissants. Elle lui demandait de dire quelque chose, de lui pardonner. Elle était toujours contrainte de jouer les filles solides et superficielles. Halm lui expliqua combien il était désolé d'avoir déclenché de telles explosions. Carol se reprit rapidement. Elle dit qu'après tout il n'avait peut-être rien compris. Mais elle ne voulait pas dès maintenant remettre Ti-Edge sur le tapis. Et elle raccrocha. D'un geste quasi instinctif, il saisit la dissertation de la jeune fille. Elle écrivait qu'elle était présentement installée dans la maison de ses parents à Mill Valley, buvant du lait, évoquant en pensée le sombre hiver. Dans la maison de ses parents, il n'y avait qu'un pas à faire pour avoir tout ce qu'on voulait. Un pas, on était à l'ombre. Un autre pas, on était au soleil. Encore un pas, et l'on avait son ami près de soi. Un pas pour se retrouver près de l'amie qui comprend tout. A force de confort douillet, on finissait par ne plus se sentir exister. Dans l'obscure Vienne, enfermé en soi-même, on ressentait toute chose comme une douleur. Même un poème. Et précisément celui-ci. Alors survint une catastrophe. Ici. Dans sa famille. Elle dut rentrer. Revenir auprès de son père. Sa mère s'était fait écraser par une voiture. A San Francisco. Dans une de ces rues en pente abrupte. Elle comparait la belle douleur obscure de Vienne avec la douleur de Californie, criarde et réelle. Un an plus tard, son père avait épousé la femme qui était responsable de la mort de sa mère. Et cette femme était une femme sublime. Cette femme souffrait de l'accident qu'elle avait provoqué, tout comme elle-même, son père et son frère. Le poème de Rilke était devenu pour elle l'image parfaite de sa propre passivité. A cette époque, tout avait sur elle plus d'influence qu'elle n'en avait elle-même...

Quand le lendemain Halm fit son apparition à la porte de Carol, elle attira immédiatement son attention sur la porte de Rainer. Qui d'ailleurs sortit aussitôt de son bureau, sa toge sur le bras, salua d'un signe de tête, passa et sortit dans le couloir. Halte ! rugit Halm. Rainer s'arrêta, se retourna. Qu'est-ce que ça signifie, dit Halm. Rainer regarda Halm comme s'il s'efforçait de distinguer quelque chose dans une pièce mal éclairée. Très juste, dit Rainer, tu as droit à des formules de regret crédibles, mais il me faudrait pour cela plus de temps que celui dont je dispose en me rendant à une soutenance de thèse. La lèvre inférieure de Rainer pendait largement, et Halm voyait le bout de sa langue qu'il dardait nerveusement entre ses dents. Mais vraiment, pour ce qui est d'exprimer des regrets, c'est toi qui devrais commencer, dit-il, puis il attendit encore une seconde en agitant le bout de sa langue, et il s'en alla. Ici, c'était lui le patron. Le patron peut planter là tous les gens qu'il a envie de planter là. Halm aurait voulu rétrécir au point d'en être méconnaissable. Carol se mit à rire, il eut peur. Il se tenait dans le couloir du troisième étage de Fillmore Hall, campus de la Washington University, Oakland, Californie. Il se rendait parfaitement compte qu'il ne pouvait rien se permettre. Il raconterait à chacun ce qu'il voulait entendre. Il n'avait pas la force d'en faire plus. Il n'avait en quelque sorte rien à dire. Céder, tel était son rôle. Pour ça, oui, c'était son fort. Il fallait espérer que cela servirait à quelque chose. Qu'on remarquerait au moins l'un de ses talents. Il aspirait à retrouver l'Inspiration Inn. Il lui manquait la grotte, l'auditeur, le récit où il pouvait se cacher. Il lui manquait Kirk Elrod. Kirk Elrod était le seul qui ne lui fît pas peur.

# 8.

Après chaque cours de conversation, elle venait le rejoindre. Il devait chaque jour, quittant Coit Hall, trouver une bonne raison d'aller n'importe où pourvu que ce ne soit pas à Fillmore Hall. Il ne pouvait toujours pas mettre ses chaussures et ses socquettes tout seul, mais pour ce qui était de marcher, même s'il y montrait une drôle de raideur, ça allait. Pourtant, lorsqu'il était en compagnie de la jeune fille sur le pont qui franchit le lit à sec de l'Okra Creek, ce pont en forme de chat faisant le gros dos, il ne fallait surtout pas qu'il rencontre Rainer qui le saluait de cette façon bizarre ! Il ne fallait surtout pas qu'il se trouve en compagnie de la jeune fille devant la porte de l'ascenseur d'où Carol allait justement sortir. Halm était content à l'idée que Carol serait absente le jeudi suivant. Ce jeudi-là, c'était Rosh ha-Shana. Elle était, selon l'expression qu'elle avait employée, *a twice a year Jew,* pour Rosh ha-Shana et pour Yom Kippour. Le vendredi soir, on sonna à la porte : Rainer. Avant même d'avoir franchi le seuil, il prit Halm dans ses bras. Est-ce que tu peux me pardonner, dit-il en un murmure humide. Halm dit : Mais avec grand plaisir. Mais Rainer dit qu'il ne pourrait remettre les pieds dans la maison de Rinehart qu'une fois que Halm lui aurait pardonné. Il venait de le faire, dit Halm. Non, Halm devait lui pardonner en bon allemand, sans jargon ni *flippancy,* et en utilisant le présent de l'indicatif, première personne du singulier. Halm se rendit compte que cela lui était difficile. Il avait ici l'occasion de parler avec emphase, il y était même invité, et voilà qu'il n'en était pas capable. Mais il devait le faire. Sinon, Rainer allait repartir. Il était là, debout en face de lui, penché en avant et cependant plus grand que lui, sa lèvre inférieure pendait, la pointe de sa langue jouait avec une misérable lenteur entre ses deux rangées de dents ouvertes sur un espace béant. Halm avait le sentiment qu'il serait humiliant de répéter la phrase commandée. Il cherchait des échappatoires. Mais je t'ai déjà pardonné, dit-il. Présent de l'indicatif, dit l'autre. Il était bien entendu sous l'empire de l'alcool. Tout lui était facile. D'ailleurs, chez Rainer, l'acuité des sensations et l'exacte appréciation des événements semblaient plutôt augmenter avec l'alcool. Mensonge et vérité chez Kleist, songea Halm. Il devait donc lui dire qu'il lui pardonnait d'avoir voulu le dénoncer auprès de Sabine. Il devait lui pardonner d'avoir dit : Tu n'es bon à rien. Lui pardonner cette phrase qu'il avait prononcée : Tu dis des conneries, mon vieux. Pouvait-il pardonner des choses pareilles ? Ne pouvait-il pas tout aussi bien l'obliger à prononcer une autre phrase : Je retire ce que j'ai dit ? Mais il ne voulait pas se risquer à exiger cela de Rainer ; il estimait possible qu'il maintienne ces phrases. Il voulait qu'on lui pardonne d'avoir dit la vérité. Ce que disait Rainer, ce ne pouvait être que la vérité. Il n'existait pas d'homme plus juste que lui. Rainer regardait Halm d'un air presque suppliant. Halm savait déjà qu'il allait céder. Il devait prononcer une phrase qui lui était étrangère. Il était incapable de raisonner selon de tels critères. Pardonner, ne pas pardonner... Quelle envolée de manches ! Il allait céder. De son point de vue à lui, il allait mentir. Il devait être impossible de vivre autrement avec ce champion de la vérité. Il n'était certes pas encore en mesure de prononcer la phrase qu'on exigeait de lui, mais cette phrase ne lui serait pas épargnée, ça, il le savait déjà. Cette nécessité de lui pardonner, il en fait une véritable cérémonie d'allégeance. Je dois mordre la poussière, il me pose le pied sur la nuque, disant qu'il retirera son pied quand je dirai que je lui pardonne. Mon Dieu, mais c'est qu'en fait ils étaient convenus de tout cela ensemble, lui et Carol ! Au téléphone, Carol n'avait pas présenté cette exigence de pardon de manière aussi pompeuse, mais après tout, elle n'était pas le patron. Et, comme il n'avait pas obéi, il s'était fait engueuler. Alors, dans un véritable gémissement, il dit : Je te pardonne. Rainer exprima ses remerciements avec tant de sérieux que Halm, non content d'être ému, soupçonna que toute cette histoire de pardon en signe d'allégeance n'était vraiment qu'une idée fausse. Rainer était à l'évidence désolé d'avoir dit à Halm qu'il n'était bon à rien. Halm était heureux. Enfin, Rainer ! Halm conduisit Rainer dans la pièce comme on le fait d'une maîtresse. Il aimait ce type, ce type irrésistible, dont on ne se méfiait jamais assez. Mais peut-être était-il bien intentionné. Bon, qu'il vienne ! Qu'il entre ! Lena, Sabine, voici la visite la plus bienfaisante qui puisse nous arriver. Il n'y avait pas de whisky à la maison. Halm y avait veillé. Ici, il n'y aura plus que du vin, avait-il dit. Du whisky en Californie, ridicule ! Du chardonnay de Sonoma, du cabernet-sauvignon de Napa. Il n'avait pas dit à Sabine qu'après ce qui s'était passé dans cette maison, et qui était lié au whisky, il ne pouvait plus voir de whisky ici, ni à plus forte raison en boire. Le vin, dit Rainer, lui faisait toujours plaisir, le rouge encore plus que le blanc. Sabine avait aussi du rouge. Rainer connaissait les différents crus, les producteurs, il goûtait, faisait l'éloge de Sabine, disait que c'étaient *les Larmes de la Montagne.* Seule Lena buvait du thé. Rainer créa une atmosphère telle qu'on se serait cru en train de barboter avec insouciance dans de l'eau chaude, ou allongé dans l'herbe à rêvasser. Il se sentait si bien. Il s'étira. Aujourd'hui, il n'avait toujours pas avancé dans sa compréhension des textes de Schubert, mais c'était si banal que ça ne valait pas la peine d'en faire toute une histoire, surtout pas un jour que rendait suffisamment extraordinaire l'arrivée d'une carte de Jamey, envoyée de Brattleboro, où Jamey participait actuellement à une expérience de l'*International Living.* Rainer, c'était manifeste, voulait communiquer son bonheur à Halm. Avec sollicitude, presque avec tendresse, il s'enquit des expériences que Lena avait faites au campus. Comme si Lena était l'enfant chéri de la philosophie internationale, Rainer demanda, l'air très inquiet, si l'on pouvait raisonnablement s'attendre que Lena apprécie encore quelqu'un comme Felix Theodor Auster ! Teddy A ÉTÉ en son temps capable d'assigner à la douleur contemporaine une phraséologie précise, mais maintenant, il se répète. Lena dit qu'elle n'avait pas encore compris grand-chose. Ah bon, dit Rainer. Et quels autres cours Lena avait-elle entendus ? Celui de Linda Gallagher, *Women's Study.* Oh, dit Rainer, « L'Écriture féminine ». Mais il n'en profiterait pas pour faire de l'esprit. Roy, qui avait fait de la castration son violon d'Ingres, appelait Linda la bonne sœur de la littérature. Qu'il était donc heureux d'avoir Halm près de lui ! Lena avait fait une telle impression sur sa motocycliste ! Quand il parlait d'Elissa en l'appelant sa motocycliste, il craignait toujours de ne pas arriver à mettre dans ce mot autant de ferveur et d'enthousiasme qu'il en éprouvait. Elissa était le contraire absolu d'une bonne sœur de la littérature. Il l'avait rencontrée à une fête du Claremont Club, à laquelle on l'avait invité pour l'unique raison qu'Elissa l'avait exigé de son père qui connaissait le président du club. A l'époque, il n'était ici qu'à l'essai ; il y avait une amie d'Elissa qui assistait à son cours, elle s'appelait Bluma, et quand Elissa l'avait fait inviter, elle ne le connaissait que pour en avoir entendu parler par Bluma. En fait, elle avait besoin de quelqu'un pour cette fête du club. Elle devait à l'époque se trouver sous l'effet d'un choc. Elle venait sans doute d'apprendre qu'elle était enceinte. Il n'imaginait pas alors ce que cela pouvait représenter pour une jeune fille d'appartenir à la famille McCleave. Elissa avait mis en scène, à son intention, un véritable conte de fées. Durée, sept semaines ou sept mois. Loin d'être rassasié, on en redemande. Il était curieux de voir la tête que ferait Elissa quand elle apprendrait que Lena suivait ce cours consacré à la *Women's Study.* Elissa méprisait ce genre de chose. Rien ne lui était si étranger que la nécessité de se distinguer. Cela se voyait à sa façon de dormir. Froide, repliée. On avait toujours envie d'aller à elle. Mais on n'y parvenait pas. En tout cas pas lui. Impossible de lui en imposer, oui, c'est bien ça. A moins d'être un nègre des Caraïbes et de s'appeler Othello Jesus de Garcia. Gloire, esprit, non, il ne voyait rien qui permît d'avoir sa chance avec elle. Il faut, dit-il, avoir une odeur. Mais il ne sait pas laquelle. Par exemple, elle ne lit pas. Oh, là là, toutes les conditions qu'il faut réunir avant qu'Elissa ne s'intéresse à un livre, tiens, un exemple : dans les années quarante, il y avait ici un auteur, Mark Cerf. Thomas Mann a écrit une préface pour le roman psychanalytique de Cerf, *Tunnel Vision.* Le fils de cet écrivain, Stanley Cerf, était professeur, il écrivait des poèmes, sans succès, épousa Bluma, l'amie d'Elissa, qui écrivait également, et qui reçut même pour une de ses nouvelles un prix du *Harper's Magazine.* Sur quoi, elle fut tuée d'un coup de revolver par son mari Stanley. Il ne se blessa lui-même que légèrement. Maintenant, il est en tôle là-bas à St. Quentin, à perpétuité, d'Euclid on peut presque voir la prison. Quand Elissa a appris ÇA, elle a aussitôt lu le livre du beau-père de Bluma, *Tunnel Vision.* Il ne voyait plus Elissa que lorsqu'ils avaient du monde. Mais ils communiquaient grâce au téléphone intérieur — conversations entre le haut et le bas. Cela présentait l'avantage qu'il pouvait fumer et boire. Demain soir, pendant que Helmut et lui feraient leur partie de skat chez Kinsman, Lena jouerait donc du piano chez Elissa. Halm et Sabine furent étonnés. Mais vous étiez au courant, dit Lena. Et que ferez-vous, Sabine ? dit Rainer. Sabine dit : Je ne vais pas me suicider pour autant. Voilà qui fait plaisir à entendre, dit Rainer. Ne trouvaient-ils pas eux aussi émouvant qu'Elissa raconte que lui, Rainer, était en train de se suicider. Et elle ne disait pas ça uniquement à cause de l'odeur désagréable du tabac dans les tissus, on s'en rendait bien compte, puisqu'elle évoquait aussi l'alcool qui, quant à lui, ne pouvait en rien porter atteinte à la pureté de son église pour tarentule. C'était cette phrase affirmant qu'il était en train de se suicider qui l'empêchait toujours de demander le divorce. Parfois, quand il en avait réellement un peu ras le bol de boire et de fumer, il avait l'impression que, s'il continuait à boire et à fumer, c'était uniquement pour entendre Elissa prononcer cette phrase. Stanley Cerf avait tué sa femme Bluma, vingt ans de moins que lui, d'un coup de revolver dans l'oreille. De sang-froid, avait-il dit à l'avocat général. Il est bien des mots qu'on devrait retirer de la circulation en raison de leur absurdité manifeste. Lena jouerait-elle demain soir même si Othello Jesus de Garcia était là ? Car il fallait qu'elle s'y attende. Elissa allait toujours trop loin. Une innocente enfant de la vieille Europe et un putain de nègre de comédie venu de la Jamaïque, et avec ça, Elissa vous arrange comme par magie une soirée merveilleuse. Demain soir, je vais gagner au skat, tu verras. Mais il aimerait bien avoir l'occasion de jouer à quatre mains avec Lena. Ils inviteraient donc Elissa. Peut-être qu'elle viendrait. C'est bien difficile, tout ça, dit-il, regardant tour à tour chacun des Halm dans les yeux. Son grand-père, dit-il, était boulanger. Tous les jours vingt-trois sortes de pain différentes, du pain tout frais. Jamais on n'aurait imaginé ça, dit-il encore sur un ton vraiment plein de reproches. Et rien moins qu'avec insistance, il répéta : Jamais on n'aurait imaginé ça. Puis, s'adressant à Halm : Ne va pas exploiter la situation et te figurer que tu me tiens. Tu rassembles des fils. Tu te permets de tirer des conclusions. Et tu te crois malin. Sabine, dites-lui qu'il suffit de m'aimer. Tout autour de moi, ces débuts d'intrigues. Alors je me défends, et chacun prétend que ce n'est pas lui qui a commencé. Demain je passerai te prendre pour le skat. *Take care !* Bonne nuit. Et il se retourna encore et dit, sur un ton moqueur, très moqueur : *Pity she's a whore.* Mais attention : *For interdepartmental use only.* Puis il fit demi-tour comme s'il voulait prendre son élan pour une pirouette et s'en alla, grotesque. Les Halm restèrent encore longtemps ensemble, comme des gens mieux lotis. Sabine dit que Rainer se sentait manifestement persécuté. Par moi ? dit Halm. Oui, par toi, dit-elle, ou au moins menacé. Ma foi, c'est comme ça, dit Halm. Les persécuteurs ont tendance à se sentir persécutés.

Durant tout l'après-midi du lendemain, Halm demanda à Sabine de l'aider à rafraîchir ses connaissances en matière de conduite automobile. Après son troisième accrochage, il avait cessé de conduire, cela faisait maintenant des années. Sans admiration ni mépris pour les autres conducteurs, il avait dit : Je ne suis pas fait pour conduire une voiture. Et voilà que tout à coup, il voulait s'y remettre. Ce pays le provoquait. Par ses dimensions et par sa clarté. Il aurait voulu être sans cesse par monts et par vaux. Ici, c'est évident, il aurait voulu entreprendre tout ce dont il n'avait pas la moindre envie dans son pays. Par exemple conduire. Sabine était étonnée. Il trouva de bons arguments : Ce soir même, Rainer devait passer le prendre pour aller jouer au skat. Une fois là-bas, il allait continuer à boire. L'histoire de ce jeune professeur du Texas qui s'était barré pour toujours après une soirée de skat permettait de se faire une idée de la manière dont se déroulaient ces parties de cartes. Et il faudrait ensuite rentrer de l'Upper Happy Valley avec un poète lyrique portant sa douleur en écharpe et rond comme une bille, ah non, pas ça. Ils traversèrent les dix ou douze villes qui avaient fini par former une agglomération le long de la baie. Ils s'exercèrent à prendre dans les deux sens les bretelles de raccordement rejoignant l'autoroute qui, passant par le tunnel, conduit ensuite vers l'intérieur, donc sûrement aussi à la Happy Valley. Tandis qu'ils allaient du garage à la maison, il tenait Sabine serrée contre lui. Et cette lumière, ces feuilles, ce ciel, cette maison, cet instant, Sabine ! Ô Sabine, encore une de ces journées si belles, à vous donner la déprime ! Qu'est-ce qu'on va devenir, Sabine ? Tu te rappelles comme il fait sombre à Sillenbuch, au mois de janvier ? Sabine trouvait qu'il ne fallait pas penser maintenant à ce qu'on ferait plus tard. Elle attira son attention sur tout ce qui fleurissait en ce moment : hibiscus, bougainvillées, fuchsias. Ce qu'on ne peut faire pousser chez nous que dans des pots de fleurs et des serres s'épanouit ici librement, regarde. Avant qu'ils ne pénètrent dans la maison, Sabine cueillit encore quelques citrons. La femme de *Bob next door* avait dit à Sabine que ce qu'il y avait ici d'amusant pour les jardiniers, c'était l'absence d'hiver. Les phrases prononcées par les autochtones, Halm voulait les entendre dans leur version originale. *Gardening here is fun.* Bien, dit Halm, comme quand il était en cours. Arrivé sous l'auvent, alors qu'il avait déjà la main tendue vers la moustiquaire, il dit : Je n'ai vraiment rien contre toi, Sabine, pas la moindre petite chose. Sabine fit la grimace qui s'imposait après un tel accès de solennité.

Quand Rainer passa prendre Halm, il fut d'accord pour le laisser conduire, mais pas la Volvo. Il avait fait un vœu : jamais plus il ne monterait dans une voiture si ce n'était pas une américaine. Il devait trop aux voitures de ce pays. Cela datait de l'époque où il conduisait une ambulance. Puis il avait été livreur pour un fleuriste. Puis, en Virginie, un de ces jardiniers qu'on prend à l'heure. En tant que tel, il lui était arrivé une fois de vivre et d'écrire de mai à octobre dans une voiture de ce genre. Et tous les rêves qu'il a pu y faire, il en sera encore bien longtemps reconnaissant à ces grosses bagnoles spacieuses. Donc Halm dut faire semblant de savoir aussi bien conduire ces espèces de bateaux. Il fit un essai de freins. Passé les tremblements provoqués par le choc du freinage, Rainer le regarda d'un air interrogateur, Halm dit : Excuse-moi. Il avait du mal à se mettre dans la tête qu'il n'avait pas d'embrayage sous le pied gauche. Pourquoi était-il incapable de prendre sur lui et d'avouer à Rainer qu'il n'avait jamais conduit de voiture à embrayage automatique ? Mais, en dépit de tous les coups et secousses, l'humeur de Rainer était de plus en plus joyeuse. La peur semblait lui être étrangère. On ne prit pas l'autoroute, on ne traversa pas la montagne, on passa par la route du haut. Rainer dit qu'il était contre les *tunnel visions.* Halm monta donc prudemment la route en lacet. Une fois en haut, Rainer dit : C'est ici que commence le Grizzly Peak Boulevard, les Elrod y habitent, ils voient tous les ponts, de San Matteo jusqu'à Richmond. Puis, derrière la montagne, on descendit une route sinueuse à l'ombre des forêts d'eucalyptus. Rainer l'avertit qu'il faudrait bientôt prendre à droite pour s'engager dans une vallée, se garer et faire une courte promenade jusqu'à l'Inspiration Point. C'est là qu'Elrod, originaire d'Albany, est allé chercher le titre de son roman. C'est maintenant que tu en vois la plus grande partie, dit Rainer quand ils furent en haut. De là, on voyait le dos d'une colline, les Halm vivaient sur la face avant, au-delà de cette colline, on voyait aussi des morceaux de baie. San Francisco, le pont de Golden Gate, le Pacifique. Halm, debout, regardait et prenait un air recueilli. Rainer l'empoigna par les deux épaules, lui fit faire demi-tour et dit : Regarde ça ! On découvrait à perte de vue des collines désertes. Rainer dit : La Californie. Un océan de croupes herbeuses, amenées par la brûlure du soleil aux frontières de l'or. Vers le bas, les forêts d'eucalyptus, indifférentes à toute sécheresse. Et regarde, au-dessus des collines, la lune est montée aussi haut que le soleil, là-bas, s'est enfoncé dans la mer. Et puis toi et moi entre cette ascension et ce naufrage. Satisfait ? Halm, de la tête, fit signe que oui. Il lui aurait volontiers caressé le visage. Mais ça ne se fait pas. Ils descendirent et s'enfoncèrent dans l'ombre, prirent la direction de la voiture, passèrent auprès d'oiseaux coiffés de couronnes qui couraient en tous sens, comme énervés. Rainer dit que ce n'étaient pas des oiseaux, mais des ornithologues, un congrès, vraisemblablement sur la musique et la littérature, ô tristesse. Mais hier, au moins, ils avaient reçu une carte de Jamey, il tenait à le dire à Helmut. Halm saisit le bras de Rainer et le serra très vite, avec force. En fait, Rainer aurait dû crier : Aïe ! mais il parut ne s'apercevoir de rien. C'est tout de même bien, dit Rainer. C'est merveilleux, dit Halm. De Brattleboro, dit Rainer, le gamin participe à un séminaire pour l'*International Living,* qu'est-ce que tu dis de ça ? Ce que je dis de ça ? Merveilleux, dit Halm. Puis Rainer leur fit prendre une route avec des virages de plus en plus secs, raides, étroits, boisés, incroyables, et des chemins romantiques à force d'être mauvais, jusqu'à la Haute Vallée du Bonheur. Et une fois là-bas, ils virent Sally, ou plutôt ses dents éclairées par les derniers rayons du soleil. Halm s'attendait à une sorte de ferme. Mais ce qui s'étendait là, sur l'unique avancée en plate-forme de cette paroi abrupte montant de la vallée, serti comme une oasis dans les fourrés et les arbres, c'était un bijou de maison, tout en pierres claires et poutres blanches. La *farm,* lui dit-on, était plus loin derrière, on ne pouvait ni la voir ni la sentir. Et un peu plus haut sur la paroi, une maisonnette, version miniaturisée de la maison elle-même : l'atelier de Sally. Ils ont tout construit eux-mêmes, dit Rainer. Dans l'herbe grasse qui paraissait suralimentée, parmi les fourrés, les arbres, autour de la maison, partout, les œuvres de Sally. Des céramiques, posées là comme si l'herbe solennelle les avait rejetées. Beaux fruits de cauchemar. Exubérantes excroissances, s'écoulant et s'entremêlant en un éclat criard. Fruits et bêtes formant ensemble un seul corps. Parties de corps humains finissant en floraison. Seins où étaient fichées des serres d'oiseaux. Et un authentique basset, qui s'appelait *Umlaut* [1], à cause des deux traits blancs obliques au-dessus de ses yeux. C'était déjà son nom quand un collègue de Tübingen en

1. *Der Umlaut :* l'inflexion, le tréma.

avait fait cadeau à Roy. Dans la maison, tout était blanc. Bien que tout fût différent de chez Elissa, l'impression dominante était là aussi une impression de solennité. Mais comme Sally n'était pas entrée avec eux — elle voulait encore travailler dans son atelier —, Halm n'eut pas grande envie de manifester des transports d'admiration pour cette solennité. Il fut tout de même forcé d'admirer le parquet de chêne, posé par Roy en personne, ainsi que les chaises et la table qu'il avait faites de ses mains. Leslie Ackerman entra, Roy prit les trois bouteilles apportées par les trois invités et dit qu'il allait les mettre au frais, bien que cela fût inutile pour le vin bon marché, vendu en bouteilles de six litres, que Rainer et Leslie avaient coutume d'apporter. Dès qu'il eut posé sa bouteille, Leslie Ackerman se tint la main gauche au-dessus de l'œil gauche. Et cela avec un tel naturel, une telle évidence, que Halm fut bien obligé de se dire qu'il en était déjà à ne presque plus remarquer cette façon pourtant assez peu courante de tenir la main. Roy battit les cartes avec une virtuosité tout américaine. Rainer dit que pendant un an, Roy avait gagné sa vie à la table de black jack, là-haut à Reno. Maintenant, Halm n'osait plus du tout avouer qu'il n'avait plus en tête les règles du skat. Rainer s'en aperçut et dit : Donner, entendre, annoncer. On aime bien jouer à quatre, de manière qu'il y en ait toujours un qui puisse manger un morceau. Leslie dit : Il parle comme ça parce que vous êtes là, d'habitude, il dit : C'est pour qu'on puisse aussi bouffer et se saouler la gueule. Roy dit qu'aujourd'hui, pour une fois, il ne fallait pas que Rainer se noircisse aussi vite, ce n'était pas marrant de jouer contre un mec qui ne savait plus ce qu'il faisait. Rainer dit : Voilà ce trou du cul qui parle comme ma femme. Ce n'est tout de même pas pour t'entendre tenir les mêmes discours que je sors le soir ! Leslie dit que Roy disait tout ça par pure avarice, parce qu'il avait peur qu'on ne boive plus que ce qu'on n'avait apporté. La petite goutte de Roy à 2,20 dollars, dit Rainer, c'était pour lui l'équivalent d'une aide à la désintoxication. C'est toujours meilleur que la pisse d'étudiant que tu nous offres, dit Roy. Et s'adressant à Halm : Rainer organise toujours chez lui des petites fêtes pour les étudiants, chaque étudiant apporte une bouteille de ce qu'il y a de moins cher, et il en reste la moitié, qui est pour nous. Mais avant, il va piquer des étiquettes au supermarché et il colle le label 6 dollars sur ses bouteilles de pisse estudiantine.

Les étiquettes, c'est la seule chose que vous soyez capables de comprendre, dit Rainer. Bon, allez, toi le champion de saut en hauteur, dit Roy, tu peux, ou tu ne peux pas ? Je peux, dit Leslie, et, qui plus est, sans sourciller ! Alors vas-y, trou du cul, dit Roy, commençant à faire de la provocation. Trou du cul toi-même, dit Leslie. Halm avait l'impression que quand Leslie devait dire *trou du cul,* ça lui coûtait toujours un petit effort. Et pourtant, cela faisait déjà quinze ans qu'ils jouaient ensemble, ces durs de durs. Quand Roy joua un dix de pique dans l'espoir que Leslie aurait l'as, qui était en fait chez Halm, il dit : Impossible de savoir si les poules peuvent pisser. Elles chient, ça, on peut le prouver. Leslie dit : *Get your act together you mellowed-out flamboyant halfwit.* Roy fit un pli en grommelant d'un air mauvais : *High jumper poppycock nonsense.* Halm comprit seulement que c'était là le langage des durs de durs. Halm avait perdu. Roy prit le papier sur lequel étaient déjà inscrits leurs noms, il y porta des points positifs et des points négatifs, et il dit : *I feel plumb good.* Halm reprit la main à la partie suivante et perdit encore. Puis ce fut à Leslie de donner les cartes, Halm reprit le jeu et perdit. Puis ce fut à lui de donner, il alla chercher quelques amuse-gueule sur les plateaux, but son vin blanc un peu douceâtre et observa le jeu afin de redevenir le plus vite possible un partenaire de skat valable. Dès qu'il fut prêt à s'y remettre, il joua et perdit. Chaque fois, il évaluait des chances qui n'en étaient pas. La couleur qui sortait, c'était toujours celle qui ne pouvait lui servir à rien. Chaque fois, les autres jouaient justement la carte qui révélait son point faible. Ils jouaient comme si ses cartes avaient été étalées devant eux. Il se sentait percé à jour. Ça l'agaçait d'être aussi prévisible. Plus il perdait, plus il s'obstinait à faire les jeux, il jouait donc en prenant de plus en plus de risques, et il perdait de plus en plus souvent. Quand Halm en fut à 59, Roy dit : Juste avant d'arriver aux cabinets, il chie dans son froc, disait mon paternel. Leslie dit : Parmi les plus beaux accessoires de Roy, on note la métaphorique domestico-merdique de Tübingen. Puis Halm, qui avait pourtant les quatre valets, perdit encore un jeu. Tous poussèrent des rugissements de rires. Roy dit : C'est la merde dans le fût du canon, ça arrive assez fréquemment. De la merde sur des coussins brodés, oh, là là, il était absolument emballé ! Mais le jeu suivant, Roy le perdit, et il fit même moins de 30 points. Halm ne connaissait aucune maxime adaptée à la situation. Par bonheur, Rainer dit avec une douceur qui n'appartenait qu'à lui : C'est ce qui s'appelle chier dans le creux de la main, ouais. Puis le basset Umlaut entra dans la pièce, il apportait un billet dans sa gueule, arrivé près de Roy, il se dressa sur ses pattes arrière. Roy lut à haute voix : *Umlaut needs feeding.* Alors là, tu as eu de la veine, dit Leslie. Et, donnant des explications à l'adresse de Halm : La dernière fois qu'on était là, c'était : *Sally needs fucking.* Mais, quand je suis revenu, j'ai tout de suite récupéré un *grand hand,* dit Roy. Pour ce qui est de *grand hand,* tu venais d'en mettre un coup, dit Leslie. Et Roy : Ne sous-estime pas mon *oral proficiency.* Halm dit : Un *grand hand* pour moi. Qui sort ? Rainer : Toujours celui qui pose la question. Au moment où Halm abattait une carte plus faible, Rainer dit : Quand on a le *grand hand,* la règle veut qu'on sorte des as ou bien qu'on passe. En fait, la règle veut qu'on passe, dit Roy, et il coupa. *Hand* partout, dit Roy, qui joua l'as de carreau, récupéra le dix sec, ils poussèrent tous des rugissements, Roy pontifia : Tout pasteur devrait le savoir, on ne pisse pas contre le vent. Et, quand Halm eut perdu, Roy dit : Avec ce super trou du cul, il s'en est fallu d'un cheveu que ce jeu magnifique soit dans le lac. Et il expliqua à Halm l'erreur que venait de commettre Rainer. Court chemin, longue couleur, mais l'ami Grandgousier n'a jamais entendu ça. Rainer approcha son visage à quelques centimètres seulement du visage de Roy, et dit sur un ton de profonde compétence : *Nitpicker.* Et, dit-il, je prie humblement la société de ne pas appliquer à ma personne des images lexicales ayant trait à l'alcoolisme. *Semper aliquid haeret.* Roy dit : Ou encore, goutte constante creuse la pierre. Là, tu vois, s'écria Rainer. Laisse tomber, trou du cul, je te le conseille. Halm se sentait vraiment exclu. Personne ne lui adressait la moindre injure. Il ne faisait pas partie de leur groupe. Il enviait les durs de durs qui, installés sur une île verte de la Haute Vallée du Bonheur, s'engueulaient depuis dix, quinze, vingt ans. Ô messieurs Kiderlen et consorts, combien il exècre votre expression policée, sans le moindre gros mot ! Comme ce serait bien de pouvoir rester ici assez longtemps, jusqu'au jour où, pour la première fois, Roy le traiterait de trou du cul. Trou du cul — ce serait de la *tenure,* une de ces choses que l'on ne remet pas en question. Quoi qu'ils pensent de tout cela, ils se supportent. Ils tiennent à se voir même le soir. Quel saccage. Dans son pays. Il buvait et jouait comme s'il était pressé. Il jouait comme un cinglé. Eux jouaient sérieusement, et pourtant ils buvaient aussi beaucoup. Quand Roy, établissant un bilan intermédiaire, constata que Halm devait 6,30 dollars aux trois autres, Rainer dit : On devrait peut-être, à partir de maintenant, élever à un *cent* le prix du point négatif. Il était d'avis que cela pourrait ramener Halm à la raison. Et Leslie : Ou alors, il fait exprès de perdre parce qu'il a besoin de toute sa chance en amour. Là-dessus, Roy : Mais tout de même pas avec une *undergraduate,* Helmut ! L'allusion était directe. Tous rirent. Leslie — et sa main gauche était parfaitement ajustée sur son œil gauche — répéta, riant et gémissant tout à la fois : Mais tout de même pas avec une *undergraduate,* Helmut ! Il existe des phrases données dans des circonstances données qui, aussi souvent qu'on les répète, provoquent toujours les mêmes éclats de rire. Roy dit à Rainer : Tu aurais dû lui dire qu'avec une *undergraduate* c'est interdit. Rainer dit que l'avant-dernier semestre, cette ravissante idiote avait essayé avec lui, au bout de deux séances elle avait cessé de se manifester. Il fallait que Halm se défende, surtout contre Rainer. Peut-être avait-elle peur, dit Halm. Qu'est-ce que tu veux dire, dit Rainer. Halm n'en savait rien. Et il dit : Tu peux faire peur. Comme Rainer le regardait d'un air bizarre, il ajouta rapidement : C'est seulement qu'on n'imagine pas la gentillesse d'un homme qui se nourrit de *Larmes de la Montagne.* Comme le regard de Rainer se transformait en un regard de pierre, Halm dit : Allez, allez, il était vraisemblable que depuis plusieurs phrases déjà, un malentendu était en train de s'installer, ou alors c'était que lui, Halm, avait trop bu, car en ce moment, il ne comprenait vraiment plus rien. Il aurait bien conclu sa phrase par *bande de trous du cul,* même avec une intonation cordiale, et fier d'avoir su, le premier, employer le mot au pluriel. *Who's leading,* demanda Roy, il voulait continuer à jouer. Leslie dit : Mais Sally reste bien longtemps dans son atelier, aujourd'hui. Elle avait dû trouver quelqu'un pour la nourrir. Halm fut reconnaissant à Leslie.

A présent, le déferlement de leurs propos passait près de lui sans s'arrêter. Il était en sécurité. Les cartes sont bien entendu ce qu'il y a de plus important, mais tout comme la suspension d'une voiture, elles servaient à franchir, en y prenant plaisir, les portions de route les plus accidentées. On en était au troisième mariage de Roy. Le premier avait eu lieu dans les collines d'Oakland. Le second, une chaîne de collines plus loin à l'intérieur des terres, à Orinda. Et à présent, le troisième, dans la haute vallée du Bonheur, encore plus loin à l'intérieur du pays. Chaque fois, Roy était reparti, laissant la maison à l'épouse précédente, en construisant une nouvelle avec sa nouvelle femme. Soit il écrivait des ouvrages de vulgarisation sur le Moyen Age, soit il construisait des maisons. Avec les ouvrages de vulgarisation, il se serait enrichi, dit Leslie. Heureux avec Sally, dit Roy. Y avait-il d'autres vallées plus lointaines, demanda Rainer. La prochaine, c'était la Hidden Valley dit Roy. Leslie voulut savoir comment on s'y prenait avec une artiste. Roy : Je sais depuis longtemps que tu as envie de regarder. J'en parlerai à Sally. Rainer dit qu'il admirait Roy pour la correction avec laquelle il menait ses mariages, de leur conclusion à leur dissolution. On n'y trouvait jamais l'ombre d'une incorrection, jamais un instant d'ambiguïté. Il était certain que si Roy devait un jour se trouver dans la situation d'avoir à tuer l'une de ses épouses, il ne le ferait pas sans s'efforcer d'appliquer son sens de la justice de la manière la plus scrupuleuse. Mais j'irai te chercher pour l'exécution, dit Roy, et il but à la santé de Rainer. D'accord, dit ce dernier, et il leva aussi son verre. Si Sally portait les mêmes collants qu'aujourd'hui, il participerait aussi à l'exécution, dit Leslie qui, sans autre motif, retira sa main de sur son œil. Voilà bien le genre de secours qu'il tiendrait à distance du lieu d'exécution, dit Rainer, *No masturbating backstage sycophants,* dit Roy. Leslie dit qu'avec un trou du cul aussi conservateur il était impossible de nouer des liens. Roy s'écria : Oh, depuis cet après-midi, je cherche la phrase où il est dit : « Le mamelouk aussi sait être courageux. » Qu'est-ce que cette phrase ? Où se trouve-t-elle ? Chez quel auteur ? On en était donc au *mamelouk.* Tout le monde pensait avoir lu ce vers, pas un ne savait où. Schiller ? Uhland ? Bien que n'ayant pas la moindre idée de l'endroit où dénicher cette phrase, Halm participait avec fougue à la conversation, uniquement pour empêcher qu'on en revienne à évoquer l'*undergraduate.* Manifestement les *undergraduates* sont traités ici comme des enfants. Un jour où l'autre, Kiderlen finirait bien par lui servir que, lorsqu'il était en Californie, il enseignait non pas dans une université, mais au niveau *College* d'une université. La manière dont Kiderlen parviendrait à le découvrir, Halm l'ignorait complètement, mais il savait avec certitude qu'il le découvrirait. Sans rien faire pour cela, Kiderlen avait la faculté d'amener au jour tout ce qui était caché, flou, tordu, pas tout à fait convenable, et d'en faire ressortir toute l'imperfection. Ce genre de talent a également tendance à s'épanouir chez Rainer. Mais Rainer est un ami.

Quand on fit les comptes, Halm devait 6,21 dollars à Roy, 1,19 dollar à Leslie et 14 *cents* à Rainer. Il était minuit passé. Rainer fredonnait. On monta en voiture. Halm laissa Leslie passer devant. A un moment donné, il bifurqua en direction d'Orinda. Quant à eux, ils allaient une fois de plus longer le paysage raviné du Tilden Park et franchir la montagne. Rainer monologuait, mais à chaque carrefour, il indiquait tout de même rapidement le chemin à prendre. Savoir si Leslie enlevait sa main de son œil quand il était au volant ? Rainer parlait péniblement, lentement, comme soumis à une lourde pression. Il faisait des efforts pour parler. Il n'en pouvait plus. Halm n'avait pas pu lui interdire de vider aussi vite un verre après l'autre. Roy avait dit : Aujourd'hui, il bat son propre record. Personne ne fit plus allusion au vin en pichet – ils voulaient parler de ce vin bon marché en bouteilles de six litres –, tout le monde en buvait, mais Rainer se le déversait littéralement dans le gosier. Halm se rendit compte que Rainer, dans son discours, était en train de s'en prendre à quelqu'un. Il se remontait contre un adversaire avec qui il se croyait embarqué dans une conversation, ou plutôt une querelle. Halm avait le sentiment qu'il devait interrompre Rainer, mais celui-ci était déjà trop engagé dans son *clinch*. Plusieurs fois, Halm répéta : Rainer ! Mais entendait-il – impossible d'en être sûr. Halm secoua violemment la tête, donna une grande tape sur le volant, il se servit du levier destiné aux appels de phares comme s'il faisait des signaux en morse, et cria : Rainer ! Il l'invita à se souvenir qu'il était installé à côté d'un chauffeur inexpérimenté qui conduisait une voiture à laquelle il n'était pas habitué, dans un pays totalement inconnu de lui. Mais Rainer poursuivait son discours, lourdement, péniblement, comme sur un ring. Pourtant, il semblait savoir exactement de quelle manière il liquiderait son adversaire. Son élocution tâtonnante et forcée contenait déjà son triomphe. En tout cas, il ne s'agissait pas d'un dialogue qu'il aurait mené avec lui-même, par exemple pour s'éclaircir les idées sur telle ou telle question, non, c'était une poursuite, une arrestation, un règlement de compte. Il disait à présent ceci : D'accord, tu n'es pas bête. Mais tu te crois plus astucieux que tu ne l'es. Tu n'es pas impénétrable. Tu crois qu'il te suffit de changer de direction pour devenir invisible. C'est une attitude d'enfant. Mais les enfants pourris, ça existe aussi. Les enfants pourris me tapent sur les nerfs. Même s'ils sont innocents de leur propre déchéance. L'exigence morale tire son acuité d'une sensibilité de nature esthétique. Toi et ta compassion ! Ta compassion, c'est de la mollesse. Chacun ne défend que LUI-MÊME. Mais défendre la déchéance équivaut à reconnaître sa propre déchéance. Je suis comme tout le monde, côté déchéance, j'en supporte pas mal. Mais quand on en est à ne plus vivre que parce que les autres vous supportent, c'est vraiment trop demander. En ce moment, j'ai l'impression qu'on m'en demande trop. Surtout cette nuit. Tu m'as attaqué devant mes vieux amis. Qui sont aussi mes vieux ennemis. Ce sont des choses qu'on sait, tout simplement. Tu as voulu t'amuser à mes dépens, pour empêcher qu'on poursuive la conversation sur ta façon dégoûtante de vivre. Je t'invite à venir ici, et tu me remercies en me persécutant. Tu veux ma peau. Tu veux ma place. Tu t'infiltres partout par la flatterie. Tu veux monter tout le monde contre moi. Tu racontes partout que suis alcoolo. Je ne pense pas que tu sois parvenu à détourner de moi mes plus anciens amis, qui sont aussi mes plus anciens ennemis. Je ne le crois pas. Ce qui ne diminue en rien la bassesse de la tentative. Mais peut-être qu'au fond, tu y es parvenu. Peut-être que Roy et Leslie me voient maintenant par tes yeux. Avec ce regard de la santé, typiquement ouest-allemand. Avec cette invitation à tenter aussi sa chance grâce à la virtuosité du camouflage. Il y a encore de la place sous le tapis. Voilà ton espoir vulgaire. Et ça me fait mal. Laisse-moi descendre, je t'en prie. Je veux descendre, je suis sûr que tu as entendu. Très bien. Habitué que tu es à te fréquenter toi-même, tu prends toutes les paroles pour de simples formules. L'idée que je suis en compagnie d'un type comme toi, ça me fait mal. Je n'ai pas envie de crever à cause de toi, mon petit vieux !

Il saisit Halm par le bras, ce qui se répercuta sur le volant, ils firent un écart brutal, Halm n'eut que le temps de freiner, ils étaient arrêtés, à pic, en biais, tout de travers. Pour un peu, ils auraient versé. Halm n'avait pas encore eu le temps de bouger que Rainer, ayant ouvert sa portière, était déjà descendu. Dans la lumière des phares, Halm le vit dévaler la pente en courant, puis disparaître derrière des arbres dont les branchages vert foncé en forme de pyramides retombaient sur le sol. Lançant les bras en l'air pour garder l'équilibre, Rainer descendait toujours, il s'enfonça dans le bouquet d'arbres en forme de pyramides régulières. Halm se rendit compte que jusqu'à cet instant, il n'avait pas cru que Rainer pensait vraiment ce qu'il disait lorsqu'il était complètement ivre. Halm pensait en fait que tout cela n'était qu'une façon de parler. Nécessairement, indubitablement. Peine, douleur, danger, menace, mais il ne pouvait rien arriver. Et voilà qu'il était arrivé quelque chose. Il n'y était pour rien. Depuis toujours, il se tenait à l'écart de la zone où il pouvait arriver quelque chose. Systématiquement. Tranquillement. Comme il se devait. Sans se faire remarquer. Et maintenant, voilà ce qui lui arrivait. Ah ! là là ! Rainer ! Il allait attendre là son retour. De toute façon, il ne parviendrait jamais à sortir de cet enchevêtrement de chemins, de collines et de vallées. Et la nuit était chaude. Et, dans une voiture comme celle-là, on pouvait passer la nuit. Il s'organisa, écouta la radio, trouva bienfaisant le bavardage du speaker. Pourquoi tous les gens ne pouvaient-ils être aussi aimables que le speaker ? S'il était en compagnie de ce speaker, il n'y aurait jamais de scènes aussi pénibles. En fait, Rainer ne s'était pas vraiment transformé en Américain. Toujours ce même baratin sur le caractère superficiel de l'amitié américaine. La profondeur westphalienne qui donne ce genre de résultat, il n'en a rien à cirer. Il aurait tellement aimé rencontrer ce speaker. Une nuit de skat avec trois speakers comme celui-là, ça devait être formidable. Rien que ces petites plaisanteries anodines, rien que cette manière de trébucher un tout petit peu sur les mots, et surtout, le plus important, pas une seconde il ne se prend au sérieux. Absolument décontracté. Là, il serait bien. *It's forteen minutes to two,* dit le speaker d'une voix telle qu'on aurait pu croire qu'il était en train de dire quelque chose dont on pouvait réellement lui être reconnaissant. Halm le comprit. Il fut reconnaissant. Il n'était pas loin de 2 heures. Il serait bientôt 3 heures. Par bonheur, tout serait bientôt fini. Absolument tout. Et pouvoir dire ça avec tant de bonne humeur ! Pouvoir parler de la mort avec tant de vie et de légèreté ! Il n'y avait qu'un speaker américain pour savoir faire ça. Et ce qu'on chantait là, il le préférait à ce qu'avait dit Rainer. *« I close the door »*, raconte le chanteur, qui parle avec la même gentillesse que le speaker, *« she steps in, I dim the light, she turns to me, I hold her knee, she loosens my tie... She's honey hungry... I'm honey hungry and she's mine »*. Oui, qu'est-ce qu'on veut de plus. Peut-être qu'en allemand ça ne lui plairait pas. Mais ici ! Et maintenant ! Puis il y eut un tube qu'il ne put écouter jusqu'au bout. *« Young girl, get out of my mind. My love for you is way out of line. Better run girl, you're much too young girl... »* Il arrêta la radio. Il ne voulait pas que Rainer le surprenne en train d'écouter des paroles comme celles-ci. Comme il commençait à faire jour et que Rainer n'était pas revenu, il réussit, en patinant beaucoup, à ramener la voiture sur la route, puis il continua de descendre, arriva sur une route plus importante, trouva un panneau indiquant Berkeley et s'engagea dans cette direction. Il roulait presque au pas. Ça montait. Enfin il le vit, l'horrible fugitif. Il était couché au bord de la route et dormait. La prairie était exactement de la même couleur que la masse crépue qui encadrait le visage bleu pâle de Rainer. Son chapeau plat, jaune avec un ruban noir, était posé dans l'herbe, loin de lui. Halm avança la voiture le plus près possible, coupa le moteur et attendit. Il espérait que Rainer lui saurait gré de s'être ainsi trouvé là. Rainer, il fallait l'espérer, avait oublié ce qu'il avait dit. Quand Halm se réveilla, Rainer était parti. Halm remonta lentement la pente, passa l'embranchement de l'Inspiration Point et franchit la montagne en direction de Berkeley-Nord. Arrivé dans l'Euclid, il gara la voiture devant la maison, descendit à pied jusqu'à la Contra Costa et prit place avec Sabine et Lena à la table du petit déjeuner, ne sachant que dire. Il devait garder tout cela secret. La seule chose qu'il put avouer, ce fut l'alcool, l'alcool et le jeu, l'un et l'autre en quantité excessive, et c'est comme ça que l'on se retrouvait dimanche, c'est comme ça que l'on n'arrivait plus à se décoller des chaises artisanales de la Haute Vallée du Bonheur. Rainer, certes, s'était encore montré un peu bizarre, à la fin, seulement à la fin, comme toujours lorsqu'il est sous l'empire de l'alcool. C'est vraiment dommage que ce soit ainsi. Et de façon tellement systématique. On n'imagine pas combien il aurait été agréable d'être là si on était venu à l'époque où il... où il était encore différent. Un vrai paradis. Pour retourner ensuite au lycée Stauffenberg ? Bon, prenons les choses comme elles sont. Je veux dire : Comment ça s'est passé pour toi, Lena ? Et pour toi, Sabine ? Par chance, raconte Lena, elle n'a pas été obligée de jouer du piano, et il n'y avait pas non plus d'Othello Jesus, uniquement Elissa. Elles ont discuté jusqu'à minuit. Peut-on savoir de quoi ? Lena fait un signe de dénégation. Ha, ha, dit Halm. Et Sabine ? Au moyen de lettres et de cartes, elle s'est arrangée pour que les gens se souviennent d'eux quand ils rentreront en Allemagne. Bien que Juliane ne soit manifestement pas disposée à laisser tomber cette relation avec un homme de vingt-deux ans son aîné, rien que ça, et marié de surcroît, et en prime père de deux enfants, Sabine lui a déjà écrit une deuxième lettre. Il était impossible qu'elle ait déjà répondu. Halm n'avait qu'à aller au lit. Sabine le dit de telle façon qu'il fut obligé de rester debout. Il avait tout de même dormi deux ou trois heures, mais il n'avait pas pu en parler. Sabine avait prévu une excursion dans les vignobles et au bord de la mer. On pourrait peut-être se contenter de la mer, dit-il. *Les Larmes de la Montagne,* il en avait provisoirement son compte. Sabine dit que de toute façon, elle était contente de pouvoir sortir. Curieusement, Lena ne s'opposa pas à l'excursion. Aujourd'hui, les informa Sabine, on allait faire un petit tour en direction du sud, on n'irait pas aussi loin que la fois précédente, on emprunterait une autre autoroute, puis on passerait une sorte de col pour franchir la chaîne de collines, et une fois de l'autre côté, on prendrait une vallée transversale pour s'échapper vers le Pacifique et rejoindre la Half Moon Bay. Et, une fois de plus, sa question rhétorique : D'accord ? Tout ce qui se présenta pendant le trajet, Sabine sut en faire un commentaire. Elle était préparée. C'est notre John Frey, dit Halm, se retournant pour parler à Lena. Cette fois, Sabine fit comme tout le monde et amena la voiture jusque sur la falaise. Les Halm restèrent un moment assis à regarder l'éclat de la mer au loin, et, tout en bas, la blanche bordure d'écume dont le ressac couronne la vaste courbure de cette baie. Ce jour-là, Halm n'alla pas aussi loin dans l'eau que Sabine et Lena. Sans cesse, il criait à Lena de revenir. Elle s'approchait beaucoup trop de la déferlante. Il avait réellement peur pour elle. Il poussait de véritables hurlements. Mais Lena fit signe qu'elle ne comprenait rien. Elle montra le ressac. Et continua d'avancer. Il appela Sabine. Sabine se mit à rire. Alors il se retourna, avec le plus d'ostentation possible, s'allongea sur les serviettes de bain et s'endormit. Il entendit Lena et Sabine revenir, puis repartir, puis revenir, puis repartir. Le fracas du ressac, le soleil, le vent, le sable, dont il sentait la chaleur à travers sa serviette, sa fatigue — il avait beau dormir, il ressentait toujours la présence extrêmement bienfaisante de toute chose. Il se sentait bercé, protégé, bien à l'abri. Tout à coup, il fut obligé de lever les yeux : juste devant lui, presque au-dessus de lui déjà, deux énormes mouettes grises, avec de longs becs un peu recourbés. Chchch, fit-il. Elles s'éloignèrent lentement. L'air déçu. Et vexé. Pendant le trajet du retour, il essaya d'évoquer un peu plus en détail la nuit de skat dans la Haute Vallée du Bonheur. Il y avait un certain nombre de choses qu'il pouvait raconter avec enthousiasme. Sally, la maison des durs de durs. Il passa le reste sous silence. Alors, Lena, et toi ? Lena dit : Très bien. Halm dit qu'il serait important pour lui de recueillir le plus possible de renseignements sur Rainer, parce que Rainer était sujet à des crises de parano qui faisaient d'autant plus souffrir qu'on en connaissait mal les causes. Lena dit que le nom de Rainer n'avait pas été prononcé une seule fois. Il n'avait été question que de Jamey et de l'auto-école et du projet d'Elissa qui voulait se lancer dans le commerce de voitures anciennes. Halm ne dit plus rien. Il fit semblant de s'être rendormi. Mais il ne dormait pas. Lena ignorait qu'il était engagé dans un combat. Le moindre détail pouvait être important pour lui. Plus on savait sur autrui ce qu'il ignorait lui-même, mieux on était armé contre lui. Mais n'en avait-il pas toujours été ainsi, la famille avait-elle jamais participé à ses combats ! En fait, c'est qu'il ne pouvait pas la laisser y participer. Ce qui caractérisait son combat, c'est qu'il devait le mener en secret. De Nietzsche à Mersjohann. Quand ils furent rentrés, il dit qu'il fallait tout de même qu'il regarde la télévision quelques heures pour habituer son oreille à la prononciation américaine. Aussitôt, Lena partit se réfugier dans sa chambre. Sabine s'assit à côté de lui. Ils tombèrent sur une pub. Des gens qui, avec des sons étonnants et des grimaces plus étonnantes encore, vantaient les mérites d'une sucrerie quelconque. On aurait dit qu'ils voulaient faire peur au spectateur et le dissuader d'acheter ces bâtons qui produisaient un bruit de craquement avant de venir vous fondre dans la bouche comme une pâte gluante. Puis ils virent apparaître sur l'écran une jeune fille qui faisait de la course à pied dans la nature, Halm se leva d'un bond, arrêta la télé, la remit en marche pour le cas où Sabine aurait voulu continuer de regarder, quant à lui..., finalement, il était trop fatigué. Sabine voulait regarder encore un petit peu. Il descendit se mettre au lit. C'était elle, à coup sûr. Mais c'était impossible. Mais c'était elle. Mais ça ne pouvait pas être elle. Mais si c'était elle tout de même ? Une jeune fille, en train de courir dans une verte campagne idéale et bien ombragée, filmée au ralenti, ses jambes, son short, son tricot, ses cheveux, elle. Le texte disait : *« Milk. It does a body good. »* Après avoir exécuté de tout son élan de longs et amples sauts, elle buvait du lait. Avait-il une si mauvaise mémoire des visages ? Ou bien cela tenait-il à une espèce de banalité de son visage ? Ou bien était-ce elle ? Elle ne buvait également que du lait ! Et, deux fois par jour, elle faisait de la course à pied. D'ailleurs, la course était manifestement ce à quoi elle attachait le plus d'importance. Crétin ! Comme si un spot publicitaire devait nécessairement se rapporter à une quelconque réalité ! Mais pourquoi cela ne pourrait-il se produire ? Quand Sabine vint le rejoindre, il ne dormait toujours pas. Elle dormait déjà qu'il était encore éveillé. Ce qui le tourmentait le plus, c'était de n'avoir émis aucune objection quand les durs de durs avaient traité la jeune fille de *ravissante idiote.* C'était Rainer qui avait employé cette dénomination le premier et le plus souvent. Pourquoi Halm ne leur avait-il pas dit qu'il venait de lire une remarquable dissertation de cette ravissante idiote ? Selon le système de notation appliqué ici, il lui avait mis *A-plus.* Mais, s'il avait pris la défense de la jeune fille, ils auraient pensé que c'était un aveu. Non content de courir après une *undergraduate,* il la notait mieux qu'elle ne le méritait, et vraiment, c'était exactement ce qu'un professeur ne pouvait pas se permettre... Il tourna et retourna la situation dans tous les sens, jusqu'au moment où il découvrit qu'il pouvait être heureux d'avoir surpris Rainer en flagrant délit de grossière négligence. Sous prétexte qu'une étudiante avait un physique agréablement banal, il la poursuivait d'un mépris qui lui enlevait toute faculté de jugement. S'il ne s'agit pas là de l'injustice la plus éclatante ! Cela lui fit du bien. Et de songer que pas une fois, il n'avait parlé de la *beauté* de la jeune fille, cela aussi lui faisait du bien. Était-elle belle ? Pas une seconde il n'avait évoqué ni ressenti sa *beauté.* Il ne savait pas encore exactement ce qui, à ses yeux, l'avait distinguée de toutes les autres. Mais ce n'était pas de la *beauté.* Pour ça, il pouvait se faire confiance. A moins que ? Pouvait-il encore se faire confiance en quoi que ce soit ?

# 9.

Lorsque le lundi, au moment de sortir, il expliqua qu'il voulait désormais conduire la voiture lui-même, Sabine prit des airs vexés. Il ne voulait donc plus dépendre d'elle, très bien, elle comprenait. Il était pris sur le fait. Tandis qu'ils étaient encore au salon, il vit son sourire dans le miroir. Quand il avait ce sourire, cela lui donnait un air désagréable. Mon Dieu, il le savait bien. Le rire et le sourire étaient deux choses qui ne lui allaient pas. Mais qu'il eût l'air aussi répugnant quand il souriait, cela, il l'ignorait. Il fallait donc garder l'air sérieux. L'air sombre, ça te va bien. Il espérait qu'il n'avait encore jamais ri en présence de la jeune fille. Aujourd'hui, il se rendrait donc seul au campus. Lena ne veut plus l'accompagner. Elle cite Jamey : On n'étudie que des *crackpots.* Elissa passera la prendre et l'emmènera à Orinda, à son auto-école. Lena a le sentiment qu'on a besoin d'elle. D'un volant timoré, Halm prit la Shattuck Avenue pour traverser Berkeley en direction d'Oakland, s'engagea sur la route qui montait à gauche et garda un moment le cap sur le mur blanc et ondoyant du Claremont Hotel. C'est là, dans ce bâtiment, qu'Elissa a pris Rainer pour l'homme de sa vie, et lui, Rainer, s'est dit que c'était le début d'un conte de fées. Tout ce qu'il rencontrait en chemin, Halm se demandait si cela pouvait fournir un sujet pour son cours de conversation. Il avait toujours des sujets tout prêts, touchant à la politique ou à l'idéologie. Mais il aurait préféré un sujet qui fasse appel à l'expérience. Pourquoi chacun ne décrirait-il pas le chemin qu'il prenait le lundi matin pour venir en cours ? Cela implique l'emploi de ces mots dont on a toujours besoin, et il apprendrait ainsi d'où venait la jeune fille en ce lundi matin. Pour l'étudiante aux béquilles, il serait peut-être pénible de décrire la manière dont elle venait au cours. Il se décida pour un sujet abstrait. Mais en définitive, l'étudiante handicapée était absente. Il en fut heureux. Bon, allez, on pouvait maintenant se livrer sereinement à toute sorte de digressions. La jeune fille n'ouvrit pas la bouche. Il lui suffisait d'amener son regard jusqu'à Jeff pour se rendre compte qu'elle parvenait toujours à temps à baisser les yeux sur ses chevilles qu'elle entourait de ses mains. Elle ne voulait pas, par le jeu des regards, se laisser contraindre à participer. Ce fut Jeff qui raconta les choses les plus surprenantes sur le chemin qu'il prenait pour venir en cours. Il a un job d'homme de peine et de plongeur au Faculty Club. La nuit, il fait le ménage. Le matin, il dessert les tables du petit déjeuner et met le couvert pour le déjeuner, puis il saute sur son vélo et file à Coit Hall. Les bâillements et la fatigue de Jeff n'étaient donc pas à mettre au compte des sujets proposés par Halm. Halm regarda Jeff tout le temps de son récit. Halm avait eu, dans le temps, les mêmes cheveux bruns en bataille. Et il connaissait aussi ce regard. Le jeune homme avait-il les yeux de Halm ? Oui, il avait les yeux de Halm. Même couleur, forme. Mais il lui était toujours apparu un peu comme un frère de la jeune fille. Halm regarda Fran qui regardait Jeff. Halm avait une envie frénétique de pouvoir la regarder dans les yeux, le plus près possible. Plus tard, quand elle viendrait le voir à l'heure où il recevait les étudiants. Il fallait également qu'il vérifie si ce n'était réellement pas elle qui, filmée au ralenti, bondissait et planait dans la verdure ombreuse et buvait ensuite du lait pour une réclame. Comme, après son cours, elle l'accompagnait encore, il évita une fois de plus Fillmore Hall et prit la direction de la Student Union Plaza. Il avait mal au coccyx. Elle voulait simplement lui dire que, si cela lui convenait, elle ne viendrait que le lendemain. Il acquiesça, s'efforçant toutefois d'éviter toute espèce de sourire. Quand elle fut partie, il prit la direction du pont. Le temps d'un instant, il avait vu la jeune fille de face. Elle avait les yeux de Jeff. Le regard de Jeff. Et Jeff avait les yeux et le regard de Halm. Donc, elle aussi. Les yeux de Halm étaient le seul détail de sa propre personne que non seulement il supportait, mais qu'il aimait bien.

Quand il s'assit sur la chaise placée devant le bureau de Carol, la jeune femme hocha la tête à la manière d'un juge qui ne comprend plus l'accusé. La façon dont il traitait son vieil ami ne pouvait pas lui être indifférente, puisque cet ami était son patron, et, qui plus est, un patron auquel elle était attachée.

Tiens donc ! Par ailleurs, elle était bien contente que cette orgie de skat parfaitement sexiste ait tourné à la catastrophe. Mais pourquoi faut-il toujours que ce soit ce pauvre Rainer qui paie les pots cassés ! Que pensez-vous, en fait, de Roy et de Stanley ? Oh non, pardon, je retire ma question, je peux fort bien me passer de votre enthousiasme systématique. Mais ça m'intéresserait vraiment de savoir ce que vous pensez de ces deux messieurs. Halm dit qu'elle l'intimidait et qu'il devait donc garder pour lui l'enthousiasme que lui inspiraient ces deux messieurs. Et elle : Il le savait aussi bien qu'elle, tant qu'on n'avait pas dit du mal de quelqu'un, on n'en avait rien dit du tout. Son enthousiasme fade était peut-être de mise la première semaine. Mais un homme qui en était à sa troisième semaine de séjour et disait toujours aussi peu ce qu'il pensait, un tel homme paraissait pour ainsi dire menaçant. Halm dit : Qu'est-ce qui est arrivé à Rainer ? Rainer, que Halm avait jeté dehors, expulsé de sa propre voiture quelque part derrière les montagnes — Rainer, donc, au terme d'une marche à pied exténuante et presque dangereuse, était rentré chez lui le dimanche soir complètement épuisé. Halm dit : Curieuse version des événements ! Et Carol : Tout de même, il y était ! Halm dit qu'il renonçait à présenter la version opposée ; lui aussi, il avait à faire. Cet endroit, dit-il, est en train de devenir épouvantable. Carol jubila : Enfin ! Enfin une parole authentique. Comme il s'apprêtait à partir, elle lui fit signe de regarder son casier. Encore des textes de Felix Theodor Auster, lui cria-t-elle, et des textes de Leslie Ackerman et de Dempewolf, notre mini-Soljenitsyne ! Être lu par Helmut Halm, c'est la folie de la saison, s'écria-t-elle. Les dispositions fondamentales qui vous portent si facilement à l'enthousiasme et qui n'ont pas encore été identifiées en tant que telles représentent, dans un campus vivant à l'heure des commérages perfides, un véritable réconfort. Lisez, enthousiasmez-vous, exploitez à fond, cher monsieur, votre aptitude à l'inauthenticité. D'ailleurs, pour la simple raison que Yom Kippour tombait le prochain week-end, Halm ainsi que madame et leur fille n'étaient pas invités chez elle, Grizzly Peak Boulevard, mais ils étaient priés de se présenter le samedi, afin de faire l'éloge du maître de maison au lieu de s'en tenir à outrager la maîtresse de maison. Oui, c'était la pure vérité, elle, il la maltraitait, tous les autres, il les flattait. C'est qu'il avait un instinct extraordinaire pour découvrir les gens avec qui il pouvait se permettre de se laisser aller et les gens avec qui il devait faire des efforts. Elle n'allait pas maintenant entonner le cantique des relations humaines selon Messmer, mais Halm pourrait prendre quelques leçons auprès de cet *intriguing young man* qu'était Messmer. Elle avait d'ailleurs déposé un petit livre de Messmer dans son casier, ça l'intéresserait de voir ce qu'il en penserait. Halm emporta tout ce qui pouvait rentrer dans son cartable, il prendrait le reste le lendemain. Il avait garé sa voiture contre le mur du terrain de football, que l'on appelait le *bowl.* Il savourait la chaleur. Il avait également plaisir à penser que tous les gens avec qui il ne s'entendait pas dans son pays étaient à présent en train de dormir. Plus encore que l'éloignement, c'était une protection. En cet instant précis, il n'y avait rien à craindre de MM. Kiderlen et Rimmele. Mais ce simple bien-être éprouvé à l'idée d'avoir échappé à tout cela déclencha un avertissement : ne rien ressentir, vivre une vie aussi plate que possible. Mais pas ici. Ce pays était une invitation à vivre grand, à faire grand, à ne pas fermer sa gueule. La chaleur, les stations-service, les gens de couleur, les femmes, la cime des arbres, les jardins plantureux, la croupe desséchée des collines, les chiens qui traversent la rue comme dans un rêve, et la manière dont on en tient compte, et la lumière, cette lumière, comme dit Sabine, qui met les choses en valeur... Dans la *Campus Gazette,* on racontait que le *rapist* avait encore attaqué trois femmes le dimanche après-midi. Rainer n'est donc pas le violeur. Rainer est le contraire d'un violeur. Rainer n'entreprend que des actions susceptibles d'augmenter la justice. Mais alors là, il serait capable de n'importe quoi. S'il existait une loi stipulant que le viol est un châtiment, Rainer se chargerait de la faire appliquer. Comment peut-on avoir de pareilles idées sur son meilleur ami ! Tu vas te punir d'avoir eu une idée aussi répugnante. Dès que tu seras rentré, tu appelleras Rainer et tu t'excuseras d'avoir eu ces pensées. Mais, si tu l'appelles, il va se figurer que tu voulais t'excuser pour ce qui s'est passé sur le chemin du retour, ou avant..., alors que vraiment, c'était bien lui... Jeté dehors ! Quelle version des événements ! Tu n'as plus qu'à t'obstiner en silence, à te faire tout petit, à te languir de Kirk Elrod qui est le seul à ne pas exercer de pouvoir sur toi. Sur la table, encore un de ces repas colorés venant du marché aux légumes de Monterey. Puis il fit le café. Ils étaient mollement installés et contemplaient, de l'autre côté, San Francisco flottant dans son éclat. Sabine ne put résister à l'envie de prendre un des magazines que la femme du professeur avait empilés sur une petite table spéciale placée à côté du canapé. Elle tournait les pages. Presque machinalement, Halm gémissait un peu. Elle leva les yeux. Il fit une grimace parfaitement adaptée à ses gémissements. Sabine fut évidemment obligée de lui demander ce qui n'allait pas. Il fit un geste un peu exagéré pour montrer sa colonne vertébrale. Aussitôt, Sabine alla chercher le venin d'abeille. Il dut s'allonger sur le canapé éclairé par les rayons du soleil. Il reconnut qu'il aimait bien quand Sabine lui passait de l'onguent. Lorsqu'elle eut fini, il l'attira à lui sur le canapé où il n'y avait pas assez de place pour deux personnes qui voulaient être couchées côte à côte. Il pressa Sabine contre le dossier, dit des choses provocantes qui vraisemblablement le provoquaient plus lui-même que Sabine. Il ne dit pas que depuis l'opération de sa mère, ils vivaient l'un à côté de l'autre pratiquement sans le moindre contact physique. Il ne dit pas que tous les soirs, elle dressait contre lui les petites pantoufles d'opérette de sa mère. Il ne dit pas : Nous sommes tout seuls, Sabine, l'éclat du soleil tombe sur nous, et là-bas, on voit s'étendre ou flotter San Francisco. A cet instant, pareil à un sperme exemplaire, un hélicoptère blanc fendait le bleu du ciel au-dessus de la baie scintillante. De cela non plus, il ne parla pas. Il besognait Sabine de telle façon qu'il se faisait lui-même songer au *rapist*. Il était excité par la laideur de la situation. La partie inférieure de ce corps à moitié dénudé dans l'éblouissement du soleil. Pas assez de place. Pas assez d'atmosphère. Pas d'atmosphère du tout. Sabine supportait l'exécution de cet acte sans beauté avec un stoïcisme annihilant. Halm se disait qu'à côté de ça les cris de défense poussés par les femmes qu'on violait au-dehors devaient constituer la plus pure des excitations. En fait, il voulait prouver que Sabine et lui-même étaient capables d'accomplir une chose aussi terrible que cet acte sexuel dans l'intensité brûlante du soleil de midi, sans pour autant ressentir ensuite des envies de meurtre réciproques. Il prononça un seul mot : Pardon. Pour se punir, il appela Rainer et parla tellement fort que, par la porte ouverte, Sabine fut obligée d'entendre à quel point ce coup de fil lui était pénible et à quel point étaient arbitraires les accusations contre lesquelles, une fois de plus, il avait à se défendre. Carol dit que je t'ai expulsé de ta voiture, criait-il au téléphone, j'aimerais bien que tu m'expliques ça. Pendant un temps relativement long, il n'entendit rien. Il criait : Allô Rainer ! Puis il entendit une voix infiniment profonde qui avait en quelque sorte l'air de flotter, et qui disait : Oui. Rainer avait-il bien compris sa question ? De nouveau, ce « oui » profond, bourdonnant, ou plutôt flottant, oui, flottant, c'était le mot. Rainer pouvait-il lui expliquer ce que lui, Halm, avait dû s'entendre raconter par Carol ? Une pause. Puis une réponse tout aussi profonde et flottante, un mot qui ne s'accroche à rien : Non. Oui et non, avec la même tranquillité, sans aucune insistance. Halm ne savait comment poursuivre. Il dit : Hum. Il entendait Rainer souffler bruyamment. Il est complètement imbibé d'alcool, songea Halm, qui dit sur le ton le plus douloureux et le plus accusateur possible : Mais qui donc, sinon toi, m'expliquera pourquoi Carol affirme que je t'ai expulsé de ta propre voiture ? Rainer soufflait toujours si bruyamment qu'on pouvait l'entendre, puis il répéta, avec la même tranquillité et la même profondeur : Oui. Halm dit : Bon, salut. Rainer dit : Oui. Et il raccrocha. Halm retourna auprès de Sabine et dit : On est en Californie, c'est l'essentiel. L'émigration comme émancipation. Il devait enfin se mettre à la lecture de Heine. Il n'était plus attiré à présent que par les poèmes d'amour. C'était la seule manière de traiter la douleur. Quand le lendemain Halm pénétra dans l'antichambre obscure et sans fenêtres, la jeune fille était déjà devant la porte 407 F. La totalité de cet espace obscur se concentrait sur son chemisier rose. Grotesque, cette apparition d'une jeune fille dans une antichambre qui résume tous les cauchemars architecturaux du XIXe siècle. Pour empêcher qu'elle ne le surveille pendant qu'il mettait la clé dans la serrure, il désigna l'obscurité incolore formée par la pile de livres posés à côté du trou *« fire escape »*. Des livres intéressants, dit-il. Elle regarda les livres, il ouvrit la porte, elle prit place. C'est donc par ses yeux à lui qu'elle le regardait. Pourquoi ne s'en était-il pas aperçu, pourquoi n'en avait-il pas fait la remarque dès la première seconde ? Pourquoi ne s'en rendait-elle pas compte ? Elle fit glisser de son épaule la large bandoulière de son sac, son sac rond en cuir souple, couleur aubergine, était posé..., non, se répandait sur ses cuisses lisses vêtues d'un jean. Pour venir le voir aux heures où il recevait les étudiants, elle était donc toujours en tenue de ville. Vous voulez des *brownies,* dit-elle, lui proposant des choses enrobées de chocolat. Il dit immédiatement : Non, merci. Et il eut son espèce de sourire. Encore heureux qu'il ne se soit pas fait comédien ! Il saboterait toutes les scènes. Oui, toutes, sans exception. Interdiction de sourire ! Et voilà que justement il sourit ! Il est assis à un mètre et demi de la jeune fille, dans la lumière crue du néon, et il sourit ! Et refuse ses *brownies* ! S'il avait pris ces machins dans sa main, il aurait peut-être pu toucher sa main à elle. Étant donné qu'ici les gens ne se serrent pas la main, il n'aura plus qu'une seule fois l'occasion de toucher la jeune fille. En décembre, lorsqu'il prendra congé. Pour toujours. Elle mangeait des *brownies.* Elle sortit un manuscrit de son sac. Un rouleau blanc retenu par un élastique rouge. Elle fit glisser l'élastique, déroula les feuilles. Cette dissertation lui a valu la note *A.* Elle n'a encore jamais eu une note pareille à une dissertation. Maintenant, dit-elle, elle est gênée. Elle est parfaitement incapable de composer une dissertation. C'est le genre de choses pour lesquelles il faut être né. Or elle n'est pas née pour ça, une certaine Mrs. Cerf l'en a déjà persuadée à la *high school.* Halm dit que tout le monde était né pour ça. Comme le chemisier de la jeune fille était assez décolleté, Halm voyait son bronzage. Les cheveux avaient à présent la couleur platine du néon. Où devait-il regarder ? Sur un rayon, il vit une pancarte : *« Don't disturb. Exams being taken. »* Il aurait fallu accrocher cela à la porte. A l'abri d'une telle pancarte... Bien, passons à autre chose. Shakespeare. Je vous en prie. L'autorisait-il à lui lire ce qui lui était passé par la tête à la lecture de ce sonnet ? Promptement, il lui demanda si elle pouvait d'abord lui lire le sonnet. Elle le lui lut.

*Th'expense of spirit in a waste of shame*
*Is lust in action ; an till action, lust*
*Is perjur'd, murderous, bloody, full of blame,*
*Savage, extreme, rude, cruel, not to trust ;*
*Enjoy'd no sooner but despised straight ;*
*Past reason hunted, and no sooner had,*
*Past reason hated, as a swallow'd bait,*
*On purpose laid to make the taker mad :*
*Mad in pursuit, and in possession so ;*
*Had, having, and in quest to have, extreme ;*
*A bliss in proof, and prov'd, a very woe ;*
*Before, a joy propos'd ; behind, a dream :*
*All this the world well knows ; yet none knows well*
*To shun the heaven that leads men to this hell.*

Il leva les yeux sur le sac rouge sombre qui, avec une inconvenante mollesse, s'étalait sur les cuisses vêtues d'un jean. Halm se dit : Friedrich, je n'y tiens plus. Poème fondant sur les lèvres d'une femme qui parle anglais. Les lèvres qui fondent elles-mêmes. Branches frôlant de leurs fleurs l'arbre qui les porte. La rue s'élève et vient vous baiser le genou. Je suis un peu ébloui.

C'est sûrement la proximité. Il la pria de relire le poème, et entre les vers il glisserait la traduction allemande. Il voulait à toute force introduire de l'allemand dans cet anglais farouche. Avec le plus d'emphase possible.

L'esprit dispersé dans un abîme de honte — c'est le plaisir en acte ; jusqu'à l'acte, plaisir est parjure, meurtrier, sanglant et plein de faute, sauvage, extrême, rude, cruel, aucune confiance.

Pas plutôt joui, d'un coup méprisé ; couru hors de raison, pas plutôt obtenu, haï hors de raison ; comme l'appât mangé qui fut placé exprès pour rendre fou celui-là qui s'y prend :

Fou en poursuite et fou en possession ; ayant eu, ayant, voulant ravoir — extrême ; bonheur certifié mais vrai malheur vécu ; en avant joie promise, et en arrière un rêve.

Ce que le monde sait. Nul ne sait comment faire, pour éviter le ciel menant à cet enfer [1].

Comme à chaque vers il faisait brutalement irruption avec sa traduction, elle se mit à lire encore plus fort. A la fin, ils criaient tous les deux. Il dit : Allez, on recommence tout de suite ! La seconde fois, il parvint à se glisser avec plus de précision que la première fois entre les vers qu'elle lisait. Elle avait d'ailleurs cessé de manger des *brownies*. Il y eut un moment de silence. On n'entendait que le bruit sourd de la climatisation et un sifflement presque gémissant qui venait de l'éclairage au néon. Halm dit : Allez-y. Elle lui lut les idées que lui avait inspirées le poème. Cette fois encore, elle expliquait où elle était installée au moment où elle rédigeait cette dissertation. Sur la terrasse de la maison de ses parents, à Mill Valley. C'est là que la fameuse Eileen de Stabler est allée chercher sa glace, se dit Halm. Installée sous une tonnelle de vigne vierge, elle est tournée vers l'intérieur de la maison, elle préférerait être installée de manière que son regard puisse longer la vallée, tellement remplie de végétation qu'on ne voit pas très loin. Mais que ne voit-on pas alors ! Elle ne pourrait pas écrire une ligne. Partout des jaillissements de verdure. Tout est si proche. Elle le sait, elle n'a pas besoin de regarder. Dans la maison, elle voit son amie Susan qui est assise. Elle rit et parle avec Glenn, l'ami de Fran. Mais Glenn est assis de telle manière que de sa place sur la terrasse, Fran ne le voit

1. Traduction de Pierre Jean Jouve, éditions Mercure de France, 1969.

pas. Si elle voyait son ami, elle serait incapable d'écrire. Susan, par des pantomimes, ne cesse d'expliquer la manière dont l'ami de Fran se tient sur sa chaise, la manière dont il regarde. Glenn se rend bien compte que Susan transmet des signaux à Fran, mais il ignore qu'il est lui-même l'objet de ces messages. Il est le type du *all-american boy.* Vedette de l'équipe universitaire de water-polo. Étudiant en médecine. Un de ces êtres qui rient avec vous par politesse. Ce qu'il dit, il le pense vraiment. On peut se fier à lui. Vaut-il mieux qu'elle aspire à en finir le plus vite possible avec cette dissertation, afin de récupérer au plus tôt son « WPP » — c'est ainsi qu'elle appelle son *Water-Polo Player* —, ou a-t-elle intérêt à rester ici le plus longtemps possible, tout en continuant à rédiger, se contentant d'apprendre par Susan, extraordinairement douée pour la pantomime, que son WPP commence tout doucement à s'agiter à l'intérieur ? Ils se sont mis d'accord : il n'aura le droit de sortir sur la terrasse que lorsque la dissertation sera terminée. Elle trouve drôle qu'il respecte une telle convention. Mais il est comme ça, on peut se fier à lui. Si elle écrivait jusqu'à dix heures du soir, Glenn serait obligé de repartir sans l'avoir touchée. Le surlendemain, il a un match du NCAA, au Belmont Plaza Pool de Long Beach. Il aimerait bien, au cours de la saison, être élu *NCAA most valuable player.* Mais c'est peut-être uniquement pour pouvoir rouler les mécaniques. D'un autre côté, il se fiche pas mal de rouler les mécaniques. Il est terriblement sérieux. Il n'habite qu'à une centaine de mètres. Elle n'écrit plus à présent que pour l'agacer. On va bien voir s'il restera assis à l'intérieur et si, au moment de partir, il s'en ira sans qu'on se soit touché le petit doigt. Elle prend plaisir à le tourmenter. Mais elle n'est pas certaine que ça le tourmente vraiment de la savoir en train d'écrire ici pendant qu'il est assis à l'intérieur. Susan est trop habile à le distraire. Elle est sûrement la seule à tirer quelque amusement de cette situation artificielle. Mais non, elle aussi, elle en tire de l'amusement, *« ... till action, lust / Is perjur'd... ».* Susan vient d'envoyer un message signifiant que Glenn est en train de s'échauffer. Mais c'est peut-être un mensonge. Jamais Glenn ne montrerait qu'il a absolument besoin de Fran. Elle a une idée : elle va faire lire ce sonnet de Shakespeare à Glenn. Elle est à peu près sûre qu'il n'en comprendra pas un traître mot. *« ... Had, having, and in quest to have, extreme... »,* comment ça, dira-t-il, qu'est-ce que c'est que ces différences. Il est toujours d'humeur égale, avant, pendant, après. D'ailleurs, elle a elle aussi une humeur de base. Qu'elle qualifierait volontiers de mélancolie. Il n'y a guère que quand elle court ou quand elle nage qu'elle ne soit pas mélancolique. Mais sinon, toujours. Toujours, toujours, toujours. Susan l'informe par signes que le WPP ne peut plus s'attarder longtemps. Elle ne va pas s'arrêter d'écrire. Elle ne se souvient pas d'avoir jamais eu autant envie d'écrire. Espérons que les phrases ne vont pas lui échapper. On va voir s'il sortira de la maison en passant par la salle à manger et la cuisine. S'il repartait par où il est venu, il passerait devant la porte de la terrasse, il la verrait, elle le verrait — ce serait contraire à leur convention. Il va rejoindre le vestibule et la porte d'entrée en passant par la cuisine. Il est sérieux. D'un sérieux mortel. Et c'est une chance pour elle qu'il soit ainsi. Il est parti, crie Susan. Elle pourrait s'interrompre. Le lendemain, il prend l'avion pour Long Beach. Elle est contente qu'il soit absent pendant deux jours. D'un autre côté, elle en éprouve aussi de la tristesse. Sa tristesse est toujours exactement égale à sa joie. Elle non plus, elle ne comprend pas Shakespeare. Peut-être ne devrait-elle en aucun cas faire de dissertation sur ce sonnet. Pour cause de maladresse...

Elle leva les yeux, regarda Halm par ses yeux à lui. Halm ne savait plus quoi faire. Elle dit d'un air craintif : Mais il ne faudrait pas croire que ça s'est passé comme ça. Jamais. Tout n'est qu'invention. Ou réponse, dit Halm. Comme il ne disait plus rien, elle parla. La veille, elle n'avait pas pris part à la conversation sur le chemin qu'on prend pour venir en cours, parce que le dimanche soir, en revenant de Mill Valley, elle avait eu un accident. Elle arrive à l'endroit où la route fait une fourche, juste avant le Richmond Bridge, près du pénitencier de Saint Quentin ; l'espace d'un instant, elle ne sait plus si elle doit prendre à droite ou à gauche ; le temps de réfléchir, la voilà, malgré son coup de frein, qui dérape sur les barres de béton qui marquent obligatoirement la séparation entre les deux branches de la fourche. Les deux pneus avant sont crevés, les roues fichues, elle est coincée dans sa ceinture et elle pleure. Et ça, elle n'avait pas envie de le raconter en cours. Est-ce que ça pouvait se comprendre ? Il fit un signe d'acquiescement, de toute façon, il acquiesce toujours. En fait, il aurait dû dire : Quel dommage que vous n'ayez pas raconté ça. Aller déraper en Porsche sur des barres en béton, c'est quelque chose. Voyait-il, dans ce qu'elle avait jeté sur le papier, l'amorce d'une dissertation ? Ce n'était pas bien de s'en remettre à lui comme ça. S'il ne lui avait pas soufflé de quoi obtenir une si bonne note à sa dernière dissertation, elle ne serait pas revenue. Mais il lui avait fait avoir un *A,* et, maintenant, il l'avait sur le dos. Chaque fois qu'on rendait des dissertations, cette Mrs. Cerf, de la *high school,* lui disait devant toute la classe : Tu as autant d'imagination qu'un distributeur BART de tickets d'autobus. Pour cette raison, Fran appelait Mrs. Cerf *Hitler.* Mais elle l'invitera au cocktail qu'elle donnera pour son doctorat de philologie. Elle se l'est juré. Mais elle est incapable de faire une dissertation, elle le sait depuis cette époque. C'est drôle, Halm lui a presque redonné courage. Le professeur Mersjohann voulait toujours la faire monter dans son abominable voiture pour discuter de ses dissertations. On va faire quelques aller et retour, disait-il, ça donne des ailes. Il n'avait certainement que de bonnes intentions. Mais elle avait préféré cesser d'aller le voir. Halm connaissait-il la voiture de Mersjohann ? N'était-ce pas une véritable abomination ? Si elle continuait de parler, c'était peut-être simplement parce qu'elle craignait le jugement qu'il allait porter sur son projet. Il dut enfin l'interrompre. Son projet lui plaisait, dit-il. Vers la fin, elle était parvenue au point qui permettait d'aller droit au sujet traité par Shakespeare, et une fois de plus, elle était arrivée à ce point de la manière la plus naturelle. Il ne fallait rien changer, surtout pas, juste essayer encore de réagir à ses expériences personnelles par des phrases qui l'amèneraient à une clarté plus grande que ses expériences elles-mêmes. Elle se leva. Quand elle était debout, elle paraissait encore plus grande, elle rayonnait. A présent, dit-elle, elle était heureuse. Après les *brownies,* elle s'est mis du chewing-gum dans la bouche. On pouvait espérer qu'elle n'allait pas, en plus, faire éclater des bulles devant sa bouche. Elle mâchait comme au ralenti. Comme perdue dans un rêve. Non, ce n'était pas de la présomption, elle avait réellement ses yeux. C'étaient aussi les yeux de sa grand-mère. Tout près de la racine du nez, deux noyaux de quetsche remplis de gris-bleu. Il se leva aussi. Sur l'épaule de son chemisier rose passait de nouveau la lanière de son sac rond d'un rouge violet. Une grosse goutte de pourpre. Dommage qu'il n'ait pas été là quand fleurissaient encore les boutons qui lui avaient laissé aux coins de la bouche ces minuscules cratères. Elle était partie, il avait repris sa place. D'en haut, le froid tombait en gerbe. Quand il était dans la maison de Rinehart, il semblait incapable de penser à emporter un pull et une écharpe. Elle était donc bel et bien partie. Dieu soit loué. Il devait s'arranger avec les mots qu'elle lui avait laissés. *All-american boy. WPP. Most valuable player.* Tout ce qu'il avait pensé ou imaginé concernant cette jeune fille était à présent dissipé, réduit à néant. Il n'y avait plus de problème. Les trente-trois ans d'écart auraient été bien suffisants. Et voilà que pour combler la mesure venait s'ajouter un joueur de water-polo typiquement américain. En lui s'opéra, une fois de plus, la séparation entre un LUI-Halm et son MOI. LUI ne désirait être accessible à aucune démonstration. LUI était encore accroché à l'instant pour ainsi dire intemporel de leur double déclamation. Un sonnet exécuté à deux bouches. LUI ne voulait plus parler d'autre chose. LUI était tout bonnement incorrigible. LUI était d'une profonde bêtise. Pourquoi refuser les *brownies,* crétin ? Ça, c'était LUI. MOI-Halm, froid et méprisant : Je n'aime pas les *brownies.* LUI-Halm : Sais-tu même quel goût ça a ? MOI-Halm : Non. LUI-Halm : Tu vois bien ! MOI-Halm : Et alors ! LUI-Halm : Oh ! là là ! Halm sortit de son bureau en courant. Dehors, le soleil de midi, les tours et détours des chemins du campus, pour une fois presque déserts. Les gens qui remuaient encore le faisaient avec lenteur. Dans l'herbe, çà et là, quelques groupes d'étudiants figés comme des statues. Halm se mit lui aussi à se déplacer avec lenteur. Il ne voulait pas qu'on le remarque. Avant même d'atteindre le pont du chat qui fait le gros dos, il vit devant lui un couple qui ne pouvait s'empêcher de s'arrêter sans cesse. Un garçon et une fille qui semblaient ensuite incapables de repartir. Ils s'arrêtaient, se tournaient l'un vers l'autre, comme mus par une force extérieure, et restaient face à face, tout près l'un de l'autre. Au moment où Halm doit les dépasser, ils sont justement en train de s'abîmer l'un dans l'autre en s'embrassant sur la bouche. Halm essaya de reprendre une allure un peu plus rapide. Le lendemain matin, la jeune fille se joignit encore à lui quand il quitta Coit Hall. Il ne put donc pas prendre la direction de Fillmore. Il dut hypocritement faire semblant d'avoir envie d'un café pour pouvoir se diriger vers l'Union Plaza. Elle s'arrêta sur la place du jet d'eau, montrant ainsi qu'elle allait bifurquer et descendre, s'enfoncer sous les arbres. En direction du *bowl,* le terrain de foot. Il la suivit des yeux. Tous les jours il se disait que c'était lui qui abandonnerait la jeune fille sur la Plaza avant qu'elle-même ne puisse l'abandonner. Il lui suffirait, quand ils auraient atteint le point situé entre le jet d'eau et l'auge des journaux, de s'arrêter une seconde à peine et de poursuivre son chemin en direction du café. En un peu moins d'une seconde, on a le temps de dire : Bon, à demain, au revoir. Et, prononçant ces mots, on devient celui qui poursuit son chemin. Dans ces conditions, ce serait à elle de le suivre des yeux. Mais tous les jours il reste planté là, collant, pesant, comme engourdi, totalement incapable de dominer la situation. Elle parlait, souriait, lui faisait un signe de tête, se retournait et s'en allait. C'était à lui de la suivre des yeux. Il la regardait fixement, comme un chien regarde son maître qui vient de lui crier : Assis ! Il prenait un café, ou n'en prenait pas, quoi qu'il en soit, il allait toujours chercher une *Gazette* et lisait — ce qui lui fournissait une preuve irréfutable qu'il n'était pas le même ici que dans son pays —, oui, il lisait la page des sports, il lisait que l'équipe de water-polo avait gagné à Long Beach. Sur les sept buts marqués, trois devaient être portés au compte de Glenn Birdsell. Il y avait même une photo sur laquelle on le voyait, émergeant de l'eau jusqu'à la pointe des seins, tenant le ballon bien haut dans la main droite, prenant un élan formidable pour le lancer. Devant lui, une petite tête dans l'eau, incapable de remonter à temps, c'est l'adversaire déjà vaincu. Le bonnet de bain faisait aussi à Glenn Birdsell une toute petite tête. Au milieu de l'écume qu'il venait de faire jaillir en tourbillons, on voyait dominer ses épaules et ses bras gonflés par les muscles, il avait presque l'air d'un personnage mythique. Après le repas, Halm dut reprendre la *Gazette* et relire la description de ce match victorieux joué à Long Beach, en y apportant autant d'attention que si elle avait été de la plume de Shakespeare. Sabine dit : Voilà que tu t'intéresses au water-polo. Halm dit : Oui, c'est étonnant. Ils prirent le café et regardèrent le flamboiement de la baie. Halm dit : Kiderlen est en train de dormir. Rimmele est en train de dormir. La Cantharide est en train de dormir. Sabine a reçu une lettre de Juliane. Juliane a rompu avec cet homme qui avait vingt-deux ans de plus qu'elle. A la fin, il n'arrêtait pas de se lamenter sur sa famille dont il ne parvenait pas à se séparer. S'occuper de vieillards toute la journée et continuer le soir, c'était vraiment trop pour elle. Le temps dont elle disposait maintenant tout à coup, elle l'employait à apprendre le portugais. C'était fantastique tout ce qu'on pouvait apprendre en peu de temps. Elle voulait aller au Brésil. Halm acquiesça. Et il n'avait que vingt-deux ans de plus qu'elle ! S'occuper de vieillards ! Merci, ma petite Juliane ! Maintenant, Halm voulait entendre Sabine lui dire qu'elle et lui, ils étaient heureux. Tout de suite. Ils ne pouvaient pas être plus heureux. Et elle ? Sabine dit : Tu as besoin de te persuader de quelque chose ? Il dit qu'il était heureux quand il pensait au vin rouge de Californie qu'ils buvaient le soir. Il alla près de Sabine, l'arracha à son fauteuil et lui demanda un petit baiser innocent et sans conséquences. Elle demeurait méfiante. Bon, alors, pas de baiser, dit-il. Tu as un peu mauvaise haleine, dit-elle. Le ton objectif et inquiet qu'elle avait adopté montrait clairement que cette phrase n'avait pas été prononcée pour repousser un baiser. En fin de compte, Sabine était son médecin. Avait-il besoin de quelque chose ? De toi, dit-il. Non, ce qu'elle voulait savoir, c'est s'il avait mal quelque part. Mal de toi, dit-il. Bien, dit-il, il allait donc rejoindre Heine dans son bureau. Une fois dans son bureau, installé dans le fauteuil inconfortable, il lut les poèmes sur la douleur, ces poèmes si légers. Vers cinq heures, il ouvrit la bouteille. A six heures, il se mit à boire ce vin lourd, sombre, presque rugueux, et il se sentit encore mieux. Il devenait courageux, mobile. Il appela Rainer, l'invita avec Elissa pour le samedi. Comme il avait, bon gré, mal gré, liquidé le problème de la jeune fille, et qui plus est définitivement, il pouvait prendre le ton le plus serein pour engueuler Rainer et se plaindre de cette relation qui ne leur apportait rien, à part des malentendus. S'il était là, c'était uniquement pour faire plaisir à Rainer, alors tout de même ! Et le samedi, Sabine et lui fêtaient leur anniversaire de mariage, le vingt-sixième, il ne voulait y voir personne d'autre que Rainer et Elissa. A mesure que Halm faisait des éloges directs du mariage, Rainer devenait plus aimable. Puisqu'il n'avait pas l'intention de s'installer devant sa feuille pour rédiger ses pensées concernant la compréhension des textes de Schubert avant la semaine suivante, il viendrait avec plaisir. Quant à savoir si Elissa serait des leurs, qui pouvait le dire ! Il lui poserait la question à supposer qu'il arrive à la joindre d'ici à samedi, au moins par téléphone. Mais peut-être Lena pourrait-elle transmettre l'invitation à Elissa. Lena avait manifestement un contact fabuleux avec Elissa. Mais le samedi, ni Lena ni Elissa n'étaient là. Aidées par un électricien, elles étaient occupées à disposer une guirlande lumineuse tout autour de l'endroit où Elissa allait vendre ses voitures d'occasion. Rainer, Sabine et Halm restèrent donc entre eux. Rainer était d'une douceur quasi stupéfiante. Il parlait presque uniquement de Lena. Lena leur apporterait la paix, à lui et à Elissa. Non qu'il exigeât quoi que ce soit de Lena. Mais Lena était son unique, son ultime espoir. Lena était d'ailleurs une jeune fille solide, porteuse d'espoir. Peut-être sa force venait-elle du fait qu'elle ne souhaitait rien pour elle-même. De toute évidence, elle n'avait pas besoin qu'on lui fasse l'aumône. Mais elle ne pouvait pas supporter d'être témoin d'un manque, d'une faille ou d'un malheur chez autrui. Elle ne se mêlait de rien, mais on voyait nettement à quel point ce qui arrivait aux autres devenait sa propre souffrance. En ce moment, quand il lui arrivait encore de parler avec Elissa, jamais autrement qu'au téléphone, Lena était leur seul sujet de conversation, c'est-à-dire le seul sujet qui leur permette à tous deux, Elissa et lui, de tenir des propos harmonieux. Dès qu'ils parlaient d'autre chose, il ne se passait pas cinq minutes, ni même trois minutes, et ça y était, il y en avait toujours un des deux qui enfonçait d'un doigt rageur le support du récepteur. Seule Lena leur permettait d'avoir de longues conversations paisibles. Puis il demanda avec détermination, comme lorsqu'on demande l'heure : Qui donc peut nous aider, sinon les faibles ? Halm était presque vexé que Rainer en sache si long sur Lena. Ou bien cela tenait-il au fait que Rainer était en train de leur expliquer, à lui et à Sabine, comment fonctionnait leur enfant ? Sabine approuvait, rayonnait, il était évident qu'elle ne pouvait se rassasier de ce genre d'explications. Il voulait donc, lui aussi, être satisfait. Il fallait tout de même que la bonne entente règne entre eux. Et immédiatement Halm se sentit aussi riche que l'homme du proverbe, l'homme qui a un ami. La peur que Rainer puisse, d'une minute à l'autre, dire encore des choses terribles, cette peur avait pratiquement disparu. Enfin il pouvait demander à Rainer s'il écrivait encore. Rainer se retourna comme un navire de guerre pour faire face à Halm, mais il resta parfaitement calme et dit simplement qu'il le remerciait de cette question, une vraie question pour Amfortas. On allait bientôt dîner tous ensemble chez le poète de service, et on y évoquerait bien assez cette vaine occupation. Et il remit ça avec Jamey, parlant de Jamey à n'en plus pouvoir. Quand il ne fut plus capable que de parler en soufflant bruyamment comme un homme en train de se noyer, Halm et Sabine le raccompagnèrent jusqu'à la maison des Tudor et de Hänsel et Gretel, où il disparut comme dans un tombeau. Main dans la main, ils descendirent les rues et les ruelles, jetant un coup d'œil dans ces maisons fabuleuses où des hommes et des femmes étaient installés sous les lampes, autour des tables, comme sur les images illustrant les romans du XIXe siècle. Lena ne rentra pas cette nuit-là. Halm dit, s'adressant à lui-même : Qui ne sait pas conduire ne sait pas séduire. Tu m'entends, Sabine ? De très loin, dit Sabine. Oui, c'est bien ça, dit-il. D'un autre côté, dit-il, il était sensible à l'idée que, cette nuit-là, Sabine et lui étaient tout seuls dans la maison.

Et puis, on est en Californie. Existe-t-il deux êtres qui aient à faire, pour aller l'un vers l'autre, un chemin plus long que toi, et moi, Sabine, quand il s'agit de mettre en scène une rencontre que j'appellerai, avec le plus de légèreté possible, un acte S. Ça peut rater, Sabine. Chaque rencontre est aussi risquée que la première. Il y faudrait une dose de comique exactement calculée. Mais un soupçon de trop, et tout est fichu. Bonne nuit, Sabine, dit-il. Et, comme elle ne disait rien, il continua. Il prit en main la mise en scène qui venait manifestement de lui incomber, en allant chercher, du côté de Sabine, les petites pantoufles d'opérette qu'il porta très cérémonieusement jusque devant la porte où il les posa par terre. Puis il dit qu'il pouvait maintenant se risquer à l'approcher. Quand il fut près d'elle, il lui demanda si elle était prête à se laisser entraîner dans les murmures désordonnés qui font partie du jeu. Mais de toute façon, grâce à l'arc de triomphe en cuivre qui tonnait et cliquetait contre le mur, tout ce qu'on disait se perdait, quelle chance, et se transformait en un vacarme des plus amusants. C'est le genre de truc qu'il faudrait dans une chambre d'hôtel ; dans leur lit, les voisins de droite et de gauche seraient aussi impressionnés qu'il l'avait été lui-même à l'époque, à l'hôtel de Grado. Depuis cette fameuse nuit, il était pour ainsi dire moins naïf. Depuis cette nuit-là, il était obsédé par l'idée que durant un acte S. non destiné à la reproduction, on n'était ni plus ni moins qu'un hamster sur son rouleau. On bougeait uniquement parce qu'il fallait faire quelque chose à quoi la nature attachait de l'importance. Mais, pour nous obliger à le faire réellement, tout est parfaitement bien organisé : les choses se passent comme si, au lieu de répondre à quelque mission, chacun obéissait à sa propre volonté. Comme si l'on ne souhaitait rien tant que cela. Comme s'il n'était rien qui nous fasse plus plaisir. Et l'on n'est cependant jamais qu'un fonctionnaire chargé de réaliser le programme. Halm avait l'impression de s'être fait posséder. Et tout ce méli-mélo de l'amour ! « ... tel avalé, l'appât, exprès tendu pour mettre en rage qui l'a pris... ». Je voudrais bien qu'on m'explique en quoi l'esbroufe de l'acte S. se distingue de l'esbroufe d'un concours de tir. On fait des cartons en faisant semblant de croire qu'on tire sur des ours. Mais est-ce que ce n'est pas partout pareil ? Ah, Sabine, allégeons les peines qui ne nous sont point remises ! Depuis ce simulacre de service jusqu'à notre dernier souffle, comme on dit. Puisqu'il le faut, autant que ce soit avec toi. Tu le sais bien. Mais quand même, tant de mesures simplement destinées à mettre un voile sur tout cela ! N'y a-t-il pas de quoi pleurer comme une bête quand on voit les ressources linguistiques que nous proposent les milieux cultivés dans le seul but de transfigurer l'acte S. ? Peut-être faudrait-il en fait se montrer *créateur,* qu'en penses-tu, Sabine ? Sabine savait que c'était un mot qui lui avait toujours tapé sur les nerfs. Au cours de cette nuit, Halm dit à Sabine que ce qu'il déplorait le plus dans cette obligation d'aller l'un-vers-contre-et-dans-l'autre, c'était de ne jamais pouvoir abriter en elle qu'une si infime partie de lui-même. Il aurait souhaité une pénétration plus grande. Beaucoup plus grande. Ce qu'il aurait voulu, c'était disparaître tout entier en elle. Et pour toujours. Voilà, tel était réellement son besoin personnel. Son besoin le plus personnel. Le plus ancien et le plus personnel. Quant à la vie, il fallait bien lui laisser ça, elle ne dotait aucun instant de la même grandeur et de la même intensité que cet instant-là, où la semence jette l'ancre. Une illusion, peut-être, mais hors concours. Allez, viens.

Ils firent tous deux semblant d'être satisfaits l'un de l'autre. Mais peut-être l'étaient-ils vraiment, pourquoi pas ? Il était à coup sûr plus satisfait que Sabine, car il se sentait maintenant sauvé pour de bon. La jeune fille se dissipait, se défaisait littéralement devant la solidité fatidique du couple Helmut-Sabine. Selon Halm, la mise en scène impliquait qu'il retourne chercher les petites pantoufles d'opérette de la défunte mère, posées par ses soins devant la porte, et qu'il les mette sous le lit du côté de Sabine.

Mais, quand la jeune fille sortit du rouge profond de son sac le rouleau de papier avec sa dissertation sur le sonnet : *« Th'expense of spirit... »,* et le lui remit, sa respiration se bloqua une fois de plus, et dans une espèce d'état inconscient dont il ne se sentait pas responsable, il ne put s'empêcher de dire : Si vous voulez, je vais la lire tout de suite, à notre petite table, si vous désirez prendre un verre de lait pendant que... Ils se retrouvèrent donc installés tout comme au mois d'août. Comme pour *La Panthère* de Rilke. Comme un mois auparavant. Rien ne pouvait être plus lointain. Il lut, puis il leva les yeux et dit : Au soleil, vos cheveux ont une autre couleur que dans mon bureau. La jeune fille pressa légèrement ses lèvres l'une contre l'autre. Cela le fit se rappeler qu'elle ne voulait pas lui entendre dire cela. Il dit : Merveilleux. Chacun de vos mots. Félicitations. Il aimerait tant garder cette dissertation. Rien de plus simple, elle avait apporté cette photocopie pour lui. C'est seulement lorsqu'elle s'en fut allée, passant entre les tables — son short bleu à bords arrondis s'arrêtait plus haut que le plateau des tables —, c'est seulement à ce moment-là qu'il reprit ses esprits. Il voulait la rappeler, la rattraper pour lui dire que son jugement était faussé par l'effort qu'il avait fait, dans une crispation presque héroïque, pour être objectif. Il avait lu en diagonale, sachant bien qui était assis en face de lui, mais ignorant ce qu'il dirait quand il aurait fini. Et cet enthousiasme lui avait échappé. Il aurait au moins dû dire à la jeune fille qu'ici, en Californie, il était manifestement incapable de faire entendre un autre son que celui de l'enthousiasme. Elle n'avait qu'à aller trouver Carol, mais oui, Carol, mieux que quiconque, était en mesure de prouver la minceur ridicule de l'excipient réalité dans chacun des enthousiasmes de Halm. Il était certes enthousiasmé par sa dissertation, mais c'est précisément cet enthousiasme qui lui faisait éprouver combien il était irresponsable. N'était-ce qu'une conséquence de la critique que lui avait faite Carol ? Il devait immédiatement aller trouver Carol. Aussi vite que le lui permettrait sa colonne vertébrale. C'est seulement une fois installé sur la chaise placée devant le bureau de Carol qu'il aurait connaissance du jugement porté sur lui en ce moment. Il ne s'était pas assis sur cette chaise la veille, et l'avant-veille non plus ! Les gens qui avaient été titularisés dans cette université, et qu'il était donc de ce fait impossible de mettre à la porte, pouvaient peut-être se permettre de prendre place sur la chaise de Carol une seule fois par semestre, lui pas. Carol déplora encore ses apparitions trop rares et toujours fugitives ; elle lui demanda comment il trouvait tel ou tel ; elle railla sa manie de trouver tout le monde très bien. Elle pleurait presque, disant qu'on voulait toujours voir en elle un être méchant et bourru, alors qu'elle aimait tellement mieux les caresses ; puis un sarcasme, des plus raffinés : quoi qu'il en soit, il y avait des gens dont même elle, pourtant mal lotie dans ce domaine, ne supportait pas les caresses. Ce refus de se faire consoler à n'importe quel prix était à ses yeux le phosphore utopique sur le cadran gris de sa montre. Mais peut-être tout cela n'était-il justement rien d'autre qu'un conte de fées. Si elle avait échoué sur cette côte étincelante, ce n'était peut-être pas uniquement pour servir de bavoir à des intellectuels bavochants. Peut-être le Prince Charmant viendrait-il un jour ! Qu'en pense Halm « le Rusé » ? Halm est l'un des plus rusés, des plus roués, elle le sait parfaitement, sans avoir eu besoin de lui regarder le fond de l'œil. Donc, samedi, Grizzly Peak Boulevard. Leur fille les accompagnera-t-elle ? On entend à son sujet les histoires les plus folles. La divine Elissa (pour la sauter il faut au moins venir de Montezuma) a complètement enclos dans son cœur de haut titrage le petit ange plumé de *Germany.* Mais tel est bien le genre d'événements susceptibles d'entretenir le feu de l'espérance sous la pluie de cendres qui emplit le monde. Et le papa, est-ce que maintenant il était heureux ? La manière dont cette femme qui aimait tellement parler arrivait néanmoins à recueillir toutes ses informations, c'était pour lui un mystère. Dès qu'il en eut la possibilité, il s'arracha à cette attrayante oratrice, il entendit qu'on le rappelait, et il vint docilement prendre dans son casier les papiers qui s'y étaient accumulés. Et comme il avait si peu répondu à l'explosion de Carol et qu'il avait l'impression que le moment était venu, il dit que chaque fois qu'il approchait de son casier, il voyait sur le casier voisin une plaque portant le nom de « Carol von der Hütte » et, chaque fois, il oubliait de demander qui c'était. Carol leva le doigt comme à l'école. Puis, elle dit sur un ton violent : C'est un coup de Messmer. Il n'a pas voulu admettre que je m'appelle maintenant Elrod. Quand il a appris mon nom de jeune fille, il l'a immédiatement collé sur ce casier. Il ne faudrait pas que Kirk voie ça. De tous les actes de Messmer, dit Halm, c'est jusqu'à présent le plus impressionnant. Une fois dans son bureau, il lut la dissertation sur le sonnet : *« Th'expense of spirit in a waste of shame... »* Il l'éplucha consciencieusement, ligne par ligne, guettant les détails se rapportant à l'ami de la jeune fille. Cet ami, écrit-elle, possède de *« very unique characteristics ».* Il est *« bright, clean, handsome and organized. The only problem with the perfect dream boy is his seriousness and his very reserved sense of humor ».* Intéressant ! Et, plus intéressant encore : *« He is virtually non excitable and has hunched shoulders, drawn up around his ears. »* Minute, qu'est-ce que cela signifie : il n'est *virtually* pas *excitable* ? En fait, il n'est pas excitable. Mais, dans ces conditions, elle aurait aussi bien pu écrire *actually.* Cela signifie donc qu'il n'est réellement pas excitable. Mais *excitable* veut dire aussi « irritable », « nerveux ». Cela peut donc aussi vouloir dire qu'il n'est pas nerveux. Ou encore : au fond, il n'est pas irritable. Donc, si on veut vraiment traduire : c'est un tempérament plutôt tranquille. Voilà au moins une partie du sens. Ce qui correspond d'ailleurs à *bright, clean, handsome and organized.* C'est donc un tempérament relativement tranquille, avec des épaules voûtées qui lui remontent jusqu'aux oreilles. Halm chercha dans le dictionnaire l'expression *to draw oneself up :* « se dresser, se redresser (fièrement, avec dignité, etc.) ». Donc, les muscles de ses épaules lui remontaient fièrement jusqu'aux oreilles. C'était bien le jeune homme qu'il avait vu dans la *Gazette,* super-buste trônant dans l'écume, lançant encore un *unanswered goal.* Et pourtant, et pourtant, et pourtant... ne pouvait-on pas sentir dans ces phrases un certain agacement de la jeune fille ? Ce garçon, *all-american dream boy,* n'était-il pas un petit peu trop tranquille ? Quelle importance ? Il avait réglé la question de la jeune fille. S'il avait quelque chose à regretter, ce n'était pas l'idée que sa relation avec cette jeune fille, relation impossible à tous égards, ne puisse pas acquérir un soupçon de réalité, mais bien la relative indifférence où le laissait l'impossibilité d'avoir accès à cette jeune fille. Qui dit une chose pareille ? MOI-Halm. Tu dois bien le savoir, dit LUI-Halm. MOI-Halm : Prétentieux ! LUI-Halm : Cadavre ! Plus aucune réaction de MOI-Halm. Le silence. Les bruits de la climatisation et du tube au néon emplissaient l'espace du plus vide de tous les accords. A l'extérieur grondait le rire latino-américain du professeur Torres, à qui tenait tête aujourd'hui, toute en souplesse, la voix de soprano d'une jeune fille. Carol lui avait raconté qu'un jour, lors d'un cocktail chez le doyen, Torres et Jesus Otello de García avaient éclaté de rire au même instant alors qu'ils étaient très éloignés l'un de l'autre dans une pièce bondée ; et elle, Carol, qui se trouvait à peu près à égale distance des deux hommes, avait eu l'impression que rien ne l'avait encore jamais blessée autant que ce duo tonitruant de satisfaction masculine.

Quand Halm et Sabine se présentèrent Grizzly Peak Boulevard, Carol était vêtue d'une jupe fendue. Ne pas la regarder quand elle marchait, c'eût été la même chose que regarder lors d'un orage l'endroit du ciel où il n'y avait pas d'éclairs. Sabine demanda tout de suite, et ce n'était pas de la frime, d'où venait cette splendeur de giroflées bordant le chemin abrupt qui montait du Grizzly Peak Boulevard jusqu'à la maison. De Weimar, dit Carol. Sa mère était originaire de Weimar et quand, à l'âge de seize ans, elle avait dû quitter le pays avec ses parents, elle avait emporté des graines de giroflées. Sabine dit que c'étaient les giroflées les plus authentiques qu'elle eût jamais vues. D'ailleurs, les giroflées étaient les fleurs préférées de Goethe. Très juste, dit Carol, très juste, sa mère le répétait sans cesse. Halm se rendit compte que, jusqu'à présent, pas une seconde il n'avait pris Carol au sérieux. Toujours la même grossièreté. Comme les

Halm étaient arrivés les premiers, on leur fit visiter les lieux. Il y a une pièce consacrée aux parents de Carol. Table, chaises, bureau, canapé, instruments de musique, comme dans un musée. M. von der Hütte est collectionneur d'instruments. Musicien. Quand *L'Opéra de Quat'sous* a été représenté pour la première fois, il jouait dans l'orchestre. Depuis dix-sept ans, il vit avec sa femme à la maison de repos de Mendocino. Elle le soigne. Il est resté paralysé à la suite d'une crise cardiaque. Mon père a toujours eu un faible pour tout ce qui est volume dit Carol, tout en leur montrant des mandolines et des luths, désignant en même temps, derrière les instruments, une photo de sa mère, accrochée au mur et dominant tout l'espace. Comme Carol était belle en cet instant où, lançant le menton en avant et repliant le bout de son doigt, elle indiquait la photo de sa mère au-delà des instruments de musique. Ses yeux semblaient humides de l'intérieur, on aurait dit qu'ils en étaient plus sombres encore. Bien, et maintenant, regardez encore ceci : Chaque fois qu'elle l'empoignait, ma mère était prise de tremblements. Un coffret, de la forme d'un livre ancien, et à l'intérieur, sous verre, une feuille de lierre, avec une inscription attestant que l'arrière-grand-mère de Carol, Gretel Dinkelspiel, est elle-même allée prendre cette feuille en 1862, à Francfort, sur la tombe de la mère de Goethe. Halm était incapable de dire quoi que ce soit. Il suffisait que Carol s'amuse à parler le dialecte berlinois pour qu'il se sente mal à l'aise. Quand elle disait *Neese* au lieu de *Nase,* ça n'avait pas seulement un drôle de petit air berlinois, c'était aussi terriblement grotesque. Et voir ici, Grizzly Peak Boulevard, cette feuille de lierre cueillie dans un cimetière de Francfort, c'était tout aussi grotesque. Item, dit Carol au sujet de cette relique. Halm avait le sentiment qu'il devait dire quelque chose. Mais il n'en était pas capable. Des paroles de regret... mais aucune ne convenait. Tout ce qui lui venait à l'esprit lui paraissait d'une manière ou d'une autre inadapté. Cette feuille de lierre de Francfort, il ne savait pas quoi en dire. Que dirait en la circonstance M. Kiderlen, lui qui ne se trompait jamais ? Halm acquiesçait, il ne cessait d'acquiescer. Son incapacité à prononcer un mot provoquait en lui une impression d'étouffement. Par bonheur, les autres invités arrivèrent : Leslie Ackerman, accompagné de sa spécialiste de l'hermaphrodisme, avec son visage de squelette et ses nattes filasse. Rainer, Elissa et Felix Theodor Auster sous le flot de ses cheveux, une masse gelée de la couleur grise de la glace. Carol annonça son dîner comme s'il s'agissait de toasts, mais en fait, il y avait des hors-d'œuvre arméniens, du bœuf bourguignon et un dessert qui s'appelait : *cream puffs.* Halm essayait sans cesse d'attirer l'attention des convives sur ce qu'il y avait à manger. En vain. Kirk avait bien envie de savoir ce que Halm pensait de ses livres. Oh oui, dit Carol, ça va être intéressant. Halm s'embarqua dans son discours enthousiaste sur *Inspiration Inn.* Faisant l'éloge du livre, il chantait les louanges de l'auteur. Elrod dit que tout le monde faisait l'éloge de ce livre d'une manière très vexante pour ses autres livres. Felix Theodor Auster dit que choisir la littérature comme sujet de conversation était à coup sûr un crime contre les bonnes mœurs. Carol dit qu'elle ne parlerait ni de soufflés professoraux ni de galettes romanesques, mais de certaines choses bien précises ; je demande donc, dit-elle, l'avis de notre envoyé d'outre-Atlantique sur le livre de Messmer. Halm avoua qu'il n'était pas entré dans le livre. Carol, sur un ton coupant : Espèce de mollusque ! Halm en convint aussitôt. Mais elle ne s'en tint pas là. De quoi je me mêle, espèce de fouineur ! Quels sujets d'exaltation ne va-t-il pas inventer, des trucs qu'elle trouve, elle, du plus haut comique ! Et le livre de Messmer, il n'y entre pas ! Carol flamboyait. Ses cheveux coiffés vers l'avant comme des langues de feu semblaient parler avec elle. A présent, c'était elle qui était exaltée ! A la différence de Halm, Messmer avait dès le début profité de son séjour pour se livrer à des opérations de reconnaissance. A longueur de journée, il se faisait conduire à travers tous les départements de l'université, et ensuite, il passait une fois par jour au centre de recherches sismologiques. Il était fasciné par la faille de San Andreas qui longe celle sur laquelle on vit ici. Tous les tremblements de terre qui ont eu lieu en Californie ont été provoqués par la sensibilité de cette faille. Et Messmer croyait qu'en ce lieu qui était son point le plus sensible, la terre ne pouvait pas supporter sa présence sans réagir. Nuit et jour, il attendait la réponse de la faille. Puis vint l'événement sensationnel : la réponse, enfin, le jour où il se présente pour la première fois Grizzly Peak Boulevard, donc chez Carol. Messmer se présente chez Carol, et *the sewage starts vomiting.* Quand elle devient sérieuse, les mots allemands lui échappent, elle claque des doigts pour que quelqu'un lui vienne en aide, mais c'est inutile, car sur un ton calme contrastant avec son agitation, Rainer lui viendrait en aide : l'égout vomit. Carol saisit l'expression au vol : l'égout vomit, ici, sur la colline, le 27 septembre, cela fait donc aujourd'hui pratiquement deux ans jour pour jour que, de tous ses tuyaux, par tous ses trous, la canalisation vomit, et ainsi qu'il apparaît à la suite des recherches menées par Messmer et par nous tous, la chose ne s'est produite nulle part ailleurs qu'ici, chez nous, au moment où Messmer entrait. Kirk n'était pas là. Il était à Long Beach. En train de jouer au water-polo, songea Halm. Aux obsèques de John Frey, dit Carol. Ah, s'écrie Halm, John Frey a vraiment existé ! Tu vois, dit Carol à Kirk, il est entré dans ton bouquin. Kirk dit : Oh oui, John Frey était mon ami. Les derniers mois de sa vie, il les a passés au Veterans Hospital de Long Beach. Et la *Swiss Lady*, eut envie de demander Halm, mais il était impossible de détourner Carol de son récit. Elle en était aux *lingering effects* de ces vomissements de la canalisation – Effets secondaires, dit Rainer –, tandis que de leurs fauteuils, Messmer et elle, encore épouvantés et ravis, contemplaient ces formidables cochonneries, la seconde réponse arriva du dehors : *The most wonderful thunderstorm I've ever seen. Hundred degree temperature, with rain, end of september. It never rains, let alone storms in september.* Elle n'a jamais vu des éclairs pareils, elle n'a jamais eu autant peur pendant un orage. Ce déchaînement de la nature, par le bas et par le haut, Messmer l'a lui-même défini comme une somme d'éjaculation et d'orgasme. Tout le monde, à l'exception de Felix Theodor Auster, écoutait respectueusement Carol faisant l'apologie de Messmer. Carol, dit Auster, tu peux être fière d'avoir une canalisation qui se mette à vomir quand un Messmer à besoin de refroidir un peu ses esprits narcissiques. Après le repas, on se rendit dans le patio des glycines. Halm alla très vite s'installer près d'Elissa. Elle était aujourd'hui d'une pâleur criarde. Pour la première fois, Halm vit sur son visage une trace de souffrance. Il se fit aussitôt l'effet d'un homme parfaitement innocent. Il aurait bien aimé toucher Elissa. Faire un geste de consolation. Elle portait encore un vêtement sans manches. Des cheveux coupés court, à la garçonne, et des seins si lourds. Il y a dans toute assemblée une femme qui dégage une force extraordinaire. Ce soir-là, c'était Elissa. Il voulait donc, le plus longtemps possible, rester assis le plus près d'elle possible. Mais à peine étaient-ils installés, à peine Halm avait-il créé avec Elissa un territoire acoustique isolé du reste, que Rainer se leva et sortit de la maison en courant et en gémissant. Leslie Ackerman se leva, le suivit, revint seul. Carol dit : Il ne supporte pas. Quoi ? demanda Kirk. D'être obligé de regarder un homme faire du charme à sa femme. Allons, allons, dit Kirk, qu'est-ce que je devrais dire quand tu t'abandonnes à tes extases

« messmériennes » ? Carol lui lança un tel regard qu'il fut obligé de dire : Petite violette, *I'm sorry.* Puis, il changea résolument de sujet. Vous ai-je déjà raconté..., Carol, est-ce que j'ai déjà raconté à M. et M^me^ Halm ce que m'a dit la mère de ma deuxième femme après avoir lu *Inspiration Inn* ? Carol dit : Tu ne le leur as pas encore raconté, et comme tu vois, ils brûlent d'envie de l'apprendre. D'ailleurs, en cet instant précis, je ne vois moi-même rien qui puisse me faire plus plaisir que d'entendre encore une fois ce qu'a dit la mère de ta deuxième femme après avoir lu *Inspiration Inn.* J'ai une idée, dit Auster, Nietzsche ! Notre ami s'occupe de Nietzsche. Ça m'intéresse. Quand quelqu'un, de nos jours, décide en Europe de faire une conférence sur Nietzsche, il fait salle comble, peu importe le conférencier, c'est en tout cas ce que m'écrivent mes amis. Il faut que l'on m'explique, sinon, je ne comprends pas. Pour moi, Nietzsche représente en effet la dernière grande tentative que fait la servante philosophie pour renverser les prêtres, afin de devenir elle-même grande prêtresse. Auster avait enfin réussi à prendre la parole. Carol fit sortir Elrod qui était de nouveau pris de crampes.

A la fin d'une soirée, on ne sait plus ni ce que l'on a mangé, ni ce que l'on a entendu, ni ce que l'on a dit. Et toi, Sabine, est-ce que tu t'en souviens ? demanda-t-il à Sabine qui conduisait prudemment la voiture dans la descente. C'est Elrod qu'elle aime le mieux. Lui aussi. Et elle aime bien aussi Carol. Mais moins qu'Elrod. Halm songea : Cette jupe fendue ! Ce n'était pas de jeu. Comme tout ce qu'elle faisait. Il devinait peu à peu ce qu'il représentait pour Carol. Un souvenir de Messmer. Elle le griffait de plus en plus rageusement, car à mesure qu'elle griffait violemment, l'image de Messmer s'évanouissait. Sabine trouvait que Carol parlait trop et faisait trop de plaisanteries sur l'âge de Kirk. Mais c'est toujours Kirk qui commence, dit Halm. Il suffit qu'Auster ait envie de boire de la bière en mangeant son bourguignon, et voilà Kirk qui intervient pour raconter que deux avions ont aujourd'hui traversé le ciel avec une pub pour Miller, car aujourd'hui, une escadre de deux porte-avions, venant de Hawaï, est arrivée en passant sous le pont de Golden Gate, amenant dix mille marins dans la ville. Dix mille marins ! Comment, demande-t-il, doit se comporter un homme de son âge face à une telle invasion du sexe ? Il n'a pas pu, de toute la journée, décider de ce qu'il allait faire. Jouer les voyeurs imaginatifs en regardant du côté de la ville ou tirer les volets métalliques et lire la Bible ? Et que doit faire Carol, quand il ne cesse de proclamer combien il est horrible de vieillir ? Mais est-elle vraiment obligée de riposter qu'il n'y en avait pas forcément dix mille ? demanda Sabine. Est-ce bien la réaction qui convient à cette douleur suscitée par l'escadre ? C'est l'inconvénient de ces vues panoramiques, dit Halm, on voit trop de choses ; dans notre trou de Sillenbuch, on n'est pas dérangé par les marins de Hawaï. Mais c'est Rainer qui me fait le plus de peine, dit Sabine. Là, Carol avait bien raison, Helmut aurait dû penser que Rainer n'avait pas une vie sentimentale aussi délavée que tous les autres. Qu'est-ce qu'une vie sentimentale délavée ? demanda Halm. Il aime, dit Sabine. Elle n'avait encore jamais rencontré personne qui possède la même sensibilité à fleur de peau et la même pureté de sentiments que ce Rainer. Il lui faisait l'effet d'un être mortellement blessé par la vulgarité et la déchéance ordinaires. Et sous les yeux de cet homme qui a quelque chose d'un saint, de cet homme qui souffre vraiment, il faut que lui, Helmut, aille fourrer son nez dans le décolleté de l'épouse — épouse d'une froideur tout à fait spéciale ! Sabine était vexée. Halm essaya d'esquiver. Bien sûr, Auster est également très sympathique, dit Halm. Sabine dit qu'Auster était comme un enfant qui s'est aperçu qu'il faut mettre les grandes personnes en colère quand on veut attirer leur attention. Puis elle se remit à parler de Rainer avec enthousiasme. Halm comprenait maintenant Carol. Quand on parle avec enthousiasme, ça peut être agaçant pour les autres. Or l'enthousiasme de Sabine était indéniable. Carol ne croyait pas aux enthousiasmes de Halm. Il est sûrement très irritant de subir ces accès d'enthousiasme auxquels même les intéressés ne semblent pas croire. Sabine évoquait Rainer comme un monde meilleur, préservé en lui seul, et qu'un monde opposé, sans valeurs, sans égards, était en train d'anéantir. Sabine se rangeait elle-même dans le monde de Rainer, mais elle rangeait Halm dans le monde opposé. Cette façon de répartir les gens dans des groupes était entre eux une nouveauté. Il dit : Espérons que tu as tort. Quand ils furent couchés dans le grand lit sous l'arc de triomphe en laiton, il pensa à Elissa. Il poursuivait ces traces de souffrance sur son visage. Comme après un tremblement de terre qui ne se serait pas déclaré tout à fait, pensa-t-il. Il ne s'agit que d'un petit retard. Rien n'est détruit, mais rien n'est plus intact. On est donc au bord de la faille de San Andreas. En lui aussi, tout avait bougé. Ces quatre semaines l'avaient transformé. Mais il ne pouvait pas se permettre d'autres transformations. Encore une conséquence de ces quatre semaines. Et si encore il s'agissait de transformations ! Il s'était mis à déraper. Et il devait crier stop avant que tout cela ne prenne des proportions imprévisibles. Terminé. Tout va bien. Ça ne pourrait pas aller mieux. Le plus difficile est certainement de se sentir heureux comme on est. Comme on devrait être.

# 10.

Ce qui lui venait à l'esprit dès qu'il s'éveillait, c'était toujours ce qu'il y avait de plus désagréable. Le plus important, c'était apparemment toujours ce qu'il y avait de plus désagréable. Comment faire pour se réconcilier avec Rainer ? Il s'était assis à côté d'Elissa parce qu'il aimait être près d'elle. Avec elle, il avait parlé de Lena. Elle avait manifesté pour Lena une autre sorte d'enthousiasme que Rainer. A l'auto-école, tout le monde aime bien Lena. De toute façon, elle veut garder Lena ici. Serait-il d'accord ?

Ils en discutèrent le dimanche. Sabine dit : Une auto-école ? Lena dit : Oui, une auto-école ! Halm dit : Dans notre pays, je serais perplexe si tu avais l'intention de travailler dans une auto-école, mais ici, en Californie, ça me fait l'effet d'un coup de chance. Lena dit : C'en est un. Elle pensait d'ailleurs que cet intérêt témoigné par Elissa, elle le devait à Rainer. Elissa avait peur de Rainer. Elle craignait qu'il ne veuille la tuer. C'est peut-être encore l'assassinat de son amie Bluma qui se répercute. Quand Elissa parle de Rainer, il arrive qu'elle dise tout à coup : Dans l'oreille, tu t'imagines, une balle dans l'oreille ! Elissa veut que Lena vienne s'installer chez elle. Si Lena est auprès d'elle, Rainer ne lui fera rien. Mais Sabine fit de la tête un bref et brusque signe de dénégation. Cela signifiait : Vous êtes dans l'erreur, vous n'avez aucune chance, vous avez intérêt à céder tout de suite, je ne dirai pas un mot de plus à ce sujet. Halm dit en revanche que Lena pouvait bien aller s'installer pour quelques semaines chez Elissa, ce n'était tout de même pas impossible, non ? Que Lena, dans ce pays, ait été découverte par un, peut-être même par deux êtres, c'était beaucoup plus important que tous les préjugés européens. On sonna, c'était Elissa, Lena avait déjà fait ses bagages. En ouvrant la portière de la voiture, Lena leur cria qu'elle allait aussi se faire couper les cheveux, que c'était plus commode pour porter un casque. Halm et Sabine restèrent ébahis. Sabine dit : Et Juliane qui veut aller au Brésil ! Halm dit : Tu as une meilleure idée ? Mais, dit Sabine, c'était une véritable agression. Elissa l'a pratiquement enlevée. Sous prétexte que leurs enfants sont partis, ils nous volent les nôtres. Halm dut, par la force, l'empêcher de téléphoner. Lena, dit-il, était devenue plus aimable depuis qu'elle travaillait avec Elissa ; comme son visage n'était plus aussi tendu, ses cicatrices avaient tendance à disparaître. Et comme c'est souvent un bon moyen, il dit sur un ton léger : Si quelqu'un de chez nous demande de ses nouvelles, eh bien, elle est dans une école de Californie, pas besoin de parler d'*auto*-école. A la fin, Sabine ne déplorait plus qu'une chose, c'était que Lena veuille se faire couper les cheveux. Le téléphone sonna. Halm alla répondre aussi vite que le lui permit son coccyx. Mais c'était Franz, le frère de Sabine. Au cours de la conversation, Sabine se décomposa littéralement. Ils vivaient ici hors de la réalité. Et voilà que la réalité les rattrapait. Vorace, ou implacable, ou maniaque. Sabine revint du téléphone en faisant des grimaces. Elle voulait empêcher son visage de se figer dans une expression. Franz, donc, rentrant d'un voyage, a trouvé son père à l'hôpital, Elmar et Gitte ne rentrent du Portugal que la semaine prochaine, son père a été hospitalisé par le docteur Weichbrod, les migraines étaient devenues plus fréquentes, en fait, c'est un cancer de la vessie, on l'opère la semaine prochaine. Et Franz qui, en plus, s'excusait de l'avoir appelée ! Il avait pensé qu'il fallait l'informer, bien qu'elle ne puisse rien faire, mais il fallait qu'elle sache. Il faudrait classer les hommes en deux catégories : ceux qui s'excusent trop et ceux qui s'excusent trop peu, dit Halm. Sabine lui annonça qu'elle devait retourner en Allemagne. Halm aurait voulu ajouter : Et qui est-ce qui va me frotter le dos et m'aider à mettre mes socquettes et mes chaussures ? Hé, dit Sabine. Oui, dit Halm, j'étais en train de me demander qui me dirait si j'ai mauvaise haleine quand tu ne seras pas là. Tu n'auras qu'à me téléphoner, dit-elle. Très juste, dit-il.

En attendant le jour où elle devait prendre l'avion, ils firent passer le temps avec des cours de cuisine et des excursions à San Francisco. Il faisait semblant de ne pas croire qu'il allait rester seul ici. Et s'il avait estimé qu'il était nécessaire pour Sabine de retourner en Allemagne, elle aurait pu mal le prendre. Où est ta place, demandait-il donc sans arrêt. Il ne fallait pas trop lui faciliter les choses. Tu aimerais que ce soit Gitte qui s'occupe de toi ? demandait-elle. Comme elle avait raison ! Dans ses bras, on pouvait mourir. Le visage de Sabine ne montrait rien d'autre que ce qu'elle ressentait. Pour un mourant, ça comptait peut-être beaucoup. Une fois à la maison, il espérait bien qu'elle n'allait pas fouiller dans son bureau. A l'idée que Sabine pouvait découvrir la lettre lui annonçant le refus de son livre sur Nietzsche, il n'avait rien d'autre à opposer que le désir d'une catastrophe aussi universelle que possible. Ah, Sabine, quand tu ne seras pas là, qui va sortir de la cuisine en disant : Ils ont tout de même l'esprit pratique, ces Américains. Et le plus important, Sabine, avant cette séparation : tout ce que tu verras de moi avant de disparaître dans ton avion, ça ne sera rien en comparaison de ce qui va s'abattre sur ton mari quand tu auras disparu. Ton mari est tellement simple. Tant que tu es là, il n'arrive pas à se composer le visage de la séparation tragique. Il faudrait qu'il joue la comédie. C'est seulement au moment où tu ne le verras plus-là, oui, tu pourrais voir sur son visage que tu lui manques. Et comment !

Il dut demander à Carol d'inviter Rainer à une soirée d'adieux. Rainer n'était plus relié au monde extérieur que par Carol. « La Compréhension des textes de Schubert » en était arrivée au stade où le moindre dérangement pouvait avoir des conséquences absolument incalculables. Mais à la prochaine occasion de contact, qui devait toujours être suscitée par Rainer, Carol lui transmettrait les dernières nouvelles de la maison Halm. Carol lui donna aussi le numéro de l'auto-école. Le mercredi soir, Lena vint les voir et resta avec eux. Elle s'était effectivement fait couper les cheveux aussi courts qu'Elissa. Elle donnait l'impression d'avoir refait surface. Le jeudi soir, Elissa et Rainer vinrent les voir. Carol aurait qualifié de bonté préméditée ce qui émanait de Rainer. Halm, moins exigeant que Carol, s'en contenta. Évidemment, il dut un petit peu faire exprès de ne pas voir que Rainer lui préférait Sabine et Lena. Mais après tout, c'était son droit. Ses motifs étaient toujours meilleurs que ceux de n'importe qui d'autre. Sabine se consumait littéralement devant Rainer. Elle voulait à l'évidence démontrer à Elissa combien il était facile de vénérer son mari sans réserve. Rainer et Sabine se comprenaient comme des gens du beau monde qui se trouvent amenés à passer une soirée en compagnie de voyous.

L'inépuisable Sabine mettait Rainer dans sa poche par la force de son admiration, mais, non contente de cela, elle négociait, elle voulait obtenir que Rainer traitât bien son mari, systématiquement, même quand ledit mari ne l'aurait pas mérité, ce qui pouvait toujours se produire. Elle réclamait l'indulgence pour son mari. Presque trop. Halm regardait Elissa et Lena. Ce qui voulait dire : peu importe, l'essentiel, c'est que l'on ne se dispute pas. Et il fallait boire. Pour donner à Rainer l'impression que lui, Rainer, ne buvait pas des quantités aussi formidables, Halm but à peu près autant que Rainer. Les hommes ne furent donc bientôt plus capables de faire une distinction entre les signes d'acquiescement et les signes de dénégation, ils s'écroulaient en titubant. Et comme il n'y eut pas de cris, comme personne ne s'enfuit en courant, ce fut la plus belle soirée passée avec les Mersjohann. Halm, au comble de l'émotion, sombra au fond de son lit tonitruant. Elissa avait réussi à obtenir que Lena rentre avec elle et Rainer. Lena fit donc ses adieux à sa mère. Pour Sabine, ce fut pénible. Lena gardait sa légèreté, on aurait dit un sage, ou un Indien.

Le dernier jour, Halm traîna Sabine dans les rues de San Francisco. Il voulait qu'elle achète quelque chose en souvenir de cette journée. Le thermomètre marquait 104 degrés F. Il ne faisait pas toujours aussi chaud au début d'octobre. Ils trouvèrent un objet qu'on s'accrochait autour du cou, un pendentif au bout d'une chaîne en or, des dorures tortillées, une corne d'abondance en forme de serpent, ou bien le symbole d'Esculape, ou encore du sperme doré. Puis il voulut que l'on achète une chemise de nuit. Pour elle. D'un magasin à l'autre, ses exigences augmentaient, il n'acheta rien avant d'avoir trouvé un vêtement de soie qui, par ses couleurs rougeâtres et ses motifs verdâtres, éveillait en lui l'espoir que Sabine, lorsqu'elle le porterait, aurait l'air de se tenir nue dans un buisson tropical calciné par le crépuscule. Puis il fallut aller manger chinois. Comme il n'avait aucune idée de ce que pouvait être la cuisine chinoise et comme il était opposé à ce que l'on demande des renseignements au garçon, bien que Sabine l'eût volontiers fait pour lui, il se retrouva avec un énorme plat rempli de pattes de canard ressemblant à du plastique et qui en avaient aussi le goût. Sabine avait discuté de son menu avec le garçon, on lui donna ce qu'elle voulait : *hot and sour soup, shredded beef with bell pepper,* avec de la bière de Tsing tau. Il but de la Coors. En effet, le garçon avait expliqué à Sabine que la Tsing-tau avait le même goût que la bière allemande et que la Coors était américaine. Sur le bord de l'assiette, ils avaient chacun une petite chose cuite au four, en forme de coquillage, avec, à l'intérieur, une sentence d'oracle sur une bande de papier. La sentence de Sabine disait : « *Your worst fear will be eased.* » Tu vois, Sabine, dit Halm, il y a de l'espoir. Et toi, demanda-t-elle. Il cassa l'enveloppe et lut sa sentence : « *Tread softly.* » Devant son regard interrogateur, il traduisit : Continue à louvoyer. Carol dirait qu'il n'avait pas besoin d'oracle pour ça.

Ces achats épuisants éliminèrent toute possibilité d'angoisse. Ils parvinrent même à surmonter sans aucune gêne respiratoire les quarante minutes de retard. Halm dit qu'il allait étudier Heine jour et nuit. C'est seulement un peu avant la porte 50, où Sabine allait disparaître d'un instant à l'autre, qu'ils ne purent se défendre d'avoir les yeux un peu humides. Les larmes coulaient toutes seules. Il aurait été absurde de faire traîner cet instant en longueur. Dans la voiture, il mit la radio le plus fort possible et il longea lentement San Francisco, puis il passa la ville et prit le pont pour rentrer chez lui. Le soleil était tellement brûlant qu'il ne pouvait pas sortir le bras par la vitre. Il pensait aux giroflées qui venaient de Weimar et bordaient maintenant le chemin montant du Grizzly Peak Boulevard jusqu'à la maison de Carol, des fleurs d'un violet clair et profond. Ces tons se retrouvaient dans la chemise de nuit de Sabine. Mais papa Gottschalk avait des migraines, ou plutôt un cancer de la vessie. La jeune fille avait donc maintenant perdu tout son pouvoir. Sabine était absente, il ne pouvait exister de meilleure protection. Une très noble solution. Dès que Halm fut à la maison, contemplant San Francisco dans le soir, il se rendit compte qu'il était capable d'apprécier le pathos de cette solution comme une musique pas tout à fait à la hauteur de ses prétentions. LUI-Halm s'était même fait tout petit, il n'émettait plus que quelques grommellements concernant le kitsch de cette solution, sans toutefois oser y résister. MOI-Halm était désormais inattaquable.

Le lundi matin, tandis qu'il laissait le flot des étudiants l'emporter de la porte Crocker jusqu'au campus, Halm se sentait parfaitement calme. Cette tranquillité, il ne la devait pas seulement à la noble solution engendrée par le départ de Sabine. Il avait, tout simplement, trouvé une solution adaptée à sa situation. Il ne pouvait plus rien lui arriver ici. Enfin une stabilité inébranlable. Il avait réussi la percée qui l'avait conduit à l'intérieur de lui-même. Cela s'était produit le dimanche. Le dialogue trompeur avait cessé. Il était redevenu une seule voix. On ne peut être qu'à l'intérieur ou à l'extérieur de soi-même. La chose est à présent tranchée. On en restera là. Ne pas en apprendre davantage sur chacun. Finie cette titubante accumulation de faiblesses. L'état idéal, c'est l'opacité. Un être fermé. Une pierre. On peut soi-même voir ce qui se trouve au-dehors, mais nul ne voit ce qui est en vous. Le terme le plus approprié pour désigner cet état des sentiments serait celui d'« indépendance ». A supposer qu'un tel état persiste, on peut employer ce grand mot. L'impénétrabilité (de l'extérieur vers l'intérieur) entraîne une accumulation de chaleur à l'intérieur. Et de cette chaleur intérieure, rien ne ressort. C'est là toute la nouveauté. Ce qui doit être une nouveauté. Ou le devenir. Bien dégager du froid vers l'extérieur. Mais sans aucune provocation. Sans vouloir en profiter soi-même. Froid à l'extérieur, chaud à l'intérieur, c'est tout. Pour la première fois, on s'est tourné vers soi-même. On va bien voir si on tient le coup en compagnie de soi-même. C'est de cela que tout dépend. Halm est de bonne humeur. Il ne se sent plus aussi médiocre. L'insatisfaction de soi a perdu de son acuité. Il s'accommodait de l'absence de contours qui le caractérisait. Il acceptait son insignifiance. Il était presque d'accord avec lui-même. Parfois, quand il voyait que Sabine non seulement supportait un homme comme lui, mais encore prétendait l'aimer, cela la rabaissait à ses yeux. Maintenant, il savait infiniment gré à Sabine qu'elle voulût bien le supporter. Il avait l'âge qu'il avait, et basta ! Vieillir, cela veut dire manger de moins en moins et cependant grossir de plus en plus. Basta ! L'homme qui s'avançait en direction de Coit Hall trouvait beau tout ce qu'il voyait. Je suis le *chastity freak,* pensa Halm. Et, en tant que tel, plutôt bien loti. Et il avait aussi un joli sujet de conversation, c'était du moins son avis. Quelle est l'attitude des étudiants par rapport à leur prénom, qui le leur a choisi, suivant quel rituel leur a-t-il été donné, quel type d'histoire familiale peut-on y déceler, donneraient-ils à un enfant leur propre prénom ? Ils étaient presque tous là, c'est vrai, mais ce lundi à 9 heures du matin, il n'y en avait manifestement pas un et pas une qui fût capable d'ouvrir la bouche pour prononcer son propre prénom. La jeune fille, il ne la regardait même pas. Pourquoi venait-elle à un cours de conversation ? Ça, il ne comprenait vraiment pas. Était-elle donc, dès le début, tellement sûre que l'*instructor* serait pour elle un dépanneur en dissertation ? Certainement. Eh bien, Elaine, qui donc vous a donné votre joli prénom, et comment s'appelle votre sainte patronne, et que savez-vous à son sujet ? Tout ce que savait Elaine, c'est que c'était son *papi* qui avait voulu l'appeler Elaine. Elle n'était pas baptisée. Point final. Halm promena tranquillement son regard sur les étudiants. Pourquoi Howard, d'habitude toujours tellement soucieux de lui venir en aide, ne dit-il rien ? Jeff, votre nom n'est sûrement pas inscrit sous cette forme sur votre carte d'identité ? Jeff réprime un bâillement et il dit que son vrai nom, c'est Geoffry, pas baptisé non plus. A présent, le seul recours était de faire appel à Howard comme on fait appel à un saint. Howard, existe-t-il un saint Howard ? Howard hausse les épaules. Etes-vous baptisé ? Non. Oh, s'écrie Halm sur le ton le plus spirituel possible, encore un païen. Howard le contredit en grommelant confusément. Pardon, s'écrie Halm, si vous n'êtes pas un païen, qu'est-ce que vous êtes ? Juif, dit Howard un peu plus fort, et Halm se rend compte que la répétition de cette réponse, par lui exigée, à voix plus haute et plus distincte, a fait venir une espèce d'amertume dans le ton sur lequel Howard lui répond. Mais Halm se fait peut-être des idées ? Allez, il faut continuer ! Cependant, Halm ne pouvait pas détourner les yeux de Howard. La sollicitude sur le visage de Howard, il la ressentait maintenant comme du tourment. Bon, allons-y, histoire des religions. Les juifs considèrent les non-juifs comme des païens. D'où cette classification. Excusez-moi, Howard, de vous avoir pris pour un païen ! Howard sourit. D'un air tourmenté. Halm demanda si toutes ces choses étaient claires pour tout le monde. Quel est le terme anglais pour désigner le « païen » ? *pagan,* dit Elaine. Exact, dit Halm. *Gentile,* dit Howard. Exact, dit Halm, du point de vue du judaïsme, le « païen » est *gentile,* du point de vue du christianisme, il est *pagan*... Halm s'en tirait comme il pouvait. Cette heure de cours se transformait en supplice. Il transpirait. En soi et pour soi. Il était littéralement brisé quand il prit ensuite la direction du café. La jeune fille le suivit. Pouvait-elle venir le consulter à midi, elle avait quelque chose d'important à lui communiquer ? Très volontiers, Fran. Mais voyons-nous plutôt à notre petite table ronde, dans ce soleil d'octobre qui, pour un habitant de l'Europe moyenne, est quelque chose de merveilleux, ce sera mieux que dans le vent glacial d'une crypte éclairée au néon, d'accord ? Après son cours *German II*, l'air très prof, il se rendit à la cafétéria et vit que la jeune fille n'était pas assise à la petite table habituelle, il le lui dit en prenant place, mais s'énerva de voir que cette évocation de leurs rencontres précédentes ne faisait rien à l'affaire, bien au contraire. La deuxième phrase qu'il prononça ne fut pas d'une plus grande utilité. Désignant son verre, il dit : Vous buvez donc toujours du lait. Elle dit que de toute sa vie, elle n'avait encore jamais bu autre chose que du lait. Mais il s'était repris et il ne lui demanda pas si elle était la jeune fille qui, en sauts de biche, traversait au ralenti la campagne vespérale, faisant magnifiquement voler ses cheveux, pour boire du lait à la fin de la séquence. Il dit simplement : Tonnerre de Dieu ! Il était toujours tellement ironique, dit-elle. Son ironie pouvait être coupante. Eh bien, d'accord, elle allait lui fournir tout de suite une autre occasion d'ironiser : sa dissertation sur le sonnet de Shakespeare lui avait valu un *C moins.* Cerf, alias « Hitler », cette méchante créature de la *high school,* lui avait un jour mis *C moins,* mais depuis, plus personne. Halm grommela : Faites voir. Les pages étaient bourrées de gribouillis à l'encre rouge. En fait, les professeurs savent bien que les élèves essaient de déchiffrer leur moindre gribouillis, aussi misérable soit-il. Ils pourraient y trouver une remarque positive les concernant. Les pages de cette dissertation de Fran ne contenaient rien de positif. *You should tighten your thesis. This seems a little vague. I get the feeling you are a little bored. Some of your analyses are a little sloppy. Could say a little more. Your argumentation needs a little more work. Your conclusion lacks depth...* Halm regarda Fran. De sa main droite, elle ramena la masse de ses cheveux d'un côté de sa tête sur l'autre côté, ce qui, pour la première fois, dégagea complètement une oreille, la droite. A laquelle était accroché un mince anneau. Dès qu'elle éloigna sa main de sa tête, ses cheveux retombèrent en flot. L'oreille disparut. On pouvait parler. Halm dit : Il faut réparer ça. Il va apprendre à nous connaître. Ce professeur déraille, dit-elle. Halm dit : C'est ma faute. C'est nécessairement ma faute. *C moins !* Et elle : Le professeur n'aime que les clowns imbéciles, les gens qui écrivent comme lui. Elle va se défendre. Elle va exiger qu'on révise sa note. A droite, sur l'aile de son nez, Halm découvrit un petit endroit rouge, tout enflé. Ça va faire un bouton. Ce matin, son speaker de la radio avait dit sur un ton tout excité qu'il allait peut-être pleuvoir dans la journée. Autour de sa bouche, au milieu des cratères anciens tout aplatis et qui allaient entraîner des dégradés, on pouvait détecter le signe de nouvelles éclosions à venir. Il y avait des pointes rouges. Sans cette activité volcanique de sa peau, son visage aurait été presque trop commun. Parfois, il avait eu du mal à se rappeler son visage. Bon, voilà qu'elle rejetait encore ses cheveux sur le côté. Soudain, ce fut l'oreille gauche qui fut dégagée. A cette oreille aussi était accroché un mince anneau d'or. La couleur de ses cheveux dépendait de la lumière du moment, et en plus, ses cheveux n'avaient pas la même couleur sur plus d'un centimètre. Du blond au brun-vert en passant par le vert métallique, c'était un déferlement de transitions. En cet instant, son opulente chevelure s'écartait tellement de sa tête, à droite et à gauche, que l'on pouvait voir les deux oreilles, avec leurs minces anneaux, profondément enfoncées dans les grottes formées par les cheveux. En fait, dit-elle, il lui était égal d'avoir eu *C moins.* Elle était beaucoup trop mélancolique pour qu'un *C moins* puisse l'affecter. *I'm somber,* dit-elle. C'est joli, dit-il, bien plus joli que « mélancolie ». *Gloomy,* dit-elle. *Gloomy,* c'est joli aussi, dit-il. Tenons-nous-en à *somber,* dit-il. Elle dit qu'elle l'enviait, il avait toujours la même clarté, la même dureté. C'est, dit-il, qu'il était endurci. Il dit que la souffrance lui paraissait du plus mauvais goût. « Du plus mauvais goût », il lui recommandait cette expression. La jeune fille portait un short dans le style débraillé chic, et, par-dessus, son tee-shirt avec l'inscription : *« Federated Fire Fighter »* et le grand F au milieu. Halm regardait en l'air. *A chance of rain,* avait dit le speaker. Elle dit : La prochaine dissertation, ce sera ou bien sur *Much Ado about nothing* ou bien sur *What you will.* Elle prendra *Much Ado.* Pouvait-elle, jeudi, lui montrer le résultat de son *brainstorming ?* Oui. Ici ou dans son bureau ? demanda-t-elle. Dans mon bureau, dit sa bouche. Dès que la jeune fille fut partie, MOI-Halm prétendit ne pas avoir dit ça. Extrêmement difficile de prendre rendez-vous avec cette jeune fille sous le toit de Fillmore Hall. Mais ici, en ce lieu où tout le monde pouvait les voir, il avait parfaitement le droit d'être avec elle penché sur des papiers, il pouvait le faire admettre, et les spectateurs, à supposer qu'il y en eût, n'avaient qu'à s'y habituer. Mais emprunter avec elle le labyrinthe du Fillmore pour se glisser dans le bureau le mieux caché de tous, non, impossible, c'était nuisible et superflu. Tu rattraperas ça demain. LUI : Non ! MOI : Si ! Halm s'engagea aussi lentement que possible dans la Contra Costa Avenue. Il voulait fuir, oublier ce qui s'était passé durant l'heure précédente. Mais il craignait que tout ne s'aggrave encore s'il n'assumait pas ce qui s'était passé. Mais que s'était-il donc passé ? Son armure, son calme, sa fermeté inébranlable, son sang-froid : envolés. Pourquoi fallait-il donc qu'elle remue sans arrêt la masse de ses cheveux, dégageant les oreilles, faisant éclore des champs volcaniques, pourquoi fallait-il qu'elle soit *somber*... S'il a maintenant un tel vertige, c'est peut-être parce que tout le temps qu'elle a passé là, il n'a pas vraiment respiré. Il n'a pas arrêté de rentrer le ventre. Sans le faire exprès. De lui-même. Ce qui veut dire qu'il ne pourrait pas supporter sa présence beaucoup plus d'une heure. Rester assis tout droit, dans un état de crispation extraordinaire, rentrant le ventre, ne respirant qu'à peine. Il n'y avait pas plus ridicule. Et ensuite, tomber de sa chaise. Mais raide mort, s'il vous plaît, pas seulement évanoui. Mourir, mais oui. Très élégant, de mourir. Un peu trop. Restes-en donc à tes solutions. Elles sont toujours modérées, minables, et très bonnes pour l'estomac. Elle a besoin d'aide pour ses dissertations. Rien de plus. Et même si elle attendait autre chose que de l'aide pour faire ses dissertations, mais il ne fait aucun doute qu'elle n'attend rien de plus, mais même si elle attendait plus, mais ce n'est à coup sûr pas le cas, mais même si c'était le cas, il n'y aurait aucune possibilité, aucun espoir, parce qu'une aventure de quelques semaines serait bien pire que rien du tout, mais par bonheur, rien n'est possible, parce que lui, dans son engourdissement californien, il préférerait tout de même le pire... Il respira bruyamment. Si elle n'avait pas un joueur national de polo, mais justement, elle en a un, si elle sonnait en cet instant, annonçant à la manière du chien Umlaut : *I need feeding,* aïe aïe aïe, le mélo, eh bien, il faudrait que tu lui claques la porte au nez... Il ne lui venait au sujet de cette jeune fille que des idées absurdes. Il devait s'arranger pour qu'elle disparaisse de ses pensées. Bon, allez, dégage, sale gosse gâtée, idiote en Porsche ! Carol avait fourni tout le matériel nécessaire à cet exorcisme. Par bonheur, le professeur Rinehart a Shakespeare sur ses étagères. Il va donc s'installer confortablement, grignoter un peu et lire *Beaucoup de bruit pour rien.* Au-dehors, la baie luisante, et derrière, dure et claire, la ville, que nulle brume n'adoucit aujourd'hui.

Peut-on concevoir plus belle vie ? Il n'existe pas de plus belle vie. Tu as la vie belle. Oh oui ! Il se fraya un chemin tourmenté à travers le bavardage oiseux des seigneurs dans la pièce de Shakespeare. On ne fait jamais aucun reproche à Shakespeare. Ce n'est peut-être pas lui qui a écrit tout ça. Halm se retrouvait toujours assis, regardant au-dehors la lumière crue du jour. *No chance of rain.* Le couple secondaire Benedict et Beatrice est évidemment le couple principal de la pièce. La jeune fille propose-t-elle cette pièce à cause de Benedict et Beatrice, qui n'arrêtent pas de se foncer dessus à coups de polémiques, pour la simple raison qu'ils ne peuvent s'avouer ce sentiment qu'on appelle l'« amour » ? Ce qui se passe dans le couple principal Hero et Claudio ne mérite pas une dissertation. Peu importe ce qu'elle pense, tout ce qu'il peut lui conseiller, c'est d'écrire quelque chose sur Benedict et Beatrice : le ton de l'hostilité qui remplace la déclaration d'amour. Le langage comme exacte antithèse du sentiment. L'univocité du non-dit dans le dit. Le dévoilement par la seule dissimulation. Peut-être alors devinerait-elle au moins tout ce qu'il taisait. Puisqu'il ne pouvait rien dire, il pouvait, par le truchement de ce couple qui ne faisait que pousser des cris, attirer l'attention sur son propre silence et sur tout ce qu'il ne disait pas. Pourquoi a-t-elle choisi cette pièce ? Il avait besoin de prendre l'air. Quand il touche sa tête, elle lui paraît énorme. Une pression, comme s'il avait bu trop de thé. Surexcité, épuisé, voilà dans quel état il se trouve. Si au moins il pouvait lui serrer la main une fois par jour. Mais ici, cela ne se fait pas. Combien d'heures lui faut-il maintenant pour se remettre d'une heure passée avec elle. La proportion est de plus en plus mauvaise. S'il ne parvient pas à acquérir quelque résistance, cet épuisement entraîné par l'excitation va se transformer en état permanent. Rien de ce qu'il éprouvait ne pouvait se justifier, et cette constatation se répandait en lui comme un poison, une pesanteur, une dépression. Rester assis sur la marche d'escalier de la terrasse, garder les yeux fixés sur la petite pelouse, éviter toute émotion, ne rien tolérer de net, demander le brouillard, terminé. Comme sa tranquille résolution avait été de peu d'utilité ! Il faudrait supprimer tout besoin de justification. De toute façon, ce n'est que de l'hypocrisie. Tes scrupules sont peut-être plus forts que ton besoin de... de lever les blocages, mais cela ne signifie pas que ta conscience morale soit éveillée. Cela signifie que tes esprits vitaux sont faibles. La conscience, c'est le châtiment imposé aux faibles pour leur faiblesse. L'homme vital sent sa propre justification. Dans la relation à son besoin vital, les obstacles posés par la conscience sont tellement faibles que cela ne vaut pas la peine d'en parler. Sous le gigantesque séquoia qui formait à lui seul une véritable maison, il vit le chat noir et blanc. Il se leva d'un bond, alla chercher l'assiette et l'écuelle, comme le lui avait dit Sabine, les posa à leur place habituelle et, au lieu de s'asseoir sur les marches qui menaient de la terrasse à la pelouse, il s'installa sur l'escalier menant de la maison à la terrasse. Il y resta assis sans bouger, criant *Come on* et soupirant et poussant des petits cris de mère chatte. Le chat ne bougeait pas. Halm se leva, s'approcha de l'animal avec la lenteur d'une aiguille de montre, mais le chat disparut dans le buisson de bambous qui marquait, vers le bas, les limites de la pelouse. Bon, rien à faire. Mais le lendemain matin, avant de partir en voiture, il descendit et trouva vides l'assiette et l'écuelle, il y remit donc de la nourriture. Par chance, il fut ce matin-là le premier dans la salle 101, car, lorsqu'il s'installa à sa place, il vit sur le bureau un assez grand dessin que, l'espace d'une seconde, il prit pour un papillon, après quoi il se rendit compte que ce qu'il avait pris pour un corps de papillon était en fait un organe sexuel ; et les ailes n'étaient pas des ailes, mais des testicules. Ce papillon figurant les organes sexuels volait en direction d'un labyrinthe qui n'avait pas l'air tout à fait aussi ridicule et qui était censé représenter la région des organes sexuels féminins. Le temps d'identifier tout cela, Elaine entrait déjà avec son distique. Il eut tout de même le temps de sortir quelques papiers de son cartable et d'en recouvrir ces signes graphiques avant qu'Elaine ait atteint le bureau. Quand tout le monde fut assis, Jeff dit en aparté quelque chose que Halm ne comprit pas, mais tous les autres comprirent et rigolèrent. Halm prit un air très détendu et dit qu'il serait heureux de rire avec eux si toutefois Jeff pouvait répéter pour lui sa plaisanterie. Jeff regarda Halm avec les yeux de Halm et dit : *Forget it.* A la fin de l'heure, avant de reprendre les papiers posés sur le dessin, Halm posa son cartable sur le bureau, le fit glisser sur les papiers, sortit les papiers de sous son cartable, les rangea dans son cartable, se leva et n'enleva son cartable du bureau qu'une fois tourné vers la porte. Dehors, il se vit soudain accompagné de Jeff et de la jeune fille. Mais, au premier embranchement, la jeune fille bifurqua. Jeff dit : Elle vous aime vraiment. Elle affirme que quand vous souriez, vous ressemblez à Marlon Brando. Et c'est l'acteur préféré de Fran. Halm fut content lorsque enfin il put refermer la porte de son bureau. Il passa son heure de liberté assis sous la douche de froid, incapable de faire un mouvement. Il songeait : Quand on n'est plus en mesure de transporter un pull-over et une écharpe de chez soi jusqu'à son bureau, on cesse de toute façon d'être responsable. Quand après son cours *German II* il se laissa choir sur la chaise de Carol, tout en poussant un soupir le plus vague possible, elle dit : Ah ah, enfin, notre papillon en a assez. Il aurait voulu s'enfuir à toutes jambes. Mais il ne put s'empêcher de regarder Carol, de la regarder d'un air inquisiteur, menaçant, furieux... Qu'est-ce qui se passe, *did I put my foot in my mouth once more ?* Enfin elle avait l'air d'avoir réellement un peu peur de lui. Il se détendit, sortit son papier. C'est le titre de sa conférence sur Heine : « Je suis de la tribu des Asras. » Oh, dit-elle, de ceux qui meurent quand ils aiment. Oh, dit-il, on s'y connaît ! Et qui est ce *je,* demanda-t-elle.

Et côté Schubert ? demanda-t-il. Le silence, dit-elle. Samedi, dit-il, elle et Kirk pourraient être ses invités, la chose lui paraissait-elle pensable ? Non seulement pensable, mais faisable, dit-elle. Allait-il, en plus, inviter Teddy Auster ? Teddy s'était plaint de Halm. Mais oui, félicitations ! Enfin Halm était parvenu à briser quelque part son opportunisme à base d'amabilité ! Enfin, pour une fois, il avait découvert son jeu. Elle avait beau être désolée que ce soit justement tombé sur ce cher Teddy, ça lui faisait plaisir pour Halm. Halm ne comprenait rien, il demanda des éclaircissements. Eh bien, c'est qu'il lisait tout, faisait l'éloge de tout, il n'y avait que Teddy qu'il punisse de son silence. Mais ce n'est pas vrai. Il n'a pas lu toutes les œuvres de Zipser, ni de Dempewolf, ni d'Ackerman, ni de Roy, il n'a donc pas fait l'éloge de tout. Seul le talent de Carol pour la caricature a fait de lui cette espèce de crétin du zèle. Bon, d'accord, il manifestait un certain zèle, il en convenait. Mais, d'un autre côté, il n'a même pas lu tout ce qu'a écrit son auteur préféré, Kirk Elrod. Ici, il n'avait plus le temps de faire quoi que ce soit. Le pays l'occupait jour et nuit. Le pays, dit-elle, faisant plonger derrière sa belle lèvre inférieure la rangée supérieure de ses dents qui avancent. Il brûlait de pouvoir enfin s'attaquer aux trucs d'Auster. *La morosité conservatrice chez Heine,* comme il se réjouissait ! Et Carol lui fit signe d'aller voir son casier : Teddy avait beau être déçu, il ne se laissait pas décourager, il y avait là aussi quelque chose de nouveau. Halm emballa le tout et dit : Adieu, Karola von der Hütte ! Il prit des airs de hâte et garda cette allure pressée jusqu'au moment où il fut assis dans sa voiture. Descendant la rue, une BMW blanche passa en trombe près de lui : à l'intérieur, la jeune fille. Il mit le moteur en marche et rentra chez lui aussi lentement que possible. Ça, il allait le servir à Carol. Faire passer une BMW pour une Porsche ! Le seul détail exact, c'était la couleur. Apparemment, vous vous laissez guider par la sonorité des premières lettres, Carol ! *Papa-médecin* plus *Pacific Heights* égale *Porsche.* Il fallait qu'il lui fasse payer le papillon. Ou bien n'était-ce qu'un hasard ? Ou bien était-elle l'auteur de ce dessin ? L'avait-elle exécuté elle-même ? Le matin, entre sept et huit ? Ou bien avait-il déjà ici le surnom de « Papillon » ? *Nickname :*

*« Butterfly »*. Dans son pays, on l'appelait « le Pivert du sol ». Marlon Brando... Et semblable au résultat d'un problème, un mot surgissait à présent en lui : Malvolio. Ils jouent avec toi au jeu de Malvolio. Ils te conseillent de mettre des bas jaunes lacés en croisillons. C'est la raison pour laquelle elle n'a pas choisi *Comme il vous plaira,* mais *Beaucoup de bruit pour rien.* Elle aurait trouvé ça trop direct. Ils veulent faire leurs petites farces. Quand il souriait, il ressemblait à Marlon Brando ! On se serait cru dans *Comme il vous plaira,* lorsqu'ils inventent toute une mise en scène pour faire croire au malheureux précepteur Malvolio que la dame qu'il sert est amoureuse de lui et lui conseille de mettre des bas jaunes lacés en croisillons ! Et il faudrait qu'il sourie ! Et Halm savait combien il avait l'air idiot quand il souriait. Une fois chez lui, Halm chercha immédiatement dans la pièce de Shakespeare les passages consacrés à Malvolio. *If thou entertainest my love, let it appear in thy smiling. Thy smiles become thee well !* Quand vous souriez, vous ressemblez à Marlon Brando ! Et c'est l'acteur préféré de Fran ! Ils vont sûrement imaginer pour demain quelque chose qui corresponde au *yellow stockings ever crossed-gartered. Comme il vous plaira* serait trop direct, ce serait vraiment se trahir, ça pourrait démasquer tout leur jeu de Brando-Malvolio. En revanche, *Beaucoup de bruit pour rien,* c'est l'idéal. Par le texte de Beatrice, elle signale qu'elle pense tout autre chose que ce qu'elle dit ; mais pas vraiment, bien sûr, juste pour le provoquer, afin qu'il se découvre et que l'on puisse ensuite, comme Malvolio, le ridiculiser définitivement. Mais ils se sont trompés sur son compte, ces *californian kids.* Maintenant, c'est sûr, il ne sourira plus. Ils voulaient l'appâter par l'espoir qu'il ressemblerait à Marlon Brando ! Il a pigé. Oh oui ! S'ils en avaient fait un peu moins, ils auraient obtenu un meilleur résultat. Il ne va pas maintenant commencer à se ridiculiser avec les tirades de Benedict. Il était " toujours " ironique, son ironie pouvait être " coupante... " Voilà comment elle voulait le faire entrer de force dans le rôle de Benedict. Parlez méchamment, jusqu'à ce que ça devienne comique, alors j'écouterai ce texte d'amour tout fondant ! Voilà comment elle voulait le dresser pour, vraisemblablement, le donner ensuite en spectacle à tous ses amis, filles et garçons. Maintenant, il ne devait surtout pas montrer qu'il les avait percés à jour. Il devait faire semblant de tout ignorer, de ne rien comprendre, et donc de n'avoir aucune intention d'être parfaitement invulnérable. Impossible que Carol soit au courant. Le dessin est de Jeff.

Howard non plus ne sait rien de tout cela. Elaine sait sûrement quelque chose. Rien qu'à voir son tee-shirt, on imagine de quoi elle est capable. Il trouvait qu'à présent il n'était plus nécessaire de déplacer le rendez-vous de son bureau vers la cafétéria. Il était calme. Parfaitement ! Au-dehors, la baie brillait d'un éclat argenté. Nulle trace de San Francisco. C'était la première fois. Un mur de nuages blancs, flamboyants, amenés par l'éclat de la baie, plus gris dans leur partie supérieure. Dès que l'on ramène son regard sur la baie, en bas, on est aveuglé, on ne voit plus rien. Halm s'installa devant la télévision. Il fallait qu'il apprenne à comprendre parfaitement cette langue. Peut-être, s'il avait compris la plaisanterie de Jeff, aurait-il vu clair aussitôt. Il ne pouvait donc pas se permettre de ne pas comprendre une remarque. Bien entendu, la jeune fille était encore en train de traverser la campagne crépusculaire en sauts de biche filmés au ralenti, elle buvait du lait et disait : *It does a body good.* Il avait l'impression que devant l'écran, il était au cœur des États-Unis, plus encore que lorsqu'il était au campus. Un spectateur interrogé sur ce qu'il pensait de la télévision dit : *Life is better at TV than at your front door.* On voulait installer un téléphone au pont de Golden Gate, pour inciter les candidats au suicide à donner encore un coup de téléphone qui changerait peut-être tout, et, entendant cela, il eut l'idée de proposer le suicide comme sujet pour son cours de conversation. Ils allaient voir qui il était. Marlon Brando-Malvolio ! Mais il serait calme. La télévision le calmait. Ces catastrophes qui couvaient partout, prêtes au flamboiement total. Ce joli président avec ses impressionnantes manières bigotes. Halm n'avait plus à se prendre au sérieux. Il ne pouvait rien exister de plus insignifiant que lui ici et maintenant. Ce qu'il faisait ou ne faisait pas était absolument indifférent. Il vida une bouteille, et la tête en effervescence, il descendit dans la chambre et appela Sabine. Mais rien qu'à la façon dont Sabine prononça ces deux mots : Allô oui, il comprit qu'elle ne pourrait pas l'aider cette nuit-là. Papa Gottschalk a été opéré. Ce matin. Chez elle, il est quatorze heures. Elle ne pourra retourner à l'hôpital que demain après-midi. Elle ne peut donc rien lui dire encore. Elle supposait qu'il appelait parce qu'il s'inquiétait pour son père. Mais non Sabine, en fait, il est plein de *Larmes de la Montagne.* Il fut incapable de dire un mot. Ivre et nu, il était couché contre l'écouteur, et il écoutait la voix de Sabine, voix du malheur au souffle pauvre. Il dit : Bon, je te rappellerai, Sabine. Bien. Comment faire à présent pour s'endormir dans l'état de perturbation où il était, il n'en savait rien. Il décida de rester éveillé. Cela fut efficace. Il dut ensuite s'endormir assez vite.

Le matin, il alla chercher l'assiette et l'écuelle sur la terrasse, il reposa l'assiette et l'écuelle après les avoir remplies, retourna jusqu'aux marches de l'escalier près de la maison et attendit. Le chat se détacha de son arbre-maison, monta en hésitant les marches de la terrasse. A chaque point qu'il atteignait, il paraissait grandir, il était donc chaque fois obligé de s'étendre et de s'étirer pour s'arracher à sa place. Et il ne se traîna pas tout de suite en direction de la nourriture et du lait, non, aussi pénible que cela lui fût, il s'approcha de Halm, s'avança vers ses doigts de pieds nus. Halm voulut enlever de l'épaisse toison noir et blanc une bande de papier collant, mais sa main fit peur au chat qui s'enfuit en courant et retourna dans l'herbe. Halm devait partir. Il voulait avoir le temps d'effacer sans témoins le dessin de son bureau. Il s'était muni d'un chiffon humide. En fait, c'était presque dommage pour ce papillon qui évoquait les organes sexuels et que son vol emmenait vers la grotte féminine. La veille, écoutant les débats presque interminables consacrés à un avion de ligne coréen abattu par des Russes, il avait appris une expression : *heat-seeking missile.* Il effaça l'avion-sexe, mais il laissa la grotte qu'il recouvrit cependant de papiers. Les *kids* ne devaient pas s'apercevoir tout de suite qu'il avait de la ressource. A la fin de l'heure, il rangea ses affaires avec tant de soin qu'il fut le dernier à quitter la salle. Dehors, la jeune fille l'attendait, il prit la direction de Fillmore, elle l'accompagna. Rainer n'était à coup sûr pas au campus, il pouvait donc sans angoisse s'approcher du pont du gros dos. En espérant qu'ils n'allaient pas encore rencontrer cet indécrochable vieux chien qui devait essayer sans relâche de se souder à la jeune chienne boxer. Eh bien, Otto, où es-tu donc ! La jeune fille dit qu'elle n'avait pas encore eu le temps de lire *Much Ado,* cela avait-il tout de même un sens de venir le consulter ? Il lui laisse le choix. Très bien, elle viendra. Il faut qu'il aille voir Carol. S'asseoir sur sa chaise. Chère Carol, enfin, il peut vous faire plaisir ! Aujourd'hui, pas d'enthousiasme ! Enfin une espèce d'aversion ! Pour monsieur votre Président, ou pour ce fantôme de Président si joliment maquillé, à Washington. Excusez-moi de dire *votre Président.* Dieu sait que vous n'avez pas voté pour lui ! Carol soupire, roule des yeux, cache ses dents derrière le rempart de ses lèvres. Halm, dit-elle, est un oiseau de malheur. Ce Président est l'un des meilleurs que les États-Unis aient jamais eus. Elle, Carol, et son mari, Kirk, ainsi que tous ses parents et amis ont voté pour ce Président et ne l'ont pas regretté une seconde. Depuis, cet homme merveilleux n'avait plus contre lui qu'un petit nombre de *card-carrying highbrows* et quelques *kinks.* Pas de Rainer pour venir mettre son grain de sel, qu'est-ce que cela signifie ? Halm perd aussitôt son assurance. Il n'en a pas la moindre idée. Tout de suite, il avoue qu'il a beaucoup bu la veille au soir. Il demande qu'on lui accorde un temps de réflexion. Il va continuer d'observer le Président, et il lui rendra compte de ses conclusions. Côté Schubert... ? Silence. Quand, ayant sorti les papiers de son casier pour les ranger dans son cartable, il s'inclina encore une fois en direction de Carol, elle lui souhaita beaucoup de visites (*a busy office hour*) pendant l'heure consacrée à recevoir les étudiants. Ne possédant pas le sens de la repartie, il ne sut que répondre. Vous vous trompez, aurait-il dû s'écrier. Je suis au-dessus de ça ! Après son cours *German II*, la jeune fille l'attendait devant Coit Hall, et elle fit avec lui le chemin du retour en passant par le pont. Mais on ne pénétrait pas dans le bâtiment de Fillmore par le seul couloir principal. A cette heure-là, ils allaient nécessairement se retrouver nez à nez avec Carol qui irait prendre son déjeuner. Donc tout de suite après le pont, il prit un chemin qui montait à droite, faisant un détour pour accéder au bâtiment par une entrée latérale. La jeune fille ne dit rien. En tout cas, là-bas, il n'y avait pas d'ascenseur, il n'y avait que des escaliers et, en haut, de longs couloirs. Il monta l'escalier avec une aisance pleine d'ostentation. Il dissimulait ses difficultés respiratoires. Mais avant d'avoir eu le temps de disparaître derrière la porte 407, ils virent Carol qui s'avançait sur eux dans le couloir. Elle avait dû attendre quelque part, tout observer et provoquer exprès cette rencontre, la plus pénible de toutes celles qu'ils avaient eues jusque-là. Puis, au dernier moment, ses forces semblèrent l'abandonner. Elle n'eut pas le courage de faire un mot d'esprit. Elle fut tout juste capable de faire un signe de tête, puis on l'entendit accélérer le pas. Elle dut s'enfuir en courant. Dès qu'il fut assis en face de la jeune fille dans la lumière du néon, il eut une envie folle de s'excuser pour toutes ses pensées des dernières vingt-quatre heures. Elle était ainsi tout autre que dans son imagination. Il n'avait toujours pas de photo de cette jeune fille. Sabine faisait des photos, mais pas lui. Ses cheveux, platine dans la lumière du néon et vert métallique sur les pointes retombaient sur un chemisier bleu foncé. Et elle portait un pantalon d'un gris si clair et si intense qu'on aurait pu dire qu'elle portait un pantalon d'argent. Étant donné qu'elle n'a pas lu la pièce, dit-elle, les points de vue qui se sont imposés à lui au cours de sa lecture lui seront de peu d'utilité. Tout ce qu'il pourra lui dire, elle l'oubliera jusqu'au moment où elle arrivera à lire la pièce. Elle retient beaucoup plus facilement la musique que le langage. Une mélodie qu'elle a entendue une fois, elle ne l'oublie plus. Et il regretta de ne pas savoir chanter. Elle était persuadée, dit-elle, qu'il avait eu une belle voix. Qu'il *avait eu*, dit-elle. Il dit que quand il lisait, il avait toujours un crayon à la main, et qu'il pouvait lui donner les notes qu'il avait prises. Et il lui tendit ses feuilles. Elle rayonnait. Vous êtes tellement..., dit-elle, sans savoir ensuite comment terminer sa phrase. Deux fois, elle répéta le mot *tellement*. Il fut sur le point de dire : Tellement idiot. Mais il dit : Tellement sérieux, oui, je suis sérieux, je l'ai toujours été. Non, ce n'était pas ce qu'elle voulait dire. Ah bon, alors quoi ? Tellement gentil, dit-elle, et elle le regarda comme si elle venait de marquer un point contre lui dans une compétition sportive. Il eut le sentiment qu'elle était fière d'avoir osé prononcer ce mot. Mais déjà, elle s'était levée, il se leva aussi, elle lui tendit la main. C'était un événement. Elle était déjà dehors qu'il tenait encore sa main dans la sienne. Halte, aurait-il pu crier, Fran, vous avez oublié votre main. Tandis que, rentré chez lui, il contemplait le mur de nuages qui tenait toujours San Francisco prisonnière, il trouva puérile sa crainte que l'on se moque de lui en l'appclant « Butterfly » ou « Brando-Malvolio ». Quelles que fussent les intentions de cette jeune fille à son endroit, il supporterait tout. Si elle voulait le ridiculiser, elle n'aurait qu'à le ridiculiser. Il lui suffisait qu'elle s'occupe de lui. Le téléphone sonna. Il courut. C'était elle. Il était tout à fait sûr que c'était elle. Enfin. Mais c'était Carol. Et elle dit, après avoir cependant laissé passer un instant : *Pardon, j'ai fait un faux numéro.* Et elle ne raccrocha pas tout de suite. Il aurait eu le temps de dire : Oh Carol, mais si, c'est bien le bon numéro ! Mais il en fut incapable. Il raccrocha avant que ça ne devienne pénible. Il ne dit rien. Rien ne lui vint à l'esprit. Il voulait faire semblant de ne pas s'être aperçu que c'était Carol. Après coup, il vit clairement qu'elle serait nécessairement vexée. Il ne reconnaissait même pas sa voix ! Il fallait qu'il l'appelle. Ce n'était sûrement pas par mégarde qu'elle l'avait appelé. Elle voulait parler avec lui. Il la revoyait en train de lui montrer la collection d'instruments de musique de son père et la photo de sa mère. Avec ses yeux de plus en plus sombres. Il la revoyait, debout, avec ses cheveux pointant vers l'avant comme des langues de feu. Pourquoi, maintenant, ne la rappelait-il pas ? Elle était ici sa seule confidente. La seule personne avec qui il pût parler. Et aussi la plus gentille. Elle était sûrement la seule qui l'aime un petit peu, ne serait-ce que parce qu'il lui rappelait Messmer, encore que ce fût à son désavantage. Mais il fut incapable de lui téléphoner. Il fut juste capable de se rendre en ville et de s'acheter ce dont il avait besoin pour faire dans Tilden Park une tentative de course de fond, ou encore de jogging. Il avait étudié la carte, il trouva l'entrée qu'il cherchait, puis il descendit la colline, remonta, redescendit, longea le ruisseau, traversa des grottes et des couloirs formés par des arbres, fit ensuite lentement tout le grand virage le ramenant à son point de départ. Son ami d'enfance Klaus, qui, quelques années auparavant, voulait le convaincre de se livrer à ce genre d'exercices, serait maintenant triomphant. Par bonheur, il n'y avait ici personne pour le regarder. Dans ce parc, tout le monde courait, marchait ou s'arrêtait à son gré. Chacun semblait accorder toute liberté aux autres. Telle était l'impression de Halm. On se saluait ou ne se saluait pas, mais quelle que fût la manière de se croiser, tout s'accomplissait dans une zone de parfaite approbation. Il s'en était déjà un peu rendu compte dans les rues et sur les chemins de la ville ; c'est d'ailleurs pourquoi il avait eu le courage de se mêler à ces coureurs. Impensable de se conduire ainsi à Sillenbuch. M^me^ Niedlich, M. Reichert, M^me^ Patzschke... Ici, le terrain était toujours plus abondant que le public. A la fin, il alla même jusqu'à faire cette espèce de flexion du tronc que les étudiants en tenue de sport exécutaient au campus devant certains panneaux, comme si cela faisait partie d'une religion. Si MM. Kiderlen et Rimmele le voyaient... Il s'aperçut que ces exercices faisaient du bien à ses reins tordus par le ressac. Après avoir pris sa douche, il ouvrit sa bouteille de vin, mais il la reboucha aussitôt, sans avoir rempli son verre. Il voulait voir s'il tiendrait le coup sans boire de vin toute une soirée. En peu de temps, ce vin rouge de Californie lui avait fait rougir le nez. Quant au nez de Rainer, il était déjà plutôt bleu que rouge. Devant les étudiants, Halm avait honte de son nez. Pourtant, il n'était pas intoxiqué. Devait-il, afin d'être armé pour d'autres courses de fond, réduire sa consommation de tabac ? Ne pas fumer ce soir ? Parfaitement ! Uniquement Heine et la télévision. Il réussit à tenir le coup. Le lendemain matin, le chat mit moins longtemps que d'habitude à monter jusqu'à la terrasse et à franchir l'espace le séparant des marches de l'escalier où Halm l'attendait, pieds nus. C'était une petite chatte. Elle ne regarda pas non plus très longtemps la nourriture posée sur le côté de la terrasse. Elle commença par réclamer des caresses. Avec fougue, elle se précipita à la renverse dans sa main. Une chatte blanche avec un dos noir. Il y avait un endroit où le noir faisait presque tout le tour du corps. Mais les pattes sont du blanc le plus pur. La tête est blanche, en grande partie, mais on a l'impression qu'elle sort d'un rideau noir rejeté en arrière. De ses oreilles noires jaillissent des poils blancs, pareils aux plumes d'un oisillon. Enfin, elle en a assez des caresses, elle peut à présent manger et boire. Halm s'aperçut que l'un des carlins de la maison voisine le regardait par la fenêtre avec une expression humaine. Halm lui adressa un salut et partit.

## 11.

Pendant quelques jours, il n'osa pas prendre place sur la chaise de Carol. Il savait qu'il avouait ainsi une faute qu'il n'avait pas commise. Carol s'était placée de manière à le voir disparaître avec la jeune fille dans le labyrinthe qui conduit au bureau 407. C'est elle qui avait créé cette situation ambiguë ! Le mieux aurait été de s'écrouler en riant sur la chaise de Carol ! Avec maestria, elle s'y entendait à mettre les gens dans leur tort. En fait, elle ne prononce jamais un mot qui ne soit susceptible de prouver à quel point on lui fait du tort. La plupart du temps, elle fait sa démonstration de la façon suivante : après vous avoir envoyé quelque méchanceté à la figure, elle se met à rire et, tout en riant, elle sombre dans une tristesse absolument déchirante. Des profondeurs de cette tristesse, elle vous explique alors d'une voix blanche que ce serait bien mieux si une fois au moins on lui donnait l'occasion d'être gentille, au lieu de l'obliger continuellement à jouer les vilaines sorcières. C'est sans doute la raison pour laquelle son mari, qui connaissait mieux que quiconque ce désir ardent, l'appelait « sa petite violette ». Halm l'aurait volontiers appelée « mouton », ou encore « petit mouton ». Ou bien « Byron ». Mais avec sa sensibilité berlino-baltique à toute espèce d'emphase, elle ne lui accorderait sans doute qu'un mépris moqueur, même si, une minute plus tard, elle recommençait à désirer ardemment qu'on la traite ainsi.

Quand il parut sur le seuil, elle dit : Un jour de plus et je vous faisais amener ici par la police. Elle indiqua son casier regorgeant de papiers. Il dit qu'il ne pouvait se permettre, comme Rainer, de fermer sa porte pour se concentrer, mais qu'il était du moins obligé de consacrer à sa conférence sur Heine la moindre seconde de liberté. Vous avez donc encore des secondes de liberté, très bien, dit-elle. Méchante, acide Carol, dit-il. Halm, tout sucre et tout miel, dit-elle. Maintenant, il l'aimait vraiment. Comment le lui faire sentir ? Avec vous, sans le savoir, on a toujours fait quelque chose de travers, dit-il. N'allez pas, monsieur, vous imaginer je ne sais quelle faiblesse, dit-elle. Encore fait quelque chose de travers, dit-il sur un ton intense. Mais elle : M. Kiderlen a-t-il réussi à vous joindre ? D'une voix... on aurait dit qu'elle savait avec exactitude l'effet qu'elle produisait sur Halm. Surtout, pas de panique. Elle avait donné son numéro de téléphone à Kiderlen. Manifestement un homme charmant, ce collègue, et quelle aisance, un anglais impeccable, l'anglais d'Oxford ; on lui propose de parler allemand, mais il se sent tenu de refuser : étant donné que c'est lui qui fait irruption ici par téléphone, il convient qu'il se serve de la langue que l'on parle dans le pays où il fait irruption. Voilà ce qu'il a dit, on avait tout à fait l'impression que s'il avait appelé Tokyo, il se serait comporté de la même manière. Et pourquoi, je vous le demande, téléphone-t-il ici ? Il ne vous a donc pas appelé ? Non, s'écria Halm, et je n'ai pas quitté la maison. Sauf pour quelques excursions de jogging, le soir, dans Tilden Park, dit Carol, la bouche presque fermée. *By the way*, il choisissait toujours l'entrée qui était près du carrousel, le terrain y était certes un peu raviné, romantique, mais elle lui recommandait l'entrée Nimitz Gate ; c'était quelques miles plus loin, et il ne pouvait guère exister quelque chose de plus sublime que ces sentiers de montagne et ces forêts d'eucalyptus dans le soleil couchant. Halm était si troublé qu'il fut incapable de lui demander comment elle savait déjà tout ça. Pis encore, il ignore sa remarque, comme si ces excursions-jogging étaient aussi une chose à cacher. Un petit peu de course de fond et il avait mauvaise conscience ! A Sabine non plus, il n'avait pas parlé, au téléphone, de son nouveau mode de vie. Mais pardon, que lui veut donc Kiderlen ? Carol fait l'étonnée. Halm prend un ton tellement mauvais, à côté de Kiderlen qui demandait si gentiment de ses nouvelles ! Mais dites-moi donc pourquoi il a téléphoné, hurle Halm. Il n'en peut plus. Bon, eh bien, Kiderlen avait commencé par prendre des nouvelles de Halm, demandant comment il se sentait ici, sur quoi elle avait pu rassurer son interlocuteur, qu'elle avait pris, forcément, pour un ami inquiet ; Halm, avait-elle dit, savait se faire aimer des gens qu'il fallait ; elle espérait que ce renseignement correspondait bien à Halm. Quoi qu'il en soit, son interlocuteur avait eu un petit rire, et il avait dit que, dans son pays, Halm s'efforçait plutôt de se faire détester des gens qu'il fallait. Et ils avaient bavardé comme ça quelques instants, parlant de Halm, jusqu'au moment où Kiderlen avait dit que le motif de son coup de téléphone était hélas plus triste : Rimmele était mort. Pas rentré d'une de ses randonnées dominicales, on l'avait retrouvé sous un buisson de genévriers dans le Jura souabe. Halm fut rempli d'effroi. Kiderlen regrettait l'absence de Halm à ce moment-là. Parmi tous les collèges, il n'y en avait aucun qui puisse être aussi utile que Halm. Lui, Kiderlen, devait remplacer Rimmele à la tête du lycée, provisoirement, il est vrai, mais il ne voyait pas encore comment il y parviendrait sans Halm. Bon, eh bien au revoir, en espérant que Halm allait bientôt rentrer ; car ce côté négatif, dès l'instant qu'on ne l'avait plus, manquait sérieusement. Carol dit qu'elle avait alors souhaité que quelqu'un parle d'elle en ces termes. Kiderlen avait parlé d'un Halm qui lui était inconnu. Ici, il se présentait comme le type même de l'exalté effréné. Mais elle aimait mieux le Halm de Kiderlen que le Halm du campus. Il a fallu qu'on en vienne là, dit Halm. Alors, venant de la porte, on entendit une voix qui saluait. La jeune fille. Eh bien, dites-moi, qu'est-ce qu'il y a encore ! La jeune fille ne fit que saluer et demanda à Carol si elle ne pouvait pas venir une heure plus tôt, on aurait plus de temps ET plus de lumière. Carol dit qu'elle essaierait. Disparu, le fantôme ! Carol dit, et Halm eut l'impression qu'elle savourait ses mots : Elle habite dans un endroit vraiment féerique, n'est-ce pas ? A la torture, Halm répondit : Comment le saurais-je ? Carol : Très juste. Vous vous rencontrez de préférence dans la discrétion totale de votre charmant bureau. Mais la maison de Maybeck qu'habitait Fran dans les Oakland Hills aurait eu plus d'atmosphère. Elle appartient à son père, évidemment. Votre goût est irréprochable, monsieur Halm. Fran Webb est une précieuse petite personne. Même moi, qui ne suis pas fondamentalement une exaltée, je n'hésite pas à la qualifier de joyau. Même quand elle ouvre sa jolie bouche, elle reste supportable. Oh, si seulement il faisait partie de ces hommes qui tiennent un journal ! Date et heure à l'appui, il ne pourrait alors s'empêcher de prouver à Carol que lorsque, dans ce même bureau, il avait été question de Fran, elle avait dit : Oui, elle est bien mignonne, mais il ne faut pas qu'elle ouvre la bouche. Et maintenant, cette remarque ! A cause de lui ? Ou bien n'était-ce qu'imagination ? Non, non, non ! Elle a fait la conquête de Fran, à cause de lui. De toute façon, la jeune fille était folle de Carol ; il n'avait donc pas dû être difficile de s'en faire une amie pour de bon. Il fallait qu'il change de sujet immédiatement. Cela la dérangeait-il s'il essayait d'inviter aussi les Mersjohann le samedi ? Il avait en effet envie de revoir sa fille, et sans Elissa, ce n'était guère possible. Ah oui, autre chose encore : si, durant les quinze jours à venir, il ne recherchait pas chaque jour le plus bel endroit du campus, c'est-à-dire la chaise placée devant le bureau de Carol, c'était simplement parce qu'il était incapable d'attendre plus longtemps sans rien faire le jour de sa conférence sur Heine. Elle n'avait qu'à comparer et voir comment on travaillait côté Schubert. Chez lui, en revanche, rien. Il ne se sentait réellement plus très bien quand il pensait au 29 octobre. Ce serait la journée la plus importante de ce séjour, la journée décisive.

S'il ne l'avait pas déjà su, cette conversation avec Carol lui aurait prouvé qu'entre lui et la jeune fille, il n'y avait rien. Entretemps, Carol avait dû faire une enquête et constater que le résultat était négatif. C'est peut-être la raison pour laquelle elle trouve tout à coup la jeune fille *précieuse*. En plus, cette rapide conquête de la jeune fille par Carol a anéanti le peu d'illusions qui restaient. C'est un coup magnifique, Carol. Un coup de génie. Elle a de quoi devenir championne du monde d'échecs. Non, elle devrait se faire ministre des Affaires étrangères. Elle bavarde avec Kiderlen. Qui tire maintenant les ficelles auxquelles il est suspendu ? Carol. C'est peut-être elle qui a appelé Kiderlen. Mais cela, il ne l'apprendrait qu'à son retour. Si elle faisait tout ça pour lui en imposer, eh bien... eh bien, elle lui en imposait réellement. Sacrée Carol ! Elle est la seule personne avec qui il puisse parler depuis que Sabine est absente. Ce qui se passe avec la jeune fille ressemble plus à des saignées qu'à des conversations.

Il disposa autour de lui des petites choses à grignoter et lut les phrases de Heine qu'il avait notées dans la semaine.

*Le papillon est amoureux de la rose, / Mille fois bat des ailes autour d'elle... La rose embaume — mais a-t-elle le pouvoir de sentir son parfum... / Lorsque tu passes auprès de moi, / Et que ta robe simplement me frôle, / Mon cœur s'élance vers toi dans l'allégresse, et avec fougue / Il suit ta belle trace... N'a-t-elle jamais rien dit / De ton être amoureux... ? / Parce que je t'aime —, je dois, fuyant, / Éviter ton visage... Doucement d'aimables sons / Traversent mon cœur... Ma belle aux boucles blondes / Tous les jours je sais la rencontrer, / Au jardin des Tuileries /*

*Sous les marronniers... Elle s'appelle Laure ! Comme Pétrarque / Je peux maintenant m'enivrer d'un amour platonique / Aux doux accents de ce nom — / Il n'est jamais allé plus loin...*

Il avait rempli des pages et des pages de phrases comme celles-ci. Il y avait un poème, un seul, qu'il avait recopié en entier.

*L'Asra* [1]

*Tous les jours, merveille de beauté,*
*la fille du sultan se promenait*
*vers l'heure du soir, près de la fontaine*
*où jaillissent et clapotent les eaux écumantes.*

*Tous les jours, le jeune esclave se tenait,*
*vers l'heure du soir, auprès de la fontaine*
*où jaillissent et clapotent les eaux écumantes,*
*et chaque jour il devenait plus pâle.*

*Un jour, la princesse alla vers lui*
*et lui dit, à mots rapides :*
*Je veux savoir ton nom,*
*ta patrie, ta tribu.*

*Et l'esclave répondit : Je m'appelle*
*Mohamet, je suis né au Yémen*
*et je suis de la tribu des Asras,*
*de ceux qui meurent quand ils aiment.*

En les recopiant, il s'était familiarisé avec ces phrases qui s'étaient imposées à lui par un jeu de réminiscences, et maintenant qu'il les relisait, elles devenaient ses propres phrases. Il était capable d'en faire quelque chose. En fin de compte, il dut encore changer le titre : « Laura et l'Asra ». C'était son titre à lui. Il voulait procéder à la manière de Heine. Il n'aimait rien tant que cette façon de traiter ce qu'on appelle la douleur. Rempli d'envie, rempli d'une envie avouée, il voulait mettre en évidence la manière dont s'exprimait Heine. Parmi toutes les données qui définissaient cette expression, il désignerait la *jeunesse* comme la plus importante. Certes, il a dû un jour être plus jeune qu'il ne l'est aujourd'hui, mais aussi jeune que Heine lorsqu'il écrivit ses poèmes, non, il ne l'a jamais été. Il montrerait les

1. Traduction de Louis Sauzin, Aubier, éd. Montaigne.

poèmes de Heine comme un objet qui bouge au soleil et qu'observe un spectateur assis dans l'ombre. Situation dans laquelle on sait apprécier la lumière d'un éclair. Et il en arriverait ainsi à son sujet : un Asra ne peut parler que lorsqu'on l'interroge. Il se fabrique une *inconnue*, une *Laura*. Il est en pleine ivresse. Voilà, c'est tout. Il meurt en pleine ivresse. Halm voulait décrire une relation Asra-Laura qui produise un effet aussi pathétique que comique. Et le comique ne devait pas avoir d'autre source que le pathos. Et ce comique devait être le comique le plus involontaire possible. Seul l'intéressait le comique involontaire. Ce qu'il y avait de plus comique dans l'Asra de Halm, c'est qu'il ne mourait même pas. La ferait-il ainsi rire et pleurer ? Tel était son but. Rien d'autre. Absolument rien. Il ne parlerait que pour elle. Cette *fontaine*, celle de la fille du sultan et celle de la Student Union Plaza, le mètre de Heine, les trochées, jaillissant pareils à la colonne d'eau qui jaillit de la fontaine... Quelle belle occasion de lui dire ce qu'il ne pourrait jamais lui dire, ni dans le vent glacial de sa *fosse* éclairée au néon, ni à la petite table de la cafétéria, ni près de la vraie fontaine. Ça ne servira à rien non plus. Ça ne pouvait servir à rien. Mais qu'est-ce qui allait se passer ? Il ne pouvait rien se passer du tout. Mais c'est justement pour cela qu'il devait le dire. C'est justement cela qu'il devait dire. Il ne peut rien se passer, voilà le sujet de sa conférence. Il ne pouvait pas se rappeler avoir été autant motivé pour préparer une conférence. Et il se retrouvait presque dans un état d'allégresse idéaliste quand il songeait que, parallèlement à ce qu'il faisait lui-même, la jeune fille décrivait la même situation à l'aide de Benedict et de Beatrice. Immédiatement, sur une feuille à part qu'il voulait lui remettre le lendemain, il nota pour elle quatre vers de Heine qui étaient beaucoup mieux à leur place dans le monde de Benedict et Beatrice que dans celui de l'Asra et de Laura :

*Ils s'aimaient tous deux, mais aucun*
*Ne voulait l'avouer à l'autre ;*
*Ils se regardaient avec tant d'inimitié,*
*Et ils voulaient périr d'amour.*

Elle serait bien obligée de dire ce qu'elle en pensait ! Il ne voulait rien attendre de la jeune fille. Il n'avait rien à espérer. Toute déception était donc impossible. Il passait maintenant pas mal de temps devant la télévision, mais en s'efforçant toujours d'échapper au délire cinématographique. De toute façon, depuis qu'il avait vu que Carol avait fait la conquête de la jeune fille, il se reconnaissait dans la solitude de ces héros de western tombés dans le trente-sixième dessous. Mais quand ils s'élançaient à cheval au-devant de leurs solutions, il restait, lui, en arrière, se transformant en quelque sorte en témoin de la solitude, contre les faussaires de la dramaturgie qui de nécessité faisaient réalité.

Halm fut heureux quand Carol lui téléphona pour proposer de se retrouver le samedi Grizzly Peak Boulevard au lieu de se voir dans la maison de Rinehart. Il n'avait aucun talent de cuisinier. Il aurait perdu un samedi entier à acheter de la nourriture et à la disposer sur des assiettes de manière appétissante.

Il alla chez le Chinois et composa avec lui un bouquet de lis tigrés et de fougères vertes que Sabine aurait trouvé trop élaboré. Le bouquet plut à Carol, qui était aujourd'hui toute vêtue de noir ajouré. Auster s'était décommandé, pour un motif sensationnel : cet homme, qui depuis des décennies proclame qu'il n'y a rien de plus ridicule qu'un philosophe marié, a pris l'avion pour aller se marier à Reno pendant le week-end. Il faut bien que les enfants s'amusent, grommela Rainer en dialecte. Halm demeura toute la soirée le plus loin possible d'Elissa. Seule l'intéressait Lena. Avec ses cheveux courts, elle avait l'air de faire partie du clan d'Elissa. Jamey, dit Lena, avait encore écrit. De Staunton, en Virginie. La carte montrait la cave de la maison de Woodrow Wilson, où se trouvait déjà le bureau du général Lee. On voyait aussi le cheval de Lee, Traveler, tellement bien empaillé qu'on l'aurait cru vivant. Lena ne s'était adressée qu'à son père, mais Rainer, ayant saisi au vol le nom de Jamey, s'était mis à écouter. D'une voix lamentablement pleurnicharde, manifestation ostentatoire de toutes les espèces d'afflictions, il s'écria en direction d'Elissa : Et pourquoi est-ce qu'on ne me montre pas ces cartes postales ? Elissa dit d'un air étonné : Lena ? Léna, aussitôt, dans le plus clair soprano de la certitude : hier, quand elle est descendue voir Rainer pour jouer avec lui un morceau à quatre mains, elle lui a apporté la carte. Et elle lui rappelle la joie qu'il en a éprouvée. Et c'était quand ? demande-t-il. Hier, dit Lena. Hier, dit Rainer sur un ton presque méprisant. Ce qui voulait dire : quelle ineptie ! Tout à fait impossible ! Hier, dit Lena sans insistance, on a joué la *Fantaisie en « fa » mineur*. Ah, la *Fantaisie en « fa » mineur*, dit Rainer, ah oui, c'était hier, ah bon, vous voulez parler de cette carte qui venait de Staunton, avec Traveler, oui, si c'est de celle-là que vous voulez parler, Lena me l'a bien descendue hier quand elle est venue me voir, etc., n'est-ce pas ! Voilà que je me retrouve avec deux femmes au-dessus de tout soupçon. La maison de Hänsel et Gretel, au bord de l'Euclid, va bientôt s'appeler la maison de la Sûre Vertu. Si ça continue comme ça. *Si* ça continue ! Et il regarda les gens à la ronde comme un brave père de famille qui vient de raconter un conte de fées rempli de signification et de bons sentiments. On poussa un soupir de soulagement.

Carol voulait continuer à parler de Teddy qui avait épousé un chicano. Personne ne se serait douté que Teddy entretenait toujours, secrètement, ses penchants socialistes, qu'il faisait le soir des conférences à la Bay Area Socialist School de San Francisco, celle de la Mission Street, et le voilà qui s'accroche à une chicano. Elle disait ça de la même façon qu'on aurait dit à Stuttgart : « à une tzigane ». En l'occurence, il s'agissait manifestement d'une Mexicaine. Vingt-huit ans, dit Carol, qui expliqua qu'on discutait en ce moment pour savoir si ce mariage lui donnerait la possibilité d'obtenir une pension. Les perspectives étaient plutôt moches. Elle aurait bien mieux fait d'épouser un romancier à succès, dit Elrod : Halm vit là une occasion à saisir. Après sa dernière visite, Grizzly Peak Boulevard, il s'en était voulu, dit-il, de ne pas avoir réussi à en apprendre davantage sur *Inspiration Inn.* John Frey avait donc vraiment existé ? Kirk avait évoqué une visite au Veterans Hospital de Long Beach ? Oui, et Frey n'avait pas reconnu son vieil ami Kirk. Mais lorsque Kirk avait fredonné une des vieilles chansons que Frey chantait autrefois, John avait non seulement souri, mais fredonné avec lui. Vous vous souvenez de la mélodie ? demanda Halm. Elrod la fredonna. *De Lucerne à Weggis,* dit Halm. Et où se trouve Stabler City ? Là, il faut que vous demandiez à John Frey, dit Elrod. John lui avait raconté l'histoire. Et vous ne lui avez pas posé la question ? demanda Halm. Kirk dit que, de toute évidence, John lui avait raconté l'histoire mieux qu'il ne l'avait lui-même racontée ensuite, en tout cas, il n'avait pas eu envie d'en savoir plus. Rainer dit que la veille, il avait rendu son permis de conduire, pour toujours, car il trouvait qu'il n'était plus fait pour conduire des voitures, et il était apparu à ce moment-là qu'il roulait depuis trois ans sans assurance. Oh, ça, c'est pour moi, dit Carol, j'aurais dû m'en apercevoir. Mais pas du tout, Carol, je voulais juste dire qu'on n'est pas toujours obligé de tout savoir, dit Rainer. Quant à Halm, il aurait bien aimé savoir si ce qu'on voyait sous les vêtements noirs ajourés de Carol, c'était déjà

Carol, ou s'il y avait encore, entre les deux, quelque textile trompeur. Au lieu de quoi, il demanda à Rainer si *L'Asra* avait été mis en musique. Et Rainer, s'adressant aux autres : Il y a des gens qui en demandent plus qu'ils n'en veulent réellement savoir. Ah, mon cher ami, dans quinze jours aujourd'hui tu nous instruiras sur Heine. Si cette Annemarie, issue d'une famille de Stuttgart-Reutlingen, avait su que sa fondation allait servir à enrichir de 500 dollars un Helmut Halm originaire de Stuttgart ! Carol grommela : L'abomination pure et simple. Rainer dit : Retire immédiatement ce que tu viens de dire. Carol dit : Des clous ! Rainer dit que pour Annemarie, le suicide de sa mère avait été l'équivalent d'un arrêt de mort. Faut-il qu'une femme de quatre-vingt-un ans, qui était devenue une sorte d'épure représentant pour sa fille de soixante et un ans le sens même de l'existence, faut-il qu'une telle femme se suicide ? Je n'ai jamais rien vu, de toute ma vie, de plus incompréhensible que le comportement des mères. Les pères me font le même effet, dit Carol. Annemarie, dit Rainer, n'était peut-être pas la plus intelligente de nos collègues, mais elle était la plus gentille et la plus droite, et après le décès de sa mère, elle s'est trouvée inapte à la vie. Une fois par mois, elle faisait changer toutes les serrures de ses portes. Quand j'ai trouvé Annemarie morte chez elle, j'ai appelé les flics, mais ils ne voulaient pas me croire, on les avait trop souvent fait venir à cette adresse pour rien. Carol, sèchement : N'oublie pas de dire, s'il te plaît, qu'elle était ronde en permanence. Ah bon, elle était ivre ? Et en permanence ? Eh bien, c'est que je ne dois pas avoir l'œil pour ça, s'écria Rainer. Elle était des nôtres, dit Kirk Elrod, c'est vrai. Et ce qu'on peut trouver de plus avare parmi tout ce qui a jamais pris forme humaine, dit Carol. Rainer, en fredonnant : Mais Carol, c'est seulement qu'elle n'avait pas appris à dépenser l'argent. Dans sa famille, elle me l'a raconté, le père était le seul autorisé à dépenser l'argent. Pour tous les autres, dépenser de l'argent était considéré comme un péché mortel. Carol : Quand il a fallu qu'elle se soigne pour la cataracte, elle n'est pas allée à la clinique, parce qu'il y avait grève des autobus. Elle voulait attendre que les bus se remettent à rouler. Ou alors, disait-elle, je n'avais qu'à la conduire. Je lui ai dit : Tu vas me faire le plaisir de prendre un taxi ! Je savais très bien qu'elle avait des millions sur son compte. Après, tout a été versé uniquement à des organismes. Rainer dit : On a récupéré 100 000 dollars. Pour Heine, dit Carol. Et pour Halm, dit Rainer. Elle m'a toujours considérée comme une antisémite, dit

Carol. Ma foi, dit Rainer, quand on est la fille d'un de ces Baltes demi-nobles, on peut, jusqu'à preuve du contraire, en être soupçonné. Et à Mendocino, comment ça va ? Oh, dit Carol, elle le soigne et le soutient plus que jamais, il se lamente comme d'habitude, elle dit " qu'est-ce que tu as à te lamenter, alors que l'on est si bien ". D'après ce que sa mère lui a dit au téléphone la semaine dernière, il pèse maintenant moins de cinquante kilos, les mois passant, ils avaient donc la vie plus légère. Et elle avait rigolé. Et ça dure depuis quinze ans, dit Rainer. Dix-sept, dit Carol. Ah bon, dit Rainer, alors ça fait deux ans que je ne t'ai pas demandé de nouvelles de tes parents, excuse-moi.

Comme ils passaient entre les giroflées pour descendre jusqu'au Grizzly Peak Boulevard, Halm pensait à Sabine et à Goethe, à Annemarie et à Heine, à Mme Dinkelspiel et à M. et Mme von der Hütte. Lorsque Lena repartit avec Elissa au lieu de repartir avec lui, il n'apprécia pas. Quand pourrait-il la revoir, demanda-t-il. Plus tard, dit-elle sur un ton léger. Elissa attendit contre la portière ouverte que Lena soit montée. Rainer était déjà à l'intérieur, assis sur le siège arrière. Pour finir, Halm et Carol se retrouvèrent seuls dans la rue. Elrod, qui n'avait pas eu de crise ce jour-là, était resté dans la maison. Bonne nuit, Helmut, dit Carol. Bonne nuit, Carol, dit Halm, qui monta et démarra. Elle le suivit des yeux. En dépit de leur accord — pas avant dimanche —, il devait maintenant appeler Sabine. Il dut essayer pendant trois heures avant qu'elle ne décroche. Sabine, comment ça va, dit-il d'un ton léger, car il voulait sans attendre lui rapporter quelques détails choisis le concernant lui-même, ainsi que Lena, Heine et la Californie. Mais Sabine dit, avec cet essoufflement bien à elle : Il va mal. Depuis qu'il s'est réveillé, après l'opération, il souffre. Ils n'arrêtent pas d'essayer des médicaments nouveaux. Elle demanda des nouvelles de Lena. Elle voulait en savoir davantage que Halm ne lui en pouvait dire. Elle cria qu'il ne s'occupait pas de Lena, c'était évident. Halm demanda comment allait Otto. Pas bien non plus. Elle avait l'impression qu'il n'arrivait pas à se remettre de ce qu'il avait connu chez Mme Niedlich. Nous avons peut-être été absents trop longtemps, dit Halm. Je t'en prie, retourne chercher Lena, lui cria-t-elle. Il dut le lui promettre. La conversation devenait pénible. Aucun des deux ne comprenait plus ce que disait l'autre. En Californie, il commençait juste à faire jour, à Sillenbuch la nuit tombait.

Halm reporta à l'après-midi l'entretien qui devait être consacré à la dissertation sur *Beaucoup de bruit pour rien.* On se rencontra à la petite table. Il était libre jusqu'à six heures, dit-il, puis il devait se rendre au Faculty Club, pour prendre congé d'un Allemand qui reprenait l'avion le surlendemain. Elle était libre jusqu'à cinq heures, puis elle avait rendez-vous avec Carol. Mais ça ne durerait pas longtemps, et après, elle serait encore libre. Il lisait sa dissertation, elle buvait du lait. Dès le début, un mot surgit qu'il ne connaissait pas : *repartee.* Elle l'expliqua de telle façon qu'il put l'interpréter comme « sens de la repartie ». Bénédict et Beatrice, écrivait-elle, ne se comportent pas autrement que les gens d'aujourd'hui lorsqu'il s'agit de s'avouer le penchant *(affection)* qu'ils ont l'un pour l'autre. Par son esprit et son sens de la repartie, expliquait-elle, celui qui aime, et qui est donc vulnérable, cherche à se protéger. Quand Beatrice est seule, elle est toute différente de ce qu'elle est en présence de Benedict, elle est *forthright, serious and romantic.* Halm se proposa, une fois rentré dans son pays, de faire une expérience avec ses élèves : ne plus traduire, mais comprendre. Quand on traduit, on finit par perdre ce que l'on a traduit, on n'a plus que la traduction. Voilà comment les choses lui apparaissaient alors, à cette petite table, car il voulait considérer la jeune fille comme une intraduisible Beatrice. Elle était *forthright, serious and romantic.* Ce que c'était, il ne voulait le savoir en aucune autre langue. Dès que surgit Benedict, tout recommence, la *repartee*, le mordant. C'était, écrivait la jeune fille, tellement plus facile de se comprendre indirectement que directement. C'est seulement lorsque Benedict était seul, lorsque Beatrice était seule, que chacun pouvait exprimer son sentiment sur le mode poétique. Mais, écrivait la jeune fille, ce langage de la dissimulation dont ils usaient l'un contre l'autre dans leur querelle lui paraissait plus intéressant que le langage expressif du total dévoilement dont ils se servaient dans leurs monologues poétiques. Elle regrettait presque que, à la méchante intrigue qui sépare le couple principal, Shakespeare ait ajouté une intrigue de la bonté, qui informe chacun des deux personnages de l'amour de l'autre. Elle aurait trouvé plus beau que chacun ait à découvrir lui-même l'amour sous le ton hostile de l'autre, sans intervention de cette bonté supérieure qui dévoile tout. A supposer que ce genre de chose soit possible. Elle n'en savait rien. On était peut-être craintif au point d'avoir besoin d'une aide extérieure. Dans les pièces de théâtre comme dans la réalité. Ah bon, ça se passe comme ça ? demanda Halm. Il voulait dire : il existe dans la réalité une intrigue de la bonté ?

En a-t-elle déjà fait l'expérience ? Oh, s'écrie-t-elle, elle est justement en train d'en faire l'expérience. Depuis qu'elle parle de Halm avec Carol, elle le comprend beaucoup mieux. Tiens donc, s'écria Halm, qui ramena aussitôt son regard sur la dissertation. Il n'osa pas faire comprendre à quel point il aurait aimé savoir ce que Carol avait dit de lui. Devait-il lui dire que Carol, tout récemment, parlait d'elle avec enthousiasme ? Mais il aurait aussi été obligé de dire que Carol, quelques semaines auparavant, colportait encore la formule méprisante de *charmante idiote*. Mieux valait continuer sa lecture : dans le langage de l'hostilité s'exprimait la solitude. Les deux personnages criaient littéralement. N'était-il pas possible de les faire crier, crier encore, jusqu'à ce qu'ils tombent morts l'un devant l'autre ? A quoi bon s'entendre ? Simplement pour engager, à un niveau moins élevé, un malentendu à perpétuité ? Il est vrai que l'entourage qui intrigue dans la bonté peut toujours, au moment décisif, faire référence à quelque texte où les deux solitaires ont révélé leur amour, mais peut-être tout pourrait-il encore continuer sur le ton opposé, sans cette exclamation de Benedict : « Paix ! Je vais te réduire au silence. » *(Il l'embrasse.)* Seule cette action muette, qui rend superflus tous les autres mots, réunit complètement le couple. Ensuite, Beatrice n'a plus de texte. Elle est réduite au silence. Le début du bonheur, c'est la fin de toutes les pièces de théâtre. *Strike up, pipers.* Ils quittent la scène en dansant. Elle était divisée, dit-elle, quand elle songeait à la manière dont se déroulaient les événements. Évidemment, par le déroulement d'une action comme celle-ci, le besoin éveillé par cette même action se trouvait satisfait. Mais, du fait que tout se déroulait ici avec une beauté aussi imperturbable, elle se retrouvait encore un peu plus abandonnée dans l'insignifiante complication de sa simple existence. Il est aussi beau qu'impossible de voir deux hostilités parfaitement adaptées l'une à l'autre, qui se rencontrent et s'affrontent, jusqu'au moment où elles ne forment plus qu'une seule félicité. Quant à elle, assez fréquemment, elle devait craindre de disparaître. La plupart du temps, son intonation ne recevait pas la moindre réponse. Voir l'autre s'adapter au ton que l'on propose par précaution — fût-ce le ton de l'hostilité —, ce devait être une expérience comparable à l'apparition d'une oasis à l'horizon du désert. Ce qu'il y avait d'irréel et d'exaltant dans cette rencontre entre Benedict et Beatrice, c'était ce total *unisono* dans l'hostilité. Ça doit être formidable. Le rêve. On ouvre la bouche pour dire a ; l'autre dit z ; on dit b et il dit y ;

vous : c ; lui : x ; vous : d ; lui : w ; vous : e ; lui : v ; vous : f ; lui : u ; vous : g ; lui : t ; vous : h ; lui : s ; vous : i ; lui : r ; vous : k ; lui : p ; vous : l ; lui : o ; vous : m ; lui : n. Et dans le m et le n, ils se rencontrent, ils se reconnaissent, ils se fondent. MNMN. Plus besoin de bruit. Plus de bruit. Pas de bruit. Plus rien du tout. C'était sa conclusion.

Halm revint en arrière pour regarder l'endroit où se rencontraient, où se fondaient le m et le n. Alors là, vraiment, si elle n'avait pas voulu parler de HalM et de FraN ! Arrête Malvolio ! *Thy smiles become thee well !* Tu ne sais pas très bien à quoi ressemble Marlon Brando quand il sourit, c'est vrai, mais de quoi tu as l'air, toi, quand tu souris, ça tu le sais ! Personne, homme ou femme, ne te prendra au piège en te disant : Ton sourire te va bien, cher Helmut. Il conclut donc que c'était la meilleure dissertation qu'elle ait faite jusque-là. Il cocha deux ou trois passages, expliquant comment elle pouvait les améliorer, puis il continua à parler avec enthousiasme des idées qu'elle avait eues. Elle ne le laissa pas faire. C'était lui qui lui donnait l'impulsion, la direction, le courage, oui, surtout le courage. Pendant un moment, ils échangèrent encore des propos très animés. Chacun voulait accabler l'autre de louanges. Aucun des deux ne voulait se laisser faire. Cela fit encore naître une espèce de proximité. Ce n'étaient certes que des phrases, un produit de leur souffle, dont ils se servaient pour s'élancer l'un contre l'autre, mais à supposer que l'on puisse considérer comme un *résultat* ce qui relève de l'intellect, on peut dire qu'ils arrivèrent à un *résultat*. C'était une fête, une jubilation. Elle avait réussi quelque chose. Et pour cette raison, il la fêtait avec vigueur, sans pourtant cesser de penser à *son* rendez-vous, à *son* entrée en scène, à *sa* réplique, à la réponse qu'il allait donner au sujet de Benedict et Beatrice. La semaine prochaine, dit-il, l'Asra et Laura, encore un couple du même genre. Malheureusement, il n'avait pas beaucoup avancé, il était tellement... paralysé. Et comme s'il avait été obligé de prouver le contraire, il se leva, prit congé et partit. Ainsi qu'il l'avait déjà fait plusieurs semaines auparavant, il la laissa pratiquement assise au milieu de ses papiers étalés. S'il n'avait pas, pour se définir, dit qu'il était *paralysé,* un mot idiot, ridiculement vague, absolument vide de sens, il serait encore assis près d'elle, sa vie suivrait un autre cours... Qui donc commande en de tels instants ? Ce n'est pas une réaction, ce n'est pas comme lorsqu'on est obligé de faire rapidement un bond de côté pour éviter une voiture qui s'approche à toute allure. Mais ça doit être du même ordre, sinon, il ne se verrait pas maintenant en train de courir comme un fou sur les chemins du campus. Où allait-il ? Pas si vite ! Il y a lontemps qu'elle ne te voit plus. Tu aurais pu au moins lui demander une photocopie de cette belle dissertation. Elle en avait sûrement une. Maintenant, elle était déçue que tu ne lui en aies pas demandé. Il monta la colline en courant. A chaque bifurcation, il prenait la branche la plus raide. Il était en nage. Il n'était encore jamais allé jusqu'à la limite supérieure du campus. C'est là que se trouvait la cité universitaire. Il n'aurait vraiment pas, en ce moment, supporté de marcher en terrain plat, et encore moins de descendre un chemin en pente. Il avait besoin de monter. Enfin, il put s'arrêter. Il le fallait. Il était à bout de souffle. Devant lui, dans une cuvette peu profonde, à égale distance de tous les arbres, quelques jeunes filles étaient assises en cercle. Il les compta. Il commença par celle qui portait un maillot de gymnastique, il lui serait facile de s'en souvenir. Il compta dix jeunes filles. Toutes assises en tailleur. Tout autour d'elles, des bicyclettes, diverses choses qu'elles avaient posées là, des chiens. C'est exactement ainsi que l'on imagine une réunion de dieux. Si c'était pour voir des enfants assis comme ça dans l'herbe, la peine qu'on s'était donnée pour venir jusqu'ici n'avait pas été vaine. Venant de la cité universitaire, on entend le grondement des haut-parleurs. A ce moment précis, aucune des jeunes filles ne riait. Mais il n'y avait rien de lourd dans le sérieux dont leur visage était empreint. Ce sérieux était peut-être simplement dû au fait qu'elles étaient concentrées sur les choses dont elles discutaient, ensemble, dans le soleil d'octobre, le chaud soleil d'octobre, assises dans l'herbe, en Californie, dans une douce cuvette. Combien de temps lui était-il permis de s'attarder à contempler cet olympe de jeunes filles ? Le dimanche précédent, pour la première fois, le violeur avait frappé dans le campus. Trois jeune filles avaient encore été violées. Un des chiens avait fini par trouver trop bête de traînasser comme ça, il s'était mis à importuner une chienne setter rousse. Elle ne voulait pas de lui. Mais il est fort, et particulièrement motivé ; à plusieurs reprises, il arrive à s'introduire ; mais pas pour longtemps : elle se débarrasse de lui. La chasse continue. Bon, il fallait vraiment que Halm quitte cet endroit. Que veut-il donc encore voir ? Il monta jusqu'à la cité universitaire. Sur les petites plates-formes qui apparaissent là où les échelles d'incendie font un coude, on peut voir quelques jeunes filles qui présentent leurs seins au soleil. Partout, c'est un vaste chaos de jeunesse qui jaillit des dortoirs. Alors pourquoi Fran ? A la vue de ces étalages de jeunes filles, il fut bien obligé de se poser la question. Et pourquoi pas Fran ? Fran était sûrement la plus banale de toutes. Elle correspondait à un type. C'est pourquoi on avait tant de mal à se souvenir d'elle. Elle était la généralisation de tout ce qu'on pouvait trouver au campus en matière de féminité. En tant que personne, elle n'était pas importante... C'est ainsi qu'il se livrait à quelques vagues réflexions. Et c'est ainsi qu'il essayait de régler la question, qu'il faisait passer le temps avant de pouvoir pénétrer dans l'énorme bâtiment cubique pour prendre un verre d'adieu avec M. Zipser. Dommage que Zipser soit déjà obligé de repartir. On se verra peut-être un jour à Leipzig ou à Stuttgart. Halm explique que ce qu'il regrette le plus, c'est de ne pas avoir réussi à réconcilier Fritz Dempewolf avec Zipser, ou avec la R.D.A. Eh bien au revoir, cher monsieur Zipser. Halm s'en alla, alourdi par le vin ; traversant le campus en diagonale, il redescendit jusqu'à sa voiture garée contre le mur du *bowl.* Il n'était pas près de revoir ce Zipser, il ne le reverrait même sûrement jamais, c'était dommage. Sa discrétion soudaine quand on parlait des difficultés de son pays. Demain il prendra l'avion de New York pour Rome, d'où un appareil de l'Est le conduira à Prague, et de là, il regagnera son pays. On avait d'abord exigé qu'il prenne un avion de la TAROM. Mais il aurait préféré renoncer à la Californie. Il connaît la TAROM... Halm se faisait l'effet d'un enfant gâté, incapable d'en supporter davantage. Ce Zipser jugeait toute chose en fonction de son utilité pour son travail. En raison des négligences administratives à Berlin-Est, il est venu ici sans visa. A Prague, il a dû se conduire en fou furieux, ce qui ne lui ressemble aucunement. A New York, l'IREX a été obligée de répondre de lui. Et demain, toujours sans visa, il va refaire la même chose en sens inverse. Halm rentra chez lui en conduisant le plus lentement possible. Il s'acheminait vers sa télévision. Quant à continuer de travailler à sa conférence, c'était fichu. Un effet du vin, surtout un jour comme celui-là. Il s'engagea dans la Contra Costa Avenue comme dans quelque chose de protecteur. Une fois arrivé devant le garage, alors qu'il s'apprêtait déjà à donner le signal d'ouverture, il vit dans la pénombre, au bord de la rue à droite, la voiture blanche, une BMW, *la* BMW. Elle mit son clignotant, s'engagea sur la chaussée juste devant Halm, freina, s'arrêta sur la chaussée. Halm ressortit de son créneau, s'approcha des stops qui s'éteignirent, la BMW démarra, Halm suivit. Il n'avait pas le choix. Le premier virage était un virage en épingle à cheveux. Traversant une grotte d'arbres déjà complètement obscure, ils se glissèrent jusqu'au rond-point, la BMW s'engagea dans la verticale qui montait, Halm la suivit. Il se rappela le slogan publicitaire qui accompagne ici la réclame de la télévision pour BMW : *« The Ultimate Driving Machine »*. A la télévision, on voyait ensuite la BMW blanche s'arrêter devant un château. Cette image s'imposait à lui. Si la 528 blanche, une fois arrivée au sommet, prenait à un moment quelconque nettement à droite, cela ne pouvait conduire que dans les Oakland Hills, à Hill Court. Et Hill Court, c'était son château à lui. Mais comment sait-elle qu'il sait qu'elle conduit une BMW ? En ce moment précis, il ne peut pas la voir. Il faudrait qu'il se mette en phares. Et même alors, le repose-tête empêcherait de la voir. Par bonheur, elle était en BMW et non en Porsche. Carol, il ne te pardonne pas d'avoir voulu démolir cette jeune fille par des clichés. En haut, malheureusement, elle bifurqua à gauche. Ah bon, elle veut aller au parc. Très bien, il a ses chaussures de course dans le coffre. Suivit un parcours presque interminable. Tout en virages, on n'arrêtait pas de descendre, puis on remonta encore une route toute en virages. En ce qui le concerne, ça peut durer des décennies, en ce qui le concerne, ça pourrait bien durer l'éternité. O Fran ! En fait, elle en a compris plus, beaucoup plus qu'il ne le soupçonnait. C'est bien en quoi il est limité. Il fait des expériences, toujours des expériences, sans se rendre compte que les autres font eux aussi des expériences. Deux fois, il l'a vue passer dans sa BMW. Mais qu'est-ce qui lui prouve, nom de nom, que lui l'a vue et qu'elle ne l'a jamais vu ? Elle l'a peut-être vu neuf fois sans qu'il la remarque. Quelle chance qu'il se soit remis à conduire ! La solennité de leur course dans l'obscurité le transporte d'enthousiasme. Dans l'après-midi, cette jubilation. Et, à présent, cette solennité. Cette étouffante impression d'étrangeté s'arrête enfin. Ce contrôle de soi, cette impossibilité de respirer. Enfin la compréhension mutuelle. Déjà le fait qu'elle conduise si lentement. Elle veut que la vieille Volvo arrive à suivre. Ou le vieil homme qui la conduit. Mais oui, lui aussi. Et elle mit donc son clignotant ; à gauche, on pouvait découvrir un parking, elle s'y engagea, il suivit, elle s'arrêta, il s'arrêta derrière elle. Allez, descends ! Mais il en était incapable. Il n'avait pas manigancé ni voulu tout cela, il lui manquait... Alors, devant, la portière s'ouvrit, et de la voiture descendit, pour s'avancer sur Halm... Carol. Elle marchait d'un pas balancé, comme portée par une musique. Elle souriait. Voilà, on était à l'Admiral Nimitz Gate. Il se rappelait ? De là, longeant le sommet de la montagne, il y avait un chemin, long d'elle ne savait combien de miles, et qui passait par des forêts d'eucalyptus et des collines sans arbres, à dos arrondi, découvrant des perspectives sur le Golden Gate. Au-delà, sur le Pacifique, et en se retournant, on pouvait, par-delà toutes ces collines dorées, plonger son regard sur l'intérieur des terres. Pour le cas où il continuerait à s'entraîner à la course à pied, elle lui conseillait donc vivement de ne pas se laisser rebuter par le voyage un peu long qui était nécessaire pour y accéder et de partir d'ici, à la Nimitz Gate... A en juger par les apparences, il fallait qu'il intervienne, sinon Carol ne pourrait plus s'arrêter. Il était lui aussi descendu de voiture. Pour couronner le tout, la pleine lune brillait au-dessus des collines. Et lorsqu'on rencontrait des voitures ou des gens, c'était uniquement ce qu'on appelle des couples d'amoureux. Carol dit qu'elle avait aussi montré cet endroit à Messmer. Ah, dit Halm, Messmer, mon insurpassable prédécesseur. *Try harder*, dit-elle. Mais depuis quand roulez-vous en BMW, demanda-t-il sur le ton de l'interrogatoire. Arrêtez un peu, dit-elle. Mais ce n'était peut-être pas sa voiture ? demanda-t-il. Bien sûr que non ! Il savait bien que c'était la voiture de Fran, non ? La voiture de Fran ? Une seconde. Fran a une Porsche. Blanche également. Mais une Porsche. Papa-médecin, Pacific Heights, Porsche : information transmise en ces termes par Carol ! Et elle : Une BMW fait aussi bien l'affaire. Ah bon, et quand il l'avait vue garée en bas, dans la Contra Costa, il s'était dit : Tiens, tiens, voilà Carol qui essaie une nouvelle marque de voiture et qui a besoin de mes conseils. La Nimitz Gate et le jogging, il n'y avait vraiment pas pensé à ce moment-là, sinon, il lui aurait demandé la permission de se changer rapidement, mais pour aujourd'hui, ça aurait fait un peu tard. Donc, vous n'avez pas pensé une seconde que Fran essayait de vous attirer quelque part ? demanda-t-elle. Ma foi, chère Carol, je suis dans l'obligation de vous décevoir. Au moment où vous vous êtes engagée sur la route, en bas, je vous ai vue presque entièrement, de profil, quant à cette BMW de Fran, vous ne m'en avez jamais parlé, alors je vous en prie. Dommage, dit-elle. Attaque manquée ! On va fêter ça, dit-il. Il insista, comme si de grandes choses étaient imminentes. Il faudrait encore qu'elle roule devant lui. On irait chez un Chinois, mais oui ! Elle en connaissait un. Il fallait espérer qu'ils ne tireraient pas des sentences trop perverses. Il devait apporter quelques retouches à la soirée, créer une ambiance parfaitement amicale. Merveilleuse Carol ! Il fallait que cela se sente dans tout ce qu'il disait et faisait. Elle était merveilleuse. Par sa merveilleuse attaque, en ce merveilleux soir d'octobre, dans ce pays merveilleux, Carol lui avait démontré de la façon la plus merveilleuse que cette jeune fille, Fran, il était vraisemblable — oui, comment dire, eh bien que cette jeune fille, en fin de compte, il l'aimait. Il ne lui aurait pas été possible, autrement que face à cette magnifique Carol qui, en dépit de ses grands airs et de ses *bien sûr que non*, possédait encore ce rayonnement romantique anglo-allemand, de garder une attitude aussi mesurée, aussi résolument amicale. Il eut de la chance au loto des sentences. Par pure inattention, il avait avalé son oracle avec le reste, et sur celui de Carol, c'était merveilleux, on pouvait lire ces mots : « *There is a true and sincere friendship between you.* » Il put lui demander maintenant, d'un air tout à fait insolent : Au fait, est-ce que vous avez encore des nouvelles de votre ami Messmer ? Elle tomba dans le panneau. A la vérité, il n'était personne dont elle parlât si volontiers que de Messmer. A l'entendre, on avait l'impression qu'elle ne cessait de se répandre en invectives contre lui, mais c'était justement Carol dans le rôle de Beatrice. Halm le comprenait mieux maintenant que quelques semaines plus tôt. Il aurait bien aimé en être aussi à ce stade, et pouvoir se répandre en injures contre cette Fran. Quand ils furent dehors, se tenant sous la lune et devant leurs voitures, Carol, avant d'ouvrir la portière de la BMW, prononça une dernière phrase : Bon, il faut maintenant que j'aille rendre cette voiture à Fran, j'espère qu'elle n'est pas couchée. Il la laissa partir, il lui fit des signes, la BMW blanche disparut, maintenant, c'était l'autre qui était au volant. Devait-il appeler Carol après lui avoir laissé le temps de rentrer chez elle ? Ne t'y risque pas ! LUI-Halm formula le soupçon que MOI-Halm avait pour tout le monde une égale absence d'intérêt, qu'il ne faisait que se servir de l'une pour épater l'autre et de l'autre pour neutraliser la première. MOI-Halm ne discuta pas. Avant tout ce bruit, il voulait du calme. Il avait besoin de calme. Bon, il faut maintenant que j'aille rendre cette voiture à Fran, j'espère qu'elle n'est pas couchée. Là-haut, de l'autre côté, dans les Oakland Hills, Hill Court, maison de Maybeck, avait dit Carol, il faudrait qu'il vérifie ça un de ces jours, maison de Maybeck, ça sonnait bien. J'espère qu'elle n'est pas couchée. Avec précaution, il remit le vin dans la bouteille. Il s'était trompé. Ce qu'il lui fallait, c'était du lait. Et la télévision.

# 12.

Halm était toujours impressionné par ceux qui n'en faisaient qu'à leur tête. Extérieurement, en tant qu'architecture, la maison de Rinehart, par la forme du toit et par les tuiles, rappelait de loin le style espagnol. Le jardin qui s'étendait entre la rue et la maison était japonais. Et à l'intérieur, tout couvert de miroirs, un Versailles de bazar anglo-japonais. D'une solennité vulgaire. Halm se sentait bien quand il traversait pieds nus la prairie dorée de la moquette. Il résistait de mieux en mieux aux reflets de lui-même que lui renvoyaient les miroirs. Tous les jours, course de fond. Consommation de vin et de nicotine tendant vers zéro. Depuis que Sabine ne le nourrissait plus, ses repas n'étaient plus des repas. Il grignotait. Mangeait des fruits. Il avait l'impression d'en absorber toute une récolte. Et maintenant, il buvait du lait. Ça revenait à 4 ou 5 dollars par jour. L'idée qu'il pouvait écrire sa conférence sur Heine en dix jours, mais vivre cent jours de ce qu'elle lui aurait rapporté contribuait à sa bonne humeur. Bien des gens ne l'auraient pas reconnu. Il avait le sentiment d'être parvenu à un haut plateau. Jamais encore il ne s'était senti aussi léger. Si seulement il avait pu emmener Rainer avec lui. Mais quand, avec exaltation, il lui parlait de sa nouvelle vie, l'autre le regardait comme s'il se trouvait dans un éloignement absolu. Un jour, il lui dit : Arrête un peu cette pub ! Halm se fâcha. Rainer avait raison. Il se comportait de manière aussi importune que Buch, l'ex-ami d'alors, qui était incapable d'aimer quoi que ce soit sans céder à l'envie de l'imposer aux autres à toute force. Tous les matins il descendait pieds nus, traversait la terrasse pour aller dans l'herbe, faisait des gestes qui lui étaient étrangers. Peu à peu, toute réflexion disparaissait, il ne restait plus que des gestes. Toute l'aventure de la vie, il en laissait le soin à ses pieds nus dans l'herbe humide de rosée. Le soir, courant au milieu des ravins et des pentes, dans la solitude de Tilden, c'est à ses muscles, à ses poumons, etc. qu'il s'abandonne. Le matin, quand il sort par la porte de la terrasse, la chatte quitte sa petite contrée sauvage et monte vite le rejoindre en courant pour l'accompagner jusqu'à l'assiette et à l'écuelle, dont elle observe le contenu, mais au lieu de manger, elle redescend avec lui les marches de la terrasse pour aller dans l'herbe. Elle descend en se livrant à des exercices de gymnastique sur les pieds nus de Halm. Elle arrive toujours sur la marche d'escalier suivante un dixième de seconde avant le pied, déjà elle est couchée à l'endroit où le pied va se poser ; Halm est donc obligé de régler son allure sur celle de la petite chatte ; mais dès qu'il a posé le pied sur la marche, la chatte l'attaque, se jette sur lui, et lorsque le second pied est arrivé – on dirait qu'à force d'être tiraillée en tous sens, la chatte est incapable de se décider –, elle se blottit entre les deux pieds, que son propre corps soude l'un à l'autre ; elle repère le moment où un pied va se remettre en mouvement ; elle s'élance pour le précéder, et elle arrive en bas un dixième de seconde avant lui, afin de pouvoir aussitôt l'accueillir avec la même fougue. Comment atteindre jamais le bas de l'escalier quand on se trouve sur une pareille échelle féline ? Mais une fois qu'il est réellement en bas et qu'il s'avance sur l'herbe mouillée pour achever, dans l'herbe humide de rosée, le travail auquel la chatte a commencé à se livrer sur ses pieds, la chatte fiche le camp. En deux ou trois bonds, la voilà près de l'assiette et de l'écuelle, elle peut à présent manger et boire. Elle n'a faim et soif qu'après avoir eu les pieds de Halm, qui lui aussi y trouve son compte. Tous les jours un peu plus. Quand il arrive au campus en chaussures, il y a dans lesdites chaussures des pieds qui viennent de se livrer à des tendresses impétueuses avec une jeune chatte semi-angora. Cela ne peut pas constituer un sujet pour le cours de conversation. Mais il se sent tellement vivant qu'il refuse maintenant de préparer son cours. Maintenant, il serait gêné d'entrer dans la salle de classe avec un plan tout prêt et des airs de mec supérieur. Si nous sommes *maintenant* en train de vivre, nous devons pouvoir le manifester, donc le dire *maintenant.* Pour la bonne raison que nous nous trouvons réunis dans une pièce. C'est ce qu'il y a de sensationnel. En cet instant précis, aucun de nous n'est seul. Comment chacun, en ce moment, ressent-il l'autre ? Jeff, je te dérange dans tes gribouillages, peut-être fais-tu ça uniquement pour justifier le fait que tu es vautré sur la table, à moins que ce ne soit pour ne pas t'endormir ? Tu peux me croire, ça intéresse ton *instructor* de conversation. A toi, Elaine, dis-nous comment tu nous ressens. Gail, c'est bien que vous soyez revenue. Nous avons lu votre interview dans la *Campus Gazette.* Vous avez été élue déléguée des étudiants handicapés. Initiez-nous. Comment ça s'est passé ? L'interview nous a appris que vous n'aviez cette paralysie que depuis deux ans, après être tombée d'un balcon en piquant une tête dans un tas de neige de plusieurs mètres de haut, dont l'intérieur était un bloc de glace, au bord du Tahoe Lake, où vos parents ont cette petite maison. Chacun de nous laisse-t-il les autres pénétrer dans le domaine de ce qu'il ressent en ce moment, aujourd'hui, maintenant, ou, au contraire, n'y a-t-il rien de commun entre nous ? Entre vous et lui, votre *instructor* ?

Tous les jours, il devait rentrer le plus vite possible dans la maison de Rinehart afin d'élaborer sa scène de l'Asra, ce rôle paradoxal. Un Asra qui prend la parole, et donc ne meurt pas. Notre conférencier enfiévré, disait Rainer quand ils se rencontraient. Pour le samedi, on annonçait, dit-il, des auditeurs d'origine aussi lointaine que Sonoma et Palo Alto. Le sujet de Halm : « Je suis de la tribu des Asras », semblait séduisant. Ah, mais c'est qu'il y avait déjà un nouveau titre, dit Halm. Ah bon, et qu'est-ce que c'est, maintenant ? demanda Rainer. Halm fut embarrassé. La nouvelle formulation allait immédiatement tout révéler à Rainer. Pour la première fois, Halm sentait que le samedi, il lui faudrait du courage pour présenter ce rôle de l'Asra. Face à Rainer, il n'avait pas ce courage. Puisque à présent tout était déjà imprimé, dit-il, Rainer ne serait pas non plus avant le samedi confronté avec le nouveau titre. Oh oh, une confrontation, dit Rainer. Halm était presque content, cette semaine-là, que Carol soit absente le lundi. Elle était à Mendocino. Son père allait de plus en plus mal. Mais Halm rencontra deux fois Kirk Elrod. Qui, chaque fois, voulut le traîner au Faculty Club pour y prendre un verre. Halm dit : Impossible, la conférence ! Kirk dit : *Publish or perish,* vous vous êtes complètement adapté. Qu'il s'agisse de Dempewolf, Roy, Leslie Ackerman ou Felix Theodor Auster, qui était rentré de Reno, tout ce qui se présentait — invitation à une partie de skat, une lecture, à une conversation — il le reportait après sa conférence. Et de fait, une fois installé à ce bureau tellement gluant qu'il avait fallu mettre quelque chose dessus, il finissait par se retrouver dans un état d'esprit favorable. C'était du moins ce qu'il croyait. Il avait l'impression que ça marchait. Quand il était en train d'écrire, beaucoup de choses surgissaient, auxquelles il n'avait pas pensé pendant son travail de préparation. Et après huit heures de travail et une heure de jogging, il mange ses *fruits and vegetables* — il ne veut pas appeler ça des « fruits et légumes » — devant la télévision, surtout quand auparavant, conformément aux ordres de Sabine, il a aussi téléphoné à Lena, qui l'a informé qu'elle a entre-temps passé son permis moto et auto. Ils bavardent sur un ton léger, plaignent les infortunés de la famille qui sont en Europe, avec le brouillard qui est venu s'accrocher à la colline nord de Sillenbuch, dont il ne retirera pas ses dents flasques d'ici la fin de février. L'hôpital, le cimetière, Kiderlen, et Otto, un chien qui ne pourra plus jamais être heureux... quoi d'autre ? En tout cas, la situation dans la maison de Hänsel et Gretel est elle aussi effrayante. Même la tarentule a des problèmes. Les deux dernières cigales, elle n'en a pas voulu. Elles ont crevé dans les montagnes de cristal. Elissa se demande s'il s'agit d'une attaque contre sa tarentule. Elle craint déjà pour P., l'oiseau commémoratif de Jamey. Il faut s'attendre à tout, dit-elle. Lena, en revanche, est absolument sûre qu'il ne faut s'attendre qu'à ce qui est supportable. Elle est si convaincante que l'inquiétude d'Elissa, une inquiétude presque aux aguets, s'apaise pendant des minutes entières. Tel est, là-bas, le rôle principal de Lena : prouver à Elissa qu'il n'y a pas à craindre la moindre attaque venant de l'étage inférieur de la maison. Lena espère ne pas se tromper. Ah, Lena, dit Halm, tout ce que tu ne vas pas faire aux États-Unis ! Mais elle, ça lui plaît. Il le dira à Sabine. A bientôt, mon petit ! Ne m'oublie pas. *I'm trying to.* Petite insolente ! Manifestement, l'effet Traugott était en train de s'atténuer. Le mieux à faire serait toujours de partir vers d'autres langues. En même temps que les mots pour le dire, on laisse le pire derrière soi. Il existe tant de langues. Halm s'adonnait à la télévision. Ce qui l'intéressait le plus, c'était la manière d'embrasser dans ce pays. Il l'avait déjà constaté au campus, mais sur son écran de télévision, il pouvait mieux l'observer, car il était tout seul. Étonnant, cette façon dont les femmes, ici, ouvraient largement la bouche et dont les hommes faisaient ensuite plonger leur bouche sur la bouche ouverte des femmes. Bien entendu, lorsqu'il étudia les programmes, il cocha le titre *Un amour peu ordinaire*, et il regarda le film. C'était sa propre histoire, aux dimensions d'un écran de télé. Sur la route n° 1, route bien connue longeant la côte, une coccinelle rouge, cabriolet VW ; la blonde qui conduit s'arrête à proximité du Pacific College, au moment où la portière s'ouvre, un cycliste distrait fonce dedans, il est professeur de biologie marine au *college,* la blonde va aussi au *college,* il l'invite, elle n'a pas une minute, elle travaille à côté, il l'aide à faire sa dissertation, elle obtient la note B, il aurait la possibilité de sortir avec une femme qui conduit une Porsche, mais c'est avec celle-là qu'il sort, ils vont manger une glace, et au lieu de manger sa glace, il l'embrasse, elle l'accompagne chez lui, elle laisse glisser à terre, dans un bruissement, sa robe à fines bretelles, elle travaille donc dans un *health bar,* c'est une prostituée, elle fait ça quatre fois par jour — après lui avoir communiqué cette information, elle s'en va, il devient *chairman* provisoire, un pétrolier fait naufrage, les étudiants récupèrent dans les vagues déferlant sur le rivage des animaux tout couverts de pétrole, il faut encore que d'autres obstacles interviennent, mais ensuite, il est amené à découvrir les dessous de l'histoire : un père qui déteste sa femme et harcèle sa fille ; elle a douze ans. Quand elle en a dix-sept, son ami l'envoie faire le trottoir, mais à présent, elle est sauvée, ils sont sauvés tous les deux, ils sont unis dans la violente pluie californienne, fin. La femme de la VW ressemblait plus à Fran qu'il ne ressemblait lui-même au professeur. Il n'était pas fait pour la télévision autrement que comme spectateur. Après un film pareil, il ne se sentait pas souillé, mais berné, feinté, embobiné. D'un côté, on est bien content que la télévision soit différente de la vie, mais d'un autre côté, on lui reproche cette différence. Peut-on attendre de la télévision qu'elle soit semblable à la vie ? Plus personne ne regarderait. *Life on TV better than at your front door.* Puis retour au poème de Heine et à sa douleur, cette douleur que le poète peint avec la bouche. Quand il lisait le programme de ce fameux samedi, ça lui donnait des palpitations. C'était sa conférence qui devait clore le programme. Avant sa conférence, Roy chanterait le cycle de lieder de Schumann, *les Amours du poète,* accompagné par Ackerman, la spécialiste de l'hermaphrodisme, avec son beau visage de squelette entre ses épaisses nattes blondes. Imaginer que Roy chantait ! Sally avait cette voix qui, à force de vibrante profondeur, était incapable de rebondir. Halm devait-il mettre une cravate ? Oui. Car on allait chanter. Et ton Asra implique un costume qui jure avec le texte. Et le vendredi précédant ce samedi, à l'heure du déjeuner, alors qu'ils étaient installés à leur petite table et commandaient tous deux du lait, la jeune fille sortit de son sac rouge foncé sa dissertation sur *Beaucoup de bruit pour rien :* elle a eu *C moins.* Il pensa au *B* de l'étudiante de la télévision. Ses élèves de Stuttgart auraient dit : Super ! Halm dissimula son visage et prit l'air le moins tragique possible. Ce salaud ! Ce crétin ! Ce triple con ! Comment s'appelle-t-il ? W. Martin Littlewood. Où habite-t-il ? Où est son bureau ? Bon, ça suffit ! C'est de la préméditation ! Et si ce n'est pas de la préméditation, c'est une différence voulue par le sort, et qui ne peut donc se traduire par une note ! Je vais lui régler son compte, dit Halm. *All these question marks !* Elle lui montra les pages toutes barbouillées de rouge. 77 points d'interrogation sur 5 pages, elle les avait comptés, ça fait 15,4 points d'interrogation par page. Non mais vraiment, est-il possible de concevoir une dissertation que l'on bombarde de 15,4 points d'interrogation par page ? Halm secoua la tête plus énergiquement que jamais. Du calme, Fran. Vous êtes victime de la grossièreté préméditée d'un professeur. Il est amoureux de vous. Il se venge. C'est certain. Vous pouvez me croire. Il existe des professeurs d'une telle faiblesse. Il existe des professeurs d'une faiblesse qu'aucun élève ne peut imaginer. Quel âge a-t-il ? Âgé, dit-elle, plutôt âgé, la cinquantaine. Halm, avec une promptitude folle : C'est donc de la vengeance. En tout cas, c'est personnel. Passé cinquante ans, on est comme ça ! Faites-moi confiance ! Fran voulait-elle lui donner sa dissertation, il aimerait bien regarder de plus près ce bombardement en tapis de points d'interrogation, ce véritable cimetière de points d'interrogation. Ayant ramassé les pages de la dissertation, il ne sait plus quoi faire. Il a le sentiment qu'il a fui des poursuivants jusqu'aux limites extrêmes de ce continent et qu'il se trouve à présent au bord d'une falaise. Tout a été vain. Mais comment tout n'aurait-il pas été vain ? Idiot ! Le degré de dureté qui serait nécessaire pour t'instruire n'existe dans aucune langue, avec toi, il faut avoir recours à d'autres moyens. Si au moins il avait les nerfs assez solides pour supporter un tel silence. Et il ne résistait pas non plus à son regard de pluie, regard inquiet du sud de la Suède. Elle le regardait comme s'il souffrait de quelque manque. Cette note, c'est une catastrophe dont il est responsable, c'est vrai. C'est lui qui l'a orientée vers l'action secondaire, l'histoire de Benedict et Beatrice. L'action principale, l'action politique qui se joue autour de Hero et de Claudio, elle l'a pratiquement ignorée. Sur ses conseils. Il est coupable, coupable, coupable. Manifestement, son collègue était complètement déconcerté, il ne lui restait plus que la ressource des points d'interrogation. Elle n'avait même pas, disait-il, découvert les *four stages* dans le vocabulaire utilisé par le couple ! Et ce qui avait enthousiasmé Halm, ce mouvement passionnant du a et du z qui finissent par se rencontrer et s'abolir dans le m et le n, ce WML, ce prof minable l'avait littéralement saccagé par ses points d'interrogation. Contre sa volonté, Halm se leva et dit qu'il s'arrangerait pour que justice soit rendue à Fran. Non, elle ne le voulait pas, c'était impossible, dès l'instant que Halm interviendrait, elle serait perdue, il fallait qu'elle se débrouille toute seule, elle se débrouillerait toute seule, le professeur Littlewood était un fabricant de pantins. Où que l'on rencontrât un pantin, il sortait de la main de Littlewood. Elle détestait les pantins, ce sont tous des maîtres chanteurs. Elle détestait les maîtres chanteurs. Littlewood était un maître chanteur. Mais elle saurait s'y prendre avec lui. Ce ne serait pas plus difficile que ça : et elle fit claquer son pouce contre son index. Il n'y avait aucun problème. Aujourd'hui, elle courrait deux fois plus longtemps et nagerait trois fois plus longtemps que d'habitude, bon, mais où se trouve donc, s'il vous plaît, le producteur de pantins W. Martin Littlewood ? *Have a nice week-end,* dit-elle, et son visage envoya des rayons d'une telle gentillesse qu'il aurait voulu se boucher les yeux avec les mains. Comment ces yeux pourraient-ils désormais percevoir des choses d'un moindre rayonnement ? Oui, bon week-end, il lui en souhaite tout autant. Mais nous allons nous revoir. Elle se retourna, prit à gauche, longea la cafétéria, descendit les marches, plongea sous les arbres, disparut. Et maintenant, c'est bien vide, un vendredi comme ça. Il allait faire comme elle : courir deux fois plus longtemps. Il se rendit en voiture jusqu'à la Nimitz Gate du parc et se mit à courir sur le chemin des hauteurs indiqué par Carol. Un gigantesque pan de ciel brillait d'une flamme ardente au-dessus du Pacifique. Les pylônes du pont de Golden Gate étaient plongés jusqu'aux hanches dans une vapeur violette. A mesure qu'il courait et que l'obscurité gagnait, San Francisco s'éclaircissait devant son décor de collines. Au moment où il revenait en courant, la lune remplissait le ciel de l'est et le paysage vide des collines. L'ouest était dominé par les taches de lumière de San Francisco, luisant d'un éclat vert et or, un joyau tout agité. Et lui, seul face à tout cela. Provisoirement, cela lui donnait une contenance. Il ne se lassait pas de regarder fixement le ciel, au-dessous duquel devait s'étendre la mer. La journée Heine ne commencera qu'à onze heures. Il partira à six heures du matin et — tout à fait ce qu'il faut pour Heine — il ira au bord de la mer. Au nord de San Francisco, il courra le long du ressac. Peut-être découvrira-t-il la Muir Cove. Comme chaque fois qu'il avait un projet, il en fit plus qu'il n'en avait prévu. À 5 h 30, il était prêt. Un peu moins pressé que d'habitude, il abandonna ses pieds à la petite chatte qui s'en servit pour descendre les marches en faisant sa gymnastique. Il fit sortir silencieusement la voiture de la rue endormie, lorsqu'il eut quitté la rue, il appuya sur l'accélérateur, direction Albany, El Cerrito, Richmond Bridge. Il attendait de trouver l'endroit où les routes convergeaient, donc se divisaient pour les véhicules venant en sens inverse, et où la jeune fille avait mordu sur les barres de béton partageant la voie. Il vit les barres. Qu'il était donc brutal de partager une route avec des trucs pareils ! Chez nous, on mettrait au moins une centaine de lampes pour faire un guidage clignotant, et on construirait des planches et des barrières de couleur. Ici, on laissait aux gens toute la responsabilité. Il trouva la sortie, il trouva même le Pelican Inn, où John Frey avait laissé sa voiture. Mais la route s'enfonçait plus loin dans la baie. Il roula jusqu'à un endroit où des trous et des fossés l'obligèrent à s'arrêter. Devant lui s'étendait la baie, que l'on pouvait tout juste encore qualifier de vaste, étroitement serrée par le haut versant des collines, et même, vers le nord, prise dans des rochers. Une pointe rocheuse en saillie divisait en deux baies l'arc formé par la baie. John Frey avait su escalader et franchir ce museau rocheux, mais lui en était incapable. De l'autre côté, au-dessus de cette avancée rocheuse, brillaient des éboulis de terre jaune clair, de claires parois rocheuses et des tapis de plantes, à feuilles épaisses, rampant sur les rochers. Devant lui, sur la largeur de la baie, le ressac. Le temps d'un instant, Halm voit dans le blanc déferlement des vagues la rangée de dents d'une bouche puissante qui rit dans le soleil du matin. Très loin au-dessus de la mer, un rempart de nuages. Empruntant le sentier qui s'appelait sur la carte : Coastal Edge Trail, il fit l'ascension de la colline, et traversa au sommet un haut fourré épais, en direction du sud. Il contourna des baies aux découpes escarpées. En bas, toujours le Pacifique, les rochers et les baies assaillis par le ressac. Même avec des pieds étrangers, il aimait à se promener dans cette autre langue, et tout en regardant, en contrebas, les assauts du ressac qui éclaboussait les baies de son écume blanche, il songeait : *Coast-fucking Pacific.* Plusieurs de ces petites baies ressemblaient à des chambres ou à des salles rocheuses. Il vit cent endroits où la *Swiss Lady* pouvait avoir trouvé un gîte. Peut-être John Frey était-il venu jusque-là en se promenant et s'était-il laissé contaminer par la capacité infinie de cachettes offerte par la région. Au moins pour un week-end, aller dans l'une de ces salles de bains du Pacifique ! Étant donné que M. Kiderlen avait déjà eu cette conversation téléphonique avec Carol et que, au cours de cet entretien avec elle, il avait si gentiment dissimulé ce qu'il pensait de Halm, il était avisé de se mettre à la recherche d'un abri de ce genre. Il n'avait jamais rien vu qui promît un refuge aussi sûr que ces baies minuscules, gardées par cet océan au moyen de ce ressac. Halm courait, s'arrêtait, regardait, repartait. Autour de lui, ça embaumait. Il plongea la main dans les fourrés desséchés, quand il retira sa main, elle était pleine de trucs friables, il sentit. Il connaissait cette odeur par le parfum de Sabine, ou par sa cuisine. Mais il n'arrivait pas à l'identifier. Tout ce qu'il avait récupéré de sa misérable instruction, c'est que, en dépit d'un parfum qui emplissait le paysage, l'essentiel paraissait faire défaut uniquement parce qu'il lui manquait le mot, le nom. Et aussi parce qu'il voulait raconter à Sabine qu'il s'était promené parmi des herbes à perte de vue. Quand Sabine n'était pas là, il ne pouvait faire aucune expérience sans formuler cette expérience au moment même où il la vivait, telle qu'il la raconterait ensuite à Sabine. Comme il ne connaissait pas l'hibiscus qui poussait contre le mur de la maison, à côté de la porte donnant sur la terrasse dans la maison de Rinehart, Sabine avait dit : A part les perce-neige, tu ne connais rien du tout, pas vrai [1] ? Il mit sa poignée de débris d'herbes dans la poche à fermeture éclair de son pantalon de survêtement. Ici, Sabine aurait couru aussi. Ici, on était obligé de courir. Le seul danger, c'était de ne plus pouvoir s'arrêter. Faire demi-tour, inimaginable. En revanche, ce qu'on n'avait aucune peine à imaginer, ce qui était en fait absolument nécessaire, c'était de continuer à courir jusqu'au moment où on était obligé de s'arrêter. A un moment ou à un autre, on devait bien finir par atteindre la dernière colline avant le Golden Gate, avec San Francisco derrière. Il avait l'impression d'être venu ici se colorer le visage pour jouer sa scène de l'Asra. Le vent marin et le soleil allaient lui peindre un peu de Yémen sur le visage. Puis, il se trouva soudain devant une faille qui s'élargissait en s'enfonçant dans les terres. Une véritable

1. En dialecte dans le texte.

petite vallée. Il y avait même un fond vert, des fourrés assez hauts et des petits arbres. Sous ces arbres, une voiture. Tellement délabrée qu'elle ressemblait déjà plus à un morceau du paysage qu'à une voiture. Il descendit. Un chien courut à sa rencontre en aboyant. Un homme barbu sortit de cette île de buissons et d'arbres et cria à Micki de revenir près de lui. Oh, mon Dieu, non..., Klaus Buch ! Halm eut le sentiment que la petite vallée tanguait, qu'elle voulait se mettre à tourner, tout autour de lui, sans parvenir à prendre vraiment son élan, et pourtant il sentait des secousses et des vacillements. Il avait fallu qu'il atterrisse là ! Il court au bout du monde pour tomber en fin de compte sur ce fugueur invétéré, ce super-aventurier, ce misérable ex-ami, Buch, éternellement désireux de l'écraser de sa supériorité, et qui allait lui dire, adoptant l'ancienne intonation de Rainer Mersjohann : Je suis arrivé [1] ! Est-ce qu'il avait besoin de quelque chose, demanda-t-il. Oh non, merci beaucoup. Par bonheur, malgré cette peau tannée, ce visage barbu et cette virilité, ce n'était pas le même Buch, mais un homme que Halm identifia aussitôt comme allemand. Il s'appelait Harald Maier-Friese. Embrassant d'un geste de la main toute sa petite vallée, il dit : Vous voyez ici la fin du mouvement étudiant allemand. A supposer que vous veniez ici intentionnellement, que vous soyez pour ainsi dire en train de suivre ma piste, vous êtes du BND [2]. Halm dit que tel n'était pas le cas. L'autre dit qu'il était aujourd'hui de mauvaise humeur parce qu'on l'avait dévalisé la veille. Pendant qu'il était occupé à pêcher au bord de la mer. On lui avait tout pris. Tout ce qu'il avait gagné presque honnêtement en fabriquant et vendant des ceintures. Nulle part, dit-il, l'absence de formation politique n'a des effets aussi dévastateurs que chez le voleur. Il vole toujours celui qu'il ne faut pas. Même l'*Autoerotic Care Book of Miss Snow from Pacific Heights* avait disparu. Ce n'était pas vous, par hasard ? Halm nia d'un air solennel. Bon bon, on peut toujours demander, non ? Allez camarade, en route, on continue, le jogging, c'est plus sain que le christianisme et moins nuisible que le marxisme [3]. Et il disparut dans sa construction d'arbres et de buissons. C'est à cet incident que Halm dut la force de faire demi-tour. Sans cet ancien com-

1. En dialecte dans le texte. Citation tirée d'un conte de Grimm écrit en dialecte : *Le Lièvre et le Hérisson.*

2. *Bundesnachrichtendierst,* services secrets de la République fédérale d'Allemagne.

3. En dialecte dans le texte.

battant, il aurait sûrement disparu quelque part par-là. Comme lui. Lui, il y est arrivé. Dévalisé, d'accord, et de mauvaise humeur, mais quelle bonne humeur quand même ! Otto, voilà qui nous conviendrait, tous les deux ici, toi et moi... Retour, donc, à travers ce royaume de collines, desséché et odorant. Il ne reverrait jamais plus tout cela. Alors, dans ces conditions... Au Pelican Inn, qui ressemblait à un endroit où, avant John Frey, se serait installé Shakespeare, il prit un café. Il voulait dire : *Milk... it does...* Mais il ne dit rien, il but son café noir. Il avait l'impression que sa tête était énorme. Tout en lui n'était que braise. Sur le chemin du retour, il fut rattrapé par des nuages. Sur le Richmond Bridge, il fut content que la Volvo ne soit pas une voiture extra-légère. Les rafales de vent tiraient sur la direction. Avant qu'il fût arrivé dans la Contra Costa, il pleuvait. Ce n'étaient pas des gouttes, c'étaient de véritables rideaux de pluie. En particules d'une extrême finesse, l'eau traversait l'air comme une étoffe saturée d'humidité. Il se changea et fut, comme toujours dans sa vie, plus que ponctuel : il arriva le premier au Faculty Club. Chez lui, une tempête de pluie était toujours un handicap prévu. Il détestait que l'on fasse sensation en arrivant en retard. Il écouta avec une espèce d'attention exemplaire les conférences qui précédaient la sienne. C'est-à-dire qu'en fait, il était pratiquement incapable d'écouter, mais il était capable de se tenir sur sa chaise et de regarder comme quelqu'un qui écoute. Il était excité. Trente auditeurs au maximum. Rainer présentait chacune des conférences. Il était maître dans l'art de s'exprimer avec la légèreté que l'on attend dans ce genre de présentation. *I'm sorry we couldn't arrange the weather.* Et justement, un département d'allemand ne pouvait plus se permettre aujourd'hui d'inviter les gens à un symposium sans leur organiser du beau temps. *We have learned from Avis that as second you have to try harder...* Halm n'avait pas encore vu la jeune fille. Elle ne viendrait sûrement que pour sa conférence. D'un air rayonnant, elle lui avait souhaité un bon week-end. Pure routine. Elle n'avait pas pensé que, le samedi, il présenterait « Laura et l'Asra ». Jusqu'à présent, il n'avait encore vu aucun de *ses* étudiants. Ils ne viendraient sûrement que pour sa conférence. C'était flatteur. Pendant la dernière pause, il but encore deux gobelets de café. A chaque pause, il avait bu du café. Il avait la tête en feu. Quand Roy, en compagnie de Sally, s'était approché de Halm, il s'était écrié : Sally, regarde, Helmut en tomate grillée, en voilà un beau sujet ! Sally balança son sourire luisant. Halm savait à présent à quoi il ressemblait. Sûrement pas à un Asra du Yémen. Et tous les gens qui le connaissaient remarquaient son coup de soleil. Carol dit : Oh ! la la ! on s'est endormi au solarium ! Rainer dit : On ne va pas au bord de la mer sans chapeau, mon garçon. Quand il revint avec Rainer dans la petite salle, il eut l'impression que le nombre de spectateurs avait un peu augmenté. En passant, il vit briller la blondeur de la jeune fille. Il prit place, de même que Rainer. Joyce Ackerman et Roy Kinsman se dirigèrent vers l'avant de la salle. Joyce accompagnait, Roy chantait. Le plus brutal des durs de durs chantait les lieder des *Amours du poète.* Un autre Roy. Qui se coulait avec souplesse dans les sinuosités sentimentales de Heine et de Schumann. Pour la première fois ce jour-là, Halm écoutait. Nom de nom ! pensait-il, l'homme qui châtre les porcs, le mari de Sally ! Le maître du langage ordurier ! Et le voilà qui trouve, enroule et enchaîne des sons tels que Heine et Schumann s'écoulent et se déroulent naturellement. Nom d'un chien ! Halm ne put s'empêcher de regarder du côté de Sally, qui était assise à côté de lui. Elle était aujourd'hui toute en blanc ; à l'exception de ses lèvres, de ses ongles et de ses chaussures, qui étaient rouge vif. Ses lèvres n'étaient pas seulement d'un rouge humide, elles étaient pratiquement gonflées de fierté et de bien-être. En fait, ces remparts d'humidité ne devraient pas tarder à laisser s'écouler quelque chose. Il se rappela le parapluie avec lequel elle était entrée dans la salle : la poignée représentait un chien, et entre ses pattes jaillissait le manche du parapluie, figurant le pénis. A coup sûr l'œuvre de Sally. Bon, où en sommes-nous de ces *Amours du poète* ? Halm ne se rappelait pas avoir jamais entendu ces lieder. Pour ça, il a fallu que tu viennes en Californie. Espérons que Fran comprend le texte. *Ich grolle nicht...* O Roy ! songer qu'on puisse rendre aussi accessible un texte comme celui-là ! Une atmosphère de si vaste portée, ressentie par cinquante personnes avec la même intensité. Il n'y avait plus qu'un souffle dans la salle, celui de Heine-Schumann-Roy. Tous trois des poétes.

*Die sollen den Sarg forttragen*
*Und senken ins Meer hinab ;*
*Denn solchem grossen Sarge*
*Gebühret ein grosses Grab.*

Si Halm comprenait si bien, c'était peut-être d'avoir couru le matin sur la Coastal Edge Trail.

*Wisst ihr, warum der Sarg wohl*
*So gross und schwer mag sein ?*
*Ich senkt' auch meine Liebe*
*Und meinen Schmerz hinein.*

Voilà comment on procède. Voilà comment on a procédé. Rien qu'une jolie petite histoire, des quatrains, le rythme et la rime, et c'est parti, un sentiment de plus qu'on a plongé dans le container. Plus de rayonnement possible. Schumann prend apparemment les choses avec un sérieux délirant. Heine prenait-il tout cela avec le même sérieux ? Et Roy prend les choses encore plus au sérieux que Schumann. Y survivra-t-il ? Pendant les applaudissements, le bon vieux Roy émergea peu à peu. Le sourire dont il accompagnait son langage ordurier reprit sa place en hésitant. Tout à la fin, les mouvements de ses mains étaient ceux d'un boxeur qui vient de gagner un combat. Notre bon vieux Roy. Hé, Helmut, c'est à toi ! Rainer avait parlé à l'oreille de Halm. Les gens avaient cessé d'applaudir, Halm monta les deux marches et s'avança jusqu'au pupitre qui était placé un peu sur le côté. Il posa son manuscrit, enleva les trombones retenant les feuillets sur les côtés et sentit qu'il ne pouvait pas commencer tout de suite. Peut-être n'avait-il pas, à force d'écouter, continué à respirer régulièrement. Il avait été trop lié au rythme respiratoire de Roy. Mais Roy avait dû plusieurs fois reprendre son souffle sans que Halm s'en aperçoive. Halm se demandait comment il pourrait jamais reprendre son souffle. La possibilité de faire une inspiration, de reprendre haleine une bonne fois semblait totalement exclue, bloquée. Depuis combien de temps se tenait-il là, privé d'air ? Devait-il faire avec ses bras des gestes de rameur ? Ouvrir grand la bouche ? Cela gagnait ses jambes. Il sentit qu'il s'écroulait. Il entendit un bruit, le bruit parut se rapprocher, mais il s'éloigna aussitôt. Il y avait à peu près cinquante infirmières qui se penchaient sur lui, l'air abasourdies. Il était étendu sur une civière. Puis on le mit dans une voiture et il fut emporté dans un mouvement de tangage et ainsi de suite. Au médecin de l'hôpital, il put demander ce qui s'était passé. Le médecin dit : Une espèce de syncope. Halm avait-il une explication ? *I stopped drinking,* dit Halm, adoptant le style des introductions *tongue-in-cheek* du pays. Mais une fois dans sa chambre, il se sentit comme pétrifié. Il était incapable de faire un mouvement. Sa faculté de représentation, parvenue à l'immobilité totale, ne tolérait plus que deux ou trois images. Épuisé, lourd, paralysé. Il avait des difficultés respiratoires. Cela, il fallait aussi qu'il le dise au médecin. Il lui avait dit qu'en dehors de bourdonnements d'oreilles opiniâtres, il ne ressentait plus aucun malaise. Lorsqu'il en informa Sabine au téléphone, s'arrangeant pour lui éviter toute frayeur, elle eut si peur qu'elle se mit à bégayer comme son frère Elmar. Elle criait et bégayait. Alors il cria plus fort qu'elle et, une fois de plus, répéta la phrase qui devait gommer toute gravité. Peu à peu, elle le crut. La réaction qu'elle avait eue tenait peut-être à ses nerfs à elle. Les douleurs endurées par son père, les médecins, dit-elle, ne savaient plus quoi faire, les infirmières ne croyaient même plus à ces douleurs, on n'avait encore jamais entendu parler de pareilles souffrances, mais maintenant, dis-moi, comment est-ce que ça a pu arriver, c'est parce que je n'étais pas là, je n'aurais pas dû partir en te laissant tout seul, je l'ai su dès le début, c'est la plus grosse faute que j'aie jamais commise, même si ça n'était pas arrivé, je te l'aurais dit aujourd'hui, j'aurais dû rester près de toi, d'ailleurs, j'avais l'intention de revenir tout de suite, peu importent les frais, j'avais l'intention de revenir au bout de quelques jours, mais si tu voyais mon père, couché comme ça, tu comprends ? Oui, oui, pour l'amour du ciel, Sabine, reste là-bas, reste, reste ! Ce petit accident circulatoire, ce n'est rien, vraiment rien du tout, comparé à ce que doit supporter ton pauvre père... La communication leur coûta 20 dollars. Peu à peu, l'effondrement de Halm devant son pupitre devenait la preuve de son incapacité à vivre sans Sabine. Mais non, Sabine, rien à voir avec Turin [1]. Puis ils échangèrent encore quelques détails sur les chambres d'hôpital ici ou là. Ici, dans cette chambre, il était impossible de tomber, à moins que la porte ne soit justement ouverte, auquel cas on se retrouverait couché dans le couloir. Quant au couloir, il était tellement plein de monde que, même en tombant, on n'avait aucune chance de se frayer un chemin jusqu'au sol. On ne pouvait guère atterrir que sur la femme de ménage, une Noire qui jour et nuit faisait gronder son aspirateur... Comme elle pouvait s'en rendre compte, il allait mieux. Ça allait vraiment faire trop cher. La conversation avec Sabine fut salutaire. A la suite de cette conversation, il aurait bien voulu prendre le large en douce. Mais on ne le laissa sortir que le lundi après-midi. Rainer secoua la tête, leva ses mains de saint Jean et dit : *O boy !* Mais il avait tout de suite fait photocopier le texte de la confé-

1. Allusion à l'effondrement de Nietzsche à Turin, le 3 janvier 1889.

rence et il l'avait distribué, ce qui signifiait que Helmut pouvait obtenir sa rétribution de 500 dollars, puisque, par ses considérations sur un poème de Heine, il avait satisfait à l'esprit de la fondation. Ce n'est tout de même pas négligeable, non ? Halm essaya de cajoler Rainer. A Lena, qui était d'humeur sombre et inquiète, Halm dit qu'il se portait bien, sans doute trop bien, et c'était justement ce que son corps ne supportait pas, il ne voulait pas se laisser ravir son habituelle fragilité, cette fragilité coriace, capable de tout endurer. Course de fond au bord de la mer ! Pas avec ce corps-là ! Mon corps n'a pas à s'accommoder de ça ! Ce n'est pas le pari qu'on a fait ensemble ! Toutes ces courses à travers le pays, un mal qui ne cessait d'empirer. Mais oui, et quoi encore ! Il suffirait donc de reprendre l'ancien train-train pour se réconcilier avec son corps qui se remettrait à fonctionner. Rainer approuva ce diagnostic. Mais il va voir qui je suis, dit Halm. A présent, on va s'entraîner pour de bon ! Il aurait tout de même bien voulu savoir qui commandait en lui. Il avait pris goût à tout cela. L'œuvre de sa vieillesse, ce serait le sport. Il n'y aurait peut-être pas de livre sur Nietzsche, mais une renaissance du corps sans exemple. Ton père a vraiment souffert de l'ensoleillement californien des bords du Pacifique, dit Rainer. C'était le brusque refroidissement de l'air, dit Halm. Sans ce refroidissement de l'air, ajouté à un café, et encore un café et encore un autre, ça ne serait pas arrivé. N'oublie pas *les Amours du poète,* dit Rainer. En fait, dit Halm, la coupable, c'était Lena, qui avait été obligée de passer le week-end à Sacramento avec Elissa. Si Lena avait été là, il aurait fallu qu'il s'écroule sous ses yeux et cela lui aurait été impossible. Lena le cajolait maintenant comme il l'avait fait pour Rainer auparavant. Tu as au moins réussi à écrire un manuscrit, dit Rainer, *a whimsical whimsy, whatever,* tu peux être satisfait, ce petit coup du destin est passé par l'épurateur de l'expression littérale, tu es *again* un homme formidable. Lena, prends la voiture et monte jusqu'à la maison enchantée, va dire à la lady de nacre, brillant de son vif éclat, que ton père et moi-même prenons l'apéritif ici, nous monterons ensuite prendre le plus modeste *supper* de la saison, et si la pluie ne s'arrête pas subitement, nous continuerons à boire avec la terre assoiffée, aussi longtemps que dureront la discrétion de la nuit et les *Larmes de la Montagne.*

# 13.

Quand le lendemain matin il apparut sur le seuil de la porte ouvrant sur la terrasse, la chatte s'élança du jardin en sauts impétueux. Pas une marche n'échapperait au rituel. Les pieds nus de Halm ne pouvaient faire un pas qui ne fût précédé de quelques câlineries. Manifestement, Halm lui avait manqué pendant deux jours. Une fois de plus, elle dédaigna la nourriture tant qu'elle n'eut pas tiré des pieds de Halm tout ce qu'on en pouvait tirer. Aujourd'hui, pour la première fois, elle lui a mordu les orteils. Uniquement pour manifester son intérêt. Cette chatte de trois mois allait-elle lui faire découvrir quelque chose ? Peut-être quelque chose d'ordre spirituel. Ou bien fallait-il dire : quelque chose d'ancien, qui avait disparu ? C'est dans cet état d'excitation qu'il passe la porte Crocker, prend la *Gazette* dans l'auge et se trouve saisi de frayeur en lisant la manchette suivante : *Heart Attack Strikes Speaker during Lecture.* Et, à côté de l'article, une photo qui le montre allongé par terre. Il se précipite sous l'auvent le plus proche et lit le compte rendu d'un certain B. Bushstone.

« Un lecteur invité de Stuttgart a eu un malaise samedi au Faculty Club ; une crise cardiaque, semble-t-il. Un porte-parole de l'université n'a pas voulu dévoiler l'état de santé du conférencier, Helmut Halm. Selon Carol Elrod, secrétaire du département d'allemand, qui était présente lorsque ça s'est passé, Halm allait commencer sa conférence quand, à 17 h 45, il s'est soudain " senti mal ". On a appelé l'équipe d'urgence de l'hôpital d'Oakland tandis qu'on l'allongeait sur un brancard, la tête et les pieds relevés. Halm, âgé de cinquante-cinq ans, chemise ouverte, est resté parfaitement conscient et lucide pendant que le professeur allemand Rainer Mersjohann demeurait à ses côtés, humectant de temps à autre le visage de Halm avec de l'eau. Halm se plaignait d'avoir du mal à respirer et d'avoir " des fourmis dans les doigts ". L'équipe d'urgence est arrivée sur les lieux environ onze minutes plus tard. Le médecin lui a pris sa tension, qu'il a trouvée " un peu élevée ". Il a tenté de calmer Halm, qui respirait maintenant très rapidement, presque au point d'hyperventilation. On a placé un sac de papier kraft sur sa bouche pour l'obliger à inhaler son propre dioxyde de carbone et ralentir sa respiration.

« La conscience du malade s'est éclaircie et le médecin a déclaré : " Il est fort probable que la cause du malaise soit en réalité une trop forte excitation. " Halm a été évacué jusqu'à une ambulance qui attendait devant le Faculty Club aux alentours de 18 h 25. »

Halm fut parcouru d'une espèce de frisson. Jamais plus il ne relirait ce compte rendu. C'était à vous couper la respiration une fois de plus. Et comme il était ridicule, couché par terre ! On aurait dit une grosse victime bien grasse. Et ç'aurait été encore pis s'ils l'avaient photographié pendant qu'il avait le sac sur la bouche. Il était irrité par la phrase qui expliquait que l'*excitement* était cause de son *black-out.* A lire ça, on aurait pu croire qu'une conférence dans cette fac était pour lui quelque chose de tellement excitant qu'il devait nécessairement avoir une syncope. Les étudiants applaudirent et tapèrent sur leurs tables et le félicitèrent de sa prompte guérison. Le sujet du cours de conversation fut ce jour-là : « Syncope, évanouissement, mort et reportage. » En dehors de la jeune fille, tout le monde participa. Aujourd'hui, c'était Gail qui dominait. Elle décrivait la scène, elle, debout sur le balcon de la maison de vacances, en bas, dans la neige haute de plusieurs mètres, son ami qui venait de lui crier : Si ton père ne saute pas avant toi, tu n'oseras jamais ! Alors elle avait sauté et elle était tombée sur le bloc de glace, et puis il y avait eu cette explosion de lumière qu'elle n'oublierait jamais. Elle n'a pas revu son ami. Il a, aussitôt posé sa candidature pour partir en Afrique dans le cadre de l'aide aux pays en voie de développement. Halm attendait que quelqu'un fasse une remarque sur *« Laura et l'Asra ».* Rainer avait distribué la conférence à tous ceux qui étaient venus. Devait-il admettre que pas un garçon et pas une fille de ce cours de conversation n'avait trouvé le moyen de monter jusqu'au Faculty Club ? Un beau week-end, terminé. La blonde qu'en passant il avait vue de derrière n'était donc pas la jeune fille. *Ich grolle nicht,* chantait-il intérieurement, sans cette douloureuse insistance sur le *nicht,* dont Roy leur avait donné un échantillon. Et il était heureux, il devait être très heureux qu'elle ne l'ait pas vu, étendu par terre comme un gros cadavre. Seul Howard, ce brave Howard, dit qu'il serait bien venu, mais que, vu qu'il n'allait plus consulter les panneaux d'affichage, il n'était pas au courant. Heine, ça l'aurait pourtant intéressé.

Après le cours, elle demanda si elle pouvait venir le voir à midi. Comme il pleuvait encore, il dit qu'il valait mieux se rencontrer dans son bureau, 407 F. J'aime la pluie, dit-elle. Elle partit avec lui, sans manières. Elle marcha même avec lui sous son parapluie. Il allait donc, avec elle, tous deux sous le même parapluie, rencontrer Rainer sur le pont du gros dos, avec éventuellement, en dessous d'eux, le fracas romantique de l'Okra Creek animé d'une vie nouvelle. Ce n'était pas possible. Il s'arrêta, dit qu'il n'avait plus de recharges pour son stylo et qu'il devait aller à la papeterie, là-bas devant, sur la place de la Student Union. Et il l'abandonna sous la pluie. Eh bien, n'avait-elle donc pas de parapluie ? Mais elle aimait la pluie. Et il ne tombait plus qu'une pluie légère. Et cette pluie de novembre n'était pas encore une pluie froide. C'est ainsi qu'il se justifia quand il fut parti. Et ça faisait aussi du bien de la maltraiter un peu. Enfin, juste un peu. Une fois dans son bureau, il continuerait. Peut-être qu'il la tuerait. Soudain, il sentit que personne ne lui était aussi proche que Rainer et le violeur. Et pour un peu, il aurait souhaité que Rainer fût le violeur. Et Rainer l'emmènerait avec lui. Et ils guetteraient la jeune fille. Et ensuite... Il n'alla pas plus loin. C'était un homme inhibé. Mais précisément, les *rapists* le sont aussi. Ils ont besoin de ces situations de choc pour pouvoir se libérer un peu. A 12 h 5, il était installé dans son bureau, attendant la jeune fille. Elle entre, chaussée de bottes noires. Et elle est enrhumée. Le moindre son est à présent rempli. Chaque mot saturé, rebondi. Ce qui sort maintenant de sa bouche possède une force d'inertie. Aujourd'hui, il lui faut donc la supporter en dame. Des bottes noires, en passant par le jean élégant, pour remonter jusqu'à une mince veste de laine noire, portée ouverte, et à un chemisier rose brillant. Sur son épaule, cette espèce de truc qui se balance, tout rond, d'une mollesse inconvenante, d'un rouge infiniment profond. Le bureau 407 F est donc une chambre de torture. Voilà pourquoi ils l'ont logé ici, lui envoyant aussi souvent que possible leur *Première Tortionnaire,* afin qu'elle le brise en long et en large, jusqu'à ce qu'il se retrouve là, fragment misérable, hors d'haleine, presque inconscient. Elle poursuit l'œuvre du ressac. Mais elle ne tue pas, elle tourmente. Il faut se tuer soi-même. Ou bien la tuer, elle. Il se livrait à des estimations. La strangulation. C'était la seule chose qu'il pût imaginer et dont il pût se croire capable. Verser le sang, non, il ne le pouvait pas. Mais la strangulation, pourquoi pas ? Elle avait assez de cou, on pouvait y mettre les deux mains. Et serrer ainsi cette chair moelleuse, jusqu'au moment où elle deviendrait de plus en plus ferme, pour se durcir ensuite complètement, c'était une sensation que l'on pouvait partager avec la victime. Ce n'était pas son intention, mais il y est contraint. Et surtout, les mouvements exécutés lors de la strangulation ne doivent pas produire un effet aussi ridicule que tout ce qui sert plus directement à la soumission sexuelle. Il se leva enfin, lui tendit la main. Depuis Vienne, elle savait qu'en Europe, on se serre la main cinq fois par jour. Elle eut d'ailleurs, au moment où elle lui tendit la main, un petit sourire qui était en fait un commentaire. Sur quoi il lâcha sa main assez brutalement, tout en exprimant par des mimiques et par des gestes qu'il avait complètement oublié en quel lieu on se trouvait, et il ajouta : Ah oui, on est en Californie. Ces mots le replacèrent dans son rôle de conseiller en dissertation, il n'était plus question de strangulation. Il remit la chose à plus tard. Je finirai bien par te tuer, songea-t-il. Eh bien, mon petit, ne souris pas comme ça, ne prends pas ces grands airs de dame, il serait très facile de te serrer le cou. La minuscule petite chaîne en or qui était autour de ce cou marquait la limite inférieure pour la main droite, la gauche viendrait se placer audessus de la droite... Plus tard. Il voulut cesser de la regarder, et il s'aperçut que son regard emportait ce qu'il voyait. Et immédiatement, il sut que c'était exactement ce qui lui était arrivé au Faculty Club, durant la seconde qui avait précédé sa syncope : toutes les têtes étaient restées suspendues dans son regard, elles se balançaient avec lui de gauche à droite, de droite à gauche, puis jaillissaient vers le haut — voilà que déjà il tombait. L'image suivante, ce furent les cinquante infirmières. Il s'assit. Il y aurait ici une seule infirmière. Une sœur tortionnaire. Il était assis. Quand il la regarda dans les yeux, il ne rencontra pas seulement ses propres yeux, autrement dit les yeux de sa grand-mère maternelle, puisqu'on disait qu'il avait ses yeux, mais aussi la petite chatte, experte dans l'art d'assiéger pieds et orteils, et qui le regardait à présent par les yeux de la jeune fille, et là encore c'était sa grand-mère, car au fur et à mesure qu'elle vieillissait, sa bouche captatrice et vorace avait fini par lui donner une tête de chat de plus en plus marquée. Brusquement, il s'imagina très bien la jeune fille en vieille femme. Et aussi en jeune homme. Un jeune homme des temps héroïques. Leif, tel devrait être son nom de Viking. Elle voulait simplement, dit-elle, à condition qu'il n'ait rien contre, lui apporter ce livre de poche : *The Hamlet* de William Faulkner. Il faut qu'elle choisisse un personnage, lequel proposerait-il... Oh, petite ! Quand on a aussi peu de succès que lui, on veut la paix. Cette invitation à un nouveau round équivaut déjà à sceller le destin. Mais il ne peut pas refuser. Il aurait l'air d'un homme intéressé et qui se défilerait après s'être aperçu qu'il n'y a rien à gratter. Il fallait qu'à voir son empressement, elle ait l'impression d'un cerisier fraîchement éclos, dont chaque fleur jusqu'en son cœur serait pure et blanche. Il fallait qu'elle s'étonne ! Qu'elle se demande si elle avait jamais rencontré un tel homme, une fleur de cerisier ! Un pareil crétin. Il était absurde d'imaginer de nouvelles feintes pour se défendre. Il fallait en finir avec l'idée que tant qu'il était ici, il avait la possibilité de dresser une défense contre cette jeune fille. Il n'arrivera rien, mais c'est uniquement parce qu'elle ne soupçonne pas ce qui se passe en lui. Elle n'a même pas l'intention de le ridiculiser en Brando-Malvolio. Il faudrait pour cela qu'elle ait une idée de ce qu'il éprouve. Or elle n'en a aucune. Sinon, elle aurait dit pourquoi elle n'était pas venue à sa conférence sur « Laura et l'Asra ». On aurait presque pu s'attendre à ce qu'elle s'intéresse à sa présentation de « Laura et l'Asra ». Après tout. Mais elle ne s'y intéressait pas le moins du monde. Alors vraiment, si ça ne suffit pas ! En même temps — n'oublie pas ceci —, tu peux être content qu'elle ne soit pas venue. C'est peut-être ce qui pouvait arriver de pis, mais aussi de mieux. Enfonce-toi bien ça dans le crâne : ce qu'il y a de pis est toujours ce qu'il y a de mieux. S'il lui avait fait obtenir des *A* les uns après les autres, peut-être se serait-elle rapidement jetée à son cou, fascinée par le succès. Tout à l'heure, ces quelques minutes sous son parapluie avaient été formidables. Ils avaient dû accorder leurs mouvements. Ils y étaient parvenus. L'espace de deux ou trois minutes, ils s'étaient déplacés comme deux éléments parfaitement adaptés l'un à l'autre.

Bon, pour quand faut-il qu'il lise tout cela, s'il veut pouvoir lui donner quelques conseils ? Cette semaine, elle est complètement prise par le travail que lui réclame sa formation de cantatrice, les examens commencent lundi prochain. Peut-être vendredi ? C'est bien bizarre, dit-il. C'est LUI-Halm qui prononça ces mots. Halm se leva d'un bond et dit : Il n'y a absolument rien de bizarre. Elle se leva aussi. Finalement, elle partit. Il ne pouvait se précipiter à sa suite. Il faut s'empêcher de faire ce dont on a envie. Il faut faire ce dont on n'a pas envie. Intense et rude friction, en quelque sorte génératrice de chaleur intellectuelle. Tout en haut, des bourdonnements sur la fréquence de l'inaudible : *Ich grolle nicht.* L'inquiet théoricien de l'autocensure, avec son origine viennoise et victorienne, a porté là-dessus un jugement trop négatif. Si seulement tu pouvais recopier de la musique. Les accords produits par la friction se frayant maintenant un passage à travers toi, avec une solennité grotesque et une vaniteuse conscience de cette grotesque solennité, prouvent bien que les ennuis peuvent engendrer une pompeuse force de vie, une véritable allégresse. N'y avait-il pas chez Heine un mot pour désigner cela ? *L'allégresse de la souffrance ?* Il était sûr qu'il y avait un mot. Et le repas est bon. Ça, il faut le reconnaître. Et quand on est seul, on fait des sourires. Et il n'existe nulle part d'aussi bons cure-dents qu'aux États-Unis. De vrais bons cure-dents, tout simples, fabriqués dans le Maine. Comme il est agréable, après le repas, de pouvoir se tirer d'embarras avec ces cure-dents ! Quelle satisfaction ! L'idée même de la rédemption. A tous ceux qui, du fait de quelque blocage, courent le risque de céder à la routine de la négation ou à l'idée de l'utopie, il faudrait offrir en grand nombre ces petites boîtes de cure-dents fabriqués dans le Maine. Quant à lui, il fallait maintenant qu'il aille s'asseoir sur la chaise de Carol, afin de s'entendre expliquer comment elle avait accueilli sa pâmoison. Par bonheur, Carol était absente. Elle était auprès de son père et de sa mère à Mendocino. Halm rentra chez lui. Quand il vit le téléviseur, il capitula. Il mit l'appareil en marche. En plein jour. Et il ne s'était pas trompé. Tout ce que proposait le petit écran lui faisait à présent du bien. Ça lui faisait du bien de voir qu'un homme comme David Bowie avait trouvé un Oakland Coliseum à moitié vide, pas plus de trente-cinq mille fans. Ça lui faisait du bien de voir le docteur Scott, ce pasteur de télé, « goebbelsien » ou délirant, et de l'entendre dire : Ce que je préfère, c'est dépenser de l'argent pour Jésus, donnez-moi 10 000 000 de dollars par jour et je les dépenserai jour après jour. Ça lui faisait du bien de voir des professeurs en grève manifester dans les rues d'Oakland. Ça lui faisait du bien de voir qu'une entreprise spécialisée dans les produits de régime, cinq cents millions de chiffre d'affaires, avait fait faillite. Ça lui faisait du bien de voir qu'en ce moment la région entière avait peur d'une araignée qui s'appelait *« brown recluse spider »* et qui avait déjà tué un homme de cinquante-cinq ans. Ça lui faisait du bien d'entendre raconter que, sur la côte, il y avait quelqu'un qui mutilait des pélicans au couteau. Ça lui faisait du bien de voir que ça n'allait bien nulle part. Là où il se sentait le mieux, c'est quand le Président apparaissait sur l'écran. Carol avait raison, on ne pouvait rien concevoir de plus rassurant que ce fantôme de président, joliment maquillé, toujours en train de rigoler. Mais la femme du Président est encore plus rassurante que le Président lui-même. Elle représente une quintessence, elle représente, tout simplement, l'évidence du *c'est comme ça.* Qu'il est donc bienfaisant de constater que les choses sont comme elles sont. C'est dans ces bonnes dispositions qu'il passa le matin la porte Crocker. Il n'avait pas besoin de trouver une raison à sa bonne humeur. Dans cet état d'exaltation purement gratuite, il s'installa à sa place, devant le dessin de la grotte-sexe qui s'estompait peu à peu et n'était plus guère qu'un simple motif ornemental. Et il avait cessé de craindre que les sujets choisis pour son cours tombent dans le vide par manque d'intérêt. Il y avait longtemps que Howard était le véritable animateur de cette conversation. Howard ne laissait aucun sujet faire naufrage. Et quand Jeff, avec son air de gnome, toujours vautré sur sa table, grommelait une remarque que Halm ne comprenait pas, mais qui faisait rire tout le monde, Howard disait sur un ton de sévérité gentille que Jeff ferait tout de même mieux de ne pas apporter son *drug talk* en cours. Halm prenait plaisir à voir la tête inclinée d'Elaine, ses yeux de poupée regardant par en dessous et ses cils papillotant qui se prenaient les uns dans les autres. Il attendait avec joie le moment où Gail s'élancerait dans la salle avec ses béquilles. Il était tout heureux de voir Art, le géant, qui ne cessait de remuer sa bouche gigantesque et qui pour finir préférait ne rien dire et on comprenait bien qu'il ne voulait rien dire pour le moment ; rien ne pouvait être plus juste, plus génial que d'avoir mis en mouvement cette bouche de géant, jusqu'au moment où elle aurait pu parler, pour obéir en fin de compte aux instructions venues de l'intérieur du géant, à savoir : Tais-toi. Il se réjouissait de voir Cynthia, souriant timidement du fond du XIXe siècle, et qui, en parlant, proférait tout ce qu'elle voulait avec un calme merveilleux, mais toujours avec une expression de gêne. Et il était aussi heureux de voir la muette de Mill Valley. Et peu de temps avant qu'il ne se mette à pleuvoir, les boutons de dahlias étaient éclos, les dahlias qui poussaient dans cette partie du jardin donnant du côté des carlins, et qui maintenant brillaient d'une lueur mauve dans la pluie. Le dernier jour, Sabine avait dit : Tu auras le temps de voir sortir les dahlias. Mais quand ensuite, pour comble, on annonça Schubert à la radio, il se précipita pour arrêter avant de laisser au quatuor la moindre chance de se faire entendre. Il fallait d'ailleurs qu'il fasse ses devoirs : Faulkner, *The Hamlet.* Dès la deuxième phrase, il fut bloqué. D'accord, c'était une phrase que n'importe qui aurait certainement eu besoin de relire deux fois. L'auteur était visiblement fier d'écrire des phrases qu'il fallait relire deux fois si l'on voulait vraiment s'assurer de leur sens. Et il était manifestement plus fier encore de savoir que le lecteur allait effectivement relire deux fois cette deuxième phrase. Et le lecteur, au plus tard lorsqu'il serait parvenu au milieu de la troisième phrase, d'ailleurs beaucoup plus difficile que la deuxième, reviendrait d'un bond au début de la deuxième phrase pour la lire attentivement jusqu'au moment où il pourrait être à peu près sûr du sens. Eh bien, chère troisième phrase, on va voir si tu es capable de poser le moindre problème à quelqu'un qui a pigé la deuxième. Il est vraisemblable que toute ta force rétive vient de ce qu'on pénètre en toi comme un homme qui tente d'échapper à la deuxième phrase. Il est évident qu'un homme comme ça, tu n'auras aucune peine à le faire tomber. Mais un homme qui a vaincu comme il se doit la deuxième phrase, dis-moi un peu quel mal tu peux lui faire ! Pas tant de mal que ça. Mais tout de même ! D'un autre côté, la quatrième phrase révélait déjà que l'auteur n'avait pas réussi à transformer chacune de ses phrases en d'épaisses broussailles où le lecteur désireux d'avancer, rien que d'avancer, allait comprendre son degré d'impuissance et de faiblesse. Il lut la quatrième phrase comme rien. Quoi qu'il en soit, il ne pourrait pas prendre pied dans cette région du Mississippi sans consacrer complètement à ce monde de lignes son souffle et son être — il s'en rendait bien compte. C'est que tout se déroulait dans la région de Yoknapatawpha. Sentant que, loin de céder, il était de plus en plus fort, il pensa avec un plaisir intense que ses adversaires étaient à présent en train de dormir chez eux. Il faut dire que la pluie était d'un grand secours. Cette pluie qui ne savait rien faire d'autre que compter jusqu'à 3. Seulement jusqu'à 3, puis retour, puis encore jusqu'à 3, et retour. Quand le vent se mit à souffler avec violence, Halm était installé derrière sa vitre d'aquarium ; le regard fixé sur les arbres et les buissons, sur ce vert océan pris entre les toits du quartier, qui se balançait, tanguait même avec impétuosité, pareil à un véritable océan. Posés dans ce vert ondoiement, les toits ressemblaient à des rochers. Le vent prit de la force, il ne fut bientôt plus que hurlements et sifflements. Quand on est dans un pays étranger, il faut avoir l'occasion d'observer une tempête. On n'imagine pas la violence de la tempête dans ce pays. Les arbres prenaient des airs de grande colère. Le vent secouait la maison, comme pour exiger qu'on le laisse entrer. Il empoignait la maison pour de bon. Et la maison gémissait littéralement sous sa prise. A Sillenbuch, le vent ne vous empoigne pas comme ça. Et les rideaux de pluie qu'il amenait étaient de plus en plus épais. Et l'eau, comme déversée d'une grande hauteur, venait à l'occasion fouetter la terrasse. Pour ne pas être complètement coupé de tout, il remit la télévision en marche. C'était, disait-on, la première grande tempête de l'automne. Neuf *inches* de neige dans les montagnes du Nevada, cependant que les vagues du Pacifique atteignaient 8 mètres de haut. Les rideaux de pluie ne laissaient plus passer le regard. On n'entendait plus que le bruit de l'eau. Elle dribblait, tambourinait, fouettait. La pluie assaillait la maison comme si elle pouvait en faire la conquête. La petite chatte, qui n'avait encore vécu ici ni automne ni hiver, n'allait sûrement pas résister à tout cela. Halm l'aurait bien prise dans la maison avec lui, mais elle avait disparu. Si, comme l'avait annoncé la télévision, le point culminant de la marée devait coïncider avec le point culminant de la tempête, ce qui était à craindre, cela entraînerait sûrement ici ou là des conséquences désagréables. Il valait mieux ne pas prendre la belle route qui longeait la côte. Dans ce genre d'occasions, elle perd toujours quelques morceaux qu'elle abandonne à la nature. Il badigeonna ses *yam* d'huile et de *squash,* les plaça sur la cuisinière dans une casserole, régla sur 350 degrés, température locale. A en juger par les bruits, l'eau avait déjà pénétré dans la maison. Si elle glougloute comme ça, c'est qu'elle est déjà à l'intérieur. Mais plutôt que de se défendre, il aimerait mieux laisser les flots l'emporter avec la maison le long de la colline abrupte. M. Rinehart devait avoir une bonne assurance. D'après Sabine, le voisin de droite était un agent d'assurance à la retraite. Même à la retraite, un assureur ne lâche pas prise tant que son voisin n'est pas assuré contre tout, absolument tout. Où était Lena en ce moment ? Il avait du mal à ne pas l'appeler plus de deux fois par semaine. Un jour de pareille intempérie, il faut savoir se débrouiller tout seul. Et ça, il faut l'avoir appris. Depuis que Sabine était partie, tout, dans la maison, était recouvert de solitude. Les objets étaient privés de sens. Les chaises n'avaient plus aucun rapport avec la table. Une atmosphère d'indifférence s'était répandue. La nuit, couché, il guettait les bruits. Que signifiaient ces bruits ? Quand Sabine était là, il ne jugeait apparemment pas nécessaire de rester aux aguets. Il était donc habitué à ce que ses oreilles à elle veillent pour lui. Et maintenant, pas de panique sous prétexte qu'il commence à faire sombre. Quand il commence à faire sombre, l'intelligence s'accroît. Et la bêtise aussi. La proportion demeure donc inchangée. Hormis le fait qu'il commence à faire noir. C'est au cours d'une nuit comme celle-là que John Frey a écouté le récit la *Swiss Lady.* Halm écoutait Faulkner. Soudain, il y eut une panne de courant. Le lendemain matin, il n'y avait toujours pas de courant. Il fallut donc aller en cours pas rasé. Cela représentait déjà un sujet de conversation. Ceux qui n'ont pas de cheminée peuvent venir chez Halm le soir. Le professeur Halm a le chauffage individuel. Il utilise le bois du professeur Rinehart. Toute la soirée, il attendit des visites devant son feu, à la lumière d'une bougie. Il pensait qu'il viendrait quelqu'un. Il pensait qu'on allait bientôt sonner, qu'il sortirait, et qu'elle serait là, en bottes noires, etc. Il était absolument certain qu'elle ne viendrait pas. Mais il voulait croire qu'elle viendrait. D'où son excitation, son exaltation. Tous les jours la même chose. Tous les soirs. Il fallait voir la façon dont s'habillait cette fille depuis qu'il y avait ici de la pluie et du vent ! Avant, elle ne portait rien d'autre que ce short, qui ne pouvait s'arrêter que suivant des arrondis, et de temps en temps, son pantalon de survêtement, audacieusement décrépit, et toujours les mêmes baskets sans couleur. Maintenant, elle était tirée à quatre épingles. Elle portait à présent des écharpes qu'elle se jetait autour du cou — on aurait pu leur consacrer des opéras —, des chaussures, dont l'ambition consistait à faire croire qu'elles étaient la simplicité même, tout en montrant bien qu'elles étaient tout sauf simples. Halm ne se défendait plus. *Time processing,* pensa-t-il dans un accès de présomption anglaise. Voici la tâche qui est la tienne : Tu vas laisser derrière toi tout ce présent et, dès qu'elle sera là, tu transformeras chaque seconde en un passé le plus profond possible. Tu vas en quelque sorte manger les secondes dans la main du présent. Les dévorer. Les avaler. Sans conséquences. Fini. Sabine avait la vie plus dure.

tente de la violer dans la salle de classe, il n'y arrive pas, et il disparaît pour toujours. Ce qui importe dans le roman, ce n'est pas ce Labove, mais Eula, une gamine qui se gave de patates douces qu'elle mange froides ; c'est la fille totalement inerte du plus gros propriétaire de l'endroit, M. Varner, celui qui passe son temps soit à traverser la contrée sur un gros cheval blanc, soit — de préférence — couché dans un hamac d'où il dirige un peu les choses. Mais à Eula, l'instituteur Labove, deux fois plus âgé qu'elle, donne des noms qu'on ne rencontre pas ici. Il la voit en Vénus, se prend pour Vulcain, et ainsi de suite. Ces cinq années l'entraînent inexorablement dans un penchant exclusif, ravageur, une lame de fond capable d'atteindre n'importe quelle hauteur et qui s'effondre ensuite, froide, verticale, dure, en une phrase unique : *« Stop pawing me, she said. You old headless horseman Ichabod Crane. »* C'est pour faire d'Eula et de sa mythique inertie quelque chose de grand, pour donner à cette bouffeuse de patates, reine de la passivité, une grandeur, une grandeur démesurée, une grandeur démente, c'est dans ce but que se construit l'avare existence de Labove, fondée sur les privations et l'opiniâtreté, une existence qui, pour parvenir à ses fins, utilise sans ménagements le jour et la nuit et qui, dès le moment où pointent, lourds, les seins d'Eula, se trouve emportée et littéralement broyée dans un maelström utérin. Tandis qu'il lutte avec elle, il trouve encore le temps de lui susurrer pêle-mêle un mélange de poésie gréco-latine et d'obscénités américaines du Mississippi. Mais elle le rejette, le renverse et prononce cette unique phrase : « Arrêtez de me tripoter, espèce de vieux con de la cavalerie, Ichabod Crane. » Labove était maigre plutôt que décharné, ce à quoi fait allusion le mot *crane,* qui peut signifier aussi bien *« Kranich »* que *« Kran »* [1]. *Ichabod* serait, d'après les livres, un prénom masculin hébraïque, qui posséderait cependant dans le langage populaire une force adjective, puisqu'il est l'équivalent de *inglorious,* c'est-à-dire *« déshonorant, honteux ».* Labove entend donc ceci : « Arrêtez de me tripoter, espèce de vieux con de la cavalerie, saloperie de grue. »

Mais il entend tout de même *headless.* D'accord, c'est l'équivalent de *foolish, stupid,* mais qu'est-ce que ça vient faire ici ? Il n'y a qu'une femme pour répondre à une telle question. Halm

1. Der Kranich, la « grue », l'« appareil de levage ».
Der Kran, la « grue », l'« oiseau ».

téléphona donc à Joyce Ackerman, et au bout de quelques minutes, il savait que l'Eula de Faulkner avait emprunté ça à Washington Irving. Dans *The Legend of Sleepy Hollow,* de 1819, le cavalier Ichabod Crane, dit-elle, s'en allait à cheval et il n'avait réellement pas sa tête. Halm fut incapable de traduire.

Il proposerait à Fran de faire sa dissertation sur Eula. Eula est plus grande que Labove. Labove n'est là que pour la grandir, pour que l'effet soit plus cruel lorsqu'après d'autres assauts masculins, elle doit devenir la femme de Snopes, ce carriériste, un vrai mollusque qui se répand comme une moisissure. Le lendemain matin, Roy Kinsman l'empoigna par le bras, et le long du couloir le conduisit jusqu'au bureau de Leslie Ackerman, d'où il appela Rainer à qui il dit de venir immédiatement voir Leslie. Voici ce qu'il dit à cette assemblée : A eux tous, ils l'avaient ruiné à force de canons, épuisé à force de bouffe, et maintenant, de semaine en semaine, il attendait l'invitation qui lui permettrait de se venger au moins de l'un d'entre eux. C'était au tour de Leslie. Bon, très bien, ce serait samedi. En fait, Halm avait l'intention de faire un petit circuit en voiture avec Lena. Le skat avait priorité. Carol poussa un soupir douloureux. Comme elle savait bien, quand elle était dégoûtée, découvrir ses dents qui avançaient ! Jusqu'au moment où elle enterrait toute cette splendeur derrière sa puissante lèvre inférieure. En revanche, la lèvre inférieure de Rainer était toujours pendante. Quand on se tenait plus près de lui, on l'entendait haleter. Quand on demandait comment allait « La Compréhension des textes de Schubert », la pointe de sa langue qui s'agitait entre ses dents s'immobilisait complètement et Rainer opinait du chef comme si, quelqu'un lui ayant posé une question à laquelle il fût possible de répondre par oui ou par non, il répondait ainsi à cette question par l'affirmative. Le vendredi précédant le samedi du skat, la jeune fille revint le voir dans la fosse au néon. La douche de glace s'était entre-temps transformée en un tiède rayon de fœhn, écharpe et pull-over étaient donc superflus. Quoi qu'il en soit, les photos d'enfants le faisaient chaque jour se souvenir des affiches de Neuschwanstein au moyen desquelles il avait eu l'intention de se protéger contre ces photos.

Ce vendredi-là, il y avait deux gros titres dans la *Gazette* : *LE VIOLEUR AVAIT ENFIN ÉTÉ PRIS : LES TORRENTS DE PLUIE QUI DÉTREMPAIENT LE SOL LUI AVAIENT ÉTÉ FATALS,* et le Sénat de l'université condamne avec la plus grande sévérité toute espèce de relation amoureuse entre étudiants et professeurs. On appelle *romances,* ce genre de relations. On cite des statistiques de Harvard, qui montrent que 34 pour 100 des étudiantes des *colleges* et 47 pour 100 des étudiantes des universités ont des problèmes de *sexual harassment.* Voyez-moi ça, 34 pour 100 des première année ! Eh bien, messieurs les durs du skat, ça ne serait donc pas si extraordinaire ! Sans parler du fait qu'il n'était jamais allé jusque-là. Il n'osa pas en faire un sujet pour son cours de conversation. Il préférait se le faire expliquer par Carol pendant son heure de liberté. Elle lui fit signe d'aller voir dans son casier. Il y avait déjà une espèce de prospectus, en couleurs sur papier glacé, imprimé de façon dramatique, et destiné à éclairer les gens sur le *sexual harassment* et le moyen de le combattre. Vous avez encore eu du bol de ne pas vous être montré plus culotté avec moi, dit Carol. Elle était en effet comprise, en tant que capital féminin méritant protection, dans cette campagne de chasteté englobant toute chose. Quant à ce qu'il faisait avec Fran, bon, bon, elle n'allait pas le dénoncer, bien qu'il soit justement en train de préparer ainsi un de ces cas rentrant dans les 34 pour 100 ; harcèlement sexuel des *undergraduates.* Que signifie *préparer,* demanda-t-il sans humour. Elle lui lirait volontiers le passage. Si elle interprétait bien ce qu'elle saisissait sans même avoir besoin de regarder, il n'était en ce moment pas encore mûr pour une *formal grievance procedure,* mais..., un instant..., elle a trouvé le paragraphe qui se rapporte au stade où il en est : *an informal pregrievance complaint resolution process.* Ce genre de truc pouvait donc à chaque seconde se déclencher contre lui. C'est en tout cas son avis. La seule personne qu'il ait harcelée ici, dit-il, c'est elle, et il attend qu'elle le dénonce. C'est bien ça, dit-elle, les gens n'attendent de sa part rien d'autre que ces bêtises, il faut perpétuellement qu'elle joue au flic, alors qu'elle préférerait de beaucoup être le criminel, ou au moins la victime. Il lui demanda des nouvelles de ses parents. Demain, quand il ira à son orgie de mecs, elle sera déjà à Mendocino une fois de plus. Depuis dix-sept ans qu'elle traîne son mari, sa mère a mal aux bras. Bien que son père ne pèse réellement plus à présent que quatre-vingt-onze livres. Des livres américaines ! Halm fut heureux de pouvoir raconter qu'en ce moment, sa chère Sabine menait un combat analogue. Revenez-nous en bon état de Mendocino ! Adieu ! Chère Carol ! Et retour à son bureau, le plus vite possible. Alors qu'il était en train d'étudier dans la brochure une classification possible des différentes manières dont le corps enseignant pouvait sexuellement harceler les étudiantes, elle entra en mâchant. Bien entendu toujours chaussée de bottes qui s'affaissaient à force de souplesse. Un chemisier de soie gris argent, du dernier chic, sous une veste noire croisée beaucoup trop fine. Lohengrin et le cygne en une seule et même personne. Puis elle recommença à déplacer d'un côté à l'autre de sa tête la masse de ses cheveux, afin que leur flux puisse ensuite, peu à peu, reprendre sa place de lui-même. Labove était devenu fou. Et au moment où il était devenu fou, il savait qu'il était en train de le devenir. Et il n'était déjà plus en mesure de faire quoi que ce soit. Et ensuite, Eula donna à ce naufrage de Labove dans son maelström le nom de tripotage, tout simplement, ou de frôlement. Labove, en regardant Eula, avait pu imaginer qu'il la blessait au point de faire couler son sang. Labove n'avait pas trente ans. A cinquante-cinq ans, la strangulation représente la dernière extrémité. Bien, mais avant de lui faire une suggestion, il aimerait l'entendre dire vers quel personnage de ce véritable tapis de personnages elle se sentait attirée. La jeune fille avança un peu ses lèvres l'une contre l'autre et dit : Labove. Ah bon, dit Halm, Labove, et pourquoi donc justement lui ? Elle trouve Labove séduisant. Elle n'a encore jamais entendu parler de quelqu'un qui ait eu autant de mal à payer ses études. *Farm,* scierie, travaux de terrassement au *college,* football, enseignement dans un trou misérable, à quarante miles de la fac, faire cours à des élèves de sept à dix-neuf ans, dans une seule classe. Enfin il a franchi tous les obstacles. Il pourrait être avocat. Sa carrière pourrait commencer. Montée en flèche. Il veut être gouverneur. C'est là qu'il touche à la jeune fille. Depuis pas mal de temps, il sait qu'il est perdu. Un jour ou l'autre, il sera fou comme il faut l'être pour pouvoir toucher ainsi à une jeune fille. Après, tout sera fini. La carrière. La vie. Terminé. Il aura fait tout ça pour rien. Ou plutôt pour cette jeune fille. Elle est impressionnée. D'une certaine manière. Halm dit : Oui. Évidemment. Mais Labove n'est qu'un personnage secondaire. Comment trouvez-vous Eula ? Eula lui plaît bien, en particulier quand Labove est présent. Sans Labove, Eula n'est plus aussi séduisante qu'avec Labove. A son avis. Mais, dit-il, Eula c'est tout le destin de la femme, dans l'histoire et avant l'histoire. D'abord, la force, cette force immense de la femme, ensuite, le sort de la femme, cette misère exemplaire, on doit bien pouvoir écrire quelque chose là-dessus ! Elle, sans effort : Pourquoi pas d'emblée sur Labove ? Hum, dit Halm. *Studies of rapists have shown that the destruction of what was desired stops the desire.*

Halm la regarda dans les yeux, ces yeux qui lui étaient aussi familiers que ses propres yeux. Que voulez-vous dire, demande-t-il. Elle hausse les épaules. Se tait. Comme il ne sait plus quoi ajouter, il lui demande si elle a vu que le *rapist* local a été pris. Et elle : Est-ce qu'il a vu dans le journal cette décision idiote du Sénat sur le *sexual harassment.* Il acquiesce. Elle dit que quand elle aura fini de travailler pour son cours d'opéra, elle commencera sa dissertation sur Labove, peut-être qu'elle aura des questions à poser à Halm, concernant le violeur – pourra-t-elle les lui poser ? Quand vous voudrez, dit-il faiblement. Quand elle bougeait, même très peu, des lumières d'argent parcouraient son chemisier ultra-chic. Et on voyait osciller les solennels pans de sa veste. Était-il libre mardi soir, demanda-t-elle. Elle aimerait bien aller à l'opéra avec lui. Pas le " vrai " opéra, malheureusement, non, c'était son professeur d'opéra qui, le mardi soir, allait passer *La Walkyrie* à la classe, une représentation de Bayreuth, sur vidéocassette. Auditorium Steiner, sept heures, salle 96. Il fit comme si cette invitation de la jeune fille ne signifiait rien, pas plus que d'entendre *La Walkyrie* le soir, à côté d'elle, dans le noir. Il dit : Mardi ? La semaine prochaine ? Un *Hum* prolongé. Jeudi, le professeur Mersjohann prend l'avion pour Houston, pour le symposium consacré à la musique et à la poésie. Si Rainer ne prenait pas fantaisie, sur le mode dramatique, de poser des exigences, par exemple de tester sur Halm sa conférence sur « La Compréhension des textes de Schubert », si rien de tel ne venait faire obstacle, il viendrait, et même avec plaisir, *La Walkyrie,* pourquoi pas. Depuis qu'elle avait formulé cette invitation, il ne songeait plus à la violer. Mais quand elle fut partie, il eut encore le sentiment d'avoir tout fait de travers. Il l'avait laissée partir. En lui s'éleva un conflit sans précédent. Qui l'a laissée partir ? Toi ! Qu'est-ce que j'aurais dû faire ? La violer. Au moins la harceler. *Why didn't you harass her !* Mon Dieu, ce ricanement à propos de la décision du Sénat, c'était fait exprès. Elle admire Labove ! Et Eula elle-même n'a pas crié quand Labove a essayé. Oui, parce qu'elle estimait que ce n'était pas nécessaire. Elle ne l'a même pas dénoncé. Ce qui était, pour Labove, une façon de jouer son existence tout entière ne valait même pas pour elle la peine qu'on en parle. Mais c'est à Labove que va l'admiration de la jeune fille, et non pas à Eula. Elle admire l'engagement personnel, le courage, le risque, la folie. Mais Labove avait justement cette folie qui chez toi fait défaut. *He was mad. He knew it.* Tu es normal. Et tu le sais. C'était une prise de conscience terrifiante. Foudroyante. Cette inaptitude à la folie ! Cette peur ! Non point la peur du châtiment ! *Sexual harassment...* ridicule. Il n'avait peur que de la phrase : *Stop pawing me.* C'est cette phrase, prononcée par elle, qu'il craint de ne pouvoir supporter. Il serait alors obligé de réagir autrement que Labove. Ses mains pensaient à un cou. Mais ce cou n'était plus là. Peut-être avait-elle senti ce qui se passait en lui, voilà pourquoi elle avait si vite proposé ce mardi soir. En fait, c'est cette proposition qui avait tout déclenché. Il n'eut pas besoin d'un courage extraordinaire pour tout remettre au mardi soir. C'était merveilleux de vivre comme ça, à la rencontre de ce mardi soir. Une perspective comme il n'en avait jamais eu. Pourquoi n'avait-il pas dit un *oui* franc et massif ? Au fond, il avait dit qu'il viendrait peut-être, mais peut-être pas. C'était faux. Mais ça n'empêchait rien. D'ailleurs, personne ne pourrait plus l'empêcher d'y aller. Même pas dix Rainer Mersjohann ! L'esprit dispersé dans un abîme de honte, c'est le plaisir en acte ; jusqu'à l'acte, plaisir est parjure, meurtrier, sanglant et plein de faute, sauvage, extrême, rude, cruel, aucune confiance... Espérons-le, se dit Halm. Avait-il au fond jamais abordé une jeune fille, une femme ? Avait-il jamais manifesté une intention avant d'avoir, grâce à des signes donnés par la femme, la certitude qu'il ne serait pas repoussé s'il s'approchait ? Pour les autres, au temps de l'enfance et de l'adolescence, il n'y avait jamais eu de problèmes, ils abordaient les filles les unes après les autres, jusqu'à ce qu'il y en ait une avec qui ça marche. Mais lui, en revanche, avait manifestement toujours été dominé par l'idée que se faire repousser était une chose insupportable. Ce qui expliquait aussi, dès qu'il avait eu Sabine, qu'il se fût presque exclusivement fixé sur cette femme. Sabine était tout pour lui. Sabine, c'était son tout, et en dehors de Sabine, il n'y avait rien. Ah oui, Nicole Klingele. Et alors qu'elle s'appelait déjà Schloz-Klingele, elle l'avait traîné par le bras dans tout le foyer, si fort était son désir de lui présenter son beau mari à moustache et de le présenter, lui, à son mari. « Mon trésor ! » s'était-elle écrié. On aurait dit qu'elle torturait le mot. Voilà, c'était son professeur préféré... Il y avait dans cette scène tout ce qu'on peut concevoir de plus pénible. Y compris cette façon de se rengorger dans de la soie rouge. Et quelques années auparavant, il avait cru pendant quinze jours, cru jour et nuit, qu'il ne pouvait pas, qu'il ne devait pas vivre sans cette Nicole. Évoquer maintenant ce qu'il avait fait durant ces quinze jours et ces quinze nuits, voilà qui devrait être salutaire. Nicole n'était pas sans une certaine parenté avec Eula. Une nuit entière ils avaient combattu. Dans un hôtel de Baden-Baden. Nicole avait dû y jouer un morceau devant un violoniste. Brahms. Un truc avec un nom de femme. Agathe ? En dehors du t, Brahms avait su fabriquer des notes avec toutes les lettres de l'alphabet. C'était même un morceau qu'il avait composé dans la région. Durant la première moitié de la nuit, Halm avait appelé Nicole Agathe. Elle voulait être violoniste. Après avoir joué son morceau, qui n'avait pas produit l'effet désiré, elle était venue à l'hôtel où, voyant les lits déglingués, les fauteuils râpés, la saleté des tapisseries à fleurs rouges, elle avait été saisie d'une telle frayeur qu'il était immédiatement descendu à la réception et avait instamment demandé au portier de lui indiquer autre chose. Ah bon ! si vous voulez un quatre étoiles, dit le portier, chez nous, il n'y a qu'une étoile ! Halm s'abstint de répondre qu'il n'y avait pas la moindre étoile. Il savait que les gens font toujours semblant de se ranger ailleurs que dans la catégorie où les range leur entourage. Dans le quatre étoiles qui par bonheur n'en avait que deux, ils s'écroulèrent sur le lit en riant. Et ce fut le début d'une lutte de dix heures et mille rounds, que Nicole gagna. Les cinq cents premiers rounds, les rounds d'Agathe, furent passionnants. Étant donné qu'il se trouvait en compagnie d'une fille de dix-neuf ans dans un hôtel de Baden-Baden qu'il trouvait tout de même luxueux, luttant dans un lit pas seulement fait pour y fermer l'œil et s'y endormir, vu que cette fille l'avait pratiquement invité à faire ce voyage à deux et à passer une nuit ensemble — quant à lui, même en examinant la situation avec la plus grande prudence, il n'avait pu, en aucune façon, interpréter autrement certaines déclarations qu'il n'avait pas sollicitées —, étant donné qu'elle s'était dévêtue, ne gardant sur elle qu'une bande de tissu pas plus large que la main, étant donné qu'elle avait attiré à elle et embrassé son professeur d'une manière qu'il avait bien été obligé de prendre pour une invitation globale, étant donné qu'elle l'appelait aussi : « Mon trésor », il croyait, en dépit du fait que le vocabulaire qu'elle employait n'était guère fait pour lui plaire, que la nuit la plus étonnante de sa vie venait de commencer. Et il se rappellerait toute sa vie — malheureusement — qu'il s'était dit, au moment où il avait pris place contre son opulente poitrine : Voilà ce que tu auras vécu de plus grand et de plus beau. C'est super. Ainsi songeait-il, utilisant un jargon de potache. Mais dans les cinq cents autres rounds, les rounds de Nicole, il fut peu à peu de plus en plus clair qu'il n'était pas en train de faire les frais d'un hors-d'œuvre merveilleusement préparé, que suivrait un plat de résistance encore plus merveilleux — non, il était clair que M^lle^ Klingele entendait bien s'en tenir aux hors-d'œuvre. Cependant, ces pensées ne pénétraient plus jusqu'à son cerveau — peut-être pensait-il qu'il ne devait pas les laisser pénétrer —, en tout cas, il continua de lutter, et plus il luttait, plus cette lutte devenait à l'évidence une véritable lutte. Et justement, il perdit. M^lle^ Klingele était presque plus grande que lui, nettement plus forte, elle ne prenait pas de gants et — c'est du moins ce qu'il ressentait — elle n'avait pas un comportement très *fair,* ni physiquement ni intellectuellement. Par les commentaires qu'elle fit durant cette nuit-là, elle lui laissa entrevoir ce que valait la virginité d'une fille de millionnaire à Stuttgart. Il fut enfin forcé de comprendre : c'était trop cher pour qu'on en pût comme ça, en passant, faire le sacrifice à un professeur d'allemand, même à un professeur vénéré. Papa vendait des voitures, et il y avait manifestement investi beaucoup plus que dans une simple affaire commerciale. La marque qu'il vendait, c'était sa religion. L'argent, disait-elle, on n'en parlait jamais à la maison. Chaque année, des voitures de plus en plus parfaites — tel était, à côté du bonheur et de la carrière de sa fille unique, Nicole, le but de M. Klingele dans l'existence. Ce M. Klingele, vénéré par sa fille, avait de la piété, piété pour sa marque de voiture, piété pour sa famille, piété pour le monde. Après cette nuit-là, Halm aurait pu écrire la biographie de Klingele. Halm aurait pu, à l'aube, être reconnaissant d'avoir été autorisé toute une nuit à toucher du doigt et à mesurer les incarnations « klingeliennes » ainsi que leur valeur. Au nom de son respect de la famille, Nicole l'invita de manière assez directe à manifester ce genre de reconnaissance. Qui avait jamais pu l'approcher d'aussi près que lui ? Elle fit le compte. Cinq, très exactement. Six en comptant Halm. Si cette bataille perdue en première ligne ne lui avait pas donné, à l'intérieur et à l'extérieur, plusieurs raisons de vive souffrance, il aurait volontiers, et avec émotion, témoigné sa reconnaissance à cette fille qu'il était, maintenant seulement, capable d'apprécier dans sa parfaite innocence. Mais il n'était pas en forme. Il insista pour partir. Sans petit déjeuner, parfaitement ! Rentrer le plus vite possible retrouver Sabine. Désormais invulnérable. Plus invulnérable que ne le fut Siegfried après s'être baigné dans le sang de Fafner. Aucune feuille de tilleul ne l'avait préservé de cette totale cautérisation par Nicole. Il était invulnérable de la tête aux pieds. Après la scène du « trésor » au foyer de l'opéra, il avait pu mettre Sabine au courant de tout et donc se considérer comme sauvé. Et maintenant ? Mardi, nouvelle scène à l'opéra... Non, fini, terminé, amen... Ce qui vaut pour Nicole Schloz-Klingele ne vaut pas pour Fran Webb. Nicole l'avait invité à danser au bal du lycée et elle avait dansé avec lui de telle sorte que soudain, il avait bien été obligé de se considérer comme un danseur chevronné qui serait toute sa vie resté ignoré du public. Sabine ne l'avait pas accompagné à ce bal du lycée. Depuis longtemps, il était impossible qu'un professeur danse sans arrêt avec une élève. Si lui et Nicole, à un moment où ils n'étaient plus capables de se tenir correctement, n'avaient pas en dansant renversé une table, ils n'auraient sûrement jamais pu s'arrêter. Nicole portait un vêtement vert clair, à plusieurs « étages », tout plein de volants. Ce genre d'aventure ne serait jamais arrivée à un Kiderlen. Il n'y avait rien à ajouter. Sabine était au courant, et en général, il n'y a rien de tel pour mettre fin à une relation. Par pitié, pourvu que le passé ne vienne pas gâcher la soirée de mardi ! Un seul jour, oh oui, une seule soirée conforme à la réalité ! Une seule fois, une date qui ne comporte pas ces stations de chemin de croix venues du passé, qui vous paralysent et n'aboutissent qu'à l'échec ! Que le présent, en cette soirée du mardi, soit là en tant que tel ! Du pur présent ! Le passé et l'avenir, qui ne sont rien d'autre que des puissances d'échec, seront de repos mardi soir ! Que le rideau se lève sur *La Walkyrie* !

Mais il fallait d'abord, le samedi soir, aller jouer au skat chez Leslie Ackerman. Halm se rendit en voiture jusqu'à la maison de Hänsel et Gretel et de Marie Tudor, dans l'Euclid. Rainer lui donna les clés de la Chevy. *The Chevy man can,* pensa Halm, et il s'énerva de voir que, jour après jour, sa conscience était de plus en plus envahie de slogans publicitaires. Il n'était pas assez fort pour résister aux *spots* et aux *spells* de la télé. Alors, à quoi tu penses, dit Rainer. J'ai écrit un livre sur Nietzsche dont personne ne veut, dit Halm, et je suis en train de comprendre pourquoi. Félicitations, dit Rainer.

Après Orinda, on monta une route abrupte, pour redescendre aussitôt une route non moins abrupte, et pour gravir enfin un ruban d'asphalte, plus vertical que simplement abrupt, sur peut-être cent mètres. En haut, sur la croupe de la colline accablée de verdure comme une oasis, vivaient les Ackerman. Un de ces vastes homes solennels de la classe moyenne. Cette fois, le signe distinctif, c'était la porcelaine. Partout, de la porcelaine. Cadres grands et petits, aménagements divers pour abriter ou exposer la porcelaine, soit en avancée, soit dans des niches creusées dans les murs. Tiens donc, reluque un peu ça, dit le Münsterois Mersjohann en singeant le parler des gens de Stuttgart. Leslie, montre-lui le maître-autel, dit-il à leur hôte. Ce dernier refusa d'un air timide. Les trophées sportifs, dit Rainer, représentaient les véritables objets sacrés de la maison. Halm dit qu'en dehors de Neuschwanstein, il ne connaissait pas un lieu bénéficiant d'un site aussi sublime que cette maison sur sa colline de Californie. Joyce, juvénile tête de morte entre ses épaisses nattes blondes, dit que c'était tout de même l'ancien président du parti communiste de Californie qui avait fait construire la maison sur cette hauteur. Il voulait se protéger. Contre le KGB, dit Leslie en tombant à genoux. Mais pourquoi l'a-t-il vendue ensuite ? demanda Halm. Sa femme était allergique à l'herbe, dit Leslie. En fait, les théoriciens de la rente foncière sont des obsédés des *grass roots,* grommela Rainer.

On jouait au skat dans une pièce ouverte sur le bureau où Joyce travaillait à son doctorat sur l'hermaphrodisme littéraire. Elle entendait tout ce qu'on disait. Ce qui ne tempérait pas le moins du monde le vocabulaire des durs des durs. Ils commencèrent au moment où chacun remettait ce qu'il avait apporté. Roy venait tout juste de s'approprier une douleur « schumanno-heinienne », qui ne pouvait prendre place que dans un cercueil gigantesque, et maintenant, tandis que Rainer lui remettait deux bouteilles de *Larmes de la Montagne,* il dit : Aujourd'hui, tu siffleras toi-même ta pisse d'étudiant. Leslie fut donc immédiatement obligé de faire lui aussi un effort : Aujourd'hui il n'a même pas foutu des étiquettes bidon sur ses rapines de cathéters, regarde, en toute sincérité et sans égard : 2,70 dollars, 3,50 dollars. Roy : 3,50 dollars alors là, c'est du flan !

Halm perdit encore. Les trois durs braillaient et ricanaient. Roy résuma concrètement : Et dire que Helmut aurait dû faire des économies s'il voulait s'offrir le meilleur avocat pour son procès ! Au cours de ce semestre, le nom de Halm s'épelait au campus comme *harassment.* Joyce sortit rapidement de la pièce voisine : C'est une honte, pour une fois que quelqu'un veut s'éclater un peu dans un campus de Californie, il tombe en plein dans une campagne de chasteté. Je suis déjà bien content que ce ne soit pas lui le *rapist,* dit Rainer à voix basse. Halm rit avec les autres, autant qu'il lui fut possible. Puis il essaya de prendre ses distances. Au fait, est-ce qu'on dit *« haráss »,* ou *« hárass » ?* Cet homme-là, on peut l'aider [1], dit Leslie. Dans son lycée de Seattle, dans l'Oregon, un élève avait prononcé ce mot de travers et le professeur avait dit que l'élève aurait pour *assignment* — devoir à faire à la maison, souffla Rainer — d'éclaircir, d'ici le cours suivant, la prononciation de ce mot. Et l'élève, au cours suivant : *I looked under « haráss » and found it is pronounced « hárass ».* Leslie insista sur la première accentuation de manière à ce qu'on entende nécessairement « her ass ». Joyce, toujours sur le seuil de la porte : Si cette campagne s'était déroulée à l'époque où elle était l'étudiante de Leslie, cela aurait signifié ou bien la fin de sa carrière à lui, ou bien la fin de leur *romance.* La première fois qu'elle était venue voir Leslie, à l'heure où il recevait les étudiants, afin d'étudier avec lui sa liste de lectures, il l'avait regardée d'un air tellement bizarre et il lui avait dit : *You know better than I do which of your gaps are to be filled.* Or, en cet instant, elle était incapable d'imaginer qu'on puisse combler ses trous par des lectures, dit Joyce. On dirait vraiment que les grosses nattes blondes sont reliées par les lunettes blondes, songea Halm. On en était déjà à Auster et à sa chicano. Qu'est-ce que ça peut donner quand, sur l'avant-bras irréprochable de la jeune femme, il pose sa main tachetée de fleurs de la mort, pareille à un treillis ? Il a quarante et un ans d'avance, dit Roy. Halm se demandait sans pouvoir répondre avec certitude si, à travers ces commentaires sur Auster, ce n'était pas lui qu'ils visaient. Leslie dit que les vingt et un ans d'écart qu'il y avait entre lui et Joyce avaient été presque doublés par Teddy Auster. Rainer dit que Leslie parlait de tout ça comme s'il s'agissait de saut en hauteur. Je voudrais *four bubs,* dit Roy à Leslie qui était en train de donner. Demandes-en deux à Joyce, dit vaillamment Leslie. Joyce rit.

Halm faisait des efforts. Ils avaient plus d'estime pour lui quand ils perdaient eux-mêmes que lorsque c'était lui qui perdait après s'être rageusement emparé du jeu. A la fin, il ne lui restait plus que 1 dollar et 23 *cents* à payer. En revanche, Rainer paya au seul Roy, 4,17 dollars.

Devant la maison de Hänsel et Gretel, Rainer ne laissa pas Halm changer de voiture pour monter dans la Volvo. Halm dut entrer avec lui dans la maison. Descendre à l'étage de Rainer.

1. Dernière phrase des *Brigands,* de Schiller, prononcée par Karl Moor, lorsqu'il décide de se livrer à la justice et, sa tête ayant été mise à prix, de faire profiter un pauvre homme de la prime élevée.

Elissa et Lena étaient au cocktail de clôture célébrant le dernier cours de l'année. Un jour ou l'autre, dans les deux semaines à venir, dit Rainer, Elissa allait disparaître. Prétendument pour partir à la recherche de Jamey. Alors que Jamey lui adressait toutes ses cartes postales à lui, Rainer, et pas à Elissa. Une carte venait justement d'arriver pour le cent vingtième anniversaire du discours prononcé par Lincoln à Gettysburg. Elle venait d'ailleurs de Gettysburg, en Pennsylvanie. Il arrive maintenant assez souvent qu'il envoie un petit mot à l'occasion des fêtes nationales. Il les poste en général aux endroits où se sont déroulés les événements célébrés. Elle pourrait trouver son fils là-bas... Mais ce n'est pas son fils qu'elle cherche. Elle se cherche elle-même. Dans le lit des nègres et des chicanos... Halm ne pouvait pas laisser Rainer comme ça en plan. Soudain, Rainer prit la main de Halm, la serra et dit qu'il devait lui faire une proposition : Halm pouvait rester en Californie. Il lui procurerait un emploi. On pourrait toujours arranger le problème de la retraite de manière que Halm n'y perde rien. Halm pensa aussitôt à la soirée de *La Walkyrie*. Et tout de suite, Rainer l'étonna une fois de plus : Sabine était opposée à la Californie, il le savait. Mais de toute façon, Halm devait se séparer de Sabine. Rien de pis qu'un couple qui s'épuise dans le non-dit. Peu importe qui rompt le contrat ou qui est responsable de la rupture, les questions de culpabilité sont de second ordre, la trahison est insupportable pour l'un comme pour l'autre. Qu'est-ce qu'un meurtre, comparé à une trahison ?

Un bienfait. Un meurtre ne nous blesse pas réellement. Un meurtre nous permet de rester ce que nous sommes. Il anéantit notre existence physique sans toucher à notre être. La trahison détruit notre être. Halm était en train de détruire Sabine. Seule une rupture brutale pouvait encore préserver Sabine d'être une fois pour toute détruite par la trahison de Halm. Être bousillé par une trahison, il savait ce que ça voulait dire. Même si on tuait ceux qui nous démolissent, cela ne servirait à rien. Ce qu'ils ont démoli, c'est bel et bien démoli. Et ça leur sauve la vie, à ces démolisseurs. Il n'aurait pas été opposé à ce qu'Elissa, de temps à autre, fasse venir un nègre dans son lit, si elle le lui avait dit à chaque fois, à condition de le lui dire avant, afin qu'il ait la possibilité de montrer qu'il était d'accord, et que tout se passe dans les règles, en accord avec les personnes. Mais quand il y a trahison, il n'y a pas d'entente possible. La trahison ne tient pas compte de l'autre. On se retrouve pulvérisé, comme ça, en passant. Écoute. Il appuya sur un bouton, une bande magnétique se mit à défiler, on entendit la voix d'Elissa. Elle disait que ce qu'elle allait dire maintenant, elle le disait pour répondre au désir de son mari. En fait, il ne lui laissait pas le choix. Il la contraignait à décrire exactement la manière dont elle en était venue à ses relations extra-conjugales. Quand, combien de fois, où, comment. Il voulait tout savoir. A l'avenir, il voulait même le savoir avant. Toujours au moyen de ce magnétophone. Elle commencerait donc par le passé. Rainer arrêta la bande magnétique. Tu entends, s'écria-t-il, tu as entendu ça ! Celle qui viole la légalité avec préméditation est capable, pour peu qu'on lui offre la possibilité d'avouer, de faire naître l'impression qu'on lui fait subir quelque chose d'abominable. Tu vois son insensibilité. C'est elle qui fait tout, et c'est elle qui souffre. Elle parle comme si elle se trouvait face au canon d'un pistolet. Elle n'a pas la moindre idée de ce qu'on peut exiger d'une relation pour que ce soit une relation réelle. Cette femme pue de l'âme autant que le tonneau d'anguilles du voisin pendant l'été 1947. Tu as le droit d'avoir un avis différent, mais pas tellement différent. A moins que tu n'aies envie de vivre quotidiennement dans la saleté, l'air vicié, le mensonge, l'artifice, la perfidie, la vulgarité ? Tel est le produit du métabolisme qui résulte de la relation trahie : saleté, air vicié, mensonge, artifice, perfidie, vulgarité. Jour et nuit. Tu ne tiendras pas le coup. Laisse partir Sabine si tu veux sortir de cette lumière crasseuse. Sauve Sabine, laisse-la échapper à ce couple sans joie. Apparemment, il en est encore temps, toi ici, elle à Sillenbuch. La tromperie est aussi un suicide. Laisse tomber. Reste ici. Arrange-toi de manière à ne pas avoir à rougir plus longtemps. S'il avait encouragé Elissa à faire ces déclarations sur bande magnétique, c'était pour qu'elle n'ait plus à rougir. La voix de Rainer était noyée d'alcool, mais chacune de ses phrases avait le ton de l'évidence et provenait d'une certitude absolue. A l'aube, Halm descendit les étroits chemins abrupts des Yosemite Steps, et il essaya de voir s'il était capable d'épeler Yoknapatawpha sans le secours du livre. Il ne pleuvait plus. Qui avait suggéré à Rainer de tenir ces propos ? Halm était incapable d'avoir une seule pensée qui le séparât de Sabine. Tout ce qu'il pensait, il devait le penser en accord avec Sabine. Il était donc obligé de tourner et retourner toutes choses de manière à les rendre également acceptables pour Sabine. Les choses que Sabine ne pouvait accepter, il devait les rejeter dès qu'elles surgissaient dans ses pensées. Ces pensées-là étaient uniquement autorisées à exister en lui en tant que pensées rejetées et non pas en tant que pensées reconnues. Quand il éprouvait un sentiment susceptible de blesser Sabine si elle en avait eu connaissance, il devait s'opposer à ce sentiment. Ce qui ne l'empêchait pas de l'éprouver. Mais au moins, il s'y était opposé. Ce n'était donc pas un plaisir. C'est ainsi que, hypocritement, il parvenait à une espèce d'équilibre. Et il appela Sabine. Entre eux était la nuit, qu'il avait derrière lui, qu'elle avait devant elle. Il aurait bien voulu, au téléphone, parler de choses et d'autres sans avoir à se contrôler. Mais Sabine revenait tout juste de l'hôpital. Il fallait maintenant attacher papa Gottschalk à son lit. Deux fois déjà, dit-elle, il est sorti de sa chambre en douce, il a dégringolé l'escalier jusqu'en bas et il a fallu recoudre deux blessures, une au front et une au menton. Il engueule maintenant Sabine autant que les médecins et les infirmières. Il voudrait rentrer chez lui. Il ne peut plus rien manger. Il affirme que les médecins ont cousu les sondes d'alimentation pour les boucher. Et que Sabine est passée dans le camp des médecins. Il avait essayé de cracher sur Sabine. Pauvre Sabine. Quand il eut raccroché, Halm se sentit gêné d'aller aussi bien. Mais tu as beau te sentir gêné, songea-t-il, tu vas bien quand même.

A présent, son amie la petite chatte l'évitait. Il était toujours obligé de guetter longtemps, cherchant un peu partout : des grandes feuilles de cactus en forme d'épée dont le bord, en plus, était muni d'épines, jusqu'au taillis de bambous et au fourré de lauriers, et même sous le citronnier — avant de voir luire quelque part la petite bouche rose en triangle dans le triangle blanc du visage. Quand le vent faisait gémir les branches, la petite chatte tressaillait, prête à fuir. Au moment seulement où Halm atteignait la porte de la terrasse, elle montait l'escalier et passait près de lui en décrivant un grand arc de cercle, tout en vérifiant bien que celui qui lui avait marché dessus n'était pas en train de s'approcher. Dès qu'elle avait mangé, elle s'esquivait. Il est donc également possible de régler le nécessaire sans pour autant se livrer à de grandes démonstrations. Mais est-il possible de se livrer à de grandes démonstrations sans les faire suivre du nécessaire ? Chère petite chatte, tel est le devoir que je te donne à faire à la maison. Il lui faut la réponse pour demain. Demain, c'est mardi. Devait-il acheter un nouveau costume ? Ses vêtements étaient archibourgeois. En général, cela lui faisait du bien de se trimballer dans des affaires qui ne le flattaient pas. Tout ce qui ne se portait vraiment plus et qui n'avait plus aucune chance d'être récupéré par la mode dite « rétro » dans le flot d'une seconde actualité, désormais carrément vulgaire, voilà ce qu'il avait le plus de plaisir à porter. Mais maintenant, il lui était désagréable de penser que ses costumes le faisaient paraître plus gros, plus rond et plus petit qu'il n'était. Il avait perdu du ventre. Il ne comprenait pas que dans son pays, ce ballottement ne l'ait jamais gêné. Mais se présenter dans un costume neuf, ce serait trop de cinéma. Il n'avait pas un rôle adapté aux costumes de ce pays. Il avait déjà passé quelques heures à se promener dans les rues et il avait vu quelques costumes qui lui plaisaient bien. Ceux qui lui plaisaient le plus étaient ceux qui lui convenaient le moins. Ceux qu'il pouvait porter, il en avait déjà, basta !

L'après-midi, Halm sillonna le campus comme un territoire enchanté, à la recherche de l'auditorium Steiner. Il voulait être sûr de son chemin du lendemain. L'auditorium Steiner était situé encore plus en hauteur que le Faculty Club. Une affiche signalait que ce soir-là, les étudiants du département de musique joueraient du Monteverdi. L'un des morceaux annoncés était intitulé : *Lettera amorosa.* Halm y alla. C'était dans une salle différente. Mais il était tout de même un peu familiarisé avec l'intérieur du bâtiment. Il était possible que l'auditorium soit construit aussi bizarrement que Fillmore Hall, dont l'aspect labyrinthique, dans le style gothique du Wyoming, donnait lieu à de longs articles dans la *Gazette.* Comme Halm était beaucoup trop en avance, il ne put s'empêcher, en attendant qu'on laisse entrer les gens pour le concert, d'observer deux jeunes filles assises côte à côte sur un banc du couloir, tournées l'une vers l'autre, et qui finirent par s'embrasser. Ce couple faisait un effet plus serein que les couples hétérosexuels qui donnent souvent l'impression que les partenaires se font souffrir mutuellement. Ce couple exclusivement féminin exécutait ses baisers et ses caresses avec une légèreté ludique. Presque avec une technique d'experts. Halm ne se lassait pas de regarder ces deux jeunes filles. C'est le genre de spectacle qu'on ne peut voir que dans un bâtiment réservé à la musique. Pendant le concert, il suivit sur le programme le texte de cette *Lettera amorosa,* enviant le passé pour les licences qui y étaient permises. Regards langoureux, soupirs interrompus, paroles à demi murmurées... Et à la fin, l'espoir que cette lettre serait jetée dans quelque neige où elle rencontrerait un cœur de feu. Il aurait aimé dire les choses avec la même emphase. Qui donc a réussi à nous arracher aux mots qui en disent trop ? L'arbitre de l'art ! Sous cette dénomination,

Halm se représentait soit Kiderlen, soit un monsieur de la métropole, qui porte des manteaux de fourrure en plein été et, pour se justifier, bouffe des glaces sans arrêt. Un contempteur de la vie qui a de l'appétit.

Le lendemain matin, Halm se remit pieds nus pour porter la nourriture dehors. Ce fut d'abord le vilain matou qui s'approcha en courant, Halm le chassa et attendit sa petite chatte. Elle monta. Non pas en bondissant avec impétuosité, ni même en sauts gracieux, mais en tâtonnant, comme contre sa volonté. Chacun de ses pas n'est que le résultat d'un étirement et d'une extension. Partout où elle pose la patte, elle prend racine. Et il faut pourtant qu'elle continue. Donc, aujourd'hui, elle est maquillée ! Une bouche rouge comme un feu de signalisation. Quand elle s'élance sur la marche suivante, comme d'habitude une fraction de seconde avant le pied de Halm, tout en se retournant pour se mettre sur le dos, ce qui lui permet d'accueillir les orteils de Halm, de les attirer à elle et de les amener jusqu'à sa bouche, sa bouche luit, les pelotes de ses pattes luisent et c'est le même rouge. Elle mord et serre et se blottit et se cramponne et se frotte plus que jamais. Une manière idéale de commencer la journée ! La baie, dans son éclat violent. San Francisco, sous des remparts de nuages. Un temps héroïque. La jeune fille n'était pas au cours de conservation. Il se rendit compte à quel point il était injuste de ne pas avoir le moindre désir de stimuler la conversation. N'y avait-il pas là Gail, avec son élan infatigable ! Et Howard, toujours d'humeur égale ! Et Art, qui se taisait toujours au bon moment ! Jeff, luttant vaillamment contre sa fatigue ! Et Cynthia qui les regardait du fond de sa chambre de poupée ! Et, montant de l'opulence des seins, le regard fixe d'Elaine avec ses cils papillotants qui s'emmêlaient les uns dans les autres ! Le Sénat a raison d'engager cette campagne anti-*harassment.* Au lieu de te laisser stimuler par tous, tu es entré dans la dépendance d'une seule. Où est-elle ? Viendra-t-elle ce soir ? Elle est bien venue pour le Labor Day jusqu'à la porte de ton bureau, pour le cas où tu aurais ignoré l'existence de ce jour férié américain. Un jour chargé de destin comme aujourd'hui, on dirait que tout va jouer pour toi ou contre toi. Carol n'est pas au campus, ça, c'est vraiment une bonne chose. Il n'aurait pas aimé se trouver aujourd'hui nez à nez avec elle. Et le bouillonnement de l'Okra Creek sous le pont du gros dos, c'est exactement ce qu'il faut un jour comme aujourd'hui. Et les gens qui s'avancent maintenant dans sa direction ! Ils ne se contentent pas de le croiser sans faire attention. Ils le regardent. Le temps de quelques secondes se développe une densité de relations qui remplit l'air à craquer. Et des couples illégitimes sans reproche s'en vont par la verdure du campus. Les chiens se comportent comme s'ils savaient ce qui est en jeu aujourd'hui. Dès qu'il se retrouva dans la maison de Rinehart, il se rendit compte qu'il ne tiendrait pas le coup dans ces pièces. Jamais encore il n'avait eu de telles difficultés avec les miroirs de Mme Rinehart. Quand il est installé dans la salle à manger, le miroir de la salle à manger lui montre dans son dos le miroir du salon. Quant à lui, il ne se voit pas dans le premier reflet du miroir du salon renvoyé par le miroir de la salle à manger. Il ne se voit que dans le reflet du reflet. Il fut incapable d'aller jusqu'au bout de ces réflexions. Et il était encore moins capable de lire. A la radio, on donnait une musique parfaitement adaptée à l'instant : la marche triomphale de l'*Aïda* de Verdi. San Francisco s'étalait maintenant, totalement noire, sur le miroir étincelant de la baie. A travers les grandes vitres, le soleil chauffait la maison de Rinehart, de sorte que Halm ne savait pas où se mettre. Dans les instructions qu'ils avaient laissées, le professeur Rinehart signalait qu'il fallait tirer les stores afin de protéger les meubles capitonnés contre la vive brûlure du soleil de novembre. Halm ne put renoncer à cette vue sur San Francisco. C'était déjà le décor de *La Walkyrie*. Vers cinq heures, il n'y tint plus. Il roula en direction d'Oakland et parcourut quelques rues désertes du centre de la ville. Tout baignait dans trop de lumière. La plus grande partie du ciel étant recouverte de nuages, le soleil était obligé de déverser toute sa lumière sur le mélange aventureux des bâtiments d'Oakland. Soudain, Halm se trouva dans un magasin. Il se vit acheter un costume, qu'il mit aussitôt, et aussi une chemise, 100 pour 100 soie, couleur framboise, mais pas de cravate. A l'instant même où il mit le pied dans la rue, Halm comprit à quel point ce costume était adapté à la circonstance. La couleur de base était un cognac mat ; avec des motifs de petits carrés noirs allongés, eux-mêmes doublés de lignes jaunes. C'était en fait un costume pour Othello Jesus Garcia de la Jamaïque. Mais dans ce farouche éclat du soleil, deux heures avant *La Walkyrie*, il estima qu'il pouvait porter ce costume. Autour de lui, tout s'élançait maintenant, noir, vers le ciel du soir qui luisait d'un éclat jaune et que traversaient des bancs de nuages noirs dévastateurs. Le monde portait son costume ! Des formes de bâtiments, de palmiers, de lourdes canalisations et de mâts surchargés s'agglutinaient dans la lumière crue pour former une silhouette apocalyptique. Aussitôt après la fermeture des magasins, la ville devint un gouffre d'un vide infernal. Vêtu de son costume qui le fascinait totalement, il marcha jusqu'au port. Il comptait se faire assassiner. Il vit les noms Sea Wolf et Jack London Square. Le vent était maintenant si violent qu'il soulevait les vieilles boîtes de conserve dans les rues. Lentement et dans une espèce de bonheur, Halm, au volant de sa Volvo d'emprunt, sortit de cette *downtown* de fin du monde pour pénétrer dans le vert quartier paradisiaque des collines d'Oakland. Le front de l'hôtel Claremont, entièrement fait de saillies et de reculs sous ses petites tours et ses pignons, n'avait encore jamais eu cette blancheur d'ossements. Cet hôtel était lui aussi un opéra. Une quantité incroyable de courts de tennis et de palmiers ressemblant à des gardiens séparent cette façade mystique du monde banal. En bas, sur le port, c'était *Le Vaisseau fantôme.* Au Claremont, on transformait le Parsifal de Münster en Othello d'Oakland. Quoi qu'il en soit, son Iago s'appelle aussi Othello. Retour, donc, à *La Walkyrie*, en passant par la porte Crocker. Heureusement, il savait où trouver l'auditorium Steiner sur ce territoire où l'ambition de chaque bâtiment semblait consister à s'arranger pour ne pas être vu du bâtiment voisin. Ici, chaque bâtiment voulait se sentir solitaire. Mais il ne trouva pas la salle 98. La veille, il n'avait pas jugé nécessaire d'en repérer l'emplacement. Aussitôt, ce fut la panique. Par bonheur, il était comme toujours beaucoup trop en avance. Il fit encore une fois tous les couloirs au pas de course. Les numéros ne dépassaient pas 96. Et au premier étage, ça commençait à 100. Il n'y avait pas de 98. Mais s'il ne trouvait pas la salle 98, c'était peut-être parce qu'il était tellement important pour lui, précisément, de trouver la salle 98. Elle devait bien exister, sinon, elle n'aurait pas dit salle 98 à 7 heures. En tout cas, elle n'était pas venue au cours le matin. Peut-être que toute la classe va brusquement sortir par une porte en riant et tirer sur son costume cognac noir et jaune en hurlant : Brando-Malvolio ! Voilà, il avait fini par tomber dans le piège. Une troisième fois, il parcourut les couloirs en avaçant prudemment il vit quelqu'un, il courut, demanda sur un ton beaucoup trop précipité où se trouvait la salle 98, il dut répéter sa question, et il apprit ceci : La salle 98, non, ça n'existe pas. Quant à cette représentation de Wagner, dit celui qu'il venait d'interroger, qui malheureusement n'avait qu'une quarantaine d'années et, bien entendu, ne pouvait pas comprendre, elle a lieu salle 96, à 7 heures. Ah bon, dit Halm, 96, ah bon, merci beaucoup. 96, c'était le numéro de la maison à Sillenbuch. Le 96, il savait où c'était. Il arriva le premier dans la salle ; il descendit les gradins jusqu'au cinquième rang et s'assit. A 7 heures, il y avait sept étudiants, dont trois Japonaises et un Japonais. Ils s'installèrent tous aux cinq premiers rangs. Ils ouvrirent des partitions. Puis elle arriva. Elle fut étonnée de le voir ici. Tiens, vous êtes venu, comme c'est gentil, dit-elle, et elle le présenta à son ami Glenn Birdsell. Elle invita son ami et Halm à s'installer un peu plus en avant. Elle s'assit au premier rang, au milieu, en plein devant l'écran, et elle fit signe à son ami et à Halm de prendre place à sa gauche et à sa droite. Pour finir, son ami se trouva assis à sa droite et Halm à sa gauche. Elle dit à Halm qu'il connaissait certainement cette mise en scène, par Chéreau, de *L'Anneau du Nibelung* de Wagner. Halm dit que non — non, il ne connaissait rien du tout. Elle en informa joyeusement son ami, de l'autre côté. Glenn n'était donc pas le seul à ignorer ce qui l'attendait ce soir. Elle n'avait pas de partition qui lui permette de suivre. Déjà le monsieur à qui Halm avait demandé où se trouvait la salle 98 s'avançait devant les rangées de sièges ; c'était donc le professeur. Il souhaita à tout le monde une bonne soirée, ils étaient tous bien préparés, et les gens qui ne faisaient pas partie de la classe savaient certainement ce qui les attendait, sinon, ils ne seraient pas venus. La lumière diminua d'intensité, sur l'écran, l'opéra se mit à bouger. Retrouvailles de Sigmund et Siglinde, le frère et la sœur de la famille des Walsung. Fran Webb ressemblait plus à Siglinde que Halm à Sigmund. L'ami de Fran ressemblait plus à un Sigmund que le chanteur. Le chanteur n'était pas beaucoup plus grand, plus large, ni plus fort que sa Siglinde, contrairement à l'ami de Fran, beaucoup plus grand, plus large et plus fort que Fran. Halm s'obstinait à penser que son regard et le regard de Fran établissaient entre eux la même relation qu'entre un frère et une sœur. Mais quelle importance pouvait bien avoir un regard dans le déchaînement de cette nuit des Walsung ! Cette exaltation qui grandissait sous leurs yeux, au point d'atteindre très vite un effrayant degré de fièvre, ne fondait pas ensemble Halm et Fan, mais le géant blond Glenn Birdsell, *tournament*-WPP, *all-american boy*, avec sa Fran, qui de toute façon lui était déjà acquise et lui appartenait complètement. Tout ce qu'on aurait pu objecter, c'est qu'un couple soudé comme ces deux êtres n'avait rien à attendre d'un opéra et que, à l'abri de toute espèce de danger et de risque, ils ne risquaient nullement de se retrouver dans un opéra, pas plus qu'un opéra n'avait le pouvoir de les absorber, de les troubler, de les tourmenter et de les sauver. Dites-moi un peu ce que des êtres déjà sauvés peuvent trouver dans un opéra ! Et cependant, à sa droite était assise l'INCARNATION du couple qui sur l'écran se contentait de chanter. Quoi qu'il en soit, cette femme, Altmeyer-Siglinde, chantait de telle façon que sous sa voix fondait toute spécificité et que chaque spectateur s'abîmait dans un délire d'identification effréné. Cette ascension vers un apogée, à la fin de l'acte, eut du mal à finir, car on n'avait pas encore éprouvé tout ce qu'il y avait à éprouver ; lorsque ce fut enfin terminé, Halm ne savait plus comment agir en tant que lui-même. Mais il y eut une lumière d'une clarté intense et le professeur beaucoup trop jeune annonça : Un quart d'heure d'entracte. Fran se leva, s'étira, essuya les larmes qu'elle avait dans les yeux, sans dissimuler que c'était nécessaire. Son ami se leva et sourit. Il portait une chemise blanche en tricot, qui était effectivement partout arrondie de bosses formées par les muscles, on aurait dit une armure. Autour de son cou était accrochée une petite chaîne, sœur jumelle de celle que Fran portait elle-même autour du cou. Les gens des rangées de derrière devaient déjà être sortis, le professeur était parti, le couple blond était debout devant Halm, Halm était assis et ne savait plus quoi faire. Il allait faire le mort. Quoi qu'il arrive, il n'était pas là. C'est bien ainsi que le couple sembla le ressentir. La manière dont ils se tenaient maintenant face à face, sans pouvoir l'avoir fait exprès deux êtres ne peuvent se tenir ainsi face à face que lorsqu'ils se croient seuls. Et comme à présent leurs mouvements se fondaient ! Même un ralenti n'aurait pu montrer qui commençait et qui suivait. Il n'y avait plus entre eux ni cause ni effet. La bouche de Fran s'ouvrit, la tête de Glenn était déjà en route et sa bouche s'ouvrait aussi. Sa tête se plaça un peu de biais en effectuant sa descente. Pareille à une machine spéciale permettant d'accomplir du travail de précision, sa tête s'inclina sur le visage qui se renversait, de telle façon que la bouche de Glenn rencontra exactement celle de Fran, ouverte comme pour recevoir l'hostie. Puis chacun, de sa bouche, se mit à dévorer la bouche de l'autre de telle manière qu'une fois de plus aucun ralenti n'aurait pu donner plus à voir que ce que voyait Halm sans cela. A un certain moment, Halm eut le sentiment qu'il les avait déjà regardés beaucoup trop longtemps. Il espérait qu'ils ne lui en voudraient pas. A supposer qu'ils s'en soient aperçus. Les êtres pour ainsi dire libres doivent trouver terrifiant de voir quelqu'un les regarder comme ça en train de s'embrasser. Un mec coincé ! Un petit-bourgeois ! Un porteur de bretelles ! Et il a les mains qui transpirent ! Exact, exact, exact. Mais pas mort. Non, il n'était pas mort. Il était capable de se mouvoir. Et comment ! Il n'était pas obligé de voir tout le spectacle. Il ne faisait pas partie de la classe d'opéra. Il était léger comme une plume. Sans bruit, quelque chose le souleva et l'emporta. Sans courir, ni piétiner ni haleter, il fut dehors. Et à l'air libre. Personne ne pouvait donc avoir remarqué son départ. Il ne l'avait d'ailleurs pas remarqué lui-même. Il était sorti de la salle 96 exactement de la même manière que les chrétiens des légendes lorsqu'ils s'échappaient des cachots romains. Sans toucher aux serrures, ni aux portes. Il se retrouva dans la nature. Il descendit des chemins tortueux. *« Chevy — the absolute muscle package »*, il entendait cette phrase gronder dans sa tête. Et en écho : *« The Chevy man can. »* Il admettait maintenant volontiers qu'il était obsédé par les slogans. Devait-il des comptes à quelqu'un ? Devait-il préserver sa conscience de tout ce qui ressemblait à des slogans ? Mais non, pas du tout. Il éprouverait la plus pure jouissance à voir les slogans publicitaires ravager entièrement sa conscience. Maintenant, il se rappelait comment il était sorti de la salle 96. Il avait exécuté un *somersault*. On décrivait en effet Glen Birdsell comme un maître de cette pirouette sous l'eau, qui permet aux nageurs de se retourner lorsqu'ils ont fait une longueur de bassin et qui permet aussi aux WPP de se dégager quand par hasard ils se trouvent acculés au bord de la piscine. Il avait réussi un fantastique *somersault*. Oh oui ! Il avait plongé et disparu. C'est pourquoi il était ressorti sans grand dommage. Il pouvait être fier. *« Keep your age a secret. »* Encore une de ces maximes de la télé. Il mit le cap sur sa Volvo. Il ne faisait pas tellement attention. L'enchevêtrement de ces chemins, rubans baignés maintenant dans un éclairage romantique, le ferait descendre de toute façon. A un moment quelconque, il finirait bien par tomber sur le *bowl*. Puis, effectivement installé dans la Volvo, il eut l'impression d'être extraordinairement protégé. C'était lié au fait que lui et la Volvo, ils avaient le même âge. Pour une voiture, un an correspond à dix ans pour un humain. La Volvo avait dix ans, il avait cent ans. A présent, il se sentait très léger. Comme distrait. Incapable de se concentrer sur quoi que ce soit. Au-delà de toute détermination. Ta chère mâchoire inférieure pend un peu du côté gauche. Qu'à cela ne tienne. Il y a quelque chose qui n'arrête pas de tourner et retourner dans sa tête. Ça doit être sa conscience, que par bonheur il a mise en veilleuse, si bien qu'il en reste seulement un mouvement dans l'obscurité. C'est bien agréable de ne plus avoir à prendre connaissance de quoi que ce soit. Et il est aussi devenu inutile d'éprouver une quelconque sensation. On est désormais pure fébrilité. Pas de commentaires – cri dans le noir –, continue ! Bon, te voilà parti ! Dis au revoir à la voiture ! Merci pour le coup de main. La télé va tout de suite te prendre en charge. Tu peux être tranquille, on n'exigera pas de toi des choses que tu n'es pas capable de supporter. C'est ce qu'il y a de vraiment merveilleux dans cette télévision américaine : elle est adaptée. Manifestement, elle tient compte des expériences que tu fais. Elle te connaît par cœur, d'un bout à l'autre. Elle te connaît mieux que tu ne désires te connaître. Elle te recommande l'*easy-off spray* ! Et le *breath deodorant* ! Parmi toutes les expériences possibles, ce n'est pas la plus désagréable : il doit exister des millions de gens comme toi, sinon, cette télévision ne serait pas vendable. *Life is better on TV than at your front door.* Basta ! S'il rentrait un jour à Sillenbuch, il brûlerait le manuscrit de son ouvrage sur Nietzsche. Il se rangerait définitivement dans la catégorie à laquelle il appartenait, c'est-à-dire celle des consommateurs. Disparaître, telle est l'idée même de la rédemption. Il dut encore se débarrasser rapidement de son costume cognac et de sa chemise couleur bonbon. Écœurant, ce costume. Puis il feuilleta les programmes. Tout en buvant ce vin rouge qu'il avait trop longtemps négligé, il s'excusa avec les sanglots profonds et béats de l'homme qui rentre au bercail. Un match de boxe sur le petit écran lui apporta ce dont il avait besoin. Au quatrième round, le boxeur noir appuya sa tête contre l'épaule d'Aquino, et il le boxa un peu. Ils préféreraient tous deux se précipiter l'un sur l'autre dans une étreinte prolongée, mais ils sont obligés de continuer. Ce sont des boxeurs professionnels. A chacun des rounds suivants, leurs deux visages n'expriment plus, avec une netteté grandissante, que le surmenage et la détresse. Steve Hearon, le Noir, saigne. Il a la bouche ouverte, l'ouverture est complètement obstruée par le protège-dents qui a glissé. La plaie est ouverte et s'élargit, dit le commentateur sur un ton voluptueux. *Funny things happen on the way to championship*, dit-il. Finalement, c'est Aquino qui a gagné. Halm, qui n'éprouve plus guère de gêne, absorbe encore un western, puis, la bouteille étant plus vide que lui, il peut aller au lit.

# 14.

La petite chatte vint le voir. A force de cajoleries, elle fit descendre les pieds de Halm sur la terrasse, elle se jeta aussitôt sur le dos, sa bouche rose et les pelotes roses de ses pattes firent jaillir des éclairs, tant et si bien que Halm ne put résister et répondit copieusement avec ses pieds. De même que la petite chatte faisait semblant d'utiliser ses dents et ses griffes, de même Halm avait recours à ses orteils. Puisqu'ils apprécient tous deux de dépendre l'un de l'autre, c'est qu'il est agréable de dépendre l'un de l'autre. Le mouvement qui résultait de ces assauts, ces élans fouisseurs, cet acharnement, ces retraits et retours des pieds, tout cela ressemblait presque à une danse. Pourquoi faut-il toujours se conformer à des principes datant de l'époque où les hommes étaient bergers ? Ils devaient avoir des raisons de prodiguer leur semence avec parcimonie. Il sentait que nulle part avec autant d'innocence qu'auprès de cette amie il ne pourrait se débarrasser de ce bien qui le tourmentait. Mais il faudrait pour cela qu'il la fasse pénétrer dans la maison. Cependant, dans quatre semaines, il ne serait plus là. Il n'avait pas le droit de s'engager ici dans une quelconque aventure. Donc, non. Donc, ça non plus. Donc... adieu, souple petite sauvageonne, au poil si doux. Rien n'est plus juste que ce qui n'advient jamais. En ce moment, tu n'es pas toi-même. Dès l'instant que tu n'as pas de femme, il t'apparaît clairement que ta vocation première, c'est la reproduction. Il n'est plus rien qui ne t'en fasse souvenir. Nulle femme que tu ne regardes dans cet esprit. Tant que tu n'as pas obéi à l'ordre numéro 1, tu ne peux rien entreprendre qui te concerne ou t'intéresse personnellement. La jeune fille n'est que le moyen qui justifie la fin. Un appât, uniquement posé pour rendre fou celui que l'on appâte. Si on en était conscient à chaque seconde, on se rebifferait. Le bavardage du dragueur, carrosserie des sentiments parfaitement entretenue, tout cela a donc bel et bien un sens. Une utilité. On marche au pas. Le but de la transfiguration est atteint : on oublie que la transfiguration a un but. Le moyen finit par être tout. Mais comme cela fait aussi beau temps que cette fin qui règne sur nous s'est vue dupée et frustrée de son sens, qui est la reproduction, la transfiguration ne sert plus qu'un but illusoire, ce qui revient à dire que l'illusion travaille pour une illusion. C'est cela même qui, jour et nuit, te vole ton temps et ta vie. Une illusion illusoire. Ce jour-là, le flot des étudiants et des étudiantes qui franchissaient la porte Crocker lui fit l'effet d'une troupe qui vient de conquérir une ville et s'y engouffre avec impétuosité. Il n'y avait tout autour de lui que des conquérants. Passant près de lui, à gauche, à droite, ils s'élançaient à l'assaut. Les paralytiques eux-mêmes, dans leurs petites voitures électriques, montaient à l'assaut avec les autres. Non, ce n'était pas une ville qu'ils assaillaient. Les gens qui prennent une ville ont sur le visage l'égalitaire médiocrité de ce qu'ils conquièrent. Ici, on partait à l'assaut de l'avenir. De quelque chose qui n'existe pas. Cela donne un autre visage. Plus beau. Une clarté sans objet irradiait de tous les visages. Une allégresse concrète, qui avait nom jeunesse. Il dut reconnaître que, servie par tous ces arrangements, la vie était une bien belle chose. Il avait envie de dire : Friedrich, je n'y tiens plus. Mais dans l'une des cabines téléphoniques ouvertes, près de l'auge de la *Gazette,* se tenait l'étudiante Fran Webb, penchée dans une position très oblique ; dans une main, l'écouteur, dans l'autre, son gobelet en plastique, rempli de ce lait qui fait tant de bien au corps. Halm changea aussitôt de direction, pour ne pas avoir à traverser son champ visuel. Elle ne l'aurait certainement pas vu. Telle qu'elle était, obliquement accrochée à l'écouteur, elle ne voyait sûrement rien du tout. Cette position oblique la faisait paraître grande. A qui elle téléphonait, c'était clair. Elle avait dû être obligée de se lever avant qu'il ne soit réveillé, et maintenant elle l'appelait, disant qu'il allait être 9 heures, est-ce qu'il était encore au lit, dans quelle position, est-ce que... Halm regarda le monument au bord du chemin, juste avant Coit Hall. C'était un monument à la gloire des footballeurs nés en 1899. Comparés à leurs successeurs d'aujourd'hui, ils n'avaient pas à l'époque le moindre équipement. Cela faisait des semaines qu'il passait, sans même regarder, près de ce groupe qui, rongé par le temps, prenait des teintes verdâtres. Aujourd'hui, il ne peut faire autrement que s'arrêter et regarder les deux garçons. C'était une scène de lutte, ou même une scène de victoire. Le premier pansait une blessure du second. Une fois installé devant sa classe, Halm s'entendit proposer aux étudiants le sujet du suicide. Il y mit l'intonation la plus légère possible. Enviable Californie ! Ici, le suicide n'est pas un délit. Où y avait-il plus de plaisir à vivre que dans un pays où, à supposer qu'on en ait envie, on pouvait en finir à tout moment sans attirer sur sa tête refroidie des châtiments bizarres ou draconiens. Gail était furieuse contre cette loi. Quand elle entrerait dans la vie politique, elle veillerait à ce que le suicide redevienne un délit en Californie. Elle était tellement excitée qu'elle renversa une de ses béquilles. Halm fut le premier à bondir et à replacer la béquille contre la table, à côté de Gail. Faisant jaillir les mots des profondeurs de sa poitrine, Elaine raconta qu'un jour, un étudiant de premier semestre était monté sur le campanile et qu'il avait menacé de se précipiter en bas s'il n'obtenait pas la note *A*. Jeff dit que d'habitude, quand on n'obtient pas de *A* dans cette université, on va à Los Angeles, on paie 14 000 dollars par an à l'université Loyola et on se retrouve médecin, point final. Puis il cita aussi Camus. Howard alla écrire au tableau qu'il avait une inflammation des cordes vocales et qu'il lui était interdit de proférer le moindre son. Halm dit : Howard, voilà, *so far,* votre meilleure participation, et si l'on pense à la manière dont vous avez participé jusqu'à maintenant, ça veut dire quelque chose ! Du Howard tout pur ! Une inflammation des cordes vocales, mais il vient quand même ! Pendant un bon moment encore, Halm le regarda avec affection. Fran Webb était assise dans la même position que d'habitude, c'est-à-dire qu'elle tenait une de ses jambes repliées et suivait la conversation en effectuant des mouvements de la tête un peu à retardement. Elle continuait de regarder celui qui venait de parler quand le suivant avait déjà pris la parole. Cela lui donnait une présence inerte, une grandeur bovine, une espèce de présence divine. Dès que Halm voyait sa bouche, le frère et la sœur des Walsung surgissaient dans sa mémoire, tels qu'ils étaient à la fin de l'acte, tonnants et déchaînés, et il se rappelait la tête de Fran, chavirant en biais, et la tête du WPP s'inclinant sur son visage oblique à la manière d'un instrument de précision, jusqu'au moment où les bouches s'étaient jointes l'une à l'autre, pour se dévorer ensuite aussi tranquillement que soigneusement. A la vue de cette fille assise, écartant de son corps l'angle de sa cuisse vêtue d'un jean, face à la lenteur crue de cette créature, il prenait plaisir à évoquer avec exaltation les rapides préparatifs d'un suicide, l'affolement méthodique et le bruit de la chute dans l'inconscience en même temps que la détonation finale. Gail dit qu'elle ne croyait pas un mot de tout ce qu'il racontait. Excellent, dit-il, elle l'avait percé à jour, mais il n'avait pas honte, il maintenait qu'il existait des moments de l'existence impossibles à surmonter sans y laisser sa santé si l'on ne parlait pas continuellement du suicide. Avoir la possibilité d'en finir à tout moment, c'est la seule chose qui te préserve de la nécessité d'être obligé d'en finir. Gail dit que tout cela, c'étaient des petits jeux pas propres. *Unfair* envers la vie. Ce qu'il y avait de plus noble, c'était de vivre. Dans n'importe quelles circonstances. Il n'y avait pas d'alternative. Il n'y avait que la vie, et rien d'autre. Gail avait les yeux humides. Les autres applaudirent en tapant sur la table. Quand le silence fut revenu, Halm manifesta son approbation en disant : *A plus* pour Gail. Tout le monde rit. Cynthia, qui ne tournait jamais tout son corps vers les gens, mais se contentait d'un mouvement de la tête, prit alors la parole ; mais elle tournait son visage juste ce qu'il fallait pour que son regard accroche celui de son interlocuteur. Pareille à Carol qui, parfois, au lieu de se tourner vers son interlocuteur, le regardait comme si toute la difficulté consistait précisément dans ce regard. Cynthia dit qu'elle avait connu quelqu'un qui voulait se suicider parce qu'il avait perdu toute son énergie, elle lui avait beaucoup parlé, cela avait été efficace. Bien entendu, c'était quelqu'un de très jeune, dit Halm. Non, pas du tout, dit Cynthia, il n'avait pas loin de quarante ans. Tiens donc, dit Halm. Comme il ne pouvait pas s'enfuir en courant, il se réfugia dans l'exemple de Hemingway, qui s'était tiré une balle dans la tête parce que l'âge venant, une certaine activité lui avait été interdite. Admirable Hemingway, dit Halm. Et il se leva. Quand on voit s'échapper une chose dont on ne peut se passer... excusez-moi, Gail, mais que faut-il faire ? Il y a bien toujours un sport, dit Gail qui empoigna ses béquilles et découvrit ses dents serrées par des chaînes grises. Cette heure de cours était enfin passée. Halm ouvrit la porte à Gail, mais lorsqu'il la dépassa dans le couloir, il avait le visage d'un homme stressé. Il se mit littéralement à courir. Aujourd'hui, personne ne pourrait le rattraper. Sous le pont du gros dos, le ruisseau écumait. Halm se laissa tomber sur la chaise placée devant le bureau de Carol, comme si ce lieu représentait l'essence même du refuge. Par bonheur, Carol était dans la panique la plus totale : Rainer, qui le lendemain prenait l'avion pour Houston afin de participer à un congrès sur la poésie et la musique, ne lui avait pas encore apporté une seule ligne à recopier. Ça sentait la catastrophe. Elle connaissait Rainer. Il n'allait pas prendre l'avion et se présenter sans manuscrit. Quand il faisait une conférence, Rainer se tenait derrière son manuscrit comme derrière un rempart. Au début, on avait l'impression qu'il voulait simplement se cacher, mais ensuite, pendant la conférence, il levait la tête de plus en plus souvent et accompagnait de mouvements de plus en plus galants les phrases qu'il prenait dans son manuscrit pour les expédier en direction du public. Le tout avec une expression de malice croissante sur le visage. Ne croyez surtout pas ces phrases, voilà ce que voulait dire dans ses conférences cet accompagnement de gestes et de mimiques. N'allez pas vous laisser avoir, la profondeur de sentiment et l'intensité de réflexion sont une simple apparence que vous offrent les phrases ronflantes de mon manuscrit. Tout ça, mesdames et messieurs, ce n'est plus que du réchauffé. La seule chose exacte, c'est moi, le conférencier, désormais incapable d'adhérer à cette conférence écrite je ne sais plus quand. Oh, d'ici à Boston, il n'y avait pas un *lecturer* qui se comporte avec aussi peu de simplicité, et cependant avec une aussi grande force de séduction que Rainer Mersjohann. Mais étant donné qu'il réalisait un travail plus approfondi que n'importe qui, il n'acceptait pas le dixième des invitations. Jusqu'à présent, elle avait toujours recopié chacune des conférences au moins trois fois avant que Rainer n'estime le texte prêt à être utilisé. Et le lendemain, il partait à 9 h 45, direction Houston dans un avion de l'United. Et Rainer, qui porte la responsabilité comme une mère son embryon, exactement comme si plus personne n'existait en dehors de lui-même et comme si la conscience professionnelle était foutue à partir du moment où il n'était pas là pour la couver, la dorloter et la bercer, eh bien, ce même Rainer ne lui a pas montré une seule ligne et répond au téléphone par oui ou par non, et c'est tout. Dites-moi un peu ce que cela va donner ! Halm soupçonna que Carol, trop inquiète pour Rainer, ne trouvait plus le temps d'interroger sa nouvelle amie Fran sur les dernières folies de Halm. Ça tombait bien pour lui. Soudain, il se rendit compte qu'il aurait bien aimé raconter à Carol les événements de la veille au soir à l'auditorium Steiner. Il aurait volontiers transformé en commérage la scène des Walsung. Il se serait senti mieux s'il lui avait maintenant été permis de s'abandonner pour de bon dans ses commérages. Raconter cette histoire banale aux yeux de Carol, des yeux tout parcourus de lueurs sombres, jusqu'au moment où sa bouche, arquée par le reproche, s'ouvrirait dans une expression un peu langoureuse et découvrirait le séduisant espace entre ses incisives... Mais il ne parvint pas à s'y mettre. Il allait téléphoner à Rainer, dit-il d'un air important. Quand il prit congé, sans avoir cherché le salut dans le commérage, il eut une impression de relative grandeur. On entendait littéralement retentir ses pas dans le couloir. Dempewolf, encore debout devant le tableau noir, le visage empreint de suffisance, faisait semblant d'étudier les informations affichées par l'université. Vraisemblablement, il n'était là que pour guetter Halm et l'attraper au passage, afin de lui redire qu'il ne mendiait pas la visite de Halm, non, cela lui était interdit par cette fierté que, venant de Silésie jusqu'à Oakland en passant par la Sibérie, il ne s'était jamais laissé acheter, mais Halm serait toujours le bienvenu chez lui, à supposer que Halm ait parlé sérieusement le jour où, lors de leur première rencontre dans la maison de pain d'épice, cette maison empoisonnée de l'Euclid Street, il avait montré de l'intérêt pour un homme qui aimait mieux subir l'isolement que se laisser intégrer. Sinon, eh bien, on en resterait à cette phrase : « Le Silésien est déçu par le monde. » En s'en allant, donc sans permettre à l'autre de le contredire, Halm cria qu'il mettrait un mot dans le casier de M. Dempewolf pour lui proposer un rendez-vous, plutôt la semaine prochaine, car en ce moment il n'y voyait pas très clair. Halm fut heureux de se retrouver installé au volant de sa Volvo. Il sortit du campus et tourna dans la rue, puis il chercha lentement le chemin de la maison en prenant des routes secondaires. La baie brillait de nouveau d'un éclat si aveuglant qu'on voyait à peine la ville qui s'étendait derrière. Il devait appeler Rainer. Peut-être pouvait-il encore l'aider. Mais comment ? Il n'était même pas capable d'aller jusqu'au téléphone et de faire le numéro. Et en plus de ça, Rainer ! La phase d'obscurcissement a recommencé. Bientôt, Halm se sentirait exactement comme avant son arrivée en Californie. Pourvu qu'il soit dans un état correspondant à sa situation, tout allait bien. Être en accord avec lui-même, c'est tout ce dont il avait besoin. Pas de contacts, pas de mobilité, pas de ces allées et venues en tous sens. Rester là, opaque. Regarder fixement sans voir. Cette baie aveuglante, par exemple. Jusqu'à ce que les yeux soient totalement insensibles. Ne plus fixer du regard, à la rigueur, que l'écran de télévision. Tout homme a quelque chose à cacher — y compris à lui-même. Impression que ce qu'il doit cacher dépasse ce qu'il peut s'avouer. Ce que tu ne peux pas dire te réchauffe. Cela, tu l'as appris ici. Le non-dit réchauffe. Voilà comment tu dois concevoir les choses. Ce héros de western que tu regardes à n'en plus pouvoir, la dramaturgie du genre le place de force dans une situation de solitude sans issue, en comparaison de laquelle ta propre situation fait un effet de gentille bénignité. Olivia De Havilland est poussée par les malfrats triomphants dans le wagon postal métallique, pour y brûler en compagnie d'Errol Flynn et de montagnes de courrier, tandis que les méchants sautent du train en marche sur des chevaux amenés par des complices et s'en vont au galop. Quoi qu'il en soit, pour Flynn et Havilland, les choses finissent bien, grâce au fusil d'un maître de poste, qui traînait là par hasard. Mais Halm, après le film, se retrouva tout seul. Appeler Sabine ? Il fallait qu'il voile les nombreux miroirs de cette maison. Surtout ceux d'en bas, dans la chambre et la salle de bains. Il ne supportait plus de se voir. Il fallait qu'il se mette à songer à l'instituteur Labove et à la jeune Eula. Pourquoi, mais pourquoi est-elle allée choisir ce violeur ? Et aurait-elle aussi amené son Glenn Birdsell s'il lui avait dit fermement qu'il viendrait à ce spectacle d'opéra ? N'en parlons plus ! Ce baiser final, elle l'aurait évité si elle possédait ne serait-ce qu'une once de sentiment ! Si ce baiser final ne te suffit pas, tu es perdu. *Unteachable,* comme ils disent ici. C'est ça, tu voudrais maintenant mettre ce baiser final sur le compte de Wagner. Elle ne pouvait pas faire autrement. Après ce déchaînement de fureur, elle n'était rien d'autre que ce qu'on appelle maintenant à la télévision, pour des raisons d'actualité, *a heat-seeking missile...* MOI-Halm réclama la fin du débat. On ne tolérerait aucun débat concernant cette requête. Il finit sa bouteille de vin rouge. Il se met au lit sans allumer la lumière. Le voilà posé dans son lit comme un paquet. Basta ! Dans son rêve, une femme était allongée toute nue dans le sable, lui, collé derrière elle, enlaçait son corps, rien, jamais, ne lui avait fait autant d'effet que le contact de ce corps, il n'avait jamais été aussi proche de quelqu'un, mais il n'était pas encore couché dans la bonne position, et comme il y avait une espionne derrière lui, ils ne pouvaient pas, ni lui ni la femme qui aurait volontiers coopéré, effectuer le moindre mouvement, non, pas le moindre. Quand il se réveilla, il se dit qu'il se sentait *flawed,* et il se dit : Tiens, voilà qu'une autre langue te pénètre et t'investit. Le mot *« somersault »* lui vint à l'esprit. Cette façon de plonger et de disparaître pour éviter le choc. Il suffit d'avoir fait une fois l'expérience de ce genre de situation, et on n'oublie plus le mot qui s'y rapporte. Il dut se lever. Surtout ne pas allumer la lumière et ne pas regarder les miroirs. Comme il buvait à présent tous les soirs une bouteille de cabernet-sauvignon, son nez devait ressembler à une grosse voile rouge au milieu de son visage. La chatte était déjà assise sur la marche du haut, juste devant la porte et elle se glissa aussitôt entre ses pieds, avec lesquels elle joua tout son soûl, descendant les marches l'une après l'autre et traversant la terrasse pour redescendre encore dans l'herbe. Elle n'aimait pas l'herbe mouillée. Elle fit donc demi-tour, retrouva l'écuelle et l'assiette et avala son petit déjeuner.

Au cours de la conversation, il proposa que chacun raconte son rêve de la nuit précédente, mais il leur demandait de ne pas l'obliger à commencer, ses propres rêves étaient déjà pénibles pour lui, c'est dire combien ils seraient pénibles pour les autres. Ils n'eurent donc tous qu'un seul désir : l'entendre raconter son rêve. Il expliqua que s'il avait évoqué le côté pénible de ses rêves, ce n'était pas pour qu'on le presse de les révéler. Bon, eh bien, qui a rêvé cette nuit ? Il ne regardait plus dans la direction de Fran Webb. Cela lui faisait du bien de regarder dans la direction d'Elaine, de Cynthia, de Gail. Il promit de ne pas utiliser ces rêves pour les traduire et les formuler ensuite dans le langage inquisitorial d'une justice qui examine les faits. Si l'on voulait comprendre les rêves, il ne fallait pas les traduire. Il n'existait pas de second langage pour les rêves. Chaque rêve raconté ici, il en faisait la promesse, lui permettrait de démontrer que les rêves sont compréhensibles considérés comme tels, beaucoup plus compréhensibles que si l'on considère ce qui se passe dans ces rêves comme un déguisement à éliminer. Fran Webb prit la parole. On était à la fin de novembre, et Fran Webb prenait la parole pour la première fois. Elle était dans la même position que d'habitude, une jambe repliée posée sur l'autre, ses cuisses, largement écartées, vêtue d'un jean, de la main droite, elle se tenait la cheville, et, manifestement gênée de son audace, elle se servait de sa main gauche comme d'une pelle pour ramener d'un côté à l'autre de sa tête ses cheveux d'un vert doré. Mais elle finit par réciter un rêve, prudemment, avec des hésitations, comme si elle voulait ne rien abîmer en prononçant les mots. Dans son rêve, elle traverse la vaste terrasse de la maison de ses parents. La maison est pleine de monde et ressemble à un studio de télévision. Elle veut absolument entrer, mais le sol de la terrasse est en duvet, il est d'une profondeur insondable, plus elle pose le pied brutalement, plus elle s'enfonce. Elle entend sa mère chanter dans la maison. Sa seconde mère. Elle chante un tube qui fait un bruit de ferraille. Son chant est très désagréable. Soudain, il y a des hommes entre Fran et la maison, ils la regardent comme s'ils étaient là pour la capturer, penchés en avant, leurs mains pendent très bas, ils sont prêts à se mettre à l'œuvre. On remarque aussi des menottes, Fran en éprouve de la satisfaction. Elle n'a pas mérité les menottes. Ici, sur cette terrasse parentale, elle est victime d'une injustice, en ce lieu où elle n'avance pas, où par bonheur elle ne peut pas avancer, sinon elle courrait se jeter dans les mains pendantes de ces méchants hommes. Tout ce qu'elle veut, c'est entrer dans la maison. Il faut qu'elle dise à sa mère d'arrêter enfin cette rengaine ridicule et désagréable. Alors, se détachant du groupe des hommes, Marlon Brando s'approche de Fran avec aisance. Les touches de couleur, qui jusqu'à présent n'étaient apparues qu'ici ou là, se multiplient aussitôt. Il y en a de plus en plus. Surtout sur Fran elle-même, sur ses vêtements clairs, et, sous ses vêtements clairs, sur son corps. Marlon Brando est maintenant près d'elle, il la prend par les épaules, elle voit que c'est le professeur Mersjohann, mais elle ne peut s'empêcher de l'appeler Marlon Brando. En voyant le visage du professeur Mersjohann, elle comprend à quel point son erreur est grave et pénible. Elle ne supporte pas l'expression bouleversante qu'il y a sur le visage du professeur Mersjohann, et par un effort de sa propre volonté et de son propre désespoir, elle se retourne en direction de la maison. Mais la maison de ses parents a disparu, il y a là une tout autre maison, elle entre, une famille étrangère est attablée, elle mange avec ces gens, mais immédiatement, elle n'y tient plus, elle se précipite dans la salle de bains, se couche dans la baignoire, qui se remplit en un tournemain, l'eau est chaude et pleine de mousse, un opéra commence, Wagner, *La Walkyrie,* premier acte, elle est enthousiasmée, mais dans son enthousiasme, elle se cogne si violemment le coude contre le bord de la baignoire qu'elle se réveille.

Halm sentit qu'il aurait maintenant été plus à l'aise s'il n'avait pas, auparavant, parlé sur un ton aussi pédant de l'inutilité de disséquer les rêves. Par bonheur, personne n'avait pris ses paroles au sérieux. Ils s'attaquaient maintenant presque tous au rêve de Fran, ils voulaient dire ce que tout cela signifiait réellement :

touches de couleur, sols mous de la terrasse, hommes postés comme pour une capture, mères chantant des rengaines. Mersjohann en Brando, disparition de la maison parentale, bain moussant plus amour de Walsung, douleur du coude provoquant le réveil. Halm ne disait plus rien. Il était désolé pour ce beau rêve que la classe décortiquait comme un gibier qu'on vient d'abattre et qu'il faut vider, désosser et découper afin de le préparer pour la marmite, la poêle et les estomacs. Et ils étaient plutôt habiles dans l'art de découper et de nommer. Il n'y avait là que des psychologues. Heureusement, ils n'arrivèrent pas à tomber d'accord. Fran Webb ne disait plus rien. Halm était assis, muet, parmi ces spécialistes de la science des rêves, conduits par la voix enrouée de Howard, pas encore tout à fait guérie.

Après le cours, la jeune fille, une fois de plus, lui emboîta le pas, comme si c'était là une chose absolument évidente. Elle ne disait rien. Pour la première fois, il eut l'audace de ne rien dire non plus. Ils marchaient en direction du pont. Fort heureusement, Rainer était loin dans les airs, ou même déjà au Texas. Quand ils furent arrivés au point le plus élevé du pont du gros dos, Halm alla même jusqu'à s'arrêter pour regarder les tourbillons de l'Okra Creek. Puis il regarda Fran et elle le regarda. Puis ils poursuivirent d'un pas assez rapide. Pouvait-elle maintenant penser à autre chose qu'à son rêve ? Elle savait, il l'espérait, qu'il ne pouvait pas lui non plus penser à autre chose qu'à ce rêve. Il ne savait pas pourquoi, mais ce rêve, et plus encore le fait qu'elle l'ait raconté, lui apparaissait comme une tentative, la volonté de lui demander pardon pour cette scène de *La Walkyrie*. Ou bien était-il *unteachable* ? Quand ils se trouvèrent devant l'entrée latérale de Fillmore Hall, il dit : *A plus*. Elle avança ses lèvres l'une contre l'autre. Ses yeux gris-bleu-vert, tout près de la racine du nez, regardaient toujours les gens d'un air interrogateur. Et en plus, elle levait toujours la tête un peu plus qu'il n'était nécessaire. Elle était timide, avait-elle expliqué trois mois auparavant à la table du café, quand ils avaient traduit ensemble *La Panthère*. Ce jour-là, un vent brûlant et agressif montait de la baie, un vent qui arrachait tout ce qui se présentait et qui avait essayé d'emporter le poème. Aujourd'hui, de lourds nuages glissaient au-dessus d'eux, mais autour d'eux tout était silencieux. Elle dit qu'elle trouvait idiote la manière dont les autres s'étaient emparés de son rêve. Halm dit : C'est un besoin, de toute évidence. Au lieu de *vivre* les choses, on veut *savoir* les choses. Il ne lui dit pas que pendant que la classe charcutait son rêve, il attendait, dans la crainte et l'avidité, que l'un ou l'une d'entre eux le découvre, lui, Halm, dans quelque partie de ce rêve. A propos de Marlon Brando, Jeff aurait nécessairement dû évoquer Halm. Cela aurait été très pénible pour Halm. Mais c'était bel et bien ce qu'il avait souhaité. Cependant, Jeff faisait des gribouillages sur ses papiers, de tous, c'était lui qui parlait le moins. Il se contenta d'exprimer l'opinion que, selon lui, la manie d'interpréter les rêves correspondait à une influence conquise par les prêtres et que c'était donc une chose méprisable. Ah oui, elle se rappelle : Est-ce qu'elle peut à la fin de la semaine prochaine lui donner sa dissertation sur Labove, son héros préféré ? Mais certainement ! D'ici là, il aura fini le livre de Faulkner. C'était, dit-il, le livre qu'il lisait avec le plus de plaisir, sans le comprendre. Mais il reconnaissait que sans cesse, le besoin de comprendre revenait s'imposer. C'est qu'on a de la curiosité. Ah oui, et elle voulait aussi l'inviter : au cas où il ne saurait pas encore où ni avec qui manger une dinde pour le Thanksgiving Day, il serait le bienvenu chez elle, ou plutôt chez ses parents. Par ailleurs, elle voulait l'inviter à un cocktail d'adieu, car il allait bientôt partir, n'est-ce pas ? Peut-être le samedi de la première semaine de décembre ? Oui, volontiers. Quant à la dinde du Thanksgiving Day, il a déjà accepté une invitation. Dommage, dit-elle, elle arrivait toujours trop tard. Bon, ce serait donc dans sa maison de Hill Court, le premier samedi de décembre ? Oui, il se réjouit ! Il courut jusqu'à son bureau où, à la vue des dessins d'enfants qui n'avaient pas encore pâli, il ressentit une fois de plus le besoin de mettre une affiche. Mais non, il devait regarder cette masse noire barbouillée sur un papier jaune orange, d'où partait un trait noir qui allait se perdre en haut dans les feuilles noires d'un palmier, et au-dessus de tout ça, un pâté noir en guise de soleil et un avion vu en plan, avec trois fenêtres, et à l'intérieur, trois personnages ayant l'air d'éprouver une joie immense. Il s'avoua qu'il regardait cette image depuis longtemps. Il s'était tout de suite vu dans l'avion du retour, en compagnie de Sabine et Lena. Insupportable brutalité de l'enfant dans son mode de représentation. Même lui n'aurait pas un pareil sourire. Et surtout pas dans l'avion qui le ramènerait en Allemagne. Il entendit, tôle et balai mêlés, le bruit auquel, depuis un certain temps, il reconnaissait Elisha, l'Afro-Asiatique. Chaque fois qu'il entrait, Halm le regardait, mais lui ne regardait jamais dans la direction de Halm. Sa peau était noire autant que jaune. D'une certaine manière, il a l'air poussiéreux, songea Halm. Mais s'il était dentiste, on n'aurait sûrement pas une idée pareille. On penserait que d'une certaine manière, le docteur Elisha a l'air cruel.

Quand Halm entra dans le bureau de Carol, elle fit un simple signe de tête. Halm dit : Il a donc fini par prendre l'avion. Oui, mais elle s'attendait à tout moment à recevoir quelque grotesque nouvelle de Houston. Au plus tard demain après-midi, c'est à ce moment-là qu'il doit faire sa conférence. Bizarre, dit-elle, de voir comme la vie devient désagréablement passionnante lorsqu'on n'arrive plus à imaginer la moindre raison de continuer à vivre. Il était franchement inimaginable que cet homme parfaitement convenable se présente sans manuscrit à un congrès auquel participaient des personnalités venues de toute l'Amérique. Et pourtant, il faudrait bien qu'il se présente. Mais de manuscrit, il n'en avait pas. Que fera donc, dites-moi un peu, cet homme convenable, si fier de son sérieux et de sa fiabilité. Que fera-t-il, dites-le-moi ? Halm fut incapable de le lui dire. Heureusement, elle ne lui demanda pas s'il avait pu joindre Rainer. Elle l'invita à manger la dinde du Thanksgiving Day. Il était déjà invité. Elle comprenait. Elle s'y prenait en effet un peu tard. Et, ce samedi, était-il encore libre ? Mais oui, ce samedi-là, oui, le suivant, ce serait plus difficile. Donc samedi. Mais le vendredi soir, Lena téléphona et dit qu'on venait d'appeler Elissa de Houston : le vendredi matin, dans la chambre 411 de l'University of Houston Hotel Conrad N. Hilton, on avait trouvé son mari mort sur son lit. Halm se mit à gémir. Lena dit : Allô ! Halm dit : Oui. Lena dit : Tu es encore là ? Halm dit : Oui. Lena dit qu'Elissa avait décidé de ne pas partir. Dès qu'il apprendrait la mort de son père, Jamey rentrerait, elle le savait. Halm ouvrit une bouteille de rouge. *Larmes de la Montagne.* Il se sentait autorisé à réagir comme bon lui semblait. Il éprouvait la même envie de rire qu'aux enterrements. C'est pour cela qu'il n'aimait pas les enterrements. Il n'était pas d'endroit où il se sente moins respectueux des convenances. C'était donc un *super event.* C'est manifestement à juste titre que la Washington University est célèbre pour ses *events.* Cher Rainer Mersjohann, tu as décroché le pompon ! Pour l'amour de toi, on va donc rester là jour et nuit. Figé autant que ramolli. Et, d'une certaine manière, oppressé. Compressé. Dans le domaine de la liberté personnelle, et ainsi de suite. On reste là et on n'est pas suffisamment soi-même. Assiégé par tes mânes douteux, eh oui ! Tu veux voir des yeux humides, c'est ça ! *Stop pawing me. You old headless hor-*

*seman Ichabod Crane !* Ah, cette chère Lena. Tiens, tu es revenue ? Elle avait, dit-elle, sonné pendant au moins un quart d'heure. Et elle apporte deux sacs de voyage bourrés à craquer. Elissa lui avait complètement rempli un sac de cadeaux, des objets dont elle voulait de toute évidence se débarrasser rapidement. Elissa était extraordinairement excitée. Elle avait à présent besoin d'être seule. Pas de témoins. On se verrait bientôt. Mais pas maintenant. Elle allait bien, très bien, mieux que jamais, elle se faisait l'effet d'un condamné à mort qui apprend tout à coup qu'il est gracié. Simplement, il fallait qu'elle s'organise toute seule dans sa nouvelle situation. Absolument seule. Halm acquiesça. Il se surprenait en flagrant délit d'affliction comparée et il n'y avait rien de plus ridicule. Tu trouves que ce glaçon d'Elissa ne montre pas assez de chagrin, n'est-ce pas ? Elrod téléphona. Il ne fallait surtout pas que Halm se croie autorisé à se défiler et à ne pas venir les voir le samedi soir. Il n'y avait rien de plus ignoble que d'utiliser la mort des autres comme prétexte. Et sa petite violette avait besoin de distractions que lui, un vieillard, ne lui pouvait fournir. Si les hémorragies de larmes existaient, elle serait déjà morte. Alors que Halm roulait sur la Shattuck Avenue afin d'acheter des fleurs pour cette invitation chez les Elrod, l'essuie-glace déclara forfait. Comme il s'était remis à tomber une bruine aussi épaisse qu'une étoffe, Halm dut immédiatement se ranger sur le côté droit. Sur le trottoir, il se mit à courir à la recherche d'une de ces caisses dans lesquelles, pour un *quarter,* on peut prendre soi-même son journal. Il en trouva une, mais il n'avait pas de pièce de 25 *cents,* il se précipita donc dans un magasin — c'était un magasin de radio — acheta des piles, vérifia qu'il y avait bien des pièces de *25 cents* dans la monnaie qu'on lui avait rendue, fonça sur une caisse à journaux, prit un journal, nettoya la vitre, poursuivit lentement sa route, s'arrêtant dès qu'il avait fait quelques mètres afin de nettoyer le pare-brise. Quand il revint à sa voiture avec le bouquet de roses qui avait coûté 17 dollars, un Noir immense était debout contre la portière, en train de grommeler quelque chose. Il voulait de l'argent. Halm lui donna les 70 *cents* de monnaie qu'il trouva dans sa poche. *Gimme a dollar,* dit le Noir. Halm pensa aux 17 dollars. Il en avait encore mal au ventre. 17 dollars pour un bouquet de fleurs, c'était de la folie. Il dit qu'il n'était pas riche. Il montra sa vieille Volvo. Le Noir regardait obstinément le gros bouquet de roses, tout ébouriffé de verdure dans sa cage de plastique. *Gimme a dollar,* répéta le Noir comme s'il le disait pour la première fois. Avec une espèce de fébrilité, Halm alla pêcher un billet de 1 dollar dans sa poche intérieure, et il fut heureux de constater qu'il n'avait pas malencontreusement sorti un billet de 5 ou de 20 dollars. Il donna le billet au Noir, mais tout en le lui tendant, il essaya de lui faire comprendre qu'il s'estimait spolié. Le Noir prit le billet d'un air aussi méprisant que possible et partit sans remercier. Halm eut l'impression qu'on lui avait craché à la figure. Il s'installa dans la voiture. Soudain, l'essuie-glace se remit à fonctionner. Halm était sûr que l'essuie-glace n'aurait pas fonctionné s'il n'avait pas donné ce dollar au Noir. Quand il rentra dans la maison de Rinehart, Lena était en train d'écouter le disque que Rainer leur avait apporté. *La Jeune Fille et la Mort.* Il était déjà gêné par le titre. Et il trouvait la musique trop brutale. Tous ces violons qui se dressaient les uns contre les autres. Il dit : Lena ! Elle ne l'entendit pas. Il cria donc, il hurla presque : Lena ! Cela lui fit peur. Il désigna le disque. Elle l'arrêta aussitôt et demanda : Qu'est-ce qu'il y a ? Il ne voulut pas dire ce qu'il avait envie de dire et il demanda : Tu m'accompagnes chez les Elrod ? Lena dit : Non. Et comprenant que s'il l'avait dérangée pendant qu'elle écoutait de la musique, c'était uniquement pour lui poser cette question, elle remit son disque. Et même, elle le remit au début. Halm descendit et se changea. Il éprouvait le besoin de s'habiller avec le plus de raffinement possible. Il sortit toute sa garde-robe. Mais rien ne convenait. A part ce costume cognac noir et jaune, tellement voyant, tout à fait dans le style des Caraïbes et qu'il avait acheté deux heures avant *La Walkyrie* dans la lumière infernale de Downtown Oakland. Il mit aussi la chemise couleur de bonbon à la framboise qu'il avait achetée là-bas. Quand il vit dans la glace sa propre absence de couleur – en dehors de son nez rien n'avait plus de couleur en lui –, quand il vit cette absence de couleur vêtue des couleurs du ressac, il eut envie de rire. *« Keep your age a secret. »* Voilà que cette phrase saisie au vol lui revenait encore à l'esprit. Et le mot *« secret »* le faisait penser à « sécrétion », ça lui paraissait suspect. Il ne rit pas. Il eut simplement une espèce de renvoi. Oui oui, Brando-Malvolio.

En voyant Halm, Kirk Elrod dit : Parfait. Il craignait un peu – un peu seulement – que Halm ne vienne en noir. Quand un cinglé démissionne, dit-il, la moindre des choses, c'est de s'habiller en rouge. Il était lui-même littéralement enfoui dans un peignoir luisant d'un éclat rouge profond, à larges manches, sur lesquelles étaient brodés, en fils d'or, des motifs japonais. La

*Swiss Lady,* songea Halm. Carol était tout en blanc. Quelque chose de très moulant.

Ses yeux brillaient comme s'ils étaient complètement liquides. Sa bouche était encore plus arquée en avant. Sa lèvre inférieure, un rempart. La tête inclinée, tournée ailleurs que vers les gens. L'air hagard. Il était impossible de regarder dans sa direction. Halm dit au maître de maison qu'il était heureux d'avoir pu une fois encore venir Grizzly Peak Boulevard, il ne savait toujours pas qui était la *Swiss Lady !* John Frey est seul à le savoir, dit Elrod. Auster dit que c'était tout de même un peu fort, cette légèreté avec laquelle les auteurs de fiction traitaient leurs sources. Tout ce qu'il disait, il le disait à présent nettement en s'adressant à sa jeune épouse. Elle avait un visage farouche, sombre, lourd, mais des yeux d'une belle insolence. Sans ces yeux, le visage se serait pour ainsi dire dissous dans la douleur. Quand il regardait cette lourde Rachel, Halm pensait à Beethoven. Et il la regardait comme une chose qui doit permettre qu'on la regarde. Elle était la seule personne originaire du pays de Yoknapatawpha-Yosemite. En dehors des moments où il était occupé à manger, Auster serrait continuellement entre ses mains celle de sa jeune épouse. Et Rachel devait en plus rester assise tout près de lui et glisser une main sous son bras, afin qu'il puisse jouer avec cette main qui dépassait. Ce dont il ne se privait pas. Le contraste entre la main de la jeune femme et les mains de Teddy était aussi frappant que l'avait dit Roy. Mais quelle évidence dans la manière dont Auster jouait avec la main de Rachel ! Et comme elle trouvait cela agréable ! Halm admirait ce couple. Et il admirait plus encore Auster que Rachel. Il se trouvait donc en compagnie de deux couples de ce type. Il fit des compliments à Auster sur ce qu'il avait pu, rapidement, lire de sa plume. Auster dit : Rachel, tu as entendu, il me fait des éloges. De sa main libre, Rachel lui caressa la tête, comme s'il était son enfant. Halm dit : Je vous félicite. Auster dit : Tu entends, il me félicite. Demande-lui pourquoi. Elle demanda. Halm dit : Pour votre mariage ! Oui, vous pouvez nous féliciter, dit Auster, moi en tout cas. Moi aussi, dit Rachel. Auster expliqua qu'il avait dit un jour à Halm qu'un philosophe marié était comme un oiseau en cage. C'était chez Rainer. Près de la cage de P. Il ne retirait pas ses paroles. Mais il devait ajouter qu'on était bien mieux dans cette cage qu'il ne l'avait soupçonné. Elle le caressa encore. Nous sommes heureux et Carol est triste, dit Auster d'un air affligé. *I'm just woebegone,* dit Carol, et Halm sentit douloureusement l'absence de Rainer qui grommelait toujours la traduction allemande des mots un peu rares, obscurément, comme pour lui seul. Dans le silence général, Carol dit : *He didn't have a mean bone in his body.* Et Kirk, ayant laissé s'écouler l'intervalle nécessaire, poursuivit sur un ton louangeur : C'était un cinglé. Sur un ton également grave, le ton enthousiaste et douloureux des éloges, Carol décrivit les circonstances. On l'avait trouvé tout habillé sur son lit du Hilton. A côté de lui, le manuscrit. Une seule feuille. Et sur cette feuille, une seule phrase : *« Auch würde es sich ja schlecht ziemen, ihr Männer, in solchem Alter gleich einem Knaben, der Reden vorbereitet, vor euch hinzutreten* [1]*. »* Oh, dit Auster, ce n'est pas de Mersjohann, c'est une citation, c'est l'*Apologie de Socrate* de Platon, dans la traduction de Schleiermacher. Pensant à Rainer, Halm ne put s'empêcher de dire : *You know damn much.* Voilà qu'il me fait encore des compliments, Rachel, dit Auster, mais, en même temps, il se livre à une variation sur un mot du défunt, qui m'avait dit au début de septembre : *You write damn much.* Et, lui, Auster, avait répondu : *Publish or perish.* Elrod dit : Il a choisi *perish.* Auster dit : Mais moi pas. On ne parla plus d'autre chose que de Rainer Mersjohann. Dès qu'Auster abordait un autre sujet, Carol faisait une remarque concernant Rainer. Elle ne pouvait parler que de Rainer. Soudain, tout le monde ne pouvait plus parler que de Rainer, et de rien d'autre. Rainer remplissait véritablement le monde. Où que l'on se tournât, on tombait sur Rainer. Halm récolta quelques beaux regards alanguis de Carol quand il fit savoir que la veille du jour où Rainer avait pris l'avion, il avait proposé à son cours le sujet du suicide. De soi-même, on supporte pas mal de choses.

Au cours de conversation suivant, Jeff demanda que soit réévoqué le sujet du suicide, à la lumière des événements récents. Tous avaient des souvenirs de Rainer, tous comme pour composer un bouquet, assemblaient des souvenirs décoratifs de Rainer. C'était un besoin. Halm ayant tout raconté à Sabine lors de leur communication dominicale, elle se mit à bégayer. Puis elle s'arrêta. Halm ne disait rien non plus. Elle ne parlait plus de son père. Il n'y eut peut-être jamais de silence aussi long au cours d'une communication téléphonique entre l'Europe et la Califor-

1. Et il serait peu convenable, messieurs, à l'âge qui est le mien, que je me présente devant vous comme un petit jeune homme avec des phrases toutes faites.

nie. Il ne pouvait ni raccrocher ni dire quoi que ce soit. Enfin Sabine dit d'une voix perçante : Il a été correct, c'est tout.

Halm songea : C'est bien possible. D'autant plus que Sabine avait employé un mot auquel Rainer lui-même attachait beaucoup d'importance. Quand on décrit les gens en utilisant les termes qu'ils emploient pour eux-mêmes, tout le monde est relativement parfait. Mais il faut savoir se débrouiller pour que les autres jouent le jeu. Rainer s'était débrouillé. Où que l'on aille, on rencontrait ce genre de tautologies prononcées en son honneur. Et les gens ne regrettent jamais que ce qu'ils ont perdu. Halm se rendait compte qu'il était arrivé trop tard. Le temps avait été trop court. Il n'avait pas su profiter de l'occasion. Il était passé à côté. Rainer aurait pu être un ami. Ils y étaient presque arrivés. Si Rainer ne l'avait jamais vu avec la jeune fille, si Rainer n'avait pas été, par les soins de Carol, alimenté d'informations concernant Halm et Fran Webb, si Rainer n'avait pas eu ce sens absolu de la justice, si Rainer, partant de son invérifiable conscience de la justice, n'avait pas exigé en plus que Halm se sépare de Sabine... Il est vraisemblable que ce type terrible aurait été le seul ami possible pour lui. A présent, il n'en avait aucun. Tout comme auparavant. Point final. La plus pénible de toutes les soirées fut celle qu'il passa dans la maison Tudor de l'Euclid. Elissa voulait dire tout ce qu'elle n'avait pas pu dire avant. Le jour où elle avait demandé à son père de faire inviter Rainer au Claremont, elle n'avait pas toutes ses facultés mentales. Elle devait se venger d'une brute, un scalpeur de jeunes filles. Il était prof d'espagnol à la fac, élégant, esquissant toujours quelques pas de danse, radotant toujours sur la mort. Il ne parlait de rien que du néant. Elle s'était laissée prendre à ses filets. Quand elle s'était présentée au Claremont avec Rainer, ce monstre avait eu les yeux qui lui sortaient un peu de la tête. Tout de même. Elle avait été infiniment reconnaissante à Rainer. Jamais elle n'oublierait que c'était lui qui avait permis cette mise en scène. Et pour ce qui était des mises en scène, Rainer s'y entendait. Il propageait de la distance autour de lui. Il savait mettre dans les formes une force comique. Il respectait toujours les formes, toujours plus qu'il ne fallait, et c'était précisément ce plus qui engendrait le comique. Pour ceux qui savaient voir. Et, dit-elle, il était à l'époque tellement dingue, tellement fou d'elle, tellement capable de vénération, tellement sérieux. Il l'adorait, elle ne savait pas que ça pouvait exister. Un type plutôt grand, absolument avide de s'adapter, de s'adapter à elle, de n'être lui-même plus rien, plus rien que son amour pour elle. Et avec une délicatesse, un ardent désir de se sacrifier, un total dévouement. On aurait dit qu'il l'avait attendue un million d'années et qu'une expérience universelle lui avait fait comprendre qu'en dehors d'elle, rien n'existait qui méritât qu'on éprouve une quelconque sensation. On aurait dit qu'ayant été obligé de refuser tout ce qui lui avait été offert jusque-là, il était près de mourir de soif et de mourir de faim, et voici qu'elle arrivait, unique nourriture concevable pour lui. Il comprenait maintenant pourquoi il avait jusqu'alors vécu dans le refus. Voilà, ils s'étaient donc durant quelques mois nourris de son ivresse, de ses réserves de délicatesse. Puis elle se trouva enceinte. Et encore enceinte, tout de suite après. Puis quelque chose s'installa définitivement en elle, quelque chose qu'elle savait depuis longtemps et qu'elle ne peut formuler autrement que de cette façon : Quand on n'aime pas soi-même, on se fiche pas mal d'être aimé. C'est une loi terrible. Une espèce de justice de la nature. Et Rainer s'en aperçut et se mit à exiger que soient honorées les promesses qu'ils s'étaient faites. Jour et nuit. De toute évidence, il croyait qu'on pouvait exiger que soient honorés l'inclination, l'amour, la proximité, l'intimité et l'union des êtres. Il avait toujours le bon droit de son côté. Et plus il était clair qu'il ne servait à rien d'être dans son bon droit, plus il se raidissait dans ses exigences. Pouvait-on encore parler de bon droit quand il exigeait qu'elle raconte sur ses bandes magnétiques les expériences qu'elle faisait avec d'autres hommes ? Il aurait beaucoup aimé avoir tout cela sur vidéocassette. Lorsqu'elle devait lui décrire ses histoires de mecs, il devenait de plus en plus insatiable dans ses exigences d'exactitude. Il n'admettait pas qu'elle lui explique combien telle ou telle aventure était pour elle insignifiante. Même la nuit la plus insignifiante, il en voulait la description la plus détaillée. Pour lui, il n'y avait rien de secondaire. Et il affirmait constamment que s'il exigeait tout cela, c'était pour l'amour d'elle. Si elle disait tout, ils pourraient continuer de vivre ensemble. Chaque seconde de vie qu'elle lui taisait était un poison pour leur couple. S'il savait tout, il pouvait tout pardonner. Il ne pouvait pardonner que ce qu'il savait. Et ainsi de suite. Au début, elle obéissait gentiment, elle disait tout. Mais les effets avaient été terrifiants. Elle avait donc cessé de tout dire. Lorsqu'il s'en aperçut, ce fut encore pis. Quand les Halm étaient arrivés, au mois d'août, elle était désespérée. Rainer voulait la tuer, elle en était sûre. Il aurait considéré ça comme un châtiment. Tout ce qu'il estimait utile, il avait le don de l'estimer également juste. Il était incapable d'agir s'il ne s'y était pas auparavant autorisé par une sorte de juridiction. Mais une fois qu'il s'y était autorisé, il était apparemment capable de tout. Quant à la raison pour laquelle il s'était tué lui au lieu de la tuer elle, elle ne parvenait pas à se l'expliquer. Peut-être devait-elle remercier Lena. Il parlait de Lena comme d'un secours immédiat. Il était même désireux de plaire à Lena. Lena, pour autant que le sache Elissa, était la seule personne qu'il plaçât pour ainsi dire à ses côtés dans les jugements qu'il ne cessait de porter. Elle était en quelque sorte un juré imaginaire. Sans beaucoup de détours, il lui avait dit qu'il ne lui arriverait rien tant qu'il n'aurait pas confié à Lena ce qu'il avait l'intention de lui faire et tant que Lena n'aurait pas approuvé son projet. Peut-être n'était-ce là que la plus récente variation dans jeu du. Il utilisait toujours le jargon des assises pour évoquer ce qui avait trait à leur couple. En ce qui concernait Elissa, il se trouvait perpétuellement engagé dans l'audience principale d'une cour d'assises. Comme elle ne connaissait pas ses parents et qu'il n'évoquait jamais son passé qu'en images, sans jamais le révéler par des déclarations nettes, elle ignorait ce qui pouvait être à l'origine d'une telle attitude. Pour elle, c'était vraiment étrange. Elle aurait bien voulu pouvoir empêcher ce malheur. Dans la chambre qu'il occupait, elle avait trouvé un paquet adressé à Lena. Elle le donna à Lena. Lena la remercia. Au moment des adieux, on échangea peu de paroles. On était liés les uns aux autres, sans pouvoir en faire davantage pour s'entraider. A la fin, elle dit qu'elle attendait maintenant ses fils. Halm dit que si jamais Elissa venait en Europe, voilà, c'était son adresse. Et il la lui donna. Ce qui lui avait le mieux plu, c'était qu'elle désigne Lena du nom de juré. Il fallait qu'il raconte ça à Sabine. Dans la maison de Rinehart, il ouvrit le paquet adressé à Lena. Lena était assise et regardait. Du paquet il sortit un manuscrit. Écrit à la main. Une page de titre :

Rainer MERSJOHANN
*California Fragment*
154 sonnets

Il y avait aussi une lettre pour Lena. Halm demanda à Lena de l'ouvrir. Au visage de Lena, il comprit qu'elle ne désirait pas aujourd'hui de plus amples informations, qu'elle en avait appris assez pour aujourd'hui. Il répéta d'une voix plus forte : Lena !

Elle le regarda sans comprendre. Il descendit donc dans la chambre, s'étendit sur le grand lit, sans s'occuper des décorations tonnant contre le mur. Jusqu'à présent, il n'avait jamais tendu la main vers les revues posées sur un rayon latéral qui faisait partie du lit. Une pile de *Playboy* et une pile de *Moral Majority Report.* Il s'empara de *Playboy.* Le numéro qu'il avait dans les mains remontait à dix ans et accomplissait peut-être depuis dix ans ses bons et loyaux services dans cette chambre. Une certaine Irin, originaire du Missouri, tendait en avant sa fente fermée. Un trait sombre en dessous d'une toison sombre. *Grove.* Oh oui, on peut effectivement parler ici de *bosquet,* avait écrit Rainer dans son itinéraire humoristique. En haut, à l'endroit décisif du bosquet, une intense concentration de la pilosité. Un véritable petit fourré. On signalait que cette jeune fille n'avait pas couché avec plus de dix hommes. Mais pour compter les hommes qu'elle avait eus, il lui fallait tout de même ses deux mains. Il reposa ce truc porno. Il fallait encore qu'il éteigne la lumière. Il eut du mal. Quand, après y être enfin parvenu, il se retrouva couché dans le noir, il pensa à Fran Webb. Une sorte de vision kitsch monta en lui comme de l'écume. Fran en cygne d'opéra dans un décor parisien de la Belle Époque. Mais il pensait aussi à Elissa, Elissa la pâle, seins lourds et cheveux courts. Veuve à présent. C'est à cela qu'il pensait. Oui, c'est à cela qu'il pensait. Elissa, seule dans l'église de la tarentule. Et lui, seul, ici. C'est à cela qu'il pensait. Le lendemain matin, debout dans la cabine de douche exiguë, il vit l'eau couler sur son propre cadavre. Il se savonna et se lava avec le sentiment de laver un cadavre. Rainer avait aussi eu un emploi qui consistait à faire la toilette des morts. Le vendredi, la jeune fille lui donna sa dissertation sur Labove. Elle dit : Bon, à demain, elle se réjouissait. Carol était remplacée par la « Colonaise », il put donc rentrer tout de suite à la maison. Lena écoutait encore le disque de Schubert offert par Rainer. Une fois de plus, Halm trouva cela déplacé. Trop brutal. Il ferma la porte du bureau et lut la dissertation de Fran. Il avait l'impression qu'elle aspirait à quelque chose d'extraordinaire, même si cela devait être douloureux, pénible, abominable. Écrivait-elle tout cela parce qu'elle trouvait son WPP trop convenable ? Elissa n'avait-elle pas joué la vie de Rainer pour amener quelques gouttes de sueur sur le front d'un grandiose et répugnant hispaniste de la fac ? Toujours ton irrémédiable ignorance de la vie intérieure de la femme ! Était-ce même de l'ignorance ? Demain soir, il en saurait un peu plus. Si personne d'autre que lui n'était invité, il n'y avait plus de doute. Souris, Brando-Malvolio. Il arriva avec une heure d'avance dans la rue d'où partait le Hill Court. Il voulait être sûr. Il gara sa voiture à plusieurs rues de là. Dix minutes après l'heure fixée, il sonnait à la porte d'une maison bon chic bon genre, pas très grande. Ce fut la jeune fille qui ouvrit. Derrière elle, le vestibule était faiblement éclairé. Bruit de voix, elle prit une mine audacieuse comme si elle avait nom Leif. Il lui donna son bouquet. Elle manifesta une aimable frayeur. Des roses, dit-elle. Elle le fit entrer, puis descendre un escalier, puis tourner à gauche et enfin passer une porte à droite : sa chambre. Son lit. Presque entièrement couvert de manteaux. Mais on discernait sa literie, ornée de motifs printaniers. Son lit ressemblait à un pré de Renoir. Ce qu'il eût été, effectivement, sans tous ces manteaux. Aux murs, dans des cadres, des scènes d'opéra avec des personnages de Wagner. Tout le monde allait à la cuisine prendre ce qui se trouvait dans les marmites et dans les plats, ainsi que du vin, de la bière et du whisky. Partout, des étudiants debout en train de discuter. Ce n'étaient pas seulement des étudiants du cours de conversation. Fran le guidait, elle voulait l'aider, elle n'abandonna pas avant de lui avoir trouvé en haut, dans le grand salon, une place assise près du gigantesque feu qui brûlait dans la cheminée. C'était une salle plutôt vaste. Peut-être de type nordique. Le plafond de bois est supporté par des poutres. A droite et à gauche, là où les poutres sont apparentes, les pierres sont décorées de figures en forme de chauves-souris. Et au centre de cet espace, des croix arquées sont imprimées en pyrogravure dans chacune des poutres porteuses. La cheminée est à elle seule une véritable architecture de brique. Un relief de fronton en brique qui s'élance vers le haut. Par bonheur, Jeff est assis à proximité. A la lueur du feu qui brûle dans la cheminée, Halm remarque pour la première fois que la partie supérieure de l'oreille gauche de Jeff est pliée ; on a presque l'impression qu'elle pend un peu. Halm trouve cela très sympathique. Par terre devant la cheminée, autour de la pile de bois, il y a des animaux formés de minces rubans de fer. Peut-être des cigales. Assez grandes. Elles défendent le territoire de la cheminée. Dans la pièce, la lumière est plus obscure que trouble. Sous les nez de pierre sur lesquels reposent les poutres supportant le plafond, des lampes de fer sortent du mur. Mais elles dispensent une lueur jaune si faible — on dirait qu'elles sont là pour renforcer l'impression d'obscurité. Les flammes de la cheminée entretiennent lavie de l'obscurité. Sortant de haut-parleurs invisibles, on entend le grondement de la musique. Quand on veut se parler, il faut s'approcher tout près l'un de l'autre. Halm sait que très vite, il va être obligé de boire une très grande quantité d'alcool. Faute de quoi il ne pourra pas rester ici. Manger le moins possible, ne rien manger du tout. Refuser la nourriture. Faire comme s'il ne mangeait jamais. Fran s'occupe de lui. Au bout de quelques minutes, elle veut savoir comment il va, et elle ne s'en cache pas. On vient le voir, chacun, chacune, on fait un peu de conversation en précisant bien qu'on fait de la conversation, et on rigole et Halm leur dit que depuis quelque temps, ils ont tous atteint le niveau *A* plus. Le visage d'Elaine porte aujourd'hui un maquillage qui lui donne la rigidité d'une poupée. Le géant Art s'est cogné la tête dans la cuisine, et il saigne. Aujourd'hui, c'est Howard qui parle le moins. Le verre qu'il a dans la main ne change pas de niveau. C'est donc qu'il ne boit pas du tout. Il n'a visiblement pas envie de s'engager dans une vraie conversation. Gail raconte que le lendemain, elle va à Daly City, une espèce de prolongement de San Francisco, elle se rend à la clinique psychiatrique où se trouve le type qui torturait les pélicans et qu'on a fini par attraper. Elle veut le sauver. Et d'ici à Noël, elle veut aussi aller voir le *rapist* et le convaincre de se faire castrer. Tous les week-ends, elle se démène. Il serait facile d'éviter le pire, dit-elle, à condition de parler assez tôt avec les gens. Elle veut être gouverneur de l'État de Californie et faire de cet État l'État le plus humain des États-Unis. Chaque fois qu'elle revient auprès de lui, Fran demande à Halm s'il lui manque quelque chose. De la tête, il fait signe que non. Dès qu'elle est partie, il craint d'avoir eu un rictus en faisant ces signes de dénégation. En fait, il voudrait la regarder sans s'occuper de rien. A voir son visage, elle doit se rendre compte qu'il lui suffit de parler pour le plonger dans une espèce d'épouvante. Quoi qu'il en soit, le WPP n'est pas là. Il y en a beaucoup qui ont amené des amis, garçons ou filles. Elle aurait aussi bien pu faire venir le WPP. A moins qu'il n'ait aujourd'hui un match à San Diego ? Si elle avait voulu qu'il soit là, elle aurait choisi un autre soir. Tous ces invités allaient donc partir peu à peu. Il est libre de partir le dernier. Ou même de rester. C'est selon. En tout cas, pour le moment, il boit. Il éprouve le besoin de ne pas se sentir responsable. Mon Dieu, voilà assez longtemps qu'il se tient bien. Ça fait maintenant toute une soirée, et on peut bien se débrider un peu. Et Fran qui n'arrête pas de revenir auprès de lui ! Il n'a pas besoin de bouger. Il restera assis à la même place, devant le feu qui brûle dans la cheminée, avec, à ses pieds, une troupe de cigales en fer. Il boira plus que tous les autres et il fera semblant d'oublier de s'en aller. Tout à coup, elle reviendra seule de la porte d'entrée où elle aura accompagné les derniers, puis elle s'installera définitivement près de lui devant la cheminée. En face de lui. Ou à côté de lui. Peu importe. L'essentiel, c'est que l'on puisse discuter. Pour la première fois. Elle a déjà elle-même fourni un bon sujet pour engager la conversation. Labove. Fran, cette dissertation sur le violeur de la salle de classe est votre meilleure dissertation. Voilà que, par malheur, les gens se sont mis à danser. Mais il n'a pas envie de danser. Il ne sait plus danser. A supposer qu'il ait jamais su. Il n'aurait jamais pu danser sur cette musique. En lui apportant la deuxième bouteille de vin rouge, Fran dit qu'on a beaucoup parlé ensemble et que, maintenant, il faut aussi un peu danser ensemble. Ah bon, dit-il. Oui, si elle le présentait comme ça, il danserait avec elle, évidemment. Mais, dit-il d'un air suffisant, en aucun cas il ne fera le premier pas de danse avant d'avoir vidé la deuxième bouteille de vin rouge. Vidé ! Il n'était pas si insolite de voir les pas s'affermir à mesure qu'on perdait toute conscience de les exécuter. Et en ce qui le concernait, il lui fallait au moins deux bouteilles avant de pouvoir abandonner ses jambes à elles-mêmes. Elle lui dit de ne surtout pas croire qu'il allait lui échapper comme ça. Marché conclu : quand la deuxième bouteille serait vide, il lui appartiendrait. Oh oui, dit-il, oh oui, mademoiselle Méphisto, marché conclu. Il se rend bien compte que s'il possédait encore ses facultés de jugement, il n'aimerait pas s'entendre parler comme il le fait maintenant. Mais *ses* étudiants et *ses* étudiantes apprécient visiblement de voir leur *instructor* de conversation sortir en quelque sorte de sa réserve. Halm parle comme il n'a pas parlé depuis bien longtemps. Peut-être n'a-t-il encore jamais parlé ainsi. Peu à peu, il a le sentiment de pouvoir dire n'importe quoi. A tout le moins, il peut dire quelque chose à chacune et à chacun. Et ce qu'il dit à Elaine et à Gail et à Cynthia et à Jeff et à Art et à Howard, c'est exactement ce qui convient. C'est en tout cas son impression. Il dit à chacun exactement ce qui convient. Il ne parle plus maintenant qu'anglais. Son envie de parler anglais est incoercible. Pareil au chanteur qui ne s'entend qu'à son avantage, il trouve à présent son anglais parfaitement épanoui. Et c'est aussi la langue qui le fascine. Quel enrichissement que l'exil ! L'éloignement ! Cela aussi, il le voudrait ; il voudrait ressembler à cette langue. Quelle présomption ! Et il lève son verre et s'écrie qu'il boit aux *extenuating circumstances.* Puis la jeune fille vient le chercher pour danser. Est-ce que c'est elle qui va mener ? Il ne saurait le tolérer. Et de lui faire exécuter quelques virevoltes. Il ignore s'il danse en mesure. Quelque chose de plus important est en jeu. Et comme ces tourbillons, manifestement, font peur à Fran, elle se laisse aller un peu contre lui et, on ne sait comment, se retrouve dans ses bras. Il a en tout cas l'impression qu'il pourrait la tourner et la retourner comme il veut. Sa force a nettement augmenté. Faire tourner cette jeune fille dans tous les sens, bagatelle ! C'est d'une facilité ! C'est même de plus en plus facile. Et maintenant, les autres lui cèdent aussi la place. Les tours qu'il fait balaient et vident la piste de danse. Bientôt, c'est un véritable spectacle. Il trouve cela pénible, c'est à cause de Gail. En fait, il aurait voulu rester assis près d'elle, pour lui prouver que même quand on ne danse pas, on ne manque rien. Fran le regarde dans les yeux, il la regarde dans les yeux. Plus que jamais. Les yeux de Fran sont les yeux de la grand-mère de Halm, ce sont ses yeux. Le temps d'un éclair, il se voit en cadavre, poids mort accroché à une femme vivante, *Death, Bound to,* pauvre Fran. Il lui crie : Ne regardons rien d'autre ! Sinon, on va avoir le vertige ! Les yeux dans les yeux ! Et plus rien ne tourne. Nous sommes arrêtés. Le monde tourne autour de nous. A la bonne heure. Nous ne faisons qu'un. Hors de portée du monde qui tourne autour de nous. Tout cela, il ne le crie pas, il le pense. Fran n'a plus peur, il s'en rend compte. Y a-t-il encore de la musique ? Il n'en sait rien. Il y a toujours un quelconque déchaînement de bruit. Un ressac plus qu'une musique. Puis il met le pied sur quelque chose. Quelque chose qui glisse. Près de la cheminée. Surtout, ne pas tomber dans le feu ! Il tire Fran contre lui. C'était une de ces cigales en fer. Il a tout juste le temps de s'en apercevoir. Puis il s'écroule. A moins que ce ne soit elle qui s'écroule. Ils s'écroulent tous les deux sur une chaise, l'un sur l'autre, ce qui est sûr, c'est qu'ils se retrouvent par terre. Puis on les relève tous les deux. Il voit le visage de Fran. A voir le visage de Fran, il comprend qu'il ne va pas très bien lui-même. Il se rend compte que du sang lui coule sur le visage. La voix de Howard dit : Je vais le conduire à l'hôpital. Halm est sans volonté. On dirait qu'il est absent. Une voiture, des voix, le couloir de l'hôpital, une infirmière, une civière, l'infirmière s'occupe de son visage, puis arrive le médecin, un chicano, il s'occupe aussi de son visage, Halm ne sent rien, rien n'a de fin. Le médecin dit qu'il a travaillé deux ans en

Allemagne. A Bochum. Comparés aux hôpitaux américains, dit-il, les hôpitaux allemands sont de véritables casernes. Halm dit : Oui, oui. Pendant qu'on l'aide à se lever, il entend le médecin qui dit : *Six stitches.* Il reconnaît Howard. Howard le conduit Contra Costa Avenue. Tout à la fin, il ose poser la question qu'il voulait poser depuis le début : Et Fran ? Tout va bien, dit Howard. Fran, dit-il, est juste un peu blessée à la cheville. A la cheville, dit Halm. Et il se touche la tête, et partout, il rencontre des pansements. Seul son œil gauche est dégagé. Il dit : Howard, quelle reconnaissance ne devrai-je pas encore vous témoigner ? Quand Howard sourit, son sourire ne s'achève pas sur son visage, mais dans sa barbe. Ah oui, vos lunettes, dit Howard, tendant à Halm une enveloppe remplie de débris de verre. Vous avez tout récupéré, Howard. Ce n'était pas la peine. Ah ! la la ! Howard. Bien, Howard. Merci. A tâtons, Halm pénètre dans la maison. Il ne quitte pas son tricot de corps. Il pense qu'il n'arriverait pas à lui faire passer sa tête enveloppée de pansements. Puis, allongé sur le dos, il réfléchit à la manière dont il pourrait informer Sabine sans la faire mourir de frayeur. Le matin, il crie à Lena, qui est en haut, de bien vouloir venir jusqu'à la galerie de l'escalier. Lorsque d'en haut elle manifeste sa présence, il dit : Ne t'affole surtout pas, j'ai fait une petite chute, j'ai donc un petit pansement, à la tête. Alors seulement, il se montre. Elle est tout de même saisie de frayeur. Et voilà que déjà, le téléphone sonne. Il crie : Laisse, j'y vais. C'est sûrement Fran qui veut savoir comment il va. C'est Sabine. Son père est mort. Ce matin. Ah bon. Pendant que j'étais en train de danser, pense-t-il. Sabine dit : Dieu merci, il en a fini avec tout ça. Halm dit : Dieu merci, *tu* en as fini avec tout ça. Reviens vite, dit-elle. Oui, dit-il, maintenant, on va revenir vite. Sabine était contente que Lena se soit réinstallée chez Helmut. Elle avait déjà peur que Lena ne puisse plus se détacher de la Californie. Bon, tu me diras quand il faudra que j'aille vous chercher. Oui. Bon, à bientôt. Courage. Toi aussi. Oui. Oui. Oui.

Quand il eut raccroché, il se rappela qu'il n'avait finalement pas parlé de son arcade sourcilière droite, fendue et raccommodée de six points de suture. Pauvre papa Gottschalk. Mais Halm était content de ne pas avoir à retourner dans ce cimetière. Et il était content que les pansements de sa tête lui fournissent également un prétexte pour ne pas être obligé d'assister au dépôt de l'urne contenant les cendres de Rainer, au Mountain View Cemetery. Il aurait fait n'importe quoi pour échapper à des obsèques. Rien de plus pénible que cette étude comparée de l'affliction, inévitable lors des enterrements. Sans parler du fou rire qu'il craignait toujours en de telles occasions.

L'apparition de Halm, la tête enveloppée de pansements, avait de quoi alimenter un cours de conversation. Fran n'était pas là. Mais Carol avait repris sa place derrière son bureau et Halm reprit donc place, lui aussi, sur la chaise placée devant elle et qui obligeait ses visiteurs à se tenir de profil. Le visage de Carol était toujours empreint de rigidité et de gravité. Elle avait l'air de quelqu'un qui n'a pas envie qu'on lui adresse la parole. Vous essayez de vous mettre au diapason, dit-elle en voyant le pansement autour de la tête de Halm. Fran, dit-elle, avait une cheville esquintée. Elle reviendrait demain. Une jambe dans le plâtre et une tête dans le plâtre, voilà comment Halm manifestait ses intentions. Halm dit : Bon, je vois que vous avez repris vos plaisanteries, Carol. Sûrement pas, dit-elle. Le mardi, Fran était de retour. Il y avait donc maintenant à la table deux jeunes filles à béquilles. Gail paraissait en souffrir. Apparemment, il n'y a pas de limites à la rivalité. Gail ne participa aucunement à la conversation sur la soirée passée dans la maison de Hill Court. Halm dit que ceux qui étaient venus au cours pour avoir une note pouvaient se mettre en vacances le reste de la semaine, car aujourd'hui, il confierait ses *grades* à l'ordinateur. Mais le lendemain matin, ils étaient tous là, et il en fut ainsi jusqu'au vendredi. Le jeudi, on débarrassa Halm de son pansement. Il avait l'œil droit complètement caché par une enflure énorme, presque noire. *Severe bruises.* Ça fait maintenant partie du vocabulaire. L'arcade sourcilière fendue guérissait bien. La semaine suivante, il pourrait se faire enlever les fils à Stuttgart. Malgré les contusions, l'œil lui-même était probablement indemne. Lena eut une nouvelle frayeur en voyant rentrer Halm : il n'avait plus qu'un sparadrap, certes, mais il avait cette formidable enflure bleu-noir. Carol eut peur aussi. Roy rit et dit qu'il fallait qu'il prenne une photo de Halm pour Sally. Les étudiants rirent et le félicitèrent. Aucun professeur n'avait encore réussi à se faire un pareil masque d'épouvante. Les jeunes filles riaient moins fort. Elles se mordaient les lèvres. Fran... Il ne regardait pas spécialement dans sa direction. De sa part, il attendait autre chose qu'une simple expression de visage. Après le cours, il marcha lentement avec elle jusqu'à la place du jet d'eau, s'arrêta avec elle, parla avec elle de ce qu'elle avait écrit sur Labove. Et il dit combien il était désolé qu'elle ait ainsi été blessée par sa faute. Elle trouvait très chic, dit-elle, de marcher un peu avec des béquilles. Il dit qu'il savait bien à quel point la course à pied et la natation étaient importantes pour elle. Mais justement, elle s'entraînait maintenant avec ses béquilles, dit-elle, c'était intéressant. Mais ce n'est pas agréable, dit-il. Mais ça fait chic, dit-elle. Et dans quelques semaines, elle allait rattraper tout le temps perdu. Avec vigueur, il expliqua qu'il s'était chargé d'une faute difficilement admissible. Mais pas du tout, dit-elle. Ce qu'il avait à l'œil était bien pis que ce qu'elle avait au pied. Non, dit-il, pas pis, mais moins chic. Non, dit-elle, son œil aussi, ça faisait chic, ils formaient à présent un couple très chic, avec ce qu'il avait à l'œil et ce qu'elle avait au pied. Il dit qu'il ignorait pourquoi, mais ces blessures lui rappelaient Benedict et Beatrice. Mais l'idée qu'il était responsable de ces blessures gâchait le plaisir qu'il avait à imaginer tout cela. S'il avait une blessure à l'œil et elle, disons, une entorse à la main — mais elle sur des béquilles, non, non, non... Elle lui interdit d'avoir ces regrets, puis, rapide et sûre, s'efforçant d'y mettre une espèce de grâce, elle s'élança dans le chemin qui descendait. Le vendredi, Halm prit congé de tous et il leur dit comme ça avait été bien et comme il regrettait d'avoir à quitter ce pays de clarté pour retourner se tapir sous un perpétuel plafond de nuages, dans une maison surmontée d'arbres qui lui ravissaient la lumière, au flanc d'une colline orientée au nord et déjà bien pauvre en lumière. Il leur demanda à tous de profiter du privilège qu'il y avait à vivre dans un pays de clarté. C'était là sa dernière contribution au cours de conversation, qui impliquait d'ailleurs qu'un invité sur le point de partir exprime à ses hôtes sa reconnaissance sous la forme de déclarations aussi flatteuses que plausibles, ce qui, bien entendu, est plus facile quand on adhère un tant soit peu aux paroles que l'on prononce. Rien ne lui avait encore jamais été aussi facile que ces témoignages de gratitude qu'il adressait à ses hôtes californiens. Ayant échangé avec tous de ces poignées de mains qui vous mouillent les yeux, il prit la direction de la porte Crocker. Il marchait lentement. Il voulait que la jeune fille le rattrape. Elle vint, accompagnée de Jeff. Tous trois se dirigèrent vers la place du jet d'eau. Jeff promit — Howard avait fait la même promesse — qu'il irait voir Halm à Sillenbuch. Jeff a l'intention d'aller faire le plus vite possible des études de philosophie à Berlin. Mais, dit-il, il ne voulait pas déranger plus longtemps les deux « blessés de la vie ». Il s'élança sur sa bicyclette à dix vitesses et descendit pour disparaître sous les arbres. Sur ce même chemin où, dans quelques minutes, la jeune fille allait elle aussi disparaître. Le petit frère était parti, la petite sœur était toujours là. Elle se tenait en effet avec beaucoup de légèreté entre ses deux béquilles. Elle dit : Adieu, monsieur le professeur. *Right,* dit-il. Bon, dit-elle. Ma faute demeure, dit-il en désignant les béquilles. Mais ses béquilles l'amusaient beaucoup, il fallait vraiment qu'il la croie. Et elle aurait ainsi, pendant quelques semaines, un souvenir agréable et tangible de Halm et de cet agréable semestre. *A plus* en conversation, dit-il. Ce qui est appris est appris, dit-elle. Bien, petite, dit-il. Bien, professeur, dit-elle. Ils se donnèrent la main. Comme d'habitude, il resta là à la suivre des yeux. Mais, cette fois, avant de disparaître sous les arbres, elle s'arrêta encore une fois, se retourna et lui fit un signe de sa béquille droite. Puis elle partit, sans plus s'arrêter, et disparut. Elle devait savoir depuis toujours que lorsqu'elle s'en allait, il restait là à la suivre des yeux, sinon elle ne se serait pas retournée encore une fois.

Halm et Lena mirent la maison et son contenu dans un état où elle n'était guère lorsqu'ils étaient arrivés. Il y eut encore un coup de téléphone de Kirk Elrod. Petite violette était-elle chez Halm ? Non. Bon, alors, elle était à coup sûr en train d'échanger quelque chose. Elle faisait toujours ses achats trop vite, puis elle constatait qu'elle n'avait pas acheté ce qu'il fallait et il fallait qu'elle retourne échanger. Avec sa petite violette, les échanges duraient toujours dix fois plus longtemps que les achats. Elle avait pris la voiture à dix heures et il était près de dix-huit heures. Malheureusement les heures d'ouverture des magasins n'étaient pas ici réglementées comme en Europe. Il n'y avait donc pas de limites aux échanges. Ma foi, il allait attendre le retour de sa petite violette. Quand elle aurait fini de faire ses échanges, si jamais elle se présentait chez Halm, il pouvait toujours lui dire que son mari avait téléphoné. Et il lui souhaita encore bon voyage. Halm eut le sentiment qu'Elrod ne l'avait pas cru quand il lui avait dit que Carol n'était pas chez lui. Elrod considérait de toute évidence ces échanges comme des prétextes. Puis il appela Sabine. Est-ce que tout marchait comme prévu ? Oui, dit Halm, mais surtout, il ne fallait pas qu'elle prenne peur, il rentrait au pays avec un petit sparadrap au-dessus d'un œil. Une petite chute. Mais il arrivait déjà à ouvrir un peu son œil. Il lui expliquerait. Bon, alors, pas de panique.

Le dernier matin, Halm resta chaussé de ces pantoufles aux dures semelles qui avaient un jour fait mal à la petite chatte. Elle comprit aussitôt. Elle quitta en courant la marche supérieure de l'escalier, sans attendre les pieds de Halm. Mais arrivée sur la terrasse, elle se jeta sur le dos et des profondeurs de son pelage blanc, des éclairs montèrent de son museau et de ses pelotes roses, il se pencha, c'est avec ses mains qu'il exécuta ce jour-là tout ce qu'il faisait d'habitude avec ses pieds, il lui remplit mieux que jamais son écuelle et son assiette, fit un signe au carlin aveugle de la maison d'en face et dit à son amie : Au revoir. Il cueillit une fleur d'hibiscus et trois citrons, puis il ferma la porte de la terrasse, en quelque sorte pour toujours. Roy vint chercher les deux Halm avec plus de ponctualité que Rainer n'était venu chercher les trois Halm. Roy n'était pas un cinglé. Il était *chairman* jusqu'au moment où serait désigné le successeur de Rainer. Sally dit qu'elle était venue à cause de l'enthousiasme avec lequel Roy avait parlé de l'enflure de Helmut. Halm dit que la dernière vision qu'il aurait de la Californie serait donc Sally, comment partir dans ces conditions ! Carol voulait venir aussi, dit Sally. Elle est sûrement encore en train d'échanger quelque chose, dit Roy. Voilà que maintenant, il se tient tout le temps la main devant son œil bourgeonnant, dit Sally, il ne me laisse même pas regarder. Il a pris modèle sur Leslie, dit Roy. Mais son œil à lui n'est pas aveugle, dit Sally. Ah bon, Leslie est aveugle d'un œil, dit Halm. Tu ne le savais pas ? dit Roy. C'était pour cela que Leslie avait prématurément mis fin à sa carrière sportive et qu'il était passé à la recherche. Pourquoi imagines-tu qu'il mette toujours sa main devant son œil ! Je prenais ça pour un tic, dit Halm. Sally dit : *Sweet.* Traversant le hall, voilà que s'approchait Carol. Elle marchait comme une personne qui se traîne. A voir l'expression de son visage, on comprenait pourquoi elle n'avait salué personne. Dès qu'elle fut là, on ne parla plus que de Rainer. La veuve, c'était elle. C'était elle qui parlait le moins. Sa mort lui a épargné pas mal d'ennuis, dit Sally. Carol détourna nettement les yeux, comme si quelqu'un venait de l'appeler. Il était inapte à vivre, dit Roy. Il avait des exigences tellement bizarres, dit Sally. Tu sais ce qu'elle entend par là, dit Roy. Carol ne montra pas si elle savait. Halm et Lena devaient franchir la porte pour rejoindre la salle d'embarquement. Carol sortit de son sac une petite bande de papier. C'était encore un de ces *fortune cookies* chinois qu'il aimait tant. Il le mit dans sa poche, remercia et dit qu'il le lirait dans l'avion. Chère Sally, cher Roy, chère, chère Carol, merci beaucoup, au revoir. Depuis qu'elle était si triste, Carol ressemblait plus à un mouton romantique qu'à Lord Byron. Halm sentait bien que cette belle affliction de mouton était censée le retenir. C'était peut-être l'éclat noir et la force de son regard qui avaient la faculté de l'hypnotiser. En fait, il n'a pas envie de partir. Sa place était maintenant auprès de Carol. Rainer et Carol, être auprès d'eux, cela lui paraissait maintenant si beau qu'il n'avait plus envie de bouger. Il lui dit brutalement : Maintenant, il faut que je m'en aille. Cela lui fit ouvrir la bouche, encore une fois. Dites bonjour à Ti-Edge, dit-elle. Avec plaisir, dit Halm, si je le rencontre. La bouche de Carol ne s'était pas complètement refermée. On distinguait encore un peu le fascinant espace entre ses incisives. Ici, il avait vraiment fait de travers tout ce qu'on pouvait faire de travers. Ah ! la la ! Carol. Bon. Halm fit un mouvement formidable pour s'arracher de là, ce qui lui donna aussitôt l'impression d'être un comédien. Mais cet embarquement dans l'avion rappelle le théâtre de la Grèce antique. La douteuse âme chrétienne n'est pas seule à foutre le camp, c'est le corps tout entier qui s'élève. Dans l'avion, il lut le *fortune cookie* de Carol : *« Redecorating will be in your plans. »* Eh oui, Carol, personne, en Californie, ne parle un langage que je comprenne aussi bien que le vôtre. Par cette petite phrase insouciante, Carol avait fini par retrouver le ton de la légèreté. Rien n'est mieux adapté aux situations graves que le ton de la légèreté. Il regarda encore, en bas, le pays qui s'enfonçait, puis il se plongea dans le *San Francisco Chronicle.* Il le lisait comme s'il s'agissait de son journal et de sa ville et comme s'il ne faisait que prendre l'avion en vitesse pour revenir tout de suite après. Parmi les sujets abordés, certains détails lui étaient familiers. Par exemple le fait qu'on avait offert au *rapist* le choix entre trente ans de réclusion et la castration. Drôle de choix ! Gail a dû aller le voir. Merveilleuse Gail. Avec ses béquilles et ses chaînes sur les dents, un saint-bernard invétéré. Il tâta son œil enflé. Il est vraisemblable que son départ lui a été facilité par le petit drame de l'accident. A Bruxelles, ils atterrirent au milieu du verglas et de la neige et, à Stuttgart, quai numéro 16, ils étaient attendus par Sabine qui, avant de dire quoi que ce soit, arracha la main droite que son mari se tenait sur l'œil droit et poussa un cri. Non point fort, mais perçant. Halm secoua la tête, dit que son acuité visuelle n'était pas diminuée, c'était une bosse impressionnante rien de plus. Pour une fois, il voulait lui aussi rentrer au foyer en Ulysse blessé et se noyer quelques instants dans le doux cri de frayeur de Pénélope. Allez ma belle, montre-nous ta voiture ! Sabine ne disait rien. Ce n'est qu'en sortant la voiture du parking qu'elle fut capable de parler. Comme si elle avait dû trouver des excuses, elle dit que ça faisait seulement deux jours qu'il neigeait et qu'il faisait aussi très froid à Stuttgart ; avant, il faisait meilleur, en tout cas, une fois à la maison, il faudrait qu'ils fassent bien attention, lui et Lena, à ne pas glisser dans le chemin verglacé du jardin pour aller se casser quelque chose. La cheville, pensa-t-il. Elle avait mis du sable, dit-elle, mais c'était toujours aussi verglacé. Et Otto, demanda Halm, où est-il ? Ah, Otto, dit Sabine, depuis quelques jours, il est bien silencieux. L'hiver, dit Halm. Peut-être, dit Sabine. Et toi, Lena, espérons que tu es un petit peu contente d'être rentrée. Lena dit : Espérons.

## 15.

Dans la lumière obscure de cet après-midi de janvier, Sabine et Halm étaient assis au salon. Le boulanger Kugel avait-il eu raison de faire orienter le salon au sud, en dépit du fait que le sud n'était rien d'autre que le versant abrupt d'une colline au-dessus de laquelle, de novembre à la fin du mois de février, le soleil n'arrive guère à s'élever ? L'obscurité qui règne ici, Halm n'en est conscient que depuis qu'il est rentré du pays des bords du Pacifique. Quand on est installé dans cette pièce, on a l'impression d'être en pénitence. Ils n'étaient pas assis l'un en face de l'autre. Pas non plus l'un à côté de l'autre. Sabine était assise sur le canapé inconfortable et insignifiant, Halm dans l'un des deux fauteuils assortis à ce canapé. Un quart de siècle auparavant, lorsqu'un après-midi ils étaient allés ensemble acheter ces meubles, Halm s'était dit qu'un jour ou l'autre il gagnerait assez d'argent pour acheter de beaux meubles. Cela faisait longtemps qu'il gagnait assez d'argent pour leur permettre d'acheter de beaux meubles. Mais ils s'étaient apparemment habitués à ces meubles-là. Il se rendait compte maintenant pour la première fois qu'il ne fallait pas passer sa vie avec des meubles pareils. Par ailleurs, c'était déjà presque trop tard. Ils avaient passé leur vie avec ces meubles. Depuis qu'il était de retour, chaque fois qu'il prenait le café avec Sabine, il se disait qu'il allait demander à Sabine si elle n'envisageait pas d'acheter de nouveaux meubles. Il dit : Il fait réellement froid dans cette maison. Sabine dit que la maison était surchauffée. Il dit qu'il avait froid. Depuis qu'il était rentré, il avait froid. Les pièces avaient beau être bien chauffées, quelle que soit la température, il sentait le froid. A son avis, il sentait le froid qui baignait l'atmosphère avant qu'on ne l'ait réchauffée. Ça vient peut-être de la lumière, dit-il. Les fenêtres ne laissent pénétrer qu'une absence de lumière, contre laquelle tout éclairage est impuissant. Cependant, il trouve agréable l'absence de lumière en ces journées, cette absence de lumière naturelle et que nul éclairage ne vient troubler. Il ne veut rien voir. Il souffre de l'effet produit lorsqu'on tente de troubler cette morosité naturelle par de la lumière électrique. C'est que malgré l'absence de lumière, on en voit encore beaucoup trop, dit-il en désignant la fenêtre. Tout est dépouillé, rigide, dur, froid. Sabine dit que ces paroles semblaient dirigées contre elle. Elle allait le laisser seul, peut-être cela lui ferait-il du bien. Et s'il ne se plaisait plus ici, eh bien, ma foi, Elmar avait dit nettement aux obsèques de son père qu'il n'allait pas plus longtemps tolérer la manière dont on gérait ses affaires par ici. Il a pris des informations. Ce qui est en train de sortir de terre à côté, ce sera un immeuble de huit appartements. Fini, avait dit Elmar, le temps des propos de table échangés en prenant le café. Il allait leur présenter des offres de promoteurs. Helmut pourrait peut-être intégrer tout cela à ses considérations douloureuses. Il fallait qu'elle emmène Lena en ville pour renouveler sa garde-robe, car Lena partait le lendemain. Au bout de quelques minutes, elle revint et posa le courrier sur la table en disant : Le courrier. Il avait le temps d'aller faire un tour dans le jardin avec Otto, ça leur ferait du bien à tous les deux.

Dès qu'il était seul, il se sentait mieux. Ce n'est pas contre toi, Sabine, lui cria-t-il en pensée. Dès qu'il était seul, la nécessité d'une justification de lui-même se faisait moins sentir. Dès qu'il était seul, il pouvait être lui-même. Peu importait qu'il fût impossible. Quand tu es seul, il est indifférent que tu sois impossible. Dès que Sabine était dans la pièce, il lui était pénible de constater que tel qu'il était il n'était vraiment pas possible. Il n'était pas décidé, pas prêt, pas bon. Il n'était pas là, et pas là-bas non plus. Il pensait qu'il n'avait pas le droit de tenir le coup ici. Mais ici, on pouvait tenir le coup. Ici, il tiendrait le coup. Tout allait bien. Il lui suffisait de céder et de trouver que tout allait bien comme ça. Il y parvenait mieux quand il était seul. Dès que Sabine était dans la pièce, il se racontait des histoires, s'il était ici au lieu d'être là-bas, c'était la faute de Sabine. Comme s'il avait eu la possibilité d'être là-bas. Comme si quelque chose avait été possible là-bas. Comme s'il avait été possible d'imaginer pis qu'une quelconque possibilité là-bas. Inimaginable, ce qui serait arrivé si M^lle^ Webb lui avait dit : Viens ! Mais tout ce cinéma des *si* et des *car* était lui aussi superflu. Ce n'était rien du tout. Ce n'est rien du tout. Ce ne sera rien du tout. Ça n'aura rien été du tout. Et c'est tout sauf grave. C'est le contraire qui serait grave. Mais comme ça, tout va bien. Quand il était seul, il en était presque totalement conscient. Bien entendu, ce qu'il préférait, c'était de rester rencogné dans la pénombre de ces journées et de bavasser pour lui-même : Si tu n'es pas auprès de moi, je ne suis pas non plus auprès de moi... Rien ne paraissait plus beau que d'imaginer la première lettre qu'elle lui enverrait. Elle devait nécessairement écrire. Peut-être que par écrit ils pourraient... Et par écrit, ils pourraient quoi ? je vous le demande ! rien du tout. Et il fallait évidemment que Rainer s'en mêle. Rainer, le cinglé. Ça, il faut le faire, mettre au point tout un système de justice infiniment sensible et qui fonctionne exclusivement à l'avantage de son inventeur. Cette force lui faisait défaut. C'est peut-être qu'il était réellement pire que Rainer. Devant Sabine, il était plus mal à l'aise que jamais. Il ne cessait de mendier mentalement un ajournement. Ce qui est passé est passé. C'est simplement que, sur le moment, on ne peut pas le formuler. Quand Sabine parlait de Rainer avec enthousiasme, l'élevant au rang d'humain entre tous les humains, il acquiesçait. Il pouvait approuver. Pour des raisons différentes. Mais il pouvait également maudire Rainer. Il ne se serait pas tué, Sabine, si toi ou moi ou n'importe qui d'autre avait eu quelque importance pour lui. Il n'avait plus rien à faire avec nous tous. C'est ça que je lui reproche, si tu permets ! Et pour toujours. Il fait cadeau à Lena de cent cinquante-quatre sonnets d'amour écrits pour Elissa, qui ne sont en fait rien d'autre que des poèmes d'amour écrits pour lui-même ! Des textes publicitaires plaidant la cause du pauvre Rainer devant la cruelle qui ne se rend compte de rien. Elle est priée de bien vouloir l'aimer. C'est un devoir. Si elle ne le fait pas, il le dira au monde entier et elle verra bien. Comme s'il était possible de revendiquer l'amour ! Comme si l'on pouvait exiger d'être apprécié d'autrui. Aucun bureau de l'état civil ne pourrait lui donner le sentiment qu'il possède un droit sur M^lle^ Webb. Donc, terminé. Mais comme il ne pouvait plus engueuler, rosser ou caresser Rainer, toutes ces querelles étaient absurdes. Qui pense aux morts pense à lui-même. Cette manière que Rainer avait de vous regarder par-dessus le bord de ses lunettes et d'élever ses mains de saint Jean et ainsi de suite. Cependant Halm, âgé maintenant d'un certain nombre d'années, n'avait toujours pas appris comment on se comporte face à la mort. La mort lui avait soufflé Rainer. La mort s'était comportée comme un adulte qui, sans la moindre explication, prend un jouet à un enfant et elle lui avait pris Rainer. Oui, c'est parce que tu n'as pas fait attention. Tu te l'es laissé souffler. Tu as fait comme s'il existait dix Rainer. Maintenant, il n'y en a plus. Si au moins tu lui avais téléphoné. Tu savais que sa conférence n'était pas prête et qu'il n'était pas capable de le supporter. Tu aurais pu y penser et empêcher ce qui allait se produire. Tu aurais pu l'empêcher. Bon, bon. Pas vrai, Otto ? Toi et moi, pas vrai ? Pourquoi Sabine ne lui avait-elle pas mis le courrier dans la main ? Il revoyait le courrier posé sur la table. Des journaux, des lettres. Peut-être une lettre d'elle. Il passerait tout l'après-midi assis sans bouger. Il se prouverait qu'il écartait toute possibilité. Il n'avait besoin de personne. En dehors de Sabine. Lorsque Sabine rentrerait avec Lena, il fallait qu'elle trouve le courrier à l'endroit où elle l'avait laissé. Cela lui prouverait qu'il n'était pas curieux de quelconques nouvelles venant de l'extérieur. Quant à ne pas bouger, c'était ce qui lui convenait le mieux. Ce n'était tout de même pas maintenant, alors qu'il avait réussi pendant près de quatre mois à réprimer tout aveu pénible, qu'il allait écrire une lettre et tout déballer. Elle lirait sa lettre à Carol. Et entre-temps, Carol avait déjà eu une deuxième conversation téléphonique avec Kiderlen, donc... Mais il n'avait même pas besoin d'imaginer le caractère extrêmement pénible d'une telle situation — non, il n'écrirait pas. Et s'il y avait aujourd'hui une lettre d'elle, il ne savait pas s'il l'ouvrirait. Il l'ouvrirait tout de suite, évidemment. Dès que Sabine ne serait plus dans la pièce. Mais il ne répondrait pas. Il répondrait tout de suite, évidemment. Mais une chose était sûre : il n'ajouterait pas un mot à ce qu'il avait dit. Tout à coup, il se leva, se dirigea vers le courrier, le dépassa, alla chercher une bouteille de vin, repassa près du courrier avec sa bouteille et son verre, posa bouteille et verre sur le petit guéridon de pierre et se consacra à Otto. Il lui glissa des coussins sous le corps pour qu'il puisse se remettre bien droit et respirer plus facilement. Sabine et Lena voulaient aller chez le vétérinaire. Juliane écrivait de Berlin des lettres courroucées. Ce n'étaient pas des façons d'agir avec les vieux ! Filez chez le vétérinaire, écrivait-elle. Halm avait cédé. Ils avaient rendez-vous le lendemain. Mon pauvre Otto, dit Halm en ouvrant sa bouteille de bordeaux. Et sans regarder Halm, car en raison de sa faiblesse il ne pouvait regarder que droit devant lui et il ne pouvait donc plus que parler droit devant lui, Otto dit : *What's the matter, that you have such a february face, so full of frost, of storm and cloudiness ?* Mon pauvre Otto, il faut que tu le saches, je m'appelle Benedict. Otto ne répondit pas. Il respirait difficilement. Chaque inspiration était un véritable travail. Halm s'agenouilla devant Otto et chercha son regard. Écoute, Otto, Sabine pense que nous devrions aller dans le jardin. A moins que tu ne préfères aller dans la forêt, pour faire notre parcours, Otto ? Ou bien descendre l'Eselsweg jusqu'à Rohracker, pour aller voir les bons communistes ? Dis-moi ce qui te fait envie, Otto ! C'est toi que je suivrai avec le plus de plaisir. Si on allait en direction de Frauenkopf ? Tu n'as pas envie de me montrer un nouveau rejeton des Hohenzollern qui serait venu s'installer ici ? A moins que tu ne préfères mordre, à côté, un de ces requins de promoteurs ? Allez, viens, dis-moi tout ! Seules répondaient les inspirations qui paraissaient lutter pour se frayer un chemin à travers une terrible résistance. Otto, c'est moi qui te le dis, ne te barre pas si vite ! Encore un été, Otto, rien que pour te rendre compte qu'on ne te laisserait pas tout seul comme l'année dernière au mois d'août ! Plus jamais, Otto ! Otto, j'ai encore des tas de choses à te raconter, j'ai à te parler de la Californie. Là-bas, les chiens sortent tout seuls, mais oui Otto, ils vont en ville, rendent des visites, et sur le trottoir, tout le monde en tient compte, ils attendent le feu vert pour traverser la rue. Quand Halm s'aperçut qu'Otto n'écoutait plus comme avant, il reprit sa place dans le fauteuil et garda les yeux fixés sur le jardin qui, lui-même, semblait fixer l'intérieur de la pièce. Impossible d'imaginer que le lundi il retournerait au lycée. S'il retournait au lycée — ce qu'il ne pouvait pas encore imaginer —, ce serait sans cravate. C'était la seule chose dont il fût certain. Et il ne se ferait pas l'effet d'un épigone de Kiderlen. Peut-être même y aurait-il un jour de juillet, particulièrement chaud et lourd, où il mettrait son costume d'Oakland avec sa chemise couleur de bonbon à la framboise. Quand Sabine avait vu le costume, elle s'était écriée : Oooh ! La jeune fille et son ami avaient dû le trouver très bizarre dans ce costume. En rentrant de l'auditorium Steiner dans la voiture, ils ont dû bien rigoler. Chacun devait surenchérir. Qu'est-ce que Malvolio comparé à ça, a-t-elle dit. Attention, a-t-il dit, tu vas encore rentrer dans un arbre. La nudité, le dépouillement auquel on atteint par la pensée, on ne peut jamais l'atteindre dans son corps. Il voulait se dire des choses extrêmes. De la plus haute importance. Tu le sais, mais tu ne veux pas te l'avouer. Ne fais donc pas semblant d'être mort en Californie d'un infarctus du sentiment et d'errer ici chancelant, tel un fantôme ! Fais l'éloge de l'attitude que tu as adoptée et qui t'a interdit de faire faire une photo de classe. Là tu étais sur la bonne voie. Car pas une seconde tu n'as eu besoin de cette jeune fille. Tu t'amusais. Et il fallait aussi que soit présent, obligatoirement, un soupçon de fatalité. Il ne s'agit d'amour que lorsqu'on n'a pas le choix. L'amour est cette maladie infiniment appréciée que l'on diagnostique grâce au symptôme appelé « Tu-ne-peux-pas-faire-autrement. » Tu voulais être aussi malheureux qu'un homme encore jeune. Pleurer comme un homme de trente ans. Rager, tourmenter, transpirer, frapper, courir, grimper, tomber, te relever, continuer à courir, comme un homme de trente ans. Ne pas céder. Celle-là ou aucune. Que le monde entier soit témoin... Tu voulais être comme l'Asra, c'est ça. Mais c'était de la présomption. Car tu es vivant. Tu n'as pas eu le courage de reconnaître ce qui, au cours des semaines passées, avait en réalité déterminé ton comportement : en fait, tu n'as absolument pas besoin d'elle. Tu t'en tires merveilleusement bien sans elle. Tu es déjà tellement insensible que tu es capable de passer près d'une jeune fille qui lui ressemble sans éprouver la moindre émotion. Mais tu n'es toujours pas capable de reconnaître que tu ne ressens aucune émotion. Il faut que tu te donnes l'illusion d'une infection meurtrière, que tu te fasses tout un cinéma pour ne pas avoir à t'avouer que c'est fini. Tout. Uniquement du cinéma, et rien d'autre.

Était-il encore divisé ? Était-ce LUI-Halm qui parlait ? Pour se venger du silence forcé qu'il avait toléré ? Non, Halm n'était plus divisé. Les chaussures de jogging avec lesquelles il courait dans Tilden Park au milieu des forêts d'eucalyptus et des bosquets de séquoias portaient l'inscription : *« New Balance »*. Quand il déballa son short de gymnastique, il entendit crisser dans la poche à fermeture éclair ce qu'il avait cueilli lorsqu'il courait dans les fourrés qui envahissaient toutes les collines. C'est du romarin, avait dit Sabine, et elle avait ajouté cette phrase dont, cueillant tout cela, il s'était bien imaginé qu'elle la prononcerait : En dehors des perce-neige, il ne connaissait rien du tout, pas vrai ?

Il ne put bouger que lorsque Sabine et Lena furent de retour. Lena était d'avis qu'elle n'avait besoin ni d'un nouveau manteau ni de quoi que ce soit d'autre. Sa mère avait un avis différent, et elle l'avait imposé. Halm bondit de son siège et demanda s'il pouvait voir sur Lena les vêtements qu'on lui avait achetés. Usant à deux d'une douce violence, ils forcèrent Lena à endosser ce qu'on lui avait acheté. C'était joli, ça lui allait bien. Il fallut encore la contraindre à reconnaître qu'elle avait eu besoin de cette contrainte et qu'elle était contente que cette contrainte ait été exercée. Il faut contraindre les enfants à reconnaître tout ce qu'on veut leur voir reconnaître. Halm avait repris sa place et il demanda le courrier. Il voulait que ce soit Sabine qui le lui donne. Il avait sûrement vu sans se l'avouer qu'il y avait quelque chose qui venait des États-Unis. Ce jaune spécifique des grandes enveloppes n'existe qu'aux États-Unis. C'est de la Washington University, dit-il. Ah, notre chère Carol, dit-il. Que nous écrit donc notre chère Carol, dit-il. Elle écrivait : *I slipped back into my routine, others were not so lucky as you can see here.* C'était là toute sa lettre. En dehors de cette lettre, il y avait dans l'enveloppe un de ces rubans chinois avec un oracle et une coupure de journal. L'article de journal disait ceci :

*Plongeon de cent mètres : un mort*

*Dans la nuit de vendredi, deux jeunes en BMW ont plongé en bas d'une falaise près de la plage de Daly City Mussel. Le jeune homme, Glenn Birdsell, fut arraché à la falaise au cours d'un sauvetage spectaculaire par un hélicoptère des garde-côtes. Fran Webb, son amie, est morte dans la voiture, qui lui appartenait. Le véhicule a quitté le parking en direction de la falaise. Au bord, le sol a cédé à cause d'un glissement de terrain dû aux fortes pluies, habituelles à cette saison. Glenn Birdsell a survécu : il a été éjecté inconscient de la voiture avant qu'elle plonge dans le sable pour échouer dans l'océan déchaîné. « C'était comme si la chute avait duré cinq minutes, a déclaré hier le jeune homme de vingt-deux ans, les lèvres tuméfiées, depuis son lit du Kaiser Hospital, au sud de San Francisco. Nous étions tellement choqués que, nous sommes restés sans voix tout le temps que nous avons rebondi et dévalé la falaise.*

*Glenn, excellent joueur de polo, a une fracture de la clavicule, quelques dents cassées ainsi que diverses blessures ; il est possible que son œil droit soit atteint, pour l'instant des contusions l'empêchent de l'ouvrir. Fran Webb, gênée par ses béquilles — elle s'était fêlé la cheville trois semaines plus tôt — ne put sortir quand le ressac de la marée montante engloutit sa BMW 518 très endommagée. Elle était déjà morte quand on la dégagea de la voiture.*

Dans la marge, une note de la main de Carol, signalant que le *memorial service* avait eu lieu le 3 janvier à la Grace Cathedral de San Francisco.

Halm ne put cette fois se contenter de comprendre, il eut besoin de se traduire exactement ce qui était écrit. Ce qui là-bas l'avait parfois tellement séduit — tout laisser dans un flou délicieux — était maintenant impensable. Il était avide d'informations exactes. Tout d'abord, pour ne pas le perdre, il colla sur la coupure de journal le ruban de papier avec l'oracle : *« Optimism, versatility, all your strengths. »* Il y avait aussi une lettre de Juliane. Sabine attendait déjà le moment de la lui lire. Les lettres de Juliane étaient presque toujours écrites le soir. Elle écrivait quand elle avait besoin de se soulager. Cette fois, c'étaient M. et M^me^ Kempinski qui avaient entraîné la nécessité d'une lettre. Par les lettres de Juliane, les Halm connaissaient depuis longtemps tous les occupants de l'hospice de vieillards. M. Kempinski, c'est celui qui cinq minutes après le petit déjeuner a oublié qu'il avait pris le petit déjeuner et qui passe donc toute la matinée à écrire à l'administration des lettres hargneuses dans lesquelles il prétend ne pas avoir eu de petit déjeuner. Chaque jour, il exige que sa femme, avant le déjeuner, aille remettre cette réclamation à l'administration. Sa femme jette toujours ces lettres dans la même corbeille à papier qui se trouve dans le vestibule du bâtiment de l'administration. Quand elle revient, elle trouve son mari en train de mâcher. Mais il veut le lui dissimuler. Il a dans son armoire un véritable nid bourré de provisions qu'il entend garder pour lui tout seul. Mais cette fois, à force de se dépêcher, il s'était mis dans la trachée un petit morceau de biscotte qu'il n'avait pas fini de mâcher, il avait fallu faire une trachéotomie, M. Kempinski, quatre-vingt-quatre ans, était sauvé, mais Juliane avait dû encaisser de lourds reproches de la direction, parce qu'elle avait avoué qu'elle connaissait l'existence du garde-manger de M. Kempinski. Maintenant, elle était furieuse contre les Kempinski. Pauvre petite, dit Halm. Sabine dit qu'elle était déjà bien contente que Juliane ne parle pas du Brésil dans cette lettre. Elle va peut-être réfléchir encore un peu. Quelles sont les nouvelles de Californie, demanda encore Sabine comme ça, en passant. Ah, dit Halm, plutôt triste. Une étudiante, une de celles qui étaient à mon cours de conversation, est allée en voiture au bord de la mer avec son ami. Vous vous rappelez comme les voitures étaient près de la côte, tout au bord de la falaise. Ils s'avancent jusqu'à l'extrême limite, puis ils restent assis dans leur voiture, un gobelet à la main, à contempler la mer. Vous vous rappelez ? Apparemment, les pluies abondantes provoquent souvent des glissements de terrain.

C'est ce qui a dû se passer. Ils ont glissé avec leur voiture de rocher en rocher, ils ont fait une chute d'environ cent mètres ; pour finir, la voiture s'est immobilisée sur la plage, dans le ressac. Et alors, dit Sabine. Eh bien, l'ami de la jeune fille a été éjecté de la voiture pendant la chute, il s'est retrouvé sur un rocher, il a été sauvé par hélicoptère, *severe bruises,* mais vivant. Et l'étudiante, demanda Sabine. Elle n'a pas été éjectée. Elle avait des béquilles à côté d'elle, à la suite d'un accident qu'elle avait eu peu de temps auparavant. Il se peut que son éjection ait été empêchée par les béquilles. Le temps de dégager la jeune fille de la voiture, il était trop tard. Elle est morte noyée. Le ressac. Ces tempêtes de l'hiver. Eh oui ! La pauvre, dit Sabine. Lena dit : Bonne nuit. Et elle monta dans sa chambre. Sabine dit que Lena lui paraissait à peu près stabilisée. C'est extraordinaire, la manière dont Lena s'est arrangée pour intégrer ces cicatrices à l'expression de son visage, dit Halm. Ce ne sont même plus des cicatrices, dit-il. En fait, elle a l'air plus audacieuse qu'avant. Sabine dit qu'elle devait bien le reconnaître, elle pensait que la Californie avait fait du bien à Lena. Ce Narcisse de Traugott ne pourra en tout cas plus lui faire de mal, dit Halm. Mais pourquoi justement Bochum, demanda Sabine. Elle a dit que ça devait être une ville de l'automobile, dit Halm. Mais elle veut se lancer dans le commerce de vieilles voitures, dit Sabine, quelle drôle d'idée, le commerce de vieilles voitures, et à Bochum, tu comprends ça ? Bochum, pensa-t-il, le médecin des *six stitches*, avait séjourné à Bochum. Helmut, je t'ai posé une question. Si tu ne veux plus me parler, tu n'as qu'à le dire, je me tairai. Halm dit qu'il allait prendre l'air avec Otto. Il avait malheureusement négligé de le faire dans l'après-midi. Quelques pas en direction de la forêt. Otto n'en avait pas envie, mais Halm ne céda pas. Dès qu'ils furent tous les deux en plein air, il ménagea le chien. A chaque mètre, il le laissait reprendre haleine. C'est seulement lorsqu'ils furent arrivés en haut de la rue que Halm se mit à marcher devant, comme s'il ne se souciait pas de savoir si Otto suivait ou non. Otto suivait. Quelque souvenir de promenades anciennes le stimulait. Halm marcha jusqu'à la forêt. Pour la première fois depuis qu'il était de retour, le froid lui faisait du bien. Tout à coup, Otto s'assit. Bien, dit Halm, on va faire demi-tour. Halm marchait toujours devant. Ayant entendu une voiture, il s'arrêta au bord de la route et regarda derrière lui. Otto avançait comme s'il n'entendait rien, en plein milieu de la petite route. Le conducteur devait le voir, car il roulait en phares.

Cependant, Halm cria : Otto ! Mais il était trop tard. La vieille Volkswagen rouge — Halm avait récemment vu la même dans le film où une prostituée étudiante en biologie marine est amoureuse de son professeur — écrasa Otto et ne se serait vraisemblablement même pas arrêtée si Halm ne l'avait exigé. Halm se précipita, mais avant qu'il ait pu le rejoindre, Otto se redressa, fit quelques bonds, atteignit le terrain où l'on construisait des immeubles neufs, fonça sur un tas de briques, tomba et resta couché par terre. Il avait les yeux ouverts. Mais il ne bougeait plus. Le conducteur s'était précipité à la suite de Halm. Il sentait la bière. Quand il vit ce qui s'était passé, il se mit à pousser de véritables hurlements. *L'idée qu'il ait pu écraser un petit chien, non, non, une chose pareille, lui, écraser un petit chien, quand il allait raconter ça chez lui, qu'est-ce que vous croyez qu'ils vont me faire, ils vont me tuer, je vous le dis, et en plus, un épagneul, oui, c'est un épagneul, ça, il ne faut pas qu'il le dise chez lui, un épagneul, non, non, non* [1]... Les larmes ruisselaient sur son visage rouge. Il avait eu deux réunions de parents, dans deux écoles différentes, il avait deux filles, et chez aucun des professeurs, il n'avait rencontré la moindre compréhension, *durs comme la pierre, voilà ce qu'ils étaient* [1], ses deux filles vont donc redoubler, fini, amen, alors il avait eu besoin de boire encore un petit coup, *et maintenant, voilà, il écrase un petit chien, un si gentil petit chien, un épagneul, non, non, non* [1]... L'homme criait presque. Halm fut obligé de le calmer. Il lui demanda s'il avait une vieille couverture dans sa voiture. Oui, il avait ça. Aucune couverture ne serait trop bonne *pour un si gentil petit chien* [1]. Ils enveloppèrent Otto dans la couverture et le descendirent jusqu'à la maison. Toutes les fois qu'il franchirait le portail du jardin et verrait le numéro 96, il penserait donc au premier acte de *La Walkyrie* à l'auditorium Steiner, salle 96. A mesure que le temps passe, la réalité ressemble apparemment de plus en plus à une conspiration. Ils étendirent Otto dans le jardin, sous un sapin. L'homme voulait absolument laisser sa couverture, mais Halm la lui remit de force dans les mains. Puis il le raccompagna à sa voiture et le pria de rentrer lentement chez lui. L'homme ne faisait plus qu'acquiescer et soufflait bruyamment en aspirant l'air par son nez obstrué par les pleurs. Halm retourna auprès d'Otto. Mon pauvre Otto, à qui est-ce que je vais raconter maintenant... Halm rentra, alla chercher Sabine. Elle dit qu'on ne

1. En dialecte souabe dans le texte.

pouvait tout de même pas laisser Otto dehors ! Il avait sûrement juste perdu connaissance. Sabine alla chercher un drap dans lequel ils descendirent Otto à la cave. Sabine voulait l'examiner à la lumière. De la bouche d'Otto sortait maintenant du sang. Halm dit que le lendemain matin, si Lena ne demandait pas d'elle-même où était Otto, il ne fallait rien lui dire. Sabine dit sur un ton violent, courroucé et geignard : Toujours ces cachotteries, à quoi ça rime ? Halm dit : Ça en plus, au moment où elle s'en va, ce n'est vraiment pas nécessaire, non ? Sabine haussa les épaules. Pendant qu'il se promenait avec Otto, il y avait eu un long coup de téléphone de Kiderlen. Il se réjouissait de pouvoir collaborer avec Halm. Il rappellerait demain, peut-être même qu'il passerait. Il avait vraiment fait des efforts. Tu veux dire : *He bent over backwards to please,* dit Halm. Ce soir-là, Halm ne parla plus qu'anglais. Comme ça énervait Sabine, il se mit à l'engueuler. Puis il s'excusa. Mais en anglais. C'est seulement lorsque, dans la chambre, Sabine se glissa dans les pantoufles de sa mère qu'il s'arrêta un peu de parler anglais. Il demanda : Tu vas te mettre les pieds dans ces trucs-là encore longtemps ? Oh, dit Sabine, *welcome back.* Ah ! Sabine, dit-il, il ne me reste rien d'autre à faire que de me réjouir à l'idée de retourner au lycée. De revoir Kiderlen ! Je l'admets, j'ai tout à coup l'impression que Kiderlen ne pose aucun problème. Halm ouvrit l'armoire et en sortit le costume d'Oakland. Non, il ne porterait plus jamais ce costume. Ce cognac agressif avec ces petits rectangles noirs et jaunes ! Quelle lumière il devait y avoir là-bas ! Il dit : Tu te rappelles, Sabine, le soir, la baie avec ses cordons de lumières, et au-dessus, la ville, avec ses taches vert et or, parfaitement bien disposées. Comme dans un tableau de Klee. Il se tut. La jeune fille avait des cheveux d'un vert doré. Cela dépendait du cadre. Quand elle était couchée dans l'herbe, par exemple. O Virgile ! Sabine dit que si ça ne tenait qu'à elle, Lena n'irait pas à Bochum le lendemain. Halm ne dit rien. Sabine dit : Pourquoi Bochum ! Tu peux me le dire ? Halm dit : Non. Et l'autre au Brésil, dit Sabine, tu comprends ça ? Et Otto par-dessus le marché, dit Sabine. Au bout d'un moment : On dirait qu'il a emporté avec lui les années qu'il a passées ici. Puis elle dit : Mais Bochum ! Pourquoi Bochum ? Halm émit un bruit qui était censé indiquer à Sabine qu'il était en train de s'endormir, ou même déjà endormi. Si Sabine avait encore besoin de lutter un moment, il pouvait toujours faire semblant de se réveiller et participer à l'activité qui consistait à tourner et retourner le rôle des parents dans tous les sens. Mais il espérait s'endormir avant. Il était protégé par l'espace obscur de son lit, petit et chaud. Il tâta son œil désenflé, mais qui avait toujours une teinte bleue, il posa la main dessus comme Leslie Ackerman. Glenn Birdsell a donc lui aussi quelque chose à l'œil, son œil était fermé *by severe bruises,* peut-être qu'il restera abîmé. A y bien regarder, la faute était à l'une de ces cigales en fer qui traînaient par terre devant la cheminée. Il avait mis le pied sur un de ces trucs en fer, ça avait glissé, il avait glissé, le tournoiement s'était arrêté, la chute avait commencé. Il ne se rappelait plus rien de cette chute. Il se souvenait du tournoiement. Quelque chose de très ferme. Puis ce dérapage et cette chute. Mais ils ont dégringolé sur toute la face de la falaise. Tout cela, ce sont des choses que l'on ne peut pas traduire, ... *hurtled and bounced down the cliff face...,* dans le ressac. *Drowned in the surging surf.* Cela veut peut-être dire « ressac bouillonnant ». Cette merveilleuse épouse du spécialiste des langues scandinaves voulait que les Walkyries émergent du ressac... Il entendit que Sabine, au lieu d'amorcer un reflux, était de plus en plus agitée. Cette façon de renifler, de se retourner et de gémir montrait qu'elle savait très bien qu'il l'écoutait. Elle manifestait. Il répondait par la respiration régulière de l'homme endormi. On verrait bien s'il ne pourrait pas la convaincre. Elle dit qu'elle n'y tenait plus. Mais qu'est-ce qu'il y a donc ? demanda-t-il. C'est précisément la question que je te pose, dit-elle. Ici, je suis toujours obligé de jouer le rôle de celui qui rassure, dit-il. Elle ne répondit pas. Il se remit à respirer comme quelqu'un qui est en train de s'endormir. Demain, il écouterait le disque que leur avait offert Rainer. Quand les choses se passaient comme ça, avec une telle brutalité, il n'y avait plus qu'à accepter. Quand il parlait avec emphase, il était toujours conscient de parler avec emphase. Seule cette conscience lui donnait le sentiment qu'il était autorisé à le faire. Mais quand les choses se passaient réellement avec cette brutalité... Les objets ornant la cheminée d'Elissa représentaient un bon sujet de réflexion. Une tête de mort avec toutes ses dents, et de plus, à l'en croire, une tête de femme, le squelette de la tarentule et ce corps de femme nue sur les bûches. Exactement ce qu'il faut ! Décoratif ! Joyce Ackerman avec sa bouche rectangulaire toujours ouverte, les lunettes qui relient les nattes — une tête de mort. La jeune fille présentait elle aussi quelque similitude avec une tête de mort. Absurde. Mais n'empêche ! Oui, n'empêche ! Tout le monde présente ce genre de similitude. O Virgile ! Son sac beaucoup trop mou accroché à son épaule. Et pendant qu'elle plongeait la main dans ce sac, il la regardait. Plus d'une fois, il lui a dit que si elle avait maintenant besoin de béquilles, c'était sa faute à lui. Elle a refusé cette explication. De sa béquille, elle lui a fait un signe. Allez, venez donc, professeur. Mais pourquoi s'est-elle ensuite retournée ? Parce qu'il n'a pas fait un mouvement... Sabine rejeta violemment la couverture, bondit de son lit et sortit de la chambre en courant. Il se précipita derrière elle. Elle était déjà assise en bas, dans le fauteuil. Dans une attitude de totale raideur. Il s'agenouilla sur le sol, à côté d'elle, puis devant elle, mais elle se détournait systématiquement. Il dit : Excuse-moi, Sabine, je t'en prie. Je t'en prie, Sabine, excuse-moi. Tu as raison. Je t'en prie, excuse-moi. Avec précaution, il la fit sortir de son fauteuil. Lorsque la raideur de son attitude se relâcha, il voulut la faire remonter. Elle voulait descendre à la cave, aller voir Otto. Il dit : Tu vas prendre froid. Mais il l'accompagna. Ils se tenaient debout devant Otto. Il avait les pattes un peu écartées et repliées, comme s'il dormait. Mais ses yeux étaient ouverts et de sa bouche sortait du sang. Halm entraîna Sabine. Il la conduisit jusqu'à son lit où il l'installa, il se mit lui-même dans son lit, mais se coucha de manière à être le plus près d'elle possible. Voilà, dit-il. Il glissa une main du côté de Sabine. Il pensait qu'elle était maintenant plus calme. Cela le calma aussi. Il s'endormit. Quand il se réveilla, il faisait encore nuit. Il avait rêvé. La maison avait été assaillie par des étudiants. C'était le soir de Noël. Ils faisaient du bruit, lançaient des pierres contre les volets, secouaient les portes, la maison gémissait. Ils étaient sans logis. Il gelait à pierre fendre. Ils étaient bien décidés à faire valoir leurs droits. On leur avait promis de les loger ici. Il était incapable de faire un mouvement. Vêtue de sa chemise de nuit, Sabine était sortie en courant, et aussitôt, le silence s'était fait dehors. Sabine était revenue, le silence s'était maintenu, mais Halm craignait que ce bruit ne reprenne aussitôt et il ne pouvait plus respirer. C'est ce qui l'avait réveillé. Il glissa prudemment du côté de Sabine et s'abrita dans sa chaleur. Le sommeil de Sabine le fit bientôt se rendormir. Mais il se réveilla encore. Une fois de plus à cause d'un rêve. Cette fois, c'était un rêve de baccalauréat. Il devait corriger une dissertation de bac. Tout le temps qu'il devait corriger, il était assis sur une scène. Sur la scène, on jouait quelque chose. La salle était pleine de monde. La dissertation qu'il devait corriger était sa propre dissertation de bac, elle traitait d'une pièce de Shakespeare. La pièce dont il était question dans sa dissertation de bac était jouée sur la scène où il devait corriger sa dissertation en public. Dans le public, tout le monde comprenait en le regardant qu'il trouvait sa dissertation mauvaise. Tout le monde remarquait qu'il s'efforçait de ne laisser remarquer à personne combien il trouvait mauvaise sa propre dissertation. Juste au moment où il s'apprêtait à se donner une note supérieure à celle qu'il méritait, les acteurs se penchaient sur sa feuille. Il était désormais impossible de cacher quoi que ce soit. La honte allait dans un instant apparaître sur la scène, dans l'agrandissement spécifique du théâtre. La situation étant devenue pénible au point d'être insupportable, Otto le mordit à la main. Son stylo rempli d'encre rouge fit gicler de l'encre rouge sur sa feuille et tomba par terre. Halm empoigna sa main que la morsure avait fait saigner et se réveilla. Son bras lui faisait mal. Il avait dû rester longtemps couché sur son bras qui n'était donc plus irrigué suffisamment. Il se glissa lentement du lit de Sabine jusque dans le sien. Il n'avait pas envie de se rendormir tout de suite. Il voulait d'abord laisser passer ce rêve. Il refit en pensée le déroulement de ce rêve. Il fallait que ce rêve se déroule encore une fois au niveau conscient. Redéclencher ces rêves dont le déroulement brutal le torturait et le réveillait, c'était toujours pour lui ce qu'il y avait de plus agréable. Dès l'instant qu'ils se répétaient, ils ne pouvaient plus lui faire de mal. Il prenait un réel plaisir à voir en quelque sorte domptées les actions qui venaient d'être tellement pénibles. Sans la moindre crispation douloureuse, il pouvait maintenant se voir assis sur la scène, devant tous ces gens qui s'apprêtaient à falsifier sa dissertation loupée pour en faire une dissertation réussie. Et la morsure d'Otto avait également cessé de lui faire mal. A moins que ce n'ait été son amie la petite chatte de Californie ? Et il avait beau ne pas avoir vu d'encre rouge dans son rêve, il avait su tout de suite que ce qui avait giclé sur sa feuille après la morsure, c'était de l'encre rouge. Mais dans les rêves, on comprend toujours tout très vite et avec une grande précision. On comprend une foule de choses, et avec quelle rapidité ! On prend immédiatement la mesure exacte des plus hautes potentialités de chaque situation. La morsure venait aussi bien d'Otto que de la petite chatte de Californie. Et de la jeune fille. Pour le rêve, pas de problème. La jeune fille avait les yeux de Halm, qui étaient les yeux de sa grand-mère, qui s'était mise de plus en plus à ressembler à un chat. Cependant, avant ce coup de dents donné par Otto, qui n'était autre que la petite chatte de Californie, qui était elle-même la jeune fille, il s'en souvenait maintenant, il s'apprêtait à empêcher quelque chose de douloureux, c'est pourquoi il avait bondi de son siège et avait crié en direction de la salle, qui était en fait la salle de conférences du Faculty Club : Je vous invite à une visite officielle. Puis la morsure. Dans son rêve, il savait qu'il avait adressé son cri à tous les gens de la salle, mais qu'il avait une seule personne en vue : la jeune fille. Il trouvait bienfaisante l'idée que l'on puisse en rêve devenir un homme d'État possédant le pouvoir d'inviter à une visite officielle une personne jugée inaccessible. Il songea au secours dont on bénéficie dans les rêves. Exactement le secours dont on a besoin. Quoi qu'il en soit, la jeune fille avait cessé de vivre. Même une visite officielle ne pourrait la ramener. Cette nouvelle n'avait pas encore atteint le territoire où les rêves prennent leur source. Au cours des nuits suivantes, ce territoire lui fournira des rêves qui disposeront de toutes les données. Et toujours cette envie de rire. Si proche de l'envie de pleurer. Son rêve avait maintenant produit son effet. Ne pouvait-il se sentir mieux ? Son poids n'était-il pas à présent mieux réparti ? Il ne portait plus en un point unique sur le seul présent. Le souffle de Sabine, pareil à de très légers coups d'archet, lui donnait l'assurance qu'elle dormait profondément. Ce qu'il éprouvait en l'écoutant lui était familier. Tout s'assemblait et l'invitait à reconnaître qu'il se sentait maintenant chez lui. Il fait tellement sombre, pensa-t-il, je peux bien faire un signe d'acquiescement. Que ne ferait-on pas pour avoir un sommeil paisible ! Mais il ne se risqua pas à se rendormir tout de suite. Que lui faudrait-il encore rêver s'il s'endormait maintenant ? Il aimait mieux rester éveillé et réfléchir. La mise à nu par la pensée lui semblait préférable à celle qui s'opère dans les rêves. Il avait maintenant peur de ses rêves. Si doucement que personne d'autre que lui n'aurait pu l'entendre, il dit : Sabine. Sabine dit aussitôt, beaucoup trop fort : Oui. Il dit qu'il avait quelque chose à lui dire. Sabine dit : Oui. Voilà, dit-il. Eh bien, dit-elle. Ce va-et-vient leur avait permis de trouver l'intensité sonore leur convenant à tous deux. A présent, il pouvait commencer. Il commença par le deuxième jour de vacances, lorsqu'il se tenait devant le miroir de la salle de bains, ayant fini de se raser, mais ne pouvant s'arracher à la contemplation de son visage avec un mélange de mauvaise humeur et de satisfaction.

ACHEVÉ D'IMPRIMER
LE 12 FÉVRIER 1987
SUR LES PRESSES DE
L'IMPRIMERIE HÉRISSEY
À ÉVREUX (EURE)

*Imprimé en France*
N° d'Éditeur : K 30373
N° d'Imprimeur : 41600
Dépôt légal : mars 1987